은소로 장편소설

초판 1쇄 찍은 날 | 2025년 7월 24일
초판 1쇄 펴낸 날 | 2025년 7월 31일

지은이 | 은소로
발행인 | 권기수, 장윤중
펴낸이 | 박정서

기획 | 윤단아
편집 | 손유리

펴낸곳 | 주식회사 카카오엔터테인먼트
등록번호 | 제2015-000037호
등록일자 | 2010년 8월 16일
주소 | 경기도 성남시 분당구 판교역로 235, 에이치스퀘어 N동 8, 9, 10층 (삼평동)

제작·감수 | KW북스
E-mail | paperbook@kwbooks.co.kr

ⓒ 은소로, 2018

ISBN 979-11-385-1862-8 04810
      979-11-385-1860-4 (set)

※ 파본은 구입하신 서점에서 교환하여 드립니다.
※ 저자와 협의하여 인지를 붙이지 않습니다.
※ 이 책은 저작권법의 보호를 받는 저작물입니다. 무단 전재 및 유포, 공유를 금합니다.

Contents

6막. 망가지지 않는 것과 가까워지는 것(2) ··· 7

서막 II ··· 73

7막. 지켜보는 것과 포기할 수 없는 것 ··· 131

8막. 움직이는 것과 싫지 않은 것 ··· 267

9막. 좋아하는 것과 부정할 수 없는 것(1) ··· 411

6막.
망가지지 않는 것과 가까워지는 것(2)

그날부터 유리엔과 에키네시아의 야숙 생활이 시작되었다. 하루씩 번갈아 가며 밤을 새우느라 서로 마주하는 시간이 그렇게 길지는 않았다. 아침과 저녁을 함께 먹는 정도였다. 그러나 그 길지 않은 시간만으로도 충분했다. 그들은 많은 대화를 나누었다.

유리엔은 에키의 남동생인 란셀리드가 기사에 대한 로망이 있지만 검에 재능이 별로 없어서 검술은 교양 수준으로만 하고 영지 경영을 배우는 데 집중하고 있다는 것을 알게 되었다. 은근히 적성에 맞아서 란셀리드가 상업과 교역, 농업과 광업에까지 두루두루 관심을 두고 있다는 것도 들었다.

그는 에키에게 니콜에 대한 이야기도 들었다. 니콜이 그녀에게 가족이나 다름없는 언니라는 것, 어릴 적에 에키가 니콜에게 짜증을 많이 부렸었다는 것도 들었다. 에키의 부모님이 연애결혼을 했고 지금도 금슬이 좋다는 이야기는 듣다가 무슨 생각을 한 건지 뺨을 약간 붉히기도 했다.

에키는 유리엔이 디트리히와 꽤 허물없는 친구 사이라는 것과, 부단장인 바론이 그의 로드였다는 것을 알게 되었다. 디트리히가 본래 평민 출신으로, 재능을 높이 산 귀족의 후원을 받아 귀족의 성을 받고 사관학교에 들어왔다는 이야기도 들었다. 바론이 예전에 결혼하여 어린 딸과 아내가 있는 유부남이라는 것도 처음 알았다.

그리고 유리엔이 열여섯 살에 제국 황실을 떠나 아젠카에서 살기 시작했다는 것, 사관학교 입학 최소 연령인 18세까지 거의 혼자 아젠카에서 지냈다는 것을 들었다. 그러나 그는 아비가 자신을 증오한다거나 형제에게 선택을 강요받고 있다는 이야기는 일절 하지 않았다.

그녀는 한가할 때면 유리엔이 나무토막을 조각하며 시간을 보낸다는 사실도 알게 되었다. 아무것도 하지 않고 밤새도록 골짜기의 쉼터를 내려다보고 있으면 지루해질 수밖에 없는데, 그 시간마다 유리엔은 작은 나무토막을 골라 쥐고 단도로 그것을 깎아 무언가를 만들곤 했다.

말이나 토끼 같은 동물 모양, 검이나 방패나 갑옷의 모형, 조그만 나무나 집. 대강 깎아 내는데도 제법 정교한 나무 조각들이 쌓여 갔다. 그저 시간을 보내기 위한 용도여서인지 유리엔은 조각한 것을 모으지는 않았다. 에키가 그와 교대해서 그가 앉아 있던 나무 그루터기 근처를 뒤지면 조그만 조각들이 아무렇게나 버려져 있곤 했다.

에키는 쉼터를 지켜볼 때마다 마검과 이야기를 하거나, 유리엔이 만들어 둔 조각을 구경하며 시간을 보냈다.

일주일째 되던 날, 그녀는 조각 더미에서 익숙한 모양의 작은 검을 발견했다. 손바닥만 한 그 검은 아무리 봐도 랑기오사였다. 축소 모형이라 해도 될 법했다.

에키는 그것을 한참이나 만지작거렸다. 성검을 보면 자연스럽게 유리엔이 연상된다. 그와 랑기오사는 무척 닮아 있었다. 이 조각은 버리기엔 아까웠다. 그녀는 결국 그것을 손수건으로 감싸서 챙겼다. 그런 그녀를 지켜보던 마검이 부루퉁하게 말을 꺼냈다.

[있잖아, 주인아. 너는 왜 유리엔만 이상하게 대해? 걔만 특별 취급하고, 걔가 준 검도 특별 취급하고. 난 이해가 안 가.]

"특별한 사람이니까."

[걔가 뭐가 특별한데? 네가 죽였던 사람이 걔 하나뿐인 것도 아니고, 걔가 네 가족인 것도 아니잖아.]

에키는 턱을 괴고 아래를 내려다보면서 고민했다. 솔직하게 말을 해야 하나. 마검이 이해할 수 있을까. 그녀가 침묵하자 바르데르기오사는 칭얼거리듯 졸랐다.

[뭔데? 뭐야? 나 진짜 궁금해. 내 전 주인은 그러지 않았단 말이야.]

"그 사람에겐 특별한 사람이 없었어?"

[가족은 엄청 아꼈어. 가족 말고는 그런 사람이 없었고.]

"……가족을 왜 아끼는지는 알아?"

[음, 전 주인이 가르쳐 줬는데……. 인간은 인간에게서 태어나니까, 자길 낳아 준 사람이나 같은 배에서 태어난 사람을 소중하게 여기는 건 당연하다고 그랬어. 근데 가족을 죽이고 싶어 하는 인간도 있잖아? 나한테 쌓이는 살의 중엔 그런 것도 많은데. 그래서 사실 잘 모르겠어. 인간은 가족을 정말로 아껴? 모두 가족을 아끼면서도 죽이고 싶어 하는 거야?]

쉽게 대답하기 어려운 질문이었다. 에키는 새삼스러운 기분으로 오른 손바닥을 내려다보았다. 장갑으로 가려진 문양은 눈 감고도 그려 낼 수 있을 만큼 익숙했다.

그녀는 바르데르기오사와 9년이 넘는 시간을 함께 지냈지만, 도저히 마검을 좋아할 수 없었다. 버릴 수 있다면 버리고 싶었다. 그러나 마냥 미워하지도 못했다. 사람을 죽이고 싶다며 그녀를 충동질할 때조차 마검은 미성숙한 어린아이 같았으니까.
기오사의 자아는 기본적으로 잠들어 있는 상태라고 들었다. 각성하지 않는 한, 그 자아는 깨어나지도 무언가를 경험하지도 못한다. 그렇다면 그녀까지 합해서 고작 두 번 각성해 본 바르데르기오사는 실제로 어린아이나 다름없지 않을까.
그녀는 오른손을 말아쥐며 천천히 설명했다.
"인간이 단순하지 않아서 그래. 어떤 성격이냐에 따라 다르고, 자라난 환경에 따라서도 다르고, 가진 신념에 따라서도 달라지고, 심지어 같은 사람이라 해도 늘 똑같지는 않거든. 무슨 일을 겪느냐에 따라 완전히 바뀌기도 하고, 무슨 일이 있건 본질은 전혀 바뀌지 않기도 하고……."
[으으, 그게 뭐야, 복잡해! 무슨 말인지 모르겠어!]
마검이 짜증이 묻어나는 어투로 투덜거렸다. 에키는 조금 웃었다.
"언젠가는 이해할 수 있을 거야."
[치, 뜬구름 잡는 소리. 전 주인도 그러더니…….]
"말로 설명하긴 힘든 문제거든. 직접 겪고 보는 수밖에."
[야, 그럼 그거라도 가르쳐 줘. 넌 가족도 아닌 사람을 왜 그렇게 특별하게 대하는 건데?]
에키의 얼굴이 붉어졌다. 그녀는 턱을 괴고 쉼터 쪽을 내려다보았다. 몇 차례 입술을 달싹이다가, 조그맣게 대답해 주었다.
"그 사람을 좋아하니까. 좋아하는 사람은 가족이 아니라도 특별해져."
[좋아해서? 잘 모르겠어. 그건 즐거운 거랑 비슷한 느낌이야?]
"아니, 많이 달라. 좋아하기 때문에 괴로워지기도 해."

[뭐야, 이상해! 자길 괴롭게 만드는 사람을 왜 특별하게 대해?]

"설명하기 어려운데, 그건."

에키가 어깨를 으쓱이자 마검은 혼자서 이해해 보려는지 한참을 낑낑거렸다. 그러다 결국 다 포기했다는 듯이 한숨을 쉬었다.

[이것도 시간이 지나면 알 수 있게 돼?]

"아마도?"

살짝 웃으며 대답하는데, 뒤에서 부스럭거리는 인기척이 났다. 돌아보지 않고도 알 수 있다. 막사에서 자고 있어야 할 유리엔이 그녀 쪽으로 다가오고 있었다.

"로드? 왜 주무시지 않고."

"오늘따라 잠이 잘 오지 않아서. 낮잠을 과하게 잔 모양이다."

담담하게 대꾸한 그가 그녀가 앉은 그루터기 옆 바위에 걸터앉았다. 에키는 그가 곁에 앉는 것을 자연스럽게 받아들였다. 요 일주일 많은 이야기를 나누며 익숙해진 덕분이었다. 마주치기만 해도 긴장하고 정신이 반쯤 나가던 예전에 비하면 장족의 발전이었다.

"쉼터는?"

"여전히 조용해요."

"그렇군."

대화는 거기에서 멈췄지만 어색하지는 않았다. 에키는 밤하늘을 올려다보았다. 별이 총총하고 달은 둥글었다. 봄의 끝자락이라 스치는 공기는 딱 좋게 서늘했다. 예쁜 밤이었다.

하늘에서 시선을 내려 옆을 보았다. 골짜기에서는 보이지 않을 위치에 피워 둔 모닥불의 불빛이 등 뒤에서 어른거렸다. 반쯤 어둠에 잠긴 채 유리엔이 아래를 내려다보고 있다. 밤처럼 고요한 모습이었다.

그녀는 허리에 매어 둔 아메시스트를 만지작거렸다. 그러다가 불쑥 말을 꺼냈다.
"로드."
유리엔은 대답하지 않고 고개만 약간 움직였다. 어둠은 달빛만으로도 대낮처럼 볼 수 있는 그녀의 시야를 방해하지 못하지만, 흘러내린 머리카락에 가려서 그의 표정이 잘 보이지 않았다. 그녀는 충동적으로 물었다.
"지금, 대련하실래요?"
절반은 충동이었으나 절반은 아니었다. 계속 대련 생각을 하고 있었는데 지금이 딱 적당했다. 식사 중에 대련을 청할 순 없고, 밤새 쉼터를 지켜봤던 사람에게 대련을 청하기도 어려웠다. 그래서 일주일째 기회를 잡지 못했었다.
그녀의 제안에 유리엔이 흠칫 놀라며 몸을 굳혔다. 그 바람에 머리카락이 흔들리며 그의 얼굴이 드러났다. 가늘게 떨리는 은빛 속눈썹 아래로 하늘색 눈동자가 커다랗게 떠졌다. 호흡을 멈추고, 입이 살짝 벌어진다.
그 상태로 그는 한동안 눈조차 깜박이지 않았다. 달빛이 그의 흐트러진 머리카락 위에 고였다. 그리고 느릿하게, 믿기지 않는다는 듯이 되묻는다.
"……진심인가?"
그 부드러운 반문이 에키에게는 명치를 파고드는 서늘한 칼날처럼 느껴졌다. 그녀는 진심으로 대련할 생각이 아닌데, 그는 저토록 동요하고 있다. 거짓말보다 더한 짓일지도 모른다. 지금이라도 아니라고 거절할까.

하지만 그녀는 알아야 했다. 그가 그녀에게 관심을 두는 이유를 알고 싶었다. 그러지 않고서는 나아갈 수 없었다. 계속 제자리에 맴돌며 그를 보며 설렜다가, 의심하고, 멋대로 기대했다가, 정신을 차리고 부정하는 짓을 반복하기만 할 테니까.

"네. 로드께서 괜찮으시다면."

그의 눈을 피하며 대답하고, 에키는 그루터기에서 일어났다. 대련할 만한 공간이 있는 안쪽으로 몇 걸음 옮겼다.

유리엔은 곧바로 따라오지 않고 잠시간 그대로 앉아 있었다. 그러다가 일어나서 그녀 쪽으로 다가왔다. 다가오는 걸음이 약간 균형을 잃고 있었다.

에키는 그가 자신의 맞은편에 똑바로 설 때까지 가만히 기다렸다. 그는 빈손이지만, 성검을 쓰면 되니 따로 검이 필요하진 않았다. 그녀는 한 손을 아메시스트의 손잡이에 올리고 입을 열었다.

"제가."

목소리가 긴장으로 갈라졌다. 헛기침을 몇 번 하며 간신히 목소리를 고른 후에 다시 말했다.

"제가 선공하겠습니다."

"……알겠다."

"검을 드시면 시작할게요."

"그러지."

사이에 거리가 조금 있는 데다 한밤중이지만 에키는 그가 뚜렷하게 보였다. 그는 이 순간이 믿기지 않는 것처럼 멍한 낯을 하고 있었다.

그가 오른손을 늘어뜨렸다. 손바닥의 황금색 문양에서 빛이 번지듯 퍼져 나와 하얀 성검을 이루었다. 그는 오른손을 움직여 성검을 쥐려다가 그것을 놓쳐 버렸다.

"아."

랑기오사는 소리 없이 바닥에 꽂혔다. 무심결에 신음을 흘린 유리엔이 왼손으로 마른세수를 했다. 그러곤 오른손을 쥐었다 폈다 반복해 보더니, 바닥에 꽂혀 있는 검을 향해 그 손을 뻗었다. 내미는 손이 눈에 띄게 떨리고 있었다.

'왜……?'

창천 기사단장인 그가 검을 놓칠 정도로 손을 떨다니. 왜 떠는 걸까. 두려워서? 기뻐서? 무슨 감정이 그를 저토록 긴장하게 만드는 걸까. 알 수가 없었다. 짐작도 가지 않았다. 그러나 한 가지는 확실했다.

'어떤 감정으로 대련을 기대했건 간에, 끝나고 나면 그는 실망하게 되겠지.'

얼음물로 머리를 얻어맞는 기분이었다. 실망할 거다. 그녀는 지금부터 검으로 거짓말을 할 테니까. 그에게 상처를 주게 될지도 모르겠다. 그 생각을 하자 눈가가 화끈해졌다. 속에서 무언가가 울컥 솟는다. 에키는 간신히 그것을 참았다.

'안 돼, 진심으로 상대했다간…… 들켜 버린단 말이야.'

그녀는 마검의 악마를 증오하지 않는 유리엔을 상상할 수가 없었다.

며칠 전에 꿨던 꿈이 떠오른다. 웃으며 말하던 시체. 네가 감히 나를 사랑하느냐고 비웃던 시체. 감정이 범람하며 이성의 벽 너머로 넘실거렸다. 그 파도가 손끝까지 닿았다. 아메시스트에 올려 둔 손이 떨렸다. 그녀는 반쯤 제정신이 아닌 상태로 검을 뽑았다.

그것을 유리엔을 향해 겨누는 순간, 그녀는 다른 문제를 깨달았다.

똑바로 겨눈 칼끝이 유리엔의 가슴께에 있다. 온기 없는 금속의 너머에 하얀 남자가 서 있다. 사람을 베기 위해 만들어진 물건을 그녀가 쥐고 그를 향해 겨누고 있다.

 칼. 하얀 남자. 퍼져 나가던 붉은 피. 죽음. 분수대의 앞, 시체의 산, 그녀가 죽인 남자, 감기지 못했던 눈동자. 단번에 연상되는 악몽 같은 기억.

 심장이 공포에 질려 발작하듯 뛰었다. 호흡이 가빠진다. 얼굴에서 순식간에 핏기가 빠져나갔다. 칼끝이 주체할 수 없이 떨렸다. 눈에 눈물이 고이며 칼끝 너머 유리엔의 모습이 흐릿하게 뭉그러졌다.

 [야, 너 왜 그래?]

 마검 바르데르기오사. 살의. 악의. 몸을 물들이고 조종하던 것들. 마검의 음성을 듣자마자 손끝에 살의가 휘감기는 것 같은 진득함이 느껴졌다. 검게 물들어 가는 환상이 보였다. 에키네시아는 진저리를 치며 손에 들려 있던 검을 내팽개쳤다. 금방이라도 비명을 내지를 것 같은 입을 손으로 틀어막았다. 그리고 뒤로 물러섰다.

 "에키네시아?"

 그녀가 이상하다는 것을 눈치챈 유리엔이 당황하며 그녀 쪽으로 다가왔다. 에키는 그가 다가오는 만큼 물러났다. 그러자 그는 더 이상 다가오지 않았다. 그녀만큼이나 희게 질린 얼굴로, 차마 더 다가오지는 못하고, 그가 그녀를 조심스럽게 살폈다.

 "에키네시아."

 달래듯 애달픈 목소리. 그 부름에 담긴 것을 읽어 낼 정신이 남아 있지 않았다. 에키는 정신없이 고개를 저었다. 더 물러났다. 유리엔이 이를 악무는 게 보였다. 그가 무어라 말하려는 찰나.

 에키와 유리엔은 동시에 고개를 돌렸다. 골짜기 아래 어둠 속에 시뻘건 불빛들이 하나둘, 형형한 짐승의 눈알처럼 떠올랐다. 우우거리는 함성, 거친 발소리, 그 소음들 사이로 사나운 명령이 깃발처럼 솟았다.

"마녀! 마녀를 끌고 와!"

유리엔이 몸을 낮추며 골짜기 쪽으로 다가갔다. 에키는 스스로 내팽개쳤던 아메시스트를 다시 주웠다. 그러면서 고여 있던 눈물을 빠르게 훔쳐 냈다. 그녀의 심장은 아직도 미친 듯이 뛰고 있었고, 검을 쥐는 손에도 떨림이 남아 있었지만, 얼굴은 침착함을 되찾았다.

감정이 덮쳐 온다 해서 움직여야 할 때 움직이지 못하는 사람이었다면, 에키네시아는 시간을 되돌려 두 번째 기회를 얻기는커녕 진작 마검에게 먹혀 버렸을 것이다. 그녀는 빠르게 자신을 가다듬었다. 호흡을 고르고 아메시스트를 쥔 채 골짜기 쪽으로 다가갔다.

아래의 분위기는 집단 광기에 가까워져 있었다. 햇불을 치켜든 사람들이 십여 명. 커다란 어른들 사이에 작은 어린아이가 널브러져 있었다. 거친 밧줄로 만든 올가미가 아이의 목에 걸려 목줄처럼 당겨졌다. 다듬어 주지 않아 짐승의 털처럼 엉망으로 얽힌 긴 잿빛 머리카락이 힘없이 흔들렸다. 뒤에 있던 노인이 아이에게 발길질하며 소리를 질렀다.

"이 빌어먹을 것! 너 때문에 내 아들이 죽었어!"
"우리 마을에 무슨 짓을 한 거야!"
"새끼 마녀! 네 어미도 네가 잡아먹은 거지?"
"기름 가져 와, 기름! 마녀는 태워 버려야 완전히 죽으니까!"

주동자로 보이는 남자가 흥분한 어조로 햇불을 흔들어 댔다. 불그레한 불빛 아래로 드문드문 드러나는 얼굴들은 모두 악귀처럼 일그러져 있었다. 몇몇이 나무통을 짊어지고 와 허름한 쉼터에 기름을 가득 뿌렸다. 주동자가 한 손으로 아이의 멱살을 잡고 들어 올렸다.

그 모든 것을 확인하고 정황을 파악한 유리엔이 성검을 고쳐 쥐었다. 그가 빠른 어조로 말했다.

"에키네시아, 저 아이가 엘기오사의 오너일 거다. 사람들은 내가 막을 테니, 그대에게 아이를 부딕 해도 되겠나?"

"예, 로드."

에키는 짧게 답했다. 그는 그녀를 돌아보지 않았다. 조금 전까지 흔들리던 그녀를 보아 놓고도 그녀의 상태를 확인하지 않는다. 그녀가 하겠다고 대답한 이상, 의심할 필요가 없다는 듯이.

그가 튀어나온 바위나 나무를 밟으며 골짜기 아래로 뛰어내렸다. 거의 추락하는 것 같은 속도였다. 에키 역시 그를 뒤따라 내려갔다. 아이보리색 드레스가 어둠 속에서 펄럭였다.

그사이 주동자는 아이를 기름 범벅인 쉼터 안쪽으로 집어 던졌다. 문을 닫고 아이가 나오지 못하도록 문 앞에 나무통과 바위를 끌어다 막는다. 쉼터째로 불을 질러 아이를 태워 죽이려는 모양이었다.

[기분 좋다! 엄청 강렬하네.]

마검이 흥얼거리듯 말했다. 바르데르기오사가 좋아할 만한 악의와 살의가 골짜기 가득 넘실거리겠지. 에키는 눈살을 찌푸렸다. 손의 떨림이 완전히 사라지고 심장은 다른 이유로 뛰기 시작했다. 혹여 저 아이가 기오사 오너가 아니라 해도 눈앞에서 어린아이가 타 죽는 꼴을 지켜볼 생각은 없었다. 마음이 급해졌다.

유리엔이 먼저 아래에 도달했다. 남자 하나가 쉼터에 불을 붙이기 위해 횃불을 가까이 하고 있었다. 유리엔은 앞뒤 가릴 것 없이 랑기오사를 집어 던졌다. 성검은 남자가 들고 있던 횃불 윗부분을 정확하게 베고 지나가 땅에 박혔다.

"으헉!"

남자가 끄트머리만 남은 횃불을 들고 식겁해서 주저앉았다. 갑자기 날아온 하얀 검에 놀란 사람들의 시선이 검이 날아온 방향으로 향했다.

"뭐, 뭐야?"

"어디서 갑자기 검이……."

어둠 속에서 흰 제복을 걸친 유리엔이 나타나자 그들은 귀신을 본 듯한 낯이 되었다. 무지한 사람들은 창천 기사단의 제복이나 문장을 알아보지 못했지만, 그의 외양만으로도 그가 범상치 않은 사람이라는 건 알 수 있었다. 불안한 목소리가 그들 사이에서 떠돌았다.

"누, 누구……."

유리엔이 그들 쪽으로 다가갔다. 급하지 않은 걸음이었다. 그 여유로운 태도가 묵직한 압박감이 되어 주위를 눌렀다. 서리가 내릴 것처럼 싸늘한 눈이 사람들 사이를 훑었다. 시선이 마주치는 사람마다 화들짝 놀라 고개를 숙이거나 눈을 피했다.

유리엔은 혼자고 마을 사람들은 열 명이 넘으니 호기를 부려 볼 만도 하건만, 사람들은 자연스럽게 그가 지나가도록 비켜섰다. 이글거리던 광기 위로 얼음 같은 정적이 내려앉았다. 그는 느릿하게 그들 사이를 가로질러 땅에 꽂혀 버린 랑기오사를 다시 쥐었다. 그러곤 쉼터를 등진 채 서서 주저앉은 주동자를 내려다보았다.

주동자는 40대쯤 되어 보이는 중년 남자였다. 유리엔은 그에게 검을 겨누지 않고 그저 늘어뜨리고만 있었지만, 남자는 목덜미에 칼이 들어온 듯한 표정을 지었다. 유리엔이 건조한 어투로 물었다.
"어느 마을의 주민들인가?"
"뉘, 뉘, 뉘십니까?"
"나는 창천 기사단장이다. 너희가 어느 마을 소속이냐고 물었다."
"창, 창천……?"
얼뻐진 되물음이 곧 술렁서럼이 되고, 경악이 되기까진 긴 시간이 걸리지 않았다. 창천의 문장을 알아보지 못할 정도로 무지하더라도 창천 기사단이 어떤 곳인지 정도는 대부분 알고 있었다. 웅성거리는 이들을 무시하고 유리엔은 주동자를 응시하며 조용히 말했다.
"세 번 묻게 하지 마라."
내려다보는 시선이 무거웠다. 주동자는 침을 꿀꺽 삼키고 간신히 대답했다.
"저, 저희는, 고, 고트 마을에서 왔습니다. 여기서 북쪽에 있는……."
에키는 유리엔이 마을 사람들을 상대하는 사이 쉼터의 창문을 부수고 있었다. 검기를 쓰지 않고 바위와 나무통으로 막은 문을 여는 건 어려워서 창을 부수는 게 빨랐다. 나무 덧창을 내리치는 아메시스트에 기름이 흠뻑 묻어났다.
그녀는 금세 부서진 덧창을 치워 버리고 안으로 뛰어들었다. 안쪽은 완전한 어둠이었다. 그녀가 부순 창에서 밖의 햇불들이 비추는 빛이 어른어른 새어 들어왔다. 에키는 그 빛으로 내부를 확인했다. 아이는 모퉁이에 웅크린 채 양손으로 머리를 감싸고 있었다. 동그랗게 말린 몸이 조그마했다.
그녀는 일부러 기척을 죽이지 않고 아이에게로 다가갔다. 구두 굽이 또각거리는 소리가 날 때마다 아이의 어깨가 흠칫흠칫 떨렸다. 가느다란 목에 여전히 밧줄로 만든 올가미가 걸려 있었다.
에키는 어린아이를 대하는 데 능숙하지 않았다. 어린애 같은 마검에 익숙하긴 했지만, 실제 어린아이는 아니었으니까. 그래도 잔뜩 겁을 먹은, 조금 전에 불타 죽을 뻔한 아이를 막무가내로 끌고 나가서는 안 된다는 정도는 알 수 있었다. 억지로 데리고 나갔다간 안 그래도 공포에 떠는 아이가 충격을 받을 것이다. 밖에 유리엔이 있으니 불이 붙을 일도 없다.

그녀는 우선 아이를 안심시키기로 했다. 아이의 앞에 쪼그리고 앉았다. 드레스 자락이 바닥에 닿으며 고인 기름이 묻어 더러워졌지만 신경 쓰지 않았다. 그녀가 최대한 부드러운 목소리를 냈다.

"괜찮아. 해치지 않아."

아이가 부들부들 떨더니 벽 속으로 파고들어 가고 싶은 것처럼 움직였다. 손으로 벽을 긁어 댔다. 긁은 곳에 핏자국이 남았다. 공포에 질려 제정신이 아닌 모양이었다. 말을 알아듣긴 한 건지도 모르겠다.

에키는 잠깐 고민하다가 아주 천천히 손을 내밀었다. 지저분하고 상처투성이인 아이의 발에 레이스 장갑을 낀 손이 닿았다. 움찔하며 아이의 발가락이 오므라들었다. 벽 모퉁이에 쪼그린 터라 더 이상 물러날 곳도, 발을 감출 곳도 없었다. 아이의 온몸이 바들바들 떨렸다. 울음을 참는 것처럼 흐으으 하는 신음이 새어 나왔다.

"나는 너를 구하러 왔어."

그녀가 속삭이듯 말하며 손으로 아이의 발을 감쌌다. 새의 날개가 알을 품듯 바짝 마른 맨발을 덮었다. 얇은 장갑 너머로 그녀의 체온이 전해졌다. 그 상태로 조심스럽게 말했다.

"난 에키네시아 로아즈라고 해. 에키라고 부르면 되고. 그냥 언니라고 불러도 돼. 너는 이름이 뭐니?"

그 말에 아이가 파묻고 있던 머리를 조금 들었다. 방어 자세를 취하듯 머리를 가리고 있던 팔뚝 사이로 퀭하게 커다란 회색 눈동자가 보였다.

'회색 머리카락, 회색 눈동자…… 솔이구나.'

진 대륙을 떠돌아다니는 나라 없는 민족, 솔. 그들은 일정한 거주지 없이 방랑하며 점술이나 기예, 음악, 잡화 팔이 등으로 살아가는 유랑 민족이었다. 집단을 이루지 못한 이방인은 쉽사리 배척당하며, 보호받지도 못한다. 차별과 범죄의 대상이 되기도 쉬웠다.

대충 일이 어떻게 되었는지 알겠다. 저 마을에 뭔가 안 좋은 일이 있었고, 솔족 어린아이인 이 아이가 원흉으로 몰린 거겠지. 자세한 건 조사해 봐야 알겠지만 맥락은 뻔했다. 타인을 증오한 적이 한 번도 없어야 사용할 수 있는 엘기오사의 오너일 아이를 향해 마녀라니, 기가 찰 일이었다.

"이름을 가르쳐 줄래?"

에키는 아이의 눈을 마주하며 다시 물었다.

부서진 창으로 새어 드는 불빛으로, 아이는 자신 앞에 쪼그려 앉아 있는 여자를 살펴보았다. 여자는 화려하고 아름다웠다. 프릴로 휘감긴 아이보리색 드레스, 선명한 보라색 눈동자. 어깨 아래로 흘러내린 머리카락은 달콤한 사탕 같은 분홍색이었다.

아이는 이렇게 예쁘고 귀해 보이는 사람을 본 적이 없었다. 도시의 진열장 안에서 보았던 정교한 인형 같았다. 그런 사람이 자신의 발을 감싸고 상냥하게 웃고 있었다.

구하러 왔다고. 나를? 내 이름을 묻고 있어. 나는 이미 죽은 걸까?

코를 찌르는 기름 냄새는 여전히 생생하고 끔찍한데.

꿈을 꾸는 기분이었다. 아이는 멍하니 그녀를 보다가 우물우물 대답했다.

"샤이……."

"샤이? 이름이 샤이야?"

아이가 미미하게 끄덕였다. 에키는 아이의 떨림이 줄어든 것을 알아차렸다. 내심 안심하며 아이를 향해 다른 손을 내밀었다.

"언니랑 같이 나가자, 샤이."

"어, 어디로……?"

"안전한 곳으로. 여기는 기름이 많아서 위험하니까, 얼른 나가야 해."

"하, 하지만 밖에, 사람들이, 있잖아요. 다들 화가 나서……."

샤이가 울먹이며 속삭였다. 에키는 웃으며 답했다.

"괜찮아. 내가 지켜 줄게. 아무것도 겁내지 않아도 돼."

일상적이고 평이한 어조였다. 아무렇지도 않게 나오는 말이 되레 강한 확신을 주었다. 기름 냄새가 맴돌고 횃불의 불그레한 빛이 불길하게 일렁거리는 낡아 빠진 헛간과는 어울리지 않는, 그녀의 완벽하게 치장한 모습은 비현실적이었다. 그 모습도 그녀의 말에 기묘한 무게를 더했다. 무슨 일이 있더라도 그녀 곁에 있으면 평온할 것만 같은.

샤이는 홀린 듯이 손을 뻗었다. 허공을 더듬으며 조금씩 다가오는 작은 손을 에키가 맞잡아 주었다. 눈물범벅인 소녀의 눈에 빛이 들어오는 순간.

허공이 일그러졌다. 갈라진다. 닿았다. 회색 머리카락 끝이 가장 먼저. 그리고 곧이어 빨려 들듯 아이의 몸 전체가. 막 잡았던 손이 미끄러져 떨어져 나갔다.

에키는 눈을 치뜨고 반사적으로 손을 뻗었다. 늦었다. 아이의 바로 뒤에 생겨난 공간의 일그러짐은 단번에 아이를 집어삼켰다. 곧이어 유리구슬처럼 일그러진 공간이 커진다. 아이의 손 대신 허공만 잡아챈 에키는 욕설을 내뱉으며 범위 밖으로 물러났다.

"빌어먹을 결절!"

생기랄 땐 안 생기고! 대상을 찾을 수 없는 울분이 확 솟구쳤다. 회귀 이전엔 불타 죽었던 성녀를 살리려 하자 그 변화를 감지한 라키아기오사가 나타난 모양이었다. 바르데르기오사가 추측했던 대로, 무언가를 바꾸려 하면 할수록 결절이 생길 확률도 높아지는 듯했다.

결절은 급속도로 커졌다. 벌써 건물 안쪽을 거의 다 집어삼켰다. 생겨난 장소가 무고한 어린애 하나를 태워 죽이려고 기름을 퍼부은 헛간이니 안쪽 상황도 끔찍할 터였다. 에키는 부풀어 오르는 결절을 피해 벽에 딱 붙은 채로 고민했다. 이걸 어쩌지.

'어쩌긴 어째. 들어가야지. 지켜 주겠다고 약속했잖아.'

고민은 순식간에 끝났다. 그녀는 어지간해선 죽지 않는다. 전쟁터에 생겼던 결절도 별문제 없었지 않나. 그러나 저 솔족 어린아이는, 샤이는, 결절 안에 홀로 남았다간 확실하게 죽을 것이다.

에키는 샤이의 손을 쥐었던 자신의 손을 내려다보았다. 그 아이는 작고 말라 있었다. 엘기오사의 오녀, 성녀. 이런 지경에 이르러서도 아무도 증오하지 않는다는 게 가능할까. 그녀는 생각을 그만두고 아메시스트를 고쳐 쥐었다. 그러나 그녀가 뛰어들기 전에 부서진 창으로 유리엔이 고개를 들이밀었다.

"에키네시아? 무슨 일……!"

그는 물거품에 비친 것처럼 굴절된 내부를 보자마자 그것이 결절임을 알아보았다. 그의 얼굴이 창백해졌다. 에키는 멈칫했다. 제 발로 결절에 들어가는 모습을 그에게 보일 수는 없는데. 또 넘어지는 척이라도 해야 하나. 짧은 순간 갈등이 일었다.

하지만 그녀의 고민은 금세 무의미한 짓이 되어 버렸다. 결절과, 사라진 아이와, 벽에 붙어선 에키네시아를 모두 확인한 유리엔은 한 팔로 창틀을 짚고 단번에 창을 뛰어넘었다. 잠시 눈이 마주쳤다. 하늘색 눈동자가 그녀를 바라본다. 눈이 깜박였다. 쓸쓸한 미소가 찰나 스쳐 갔다. 그리고 그는 에키가 반응할 틈도 없이 결절 안으로 들어가 버렸다.

"유……!"

에키는 얼이 빠져서 그의 이름을 부르려다 삼켰다. 피가 얼어붙는 기분이 들었다.

미쳤어? 미쳤냐고. 그 안에 뭐가 있는 줄 알고 그렇게 들어가! 아무리 마스터고 기오사 오너라지만, 결절 내부는 세계와 다른 법칙으로 돌아간단 말이야! 어떤 일이 일어날지 아무도 장담하지 못해. 죽을지도 모르는데, 제 발로 결절에 들어가? 목숨 아까운 줄 모르는 거야? 겁이 없어? 내가 당신을 어떻게 살려 냈는데!

비명 같은 생각이 휘몰아쳤다. 머리가 핑 돌며 아파 올 정도로. 그 와중에 그녀는 마음속의 저울에 두 가지를 올렸다. 마검의 악마임을 들킬 위험을 감수하고 그와 샤이를 지키러 들어가는 것, 그리고 들키지 않는 대신 결절 밖에서 얌전히 기다리는 것.

저울은 올린 것이 허무할 정도로 단번에 기울었다. 고민하는 게 우스운 일이었다. 에키네시아는 결절 안으로 걸음을 내디뎠다.

세 명의 기오사 오너를 집어삼킨 결절이 급속도로 범위를 넓혔다.

그 굴절된 공간은 횃불을 들고 몰려 있던 마을 사람들과, 골짜기 안쪽 전체까지 탐욕스럽게 먹어치운 다음 흔적도 없이 사라졌다.

결절 내부로 들어서는 순산 훅 하고 열기가 끼쳐 왔다. 에키는 팔뚝으로 얼굴을 가린 채 눈을 가느다랗게 떠 보았다.
"……예상은 했지만."
[끝내준다!]
골짜기에서 분리된 결절은 골짜기의 지형 그대로였다. 물론 내부의 모습은 완전히 달랐다. 골짜기 안에 있던 나무들이 원래보다 세 배에서 네 배까지 커졌다. 꼭대기는 까마득한 높이까지 치솟고 줄기는 신전의 기둥보다도 굵어졌다. 나무들이 높고 굵은 기둥처럼 빽빽이 솟아 길목을 막으며 시야를 가리자 결절 내부는 거의 미로처럼 보였다.
그것이 끝이 아니었다. 나무의 줄기와 가지는 모두 숯처럼 새카맣게 변했고, 나뭇잎은 타오르는 불로 변했다. 머리 위의 나뭇잎들이 모조리 불꽃이었다. 후끈할 정도로 끼쳐 오는 열기는 그 불꽃 나뭇잎들 때문인 듯했다.
에키는 낙엽처럼 떨어지는 불꽃을 재빨리 피했다. 바닥에 닿은 나뭇잎 모양의 불꽃은 구르다가 기름에 닿아 불씨를 피워 올렸다. 확 하고 불길이 솟았다.
"기름까지 있어?"
그녀는 질겁하여 바닥을 살폈다. 흙바닥에 기름이 좁은 폭의 시냇물처럼 흐르고 있었다. 나뭇잎에서 옮겨붙은 불이 기름의 줄기를 따라 불길이 되어 흘렀다.
 기둥 같은 나무들에 이어 언제든 불길로 변할 수 있는 기름 길까지. 마물은 안 보이는데 지형 자체가 가관이었다.
 '여기서는 오래 못 버티겠는데.'
 에키는 인상을 쓰며 생각했다. 마물이 없더라도 먹을 것이 없으면 결절이 열리기까지 버티기가 힘들다. 식량이 될 만한 게 함께 빨려 들어왔어야 결절 내부에 먹을 것이 존재하는데, 이 결절은 아무것도 없어 보였다. 나무가 다 불붙은 쇠기둥 꼴이 되어 버렸고 바닥엔 기름 시냇물까지 흐르니 혹 식량이 있더라도 다 타버릴 것이다. 물도 없을 확률이 높았다.
 내부에서 버티는 게 무리라면 저번 흰 까마귀 협곡의 결절에서처럼 시작점을 찾아내서 기오사로 찔러 보는 수밖에 없다. 다행히 시작점이 어딘지 확실히 알고 있으니 찾기만 하면 될 터였다. 쉼터 안, 샤이가 웅크리고 있던 등 뒤의 모퉁이에서 결절이 시작되었으니까.
 '그나마 다행인 게, 굳이 바르데르기오사를 꺼내지 않더라도 유리엔의 랑기오사나 샤이의 엘기오사가 있다는 점이네.'
 일단 불의 미로만 보일 뿐, 마물이나 기괴한 생물 같은 건 보이지 않으니 마스터인 것도, 마검도 숨길 수 있을 것 같았다. 역시 들어오길 잘했다. 그녀가 들어오지 않았다면 유리엔이나 샤이나 마물이 아니라 굶주림과 갈증으로 죽었을지도 모른다.
 사방은 불꽃 나뭇잎이 타닥거리는 소리 외에는 조용했다. 에키는 아메시스트를 뽑아 쥔 채 걸음을 옮겼다. 감각을 있는 대로 곤두세우고 인기척을 찾았다. 한동안 안을 헤매던 에키는 이 결절이 생각보다 위험하다는 것을 깨달았다.

'정말 미로잖아, 이건.'

계속 막다른 곳이 나왔다. 나무가 까마득히 높고 하늘은 똑같은 불바다라 여기가 어디쯤인지도 모르겠다. 골짜기 안쪽의 지형은 일주일 넘게 내려다봐서 익숙한데도 어디가 어딘지 분간이 가질 않았다.

[주인아, 어쩐지 계속 같은 곳을 빙빙 도는 느낌인데? 내 착각이지?]

"착각이 아닐걸."

이걸 어떻게 해야 하나. 에키는 제자리에 멈춰서 잠시 고민했다. 그 순간 그녀의 귀에 가냘픈 소리가 들렸다. 어린 여자아이의 비명. 이 결절에 있을 어린아이는 샤이뿐이다. 그녀는 소스라치게 놀라 고개를 들었다. 비명은 짧게 한 번 난 이후 들리지 않았다.

"샤이! 샤이! 어디니?"

비명이 난 쪽으로 다가가며 소리 높여 아이의 이름을 불렀다. 감각을 있는 대로 넓혀 봤지만 걸리는 게 없었다. 아니, 오히려 탐지 범위가 평소보다 좁아진 느낌이었다. 눈 근처에 가리개가 덮여 시야가 좁아진 느낌과 비슷했다. 숯 바른 철벽 같은 나무 탓인지 이 결절 자체의 특성인지 잘 모르겠다.

대답이 돌아오지 않았다. 초조해졌다. 비명이 들려온 방향은 새카맣고 커다란 나무가 막고 있었다. 에키는 나무에 손을 짚으며 귀를 기울이려 했다.

"으, 큭."

손을 대자마자 떼어 냈지만 늦었다. 얇은 장갑은 순식간에 타 버리고 손바닥이 시뻘겋게 달아올랐다. 화상이었다. 겉보기엔 그저 검기만 한 나무 기둥이 실은 손대는 순간 익어 버릴 정도로 고온인 듯했다. 이 정도로 뜨거우면 닿기 전에 알아차릴 수 있는 게 정상인데 손이 완전히 닿기 전까지는 전혀 느끼지 못했다. 정상적인 세계와 별개의 법칙에 지배받는 공간인 탓이다.

"망할 결절, 가지가지 하네."

[야, 너 왼손 못 쓰겠는데?]

"이 정도면 쓰려면 쓸 수 있어."

에키는 고통을 참으며 화상을 입은 손을 늘어뜨렸다. 다행히 왼손이었다. 오른손으로 드레스 안쪽의 풍성한 페티코트를 일부 찢어 왼손을 대충 감았다. 그러면서 계속 귀를 기울이고 감지를 시도했지만 깜깜하기만 했다.

"샤이! 들리니? 샤이!"

한 번 더 불러 봤지만 여전히 무반응이었다. 유리엔이라면 이런 결절에서 굶주림 말고는 목숨이 위험할 일이 없겠지만 샤이는 무력한 어린애였다. 뭔가 큰일이 난 건 아니겠지. 몹시 불안해졌다.

돌아가며 길을 찾을 시간은 없었다. 에키는 오른손의 아메시스트를 들었다. 혹시 몰라 그냥 휘둘러 봤지만 예상대로 검게 변한 나무 기둥에는 흠집조차 나지 않았다. 그녀의 실력이라면 칼 한 자루만 가지고도 어지간한 금속까지 베어 낼 수 있는데도.

그녀는 별수 없이 마나를 끌어 올렸다. 검에 보랏빛이 어른거렸다. 아메시스트는 맞춤 제작 명검답게 마나를 잘 받아들였다. 검기를 덧씌운 검을 기둥을 향해 휘둘렀다.

조금 전과 달리 나무 기둥은 순두부처럼 부드럽게 잘렸다. 너무 깔끔하게 잘려서 잘린 그대로 넘어지지 않고 얹혀 있었다. 그녀는 구둣발로 나무의 윗부분을 걷어차 넘어뜨렸다. 높은 굽 덕에 발이 델 일은 없어서 다행이었다.

기둥을 넘어서 건너편으로 가도 샤이는 보이지 않았다. 에키는 두 번 더 그 짓을 반복한 끝에 간신히 샤이를 찾아냈다.

"저게 뭐야?"

진흙으로 빚은 거인 같은 것이 손에 쥔 올가미에 샤이를 걸어 질질 끌고 가고 있었다. 저래서 소리를 못 냈구나. 목이 졸린 아이의 팔다리가 힘없이 버둥거렸다. 아직 살아 있었다. 그녀는 앞뒤 잴 것 없이 곧바로 달려들어 거인의 팔을 베어 냈다.

떨어진 팔은 철퍽 하고 진흙이 되어 바닥에 흩어졌다. 거인은 그리 느린 편이 아니었지만, 에키가 워낙 빨랐던 탓에 그녀가 올가미째로 샤이를 받아 낸 후에야 제 팔이 잘린 것을 알아차렸다.

에키는 우선 샤이의 목에 걸려 있는 올가미를 잘라 냈다. 목이 자유로워진 소녀가 눈물 고인 눈으로 컥컥 숨을 들이쉬었다.

"켁, 케헥."

"괜찮아? 잠깐만 기다려."

에키는 샤이를 등 뒤로 숨기고 성큼 성큼 다가오는 진흙 거인을 향해 돌아섰다. 그녀가 잘랐던 오른팔이 어느새 복구되어 있었다. 거인이 그녀의 머리만 한 주먹을 뻗었다. 바람이 일어 머리카락이 흩날릴 정도로 거센 주먹이었다.

하지만 그녀에게는 너무 느렸다. 에키는 간단하게 그것을 피하고 품에 안기듯 거인의 안쪽으로 들어갔다.

[재생하는 걸 보니 슬라임인가? 골렘? 어느 쪽이든 핵을 부수면 되겠지?]

마검이 한가하게 종알거렸다. 에키도 같은 생각이었다. 처음 보는 마물이지만, 언제는 결절에서 익숙한 마물이 나왔던가. 그래도 기본 형태라는 게 있으니 저런 식으로 재생하는 놈은 핵을 찾아 부수면 될 터였다.
 마나의 흐름으로 핵을 찾아낼 수도 있으나 에키는 그럴 필요가 없었다. 살육에 특화된 마검은 주인이 상대를 죽이기에 가장 효율적인 경로를 본능적으로 알 수 있도록 해 주었다.
 '저곳, 가슴과 배 사이 명치.'
 그녀는 그저 직감적으로 알아차린 곳을 향해 검을 찌르기만 하면 되었다. 마나를 실을 필요도 없었다. 진흙을 부드럽게 가르며 푹하고 칼날이 박혀 들어갔다. 그리고 진흙 속 무언가에 닿았다.
 '응?'
 칼끝에 걸리는 감촉이 지나치게 익숙했다. 살과 뼈를 가르고 내장을 헤집는 감촉. 오싹 소름이 돋았다. 그와 별개로 몸은 능숙하게 검을 비틀며 잡아 뺐다.
 그녀가 낸 상처에서 시뻘건 핏물이 솟구치며 진흙 거인이 허물어졌다. 에키는 쏟아지는 피와 진흙을 피해 뒤로 물러났다. 앞으로 쓰러진 거인의 몸에서 진흙이 흘러 떨어져 내렸다. 그러자 그녀가 찌른 '핵' 부분만이 남았다.
 "……돌겠네."
 [우와, 이게 웬 떡이야. 죽겠지? 죽였다!]
 마검이 신이 난 목소리로 말했다. 핵은 인간 남자였다. 머리가 희끗한 노인의 등에서 피가 콸콸 솟아났다. 에키가 찔렀던 그 자리였다. 그녀는 창백하게 질린 얼굴로 쪼그려 앉아 노인을 살폈다. 즉사는 아니었지만 곧 죽을 것이다. 의학을 배운 적은 없어도 워낙 많은 사람을 죽여 본 경험으로 금방 알 수 있었다.
 이 인간은 누구지? 결절에 함께 삼켜진 사람? 대체 왜 마물 안에 사람이 있는 거야? 무고한 사람을 죽이게 되는 건가? 또?
 구역질이 났다. 검을 들고 있는 손에서 묻지도 않은 끈적끈적한 피의 감촉이 느껴졌다. 에키는 아메시스트를 내던지고 입가를 감싸 쥐었다.
 "어…… 메리네 할아버지…….'
 그녀의 등 뒤에서 샤이가 가느다랗게 숭얼거렸다. 소녀는 비틀거리는 걸음으로 튀어나와 피범벅인 노인의 등에 손을 올렸다.
 "다, 다, 다쳤…….'
 에키는 멍하니 허둥거리는 소녀를 바라보았다. 샤이는 상처를 확인하고는 혼란스러운 얼굴로 에키를 돌아보았다. 그리고 물었다.
 "낫게 해도 돼요?"
 "……뭐?"
 "저, 저, 사실, 상처를 낫게 할 수 있어요. 병도 없어져요. 더 이상 안 아프게 할 수 있어요. 이상하죠? 언니가 보기에도, 마녀 같겠죠? 역시 전 마녀인가요?"
 저게 뭔 소리야. 상처를 치료하는 게 무슨 마녀야? 에키는 너무 당황스러워서 곧바로 대꾸하질 못했다. 그사이 샤이는 여전히 혼란스러운 얼굴로, 그럼에도 결심한 듯 손을 뻗었다.
 "기, 기분 나빠 하실지도 모르겠지만, 그래도, 그래도, 아픈 건 싫어요. 누구도 아프지 않았으면 좋겠어. 언니, 미안해요, 저, 전, 낫게 하고 싶어요……."
 샤이의 누더기 같은 옷 가슴팍에서 희미하게 빛이 났다. 에키는 소녀의 옷깃 사이 지저분한 피부 위에 뚜렷한 문양이 있는 것을 보았다. 연둣빛 나무 무늬. 그 무늬에서 작은 단검이 튀어나왔다.

빨간 열매가 달린 연두색 넝쿨로 휘감긴 은빛 단검. 대장장이가 인간의 자비로 칼날을 만들고, 인간의 사랑으로 칼날을 감싼 검. 검술의 자질을 전혀 따지지 않고 오너를 선택하는 기오사. 치유검(治癒劍) 엘기오사가 모습을 드러냈다.

샤이는 단검을 쥐었다. 엘기오사는 조그만 단검이었지만 샤이도 원체 작았기에 양손으로 단검을 쥐어야 했다. 소녀는 벌벌 떠는 손으로 그것을 상처에 박아 넣었다. 엘기오사에 대해 아는 에키도 그 광경엔 흠칫 놀랐다. 저게 보통 검이라면 노인은 즉사했을 테니까.

그러나 자애로 만들어진 검은 인간에게 상처를 입히지 않았다. 검이 박힌 자리에서부터 희미하게 빛나는 연두색 넝쿨이 퍼져 나갔다. 상처 부위를 휘감은 넝쿨은 하얀 꽃을 피우고 이어 붉은 열매를 맺었다. 그리고 빛으로 화해 사라졌다.

"맙소사……."

황홀한 광경이었다. 에키는 감탄을 흘렸다. 샤이가 엘기오사를 움켜쥔 채 주저앉았다. 검이 찔렸던 자리에는 상처 자국조차 남지 않았다. 에키가 찔렀던 상처마저 사라졌다. 모든 부상이 깨끗하게 나았다. 노인은 이제 죽지 않을 것이다.

[쳇, 아깝네.]

마검이 툴툴거렸다. 에키는 떨리는 손으로 얼굴을 문질렀다. 의도치 않은 살인을 또 저지르게 되는 줄로만 알았는데. 노인은 살아났다. 저 아이 덕분에. 안도감이 깊게 퍼져 나가며 손끝에 온기가 돌았다.

샤이가 회색 눈에 눈물을 가득 안고 바들바들 떨며 에키를 돌아보았다. 소녀가 무어라 하기도 전에, 에키는 다가가서 아이를 끌어안았다. 자그만 어깨에 고개를 파묻고 진심으로 속삭였다.

"고마워, 샤이. 정말 고마워……."
"어, 언니?"
샤이가 화들짝 놀라며 몸을 떨었다. 풍성한 드레스 자락이 펼쳐지며 소녀의 몸을 감쌌다. 샤이는 프릴 사이에 파묻혔다. 에키에게서 좋은 냄새가 났다. 달콤한 꽃향기 같은 것.
소녀는 머뭇거리나가 소심소심 에키의 옷깃을 쥐었다. 손에 잡히는 실크 자락이 녹을 듯이 부드러웠다. 자신을 감싸 안은 품도 강하면서도 부드러웠다. 샤이는 울 것 같은 목소리로 물었다.
"기, 기분 나쁘지 않아요? 이런 거? 마을 사람들이 다들, 갑자기 낫다니 이상하다고, 역병도 네가 퍼뜨린 거 아니냐면서, 마녀가 틀림없다고……."
"전혀 기분 나쁘지 않아. 오히려 고마운걸. 그리고 샤이, 너는 마녀가 아니야."
에키는 샤이의 푸석한 머리를 쓰다듬었다. 고개를 들고 소녀와 눈을 마주하며 웃었다.
"너는 기오사 오너야, 샤이."
"기오사…… 오너?"
"여기서 탈출하고 나면 누구도 너를 괴롭히지 못할 거고, 너를 마녀라고 부르지도 않을 거야. 너는 아젠카의 성녀가 될 테니까."
"서, 서, 성…… 네? 뭐라고요?"
샤이가 넋이 나간 얼굴로 더듬거렸다. 아직 뭐가 뭔지 잘 모르겠다는 얼굴이었다. 금방 이해하긴 어렵겠지. 나중에 차근차근 알려 주면 된다. 결절을 나가 아젠카로 돌아가면 에키보다 더 잘 설명해 줄 사람이 잔뜩 있을 것이다.

"제가, 그런, 그런 엄청난 사람일 리가 없어요! 뭔가 착각하신 거 아니에요?"

"걱정할 것 없어, 샤이. 내가 보증할게. 넌 이미 성녀야."

"그, 그럴 리가······."

휘둥그레진 채 떠는 소녀가 귀엽고 안쓰러웠다. 에키는 충동적으로 아이의 동그란 이마에 뽀뽀했다. 샤이의 얼굴이 새빨갛게 달아올랐다.

"나가면 알게 될 거야. 그러니까, 우선은 여길 나가자."

그녀는 샤이를 한 번 더 꼭 안았다가 놓아 주고 자리에서 일어났다. 그리고 멀쩡한 상태로 기절해 있는 노인 쪽을 바라보았다.

'진흙 거인 안에 사람이라니······.'

에키는 노인을 이리저리 살폈다. 별 이상은 없었다.

결절이 삼킨 사람을 마물화하는 건 처음 보았다. 다만 그런 경우가 있다는 기록을 본 기억은 있었다. 결절은 생긴 장소의 영향을 받고, 그 장소에 있는 강한 사념이 투사된다. 올가미를 든 진흙 거인은 샤이의 시점에서 자신을 태워 죽이려 했던 마을 사람들의 이미지와 비슷했다. 거대하고, 공포스러운.

"샤이, 이 사람을 안다고 했었지? 누구라고?"

"고트 마을에 사는, 메, 메리네 할아버지예요."

더듬더듬 답하는 샤이의 시선은 에키의 왼손에 닿아 있었다. 천으로 둘둘 감겨 있는 손. 에키는 슬쩍 손을 치맛자락에 감추며 재차 물었다.

"그럼, 널 끌고 왔던 사람들 중 하나야?"

"아, 네."

샤이가 고개를 끄덕였다. 혹시나 했더니 역시나. 에키는 미간을 짚었다. 어린애를 마녀로 몰아 태워 죽이려던 마을 사람이었다니. 아까 실수로 죽여 버렸다고 해도 딱히 후회할 필요가 없는 인간이었다. 골짜기 근처를 지나가던 무고한 사람이라도 되는 줄 알고 놀랐더니만.

"……샤이. 넌 저 할아버지가 밉지 않았어?"

"미워요? 왜요?"

"저 사람은 널……."

태워 죽이려고 했잖아, 라는 말이 목끝까지 올라왔다. 에키는 그 말을 하지 않았지만 샤이는 눈치껏 알아챈 모양이었다. 샤이가 손가락을 꼼지락거리며 조그맣게 말했다.

"다들 슬픈 일이 있었어요. 너무 슬퍼서 힘들었을 테니까……. 무서웠지만, 미워하지는 않아요."

"슬픈 일이라니, 어떤?"

"병이 돌았어요. 많은 사람들이 죽어서……. 엄마도……. 엄마가 죽고 나서야 이 이상한 단검을 쓸 수 있게 되었는데, 이걸 진작 얻었으면 엄마가 죽지 않았을 거라는 생각이 들더라고요. 그리고 나니 단검을 늦게 얻은 제가 미워지는 거예요. 난 왜 이제야 이걸 찾아낸 걸까, 하고."

샤이는 주먹 쥔 손으로 그렁그렁한 눈가를 문질렀다. 소녀는 눈을 가린 채 말을 이었다.

"마을 사람들도, 너무 슬프니까 아무라도 미워하고 싶어진 걸 거예요. 아무도 아프지 않았으면 이런 일이 없었을 텐데. 그러니까 나쁜 건 병이에요, 그 사람들이 아니라."

에키는 멍하니 작은 소녀를 내려다보았다. 그녀로서는 도저히 저렇게 생각할 수가 없었다. 자신을 태워 죽이려 한 사람들의 심정을 이해한다고, 그 사람들 탓이 아니라고?

[와, 뭐야, 나 쟤 무서워. 인간이 저런 마음으로 사는 게 가능해? 날 못 쓰는 인간은 드문데, 쟨 나 못 쓰겠다.]

마검이 질겁한 음성으로 말했다.

바르데르기오사의 오너가 되려면 악의나 살의를 품어 본 적이 있어야 했다. 살면서 악의 어린 생각 한번 안 해 보는 인간이 드무니 대부분의 인간은 마검을 쓸 수 있었다. 오너가 되자마자 조종당하는 게 문제일 뿐이다.

하지만 샤이는 마검을 쥐지 못할 것 같았다. 너무 선해서. 자신을 죽이려 하던 사람을 살려 내고 미워하지도 않는다니. 저 정도면 평범하게 살아가기 힘들 수준이 아닌가. 에키는 드물게 마검의 심정에 약간 공감했다.

그녀가 당황하는 사이 진정한 샤이가 눈치를 보며 에키에게 다가왔다. 소녀는 치맛자락에 숨은 에키의 왼손을 가리켰다.

"저기, 언니, 그 손……. 다쳤죠? 제가 낫게 할 수 있어요."

"아, 이거. 괜찮아, 크게 다친 것도 아니고."

"그래도요. ……낫게 하는 거, 기분 나쁘세요?"

"아니, 그건 절대 아니고."

에키는 나지막이 한숨을 쉬었다. 그러곤 샤이의 어깨를 가리켰다. 가는 어깨는 눈에 띄게 들썩이고 있었다. 지친 것처럼.

"그 힘은 무한정으로 쓸 수 있는 게 아니잖아. 지금도 지쳤고. 어떤 식으로든 대가를 치르는 거지?"

"어…… 오래 달린 것 같은 기분이 들 뿐이에요."

"그것 봐. 샤이, 체력을 아끼도록 해. 나중에 치료해 주렴."

오른손도 아니고 왼손이고, 급한 부상도 아니었다. 지쳐 있는 샤이를 더 힘들게 할 필요는 없었다. 샤이가 좀 체력을 회복하고 나면 그때 부탁해도 늦지 않다. 그녀는 단호하게 고개를 젓고 아까 내던졌던 아메시스트를 찾아 검집에 집어넣었다. 샤이는 못내 미련이 남은 눈으로 에키의 왼손을 바라보았지만 더 고집을 부리진 못했다.

에키는 검을 챙기며 흘깃 기절한 노인 쪽을 바라보았다. 샤이를 마녀로 몰아붙였던 마을 사람이라 생각하니 그다지 챙겨 줄 마음이 들질 않았다. 마음 같아선 결절 안에서 죽든 말든 그냥 버리고 싶은데, 그렇다고 진짜 버리고 가면 저 착해 빠진 아이가 울겠지. 진흙 거인이 돌아다니는 걸 보니 이대로 내버려 뒀다간 죽을 게 뻔했다.

에키는 한숨을 쉬고 노인에게 다가갔다. 별로 잘 대해 줄 기분이 아니라서 가차 없이 발로 찼다.

"힉."

샤이가 그 기세에 놀라 딸꾹질을 했다. 에키는 아랑곳하지 않고 노인이 깨어날 때까지 몇 차례 더 구두 굽으로 밟아댔다. 얼마 지나지 않아 노인이 신음을 흘리며 깨어났다. 그녀는 그가 눈을 뜨는 걸 확인하고 발을 내렸다.

"일어나서 걸어요."

"으……? 뭐, 뭐야!"

"살고 싶으면 걸어서 따라와요. 샤이한테 감사하고."

노인은 상황을 파악하지 못하고 허둥거렸다. 에키는 할 말만 남기고 샤이의 손을 잡았다.

"가자, 샤이. 우선 그 쉼터를 찾아야 해."

"어, 아, 네!"

샤이는 노인을 흘긋거리며 에키에게 이끌려 걸었다. 에키는 몇 걸음 걷다가 뒤를 돌아보았다.

"안 따라와요? 따라오지 않으면 죽을지도 몰라요."

주위의 기괴한 모습에 넋을 놓았던 노인이 그 말에 채찍을 맞은 것처럼 일어났다. 그가 엉거주춤 움직이는 것을 확인하고 에키는 다시 걸었다. 이번에는 미로의 갈림길에 도달할 때마다 나무 기둥에 표시를 남기며 이동했다.

'유리엔이라면 이 안에서 위험할 일은 없어.'

그를 걱정하는 것과 별개로, 그녀는 그의 실력을 안다. 사실 그녀 자신을 제외하면 그를 위협할 만한 존재는 없다시피 하다. 괜히 창천 기사단장이고 기오사 오너인 게 아니다. 진흙 거인이나 불의 미로 정도로 그가 다치거나 죽을 일은 없었다.

'그럼, 차라리 그와 마주치지 않고 결절을 부숴 버리는 게 낫지.'

검술에 문외한인 샤이나 마을 사람 앞에서는 적당히 실력을 드러내면서도 마스터임을 숨길 수 있었다. 지금, 갈림길에 도달할 때마다 검에 마나를 살짝 실어서 기둥에 표시를 남기는 것처럼 말이다. 그러나 유리엔과 합류하면 그럴 수 없었다.

'시작점을 찾자. 그리고 샤이에게 부탁해서 엘기오사로 결절을 부수면, 유리엔도 안전하게 돌아올 테니까.'

결심을 굳혔다. 에키는 빠르게 걸음을 옮겼다. 그리고 얼마 지나지 않아 문제점을 발견했다. 샤이의 체력이었다.

"괘, 괜찮아요……."

샤이가 가쁘게 숨을 몰아쉬며 고개를 저어댔다. 얼굴이 발갛고 온

몸에 땀이 범벅이었다. 눈에 힘이 풀렸다. 뒤따라오던 노인도 혀를 빼 물고 헉헉거리고 있었다. 노인과 어린아이의 체력으로 미로를 계속해서 헤매는 건 무리였다. 불꽃 나뭇잎과 곳곳의 불로 열기가 가득해서 더 쉽게 지쳤다.

[아오, 다 귀찮아. 그냥 죽이고 나가면 안 돼?]

마건이 툴툴거렸다. 에키는 들은 척도 하시 않고 수위를 살폈다. 샤이를 두고 그녀가 혼자 시작점을 찾아보는 게 나을 듯했다. 어디 잠시라도 안전할 만한 곳이 없나. 진흙 거인이 나타나더라도 안전한 장소가 필요했다. 하지만 미로에는 그럴 만한 곳이 보이지 않았다.

보이지 않으면 만드는 수밖에.

"잠깐 뒤로 물러나."

에키는 샤이와 노인으로부터 떨어진 곳에 가서 몰래 검기를 써 나무를 베어 냈다. 아까 샤이를 찾으며 나무를 벨 때 짐작한 게 있었다. 그녀는 베어 낸 나무의 단면에 이미 화상을 입은 왼손을 살짝 대어 보았다.

"역시, 베고 나면 열기가 사라지는구나."

그녀는 바닥에서 몇 차례 발을 구르다가 순식간에 허공으로 뛰어올랐다. 뒤에서 노인이 질겁해서 헛바람을 들이켜는 소리가 났다.

진흙 거인이 팔을 뻗어도 닿지 않을 높이에 도달한 그녀가 가로로 아메시스트를 길게 휘둘렀다. 동시에 두 그루의 나무가 베이며 앉아 있을 만한 공간이 만들어졌다. 극도로 마나를 압축한 덕에 검기의 특징인 희미한 빛은 거의 나지 않았다.

에키는 사뿐히 착지했다. 드레스 자락이 부풀었다가 내려앉았다. 그녀는 입을 떡 벌린 노인을 무시하고 넋이 나간 샤이를 돌아보며 말했다.

"저 위에 올려 줄 테니까, 거기서 기다려. 양옆의 나무에는 절대 닿지 말고. 굉장히 뜨겁거든."

"네, 네에……."

그녀는 샤이를 안아 잘라 낸 나무 위에 올려 준 다음, 노인의 뒷덜미를 잡아 나무 위에 던져 놓았다. 노인을 내려놓으며 에키는 경고를 남겼다.

"제가 없다고 샤이 건드리는 건 아니겠죠? 그 정도로 멍청하시진 않을 거라 믿어요."

그녀의 도약과 철기둥 같은 나무를 베어 내는 검을 목격한 노인은 퍼렇게 질려 고개를 끄덕였다. 그녀가 보인 행동은 아무리 봐도 마나가 없이는 불가능한 짓이었지만 이 정도는 대충 얼버무릴 수 있었다. 목격자가 무지한 노인과 어린아이니 과장해서 말하는 거라고 우기면 될 터였다.

"다녀올게."

에키는 걱정스럽게 보는 샤이에게 웃어 주고 미로 안을 달리기 시작했다. 지켜야 할 사람이 없으니 그녀의 속도는 무척 빨라졌다. 기둥에 표식을 남긴 덕분에 헤매는 범위도 점점 좁혀지고 있었다. 중간 중간 진흙 거인을 마주쳤지만 상대하지 않고 지나쳤다.

'결절이 무너지면 멀쩡하게 돌아올 텐데, 뭐.'

저게 다 샤이를 죽이려 든 마을 사람이라 생각하니 딱히 챙겨 줄 생각도 들지 않았다. 안 죽이는 걸 감사히 여겨야지. 그녀는 거인들을 따돌리며 코웃음을 쳤다.

결절 안에서는 시간의 흐름을 알 수 없지만, 허기진 정도로 보아 반나절은 훌쩍 넘긴 기분이었다. 꽤 긴 시간을 헤맨 끝에 에키는 겨우 쉼터를 발견했다. 쉼터의 주위에는 불붙은 기름이 둥글게 흘렀다. 누군가 의도적으로 만든 것 같은 경계선이었다. 게다가 그 안에 여기저기 부상을 입은 마을 주민들 두엇이 쓰러져 있었다.

'저 사람들은…… 설마.'

에키는 불길의 벽을 뛰어넘어 안쪽으로 들어갔다. 사람늘은 모두 기절한 상태였다. 죽지 않을 정도로만 응급처치가 되어 있는 부상은 딱 봐도 칼에 베인 자국이었다.

'유리엔이구나.'

진흙 거인과 마주친 유리엔은 아마 그녀와 비슷한 과정을 거쳐 거인 안에 사람이 있는 것을 알게 되었을 것이다. 그래서 여기다 사람들을 모아 놓은 모양이었다. 그 생각을 하기가 무섭게 익숙한 기척이 느껴졌다.

에키는 기척이 느껴지는 곳을 향해 고개를 돌렸다. 유리엔이 정신을 잃은 청년을 걸머지고 다가오고 있었다. 에키를 발견한 그가 우뚝 걸음을 멈췄다. 찰나 멈추는 호흡, 흐트러지는 표정. 이어 그의 걸음이 달리듯 빨라졌다.

에키는 달아나지 않고 그를 기다렸다. 불길을 넘어 쉼터 앞으로 온 유리엔이 걸머진 청년을 급하게 내려놓더니 그녀에게로 다가왔다. 그녀는 그를 슬쩍 훑었다. 역시 아무 데도 다치지 않았다. 그럴 거라 생각했지만, 무의식적으로 걱정하고 있었던지 안도감이 퍼져나갔다.

반면 그녀를 살핀 유리엔의 얼굴은 일그러졌다. 천으로 대충 감아 놓은 왼손에 그의 눈길이 닿아 있었다.

에키는 아차 싶은 기분이 들었다. 좀 무리하더라도 샤이한테 치료해 달라고 할걸. 그녀의 기준에서는 정말로 별 부상이 아니라서 나중에 안전해진 다음 고쳐 달라고 하려고 내버려 둔 거였다. 유리엔이 보면 걱정하리라는 생각은 미처 하지 못했다. 그녀는 그의 스콰이어니까 그가 걱정하는 게 당연한데도.

정확히는, 그녀는 전투를 치르면서 누군가가 자신을 걱정하리라 생각하며 몸을 사려 본 지가 너무 오래되었다. 언제나 그녀 자신의 상태보다 사태의 해결이나 기오사를 얻는다는 목표가 우선이었으므로. 죽지만 않으면 그만이었다. 자신의 실력에 대한 믿음도 있었으나 걱정할 만한 사람이 남아 있지 않았던 세월이 너무 길었던 탓도 컸다.

손을 뒤로 빼려는데 그가 그녀의 손을 잡아챘다. 천에 묻어난 진물을 본 그의 눈가가 떨렸다. 그녀는 당황해서 다시 손을 잡아 뺐다. 옷자락 사이로 손을 감추고 웃었다.

"별거 아니에요, 로드."

"……그대는, 대체, 왜 항상!"

그가 목소리를 높였다. 놀란 에키가 눈을 휘둥그렇게 뜨자, 유리엔이 울컥 솟구치는 걸 누르는 듯한 표정으로 튀어나오던 말끝을 삼켰다. 그가 한 손으로 흘러내린 머리카락을 쓸어 넘겼다. 호흡을 고르고 한층 낮아진 음성으로 묻는다.

"그대는 왜 결절에 들어왔지?"

"네?"

"왜, 결절에 들어왔느냐고, 물었다. 피할 시간이 충분히 있었을 텐데."

말투가 딱딱했다. 그녀를 향하는 그의 표정도 딱딱했다. 그는 화를 내고 있었다. 에키는 그가 화내는 것을 처음 보았다. 그녀가 시체의 산 앞에서 그를 맞이했을 때조차 그는 화를 내지 않았는데. 그녀는 어물어물 변명했다.

"죄송합니다. 피하려고 했는데, 어쩌다 보니……."

거짓말이었다. 그녀는 그와 샤이가 걱정되어 일부러 들어왔다. 물론 사실대로 대답할 순 없었다. 한갓 사관생도일 뿐인 스콰이어가 마스터인 로드를 걱정하여 결절에 일부러 들어오다니, 그 무슨 미친 소리란 말인가.

유리엔은 새파란 눈동자로 가만히 그녀를 내려다보았다. 이어 지그시 눈을 감았다 떴다. 그것으로 끓어오른 감정을 달랬는지 그의 표정이 약간 담담해졌다. 그녀는 슬쩍 눈치를 보다가 재빨리 말했다.

"로드, 엘기오사의 오너를 찾았어요. 안전한 곳에 잠시 두고 왔습니다. 결절을 빠져나갈 방법으로 짐작 가는 게 있어서……."

유리엔은 말이 없었다. 에키는 침을 한 번 삼키고 말을 이었다. 미리 생각해 둔 핑계를 댔다.

"저번에 흰 까마귀 협곡에서 결절을 경험하고 나서 조금 찾아 본 것이 있어서요. 결절에는 시작점이라는 게……."

바라하 때처럼 그녀는 책에서 본 내용을 간단히 설명했다. 유리엔은 가만히 눈을 내리깐 채 그녀의 말을 들었다. 그녀의 설명이 끝나고 나서도 그는 한동안 침묵했다.

"저, 로드?"

"……알겠다. 그 시작점이라는 건 저 안에 있겠군. 시험해 볼 만한 가설이다."

느릿하게 답한 그가 몸을 돌려 곧장 쉼터 안으로 향했다. 에키가 그를 뒤따랐다.

[쟤 왜 저렇게 화를 내?]

마검이 이상하다는 듯 중얼거렸다.

잘 모르겠다. 기분이 이상했다. 화를 내는 그가 신기하기도 하고, 그녀가 다친 것을 걱정하는 건가 싶어 미안하기도 하고, 왜 저렇게 화를 내는 건지 의아하기도 하고. 그녀는 쉼터의 문을 부수는 유리엔의 등을 가만 바라보다가 물었다.

"로드. 제게 화가 나셨나요?"

왜 화가 났는지 알고 싶었다. 그녀의 물음에 그의 등이 멈칫 굳었다. 그는 그녀를 돌아보지 않고 그대로 잠시 멈춰 있다가 낮게 대답했다.

"그대에게 화가 난 것이 아니다. ……미안하다."

예상하지 못했던 사과였다. 그는 그녀가 더 물을 틈을 주지 않고 문을 완전히 들어내며 안으로 들어갔다. 쉼터 안쪽, 샤이가 웅크려 있던 모퉁이에 확실하게 흠 같은 것이 나 있었다.

"저것인가?"

"예, 아마도요."

에키의 대답에 유리엔이 랑기오사를 들어 올렸다. 그가 시작점을 향해 랑기오사를 겨누는 것을 보며 그녀는 묘하게 불길한 예감이 들었다. 너무 쉬웠다. 결절이 이렇게 간단하게 벗어날 수 있는 거였나? 갑자기 유리엔을 말리고 싶어졌다. 하지만 이미 랑기오사는 시작점을 찔러 들어가고 있었다.

하얀 칼끝이 허공에 있는 흠을 꿰뚫었다. 동시에 공간 전체가 진동했다.

에키는 오싹한 기분을 느꼈다. 흰 까마귀 협곡의 결절에서 처음 시작점을 찔렀을 때, 모든 마물이 울부짖으며 그녀를 쳐다보았을 때와 비슷한 직감. 그녀는 본능적으로 유리엔을 향해 팔을 뻗었다. 에키가 그의 팔뚝을 잡아당기는 것과 동시에 유리엔 역시 무언가를 감지하고 뒤로 물러났다.

그가 한 발짝 물러선 곳에 쾅 소리를 내며 지붕을 뚫고 기둥 같은 것이 처박혔다.

에키와 유리엔은 서로 뭐라 대화할 틈조차 없이 쉼터 밖으로 뛰쳐나갔다. 그들이 나가자마자 그 거대한 기둥 같은 것이 휘돌며 쉼터를 완전히 박살 냈다.

밖은 불바다였다. 불꽃 나뭇잎들이 모조리 떨어져 하늘이 훤히 드러났다. 기름이 있던 곳은 전부 시뻘건 불이 날름거렸다. 발 디딜 곳은 그다지 없었다. 매캐하고 텁텁한 공기가 사방을 메웠다. 에키는 고개를 돌려 쉼터를 내리찍은 것의 정체를 확인했다.

"세상에."

[무지막지하게 크네. 저게 대장 같은 건가?]

팔 하나가 나무 기둥만큼이나 큰 엄청난 크기의 거인이었다. 그 몸뚱이는 진흙이 아니라 주위의 나무들처럼 검은 쇳덩이 비슷한 재질이었다.

쉼터를 완전히 박살 낸 검은 거인이 머리를 돌려 그와 그녀를 내려다보았다. 퀭하니 뚫린 눈구멍이 섬뜩했다. 거인은 다른 손에 거대한 밧줄 올가미를 들고 있었다. 그것이 채찍을 내려치듯 올가미를 그들을 향해 내려쳤다.

에키가 반응하기 전에 유리엔이 그녀의 허리를 감고 뒤로 훌쩍 물러났다. 그들이 있던 곳에 사람 몸통만 한 굵기의 밧줄이 내리쳐지며 땅이 파이고 불꽃이 튀었다.

유리엔은 물러서자마자 그녀를 내려놓고 떨어졌다.
"에키네시아, 저쪽을 부탁하지."
빠르게 주위를 둘러본 유리엔이 한쪽을 가리켰다. 에키는 그가 가리키는 쪽을 돌아보았다. 불길 너머로 진흙 거인 수십이 몰려들고 있었다. 거인들은 시작점을 건드린 유리엔을 노리고 몰려오는 듯했지만, 오는 길에 부상을 입은 마을 사람들이 누워 있는 장소가 있었다.
"안에 사람이 있는 것은 몇 마리 되지 않는다. 상처를 내어 보고 피가 나면 사람이 있으니 조심하면 된다. 주민은 총 열 명 남짓이고, 내가 구조한 게 네 명이었다."
이전에 주민들을 구조하며 파악을 끝냈었는지 그가 빠르게 설명했다. 에키가 반사적으로 고개를 끄덕이며 아메시스트를 쥐었다.
유리엔은 그것을 보고 희미하게 웃더니 랑기오사를 들고 그녀로부터 멀찍이 떨어졌다. 검은 거인이 그를 노리고 주먹을 내려쳤다. 그는 깔끔한 움직임으로 그것을 피하며 랑기오사에 마나를 불어 넣었다.
거기까지 본 에키는 아메시스트를 뽑고 몰려오는 진흙 거인들 쪽으로 달렸다. 어떻게 된 일인지 따지기 전에 사태의 해결이 우선이었다.
사방이 불길이라 자칫 잘못하면 풍성한 옷자락에 불이 붙을 것 같았다. 그녀는 왼손으로 드레스 자락을 휘어잡고 치솟는 불 사이를 가로질렀다.
첫 번째 거인에게 도달하자마자 허리를 적당히 베었다. 피가 나지 않았다. 그녀의 머리를 향해 내리쳐지는 주먹을 피하며 그것을 확인했다. 곧바로 회전하며 다시 벤다. 이번에는 더 깊게, 대각선으로 베어 올려 명치를 꿰뚫도록.
검날에 돌멩이처럼 단단한 게 걸렸다가 부서지는 느낌이 들었다. 대다수의 재생형 마물들이 공통적으로 가지고 있는 핵이었다. 에키는 진흙 거인이 허물어지는 것을 한 걸음 움직여 피했다. 유리엔의 말대로 그 안에는 사람이 보이지 않았다.

'하긴, 주민 수에 비해 거인 수가 많구나. 사람이 변한 마물보다 그냥 마물이 더 많겠어.'

구별 방법은 유리엔이 알려줬으니 거질 게 없었다. 에키의 눈빛이 변했다. 그녀는 불길 사이를 날아다니듯 누비며 검을 휘두르기 시작했다. 어쩔 수 없이 튄 불티가 드레스 자락에 옮겨붙었다가 꺼지기를 반복했다.

[심심해. 나도 싸우고 싶어. 나도오!]

거인을 베기 전에는 반드시 허리 부분을 얕게 베어 보았다. 이번에는 피가 흘렀다. 에키는 거인의 허벅지를 밟고 뛰어올라 어깨를 딛고 뒤로 넘어갔다. 아래로 떨어지며 등줄기를 가르듯 길게 베었다.

[치, 아메시스튼지 뭔지 뚝 부러졌으면 좋겠다. 부러져라! 부러져!]

아메시스트는 견고하고 날카로웠다.

갈라진 진흙의 틈으로 사람의 목덜미가 언뜻 보였다. 그녀는 검을 들지 않은 왼손으로 그 목덜미를 쥐고 힘주어 인간을 끌어냈다. 진흙이 분수처럼 튀었다.

[귀찮게, 그냥 죽이지. 손 안 아파?]

끌어낸 인간은 다른 주민들이 있는 쪽으로 내던졌다. 짓눌린 왼손의 화상이 심하게 쓰라렸지만 그 정도 통증은 참을 만했다. 인간을 빼내자 허물어지는 거인을 피하며 그녀는 다음 거인을 향해 달려들었다.

[왜 사서 고생하는지 모르겠다니까. 실수인 척 그냥 죽이면 살의도 풀리

고 좋을 텐데. 주인아, 나 써 주면 안 돼? 전에 하나 죽였다지만 아직 살의 해소도 덜 됐잖아!]

열기가 가득한 불꽃 사이로 거인들을 베고 다니자 땀이 뚝뚝 흘렀다. 에키는 턱을 따라 흘러내리는 땀을 손등으로 대충 훔치며 제 상태를 흘끔 확인했다.

보통 사람이라면 화상투성이가 되었겠지만 은근슬쩍 마나를 이용해 피부를 보호한 탓에 옷만 여기저기 그슬렸다. 화장은 안 지워진 거같으니 얼굴은 괜찮겠지. 유리엔에게 돌아가기 전에 몰래 거울로 확인해야겠다. 그녀는 그런 생각을 하며 나지막이 쏘아붙였다.

"시끄러워, 발."

[심심해 죽겠는데 말도 하지 말라고?]

"바쁘니까 좀……."

말하다 말고 에키는 제자리에서 뛰어올랐다. 거인들이 휘두른 올가미가 그녀가 있던 자리를 스치고 지나갔다. 사방에 있던 불길이 옮겨 붙어 올가미는 불타는 밧줄이 되어 있었다. 에키는 그대로 거인의 어깨 위에 올라탔다.

"좀 조용히 하라고."

[이게 뭐가 바빠, 핵 없는 재생형 마물 수백쯤이면 몰라도.]

"중간에 사람이 섞여 있는 데다, 검기를 쓸 수가 없잖아. 유리엔이 저쪽에 있는걸."

그녀는 어깨에 올라탄 채 아래를 향해 검을 휘둘렀다. 피가 나지 않는 것을 확인하고 뛰어내리며 거인을 반 토막으로 갈랐다. 진흙이 물처럼 쏟아졌다.

[알 게 뭐야. 에이, 심심해.]

또 하나의 거인을 잡고 그 안에 있던 사람을 빼내어 던졌다. 수십이 었던 거인의 수가 빠르게 줄어들고 있었다. 손으로 셀 수 있을 정도로 줄어들자 그녀를 적으로 인식한 건지 거인들이 그녀에게 먼저 달려들었다. 그녀를 지나쳐 가려는 놈들을 잡아 베는 것보다 그게 더 편했다. 달려드는 족족 처리하면 되니까.

여유가 생긴 에키는 흘깃 불길 너머를 보았다. 유리엔은 검은 거인과 싸우고 있었다. 거인이 워낙 거대해서 유리엔은 그것의 손바닥만하게 보였다. 저 정도 체격 차이면 마스터라 해도 유효한 타격을 주기 어려울 텐데, 하얀 칼날이 번뜩일 때마다 거인의 몸에 길게 상처가 나고 있었다. 랑기오사가 마나를 증폭시켜 유리엔이 뽑아내는 검기가 대검 수준으로 커진 덕분이었다.

몰아붙이고 있는 건 유리엔이었다. 거인에 비해 속도가 빠른 그는 힘들이지 않고 그것을 상대했다. 문제는 검은 거인의 상처가 난 즉시 아문다는 점이었다. 핵을 찾아야 하는데 쉽지 않아 보였다. 아까 에키의 감지 범위가 좁아졌듯, 저 거인에게서는 마나의 흐름이 잘 감지되지 않았다. 나무 기둥과 같은 재질이라 그런 모양이었.

아마 전신을 다 일일이 찌르며 핵을 찾아야 할 것 같았다. 실제로 유리엔은 거인의 몸을 골고루 베어 대는 중이었다. 물론 마검의 능력이 있는 에키는 바로 핵이 어디 있는지를 알아보았다. 그에게 가르쳐 주고 싶지만 어떻게 알았냐고 하면 대답할 말이 궁했다.

[야, 뒤, 뒤!]

"알아."

에키는 몸을 돌리면서 그대로 검을 휘둘렀다. 검은 정확하게 그녀를 내리치려던 거인의 양팔을 날려 버렸다. 상처를 내고, 피를 확인하고, 피가 나지 않으면 명치를 꿰뚫는다. 반복적인 작업이 빠르게 이루어졌다. 그녀는 검을 휘두르며 결절에 대해 생각했다.

'저번 흰 까마귀 협곡 때랑, 방금을 생각해 보면……. 아무래도 결절 내부를 깨끗이 정리한 후에 시작점을 건드려야 하나 보네.'

이번에 나가면 결절에 대해서 좀 더 알아봐야겠다. 그녀나 유리엔이 지워진 시간과 다르게 현재를 변화시키려 하는 이상, 결절과 또 마주치게 될 게 틀림없으니까.

'그 개고생을 해서 시간을 돌렸는데, 뭐 하나 바꾸려 하면 결절이라니.'

울컥 짜증이 나서 검이 거칠어졌다. 운 없이 걸린 거인이 거의 토막 난 상태로 쓰러졌다. 에키는 진흙 덩어리를 피하며 다음 놈으로 향하다 불현듯 의문을 느꼈다.

단순히 큰 변화가 생기려 할 때 카이로스기오사에 대한 라키아기오사의 반동으로 결절이 발생한다면, 왜 원래 일어나야 할 학살이 벌어지지 않았을 때는 결절이 생기지 않은 거지? 로아즈 저택의 학살처럼 그녀가 마검의 악마로서 저질렀던 학살들 말이다.

'뭔가 규칙이 있는 걸까, 아니면 라키아기오사가 제멋대로 구는 걸까.'

같은 신검인 카이로스기오사가 자아가 있었던 걸 생각해 보면, 자아가 있는 라키아기오사가 자기 마음대로 움직이고 있는 걸지도 모른다.

어느 쪽이든 고민해 봐야 할 문제였다. 과거와 다른 행동을 할 때, 결절이 생길지 생기지 않을지를 예측하는 게 가능하다면 미리 대비할 수 있을 것이다. 어쩐지 그렇게 편하게 일이 돌아갈 것 같지는 않지만.

'나가면 조사해 봐야겠다. 니콜 언니는 마법사니까 뭔가 알려나.'

그렇게 한가롭게 몇 남지 않은 거인들을 베어 나가며, 에키는 유리엔의 상태를 확인하기 위해 잠시 뒤를 돌아보았다. 돌아본 순간 그녀의 동공이 확장되었다. 뱀의 혀처럼 흔들리는 불꽃들 너머로 피가 튀는 것이 보였다.

모든 광경이 아주 느리게 눈에 들어왔다. 후려쳐지는 검은 거인의 손, 그 손의 궤석을 따라 튀는 붉은 피, 그 피의 주인은.

"유리엔!"

그의 흰 제복에 붉은빛이 번지는 것을 보자, 그녀의 이성은 완전히 날아가 버렸다.

두 번 다시, 두 번 다시는 보고 싶지 않은 광경. 하얀 남자가 붉게 물들던 모습. 심장이 멎는 듯했다. 머리가 하얗게 변했다. 생각이나 판단 이전에 몸이 먼저 움직였다. 그녀는 그대로 튀어 나갔다.

[어, 야, 잠깐만, 진정하는 게…….]

마검이 무어라 말했지만 그녀는 듣지 못했다.

가느다란 몸이 불길 위를 새처럼 날았다. 여기저기 그슬린 드레스 자락이 날개처럼 펼쳐졌다. 그녀의 도약은 검은 거인의 휘둘러지는 팔에 닿았다. 그 팔뚝을 밟고 다시 뛰어오른다. 거인의 머리가 내려다보일 높이. 보라색 눈에 새파란 분노가 깃들었다.

'마물 따위가, 감히…….'

아메시스트의 칼날을 따라 그 분노가 옮겨붙듯 마나가 이글거리며 흘렀다. 보랏빛 불꽃이 타오른다. 그것은 칼날을 따라 확장되며 허공을 가르는 선이 되었다.

바르데르기오사의 오너이기에, 그녀는 본능적으로 어디가 핵인지 알았다. 창처럼 길게 뻗은 마나가 검은 거인의 정수리를 꿰뚫었다. 거인은 소리 없는 괴성을 내지르며 허물어져 내렸다. 에키는 무너지는 거인을 지켜보지 않았다. 구두 굽이 불꽃들을 피해 바닥을 디디기도 전에 그녀는 유리엔이 있는 쪽부터 확인했다.

불안감이 극도로 치솟아 손끝과 발끝이 얼어붙는 느낌이었다. 얼마나 다친 거지, 큰 부상만은, 제발, 아, 맞아, 샤이가, 샤이가 있으니까, 치료를 부탁하면, 그래, 그러면 돼. 난 당신이 두 번 죽는 걸 볼 자신은 없어. 그러니 제발.

"유⋯⋯."

[⋯⋯야, 주인아, 난 분명히 진정하라고 했다?]

그녀의 흔들리는 눈동자가 커다랗게 떠진 하늘색 눈동자와 딱 마주쳤다. 유리엔은 멀쩡히 서서 멍한 얼굴로 그녀를 응시하고 있었다. 말문이 막힌 에키가 천천히 그의 상태를 살폈다.

피가 나긴 했다. 팔뚝을 길게 긁혀서 흰 제복에 피가 번졌다. 그러나 극히 경미한 부상이었다. 피부가 길게 찢어진 수준에 불과했다. 상처의 길이 탓에 피가 많이 나긴 했지만 워낙 깊이가 얕았다. 사실 부상이라 하기에도 뭣한 상처였다.

비로소 이성이 돌아왔다. 생각해 보면 조금 전까지 유리엔은 쉽사리 검은 거인을 상대하고 있었다. 검은 거인이 재생형 마물이고, 핵을 찾기 어려운 탓에 시간이 걸렸을 뿐. 그 사실을 깨달은 에키는 그 자리에 얼어붙은 듯 섰다.

'지금 내가⋯⋯ 무슨 짓을 했지?'

그녀의 뒤에서 우르릉, 소리를 내며 검은 거인의 잔해가 무너져 내렸다. 그 서슬에 일어난 바람이 그녀의 머리카락과 드레스 자락을 나부끼게 만들었다. 바람에 불길이 누웠다가 다시 섰다. 검은 거인의 잔해 가운데에 주동자였던 마을 주민이 널브러져 있었지만 유리엔이나 에키나 그쪽을 확인할 여유는 없었다.

[어, 뭐, 음, 주인아, 그래도 날 꺼내진 않았으니까, 어떻게든 되지 않을까? 아니면 그냥 죽여서 증거 인멸하자. 죽은 놈은 말을 못 해!]

마검이 위로인지 부채질인지 모를 말을 건넸다. 에키는 조금 전과 다른 이유로 머릿속이 하얗게 변하는 것을 느꼈다.

침묵이 길었다. 그사이 두세 마리 남은 진흙 거인이 기괴한 소리를 내며 그들에게 덤벼들었다. 에키는 그것들이 덤벼들든 말든 넋을 놓고 서 있었다.

유리엔이 움직였다. 그는 랑기오사로 남은 거인들을 간단하게 처리하고 나서 에키를 다시 돌아보았다. 그녀의 얼굴은 핏기가 완전히 사라져 도자기 인형처럼 보일 지경이었다. 불길이 타닥거리는 소리만 사방에서 들렸다.

에키는 생각을 할 수가 없었다. 마검까지 들키진 않았다 해도 바라하 때와는 차원이 달랐다. 절대로 들키고 싶지 않은 사람에게 제 손으로 보여 줘 버렸다. 이걸 어떻게 해결해야 할지, 해결하는 게 가능이나 할지. 그저 까마득하기만 했다.

유리엔은 남은 거인을 처리하면서 진정이 되었는지 담담한 얼굴이었다. 그는 약간 망설이며 그녀를 살피다가, 조심스럽게 이름을 불렀다.

"에키네시아."

그 부름에 에키는 벼락을 맞은 듯이 떨었다. 그리고 저도 모르게 뒤로 주춤주춤 물러났다.

무언가 위기가 생겼을 때 그녀는 회피하기보다 돌진하는 편이었다. 지금까지는 대체로 그랬다. 하지만 이 순간 그녀는 그저 이 자리에서 사라져 버리고 싶었다. 유리엔은 그녀가 맞설 수 없는 대상이었으므로.

"에키네시아? 괜찮은가?"

유리엔이 다시 그녀를 불렀다. 에키의 얼굴은 희다 못해 파랗게 질렸다. 그녀는 그대로 돌아서서 달아나려 했다.

"잠깐……!"

유리엔이 황급히 돌아서는 그녀의 팔을 잡았다. 에키는 반사적으로 그것을 뿌리치고 비틀거리며 뒷걸음질했다. 커다랗게 떠진 보라색 눈동자가 풍랑을 만난 조각배처럼 흔들리고 있었다.

그것을 본 그가 그녀를 향해 성큼 다가왔다. 에키는 휘청거리며 물러섰다. 대련할 때 그는 물러나는 에키를 보고 멈춰 섰다. 그러나 이번에는 멈추지 않았다. 그대로 빠르게 다가와 그녀의 양어깨를 잡았다. 에키가 빠져나가려는 몸짓을 보이는데도 그는 그녀를 놓아주지 않았다.

유리엔은 지금까지 그녀에게 함부로 손을 댄 적이 한 번도 없었다. 결절에서 빠져나온 직후에 끌어안겼을 때조차 그녀가 밀어내자 힘없이 밀려났던 사람이다.

그런데 지금은 아니었다. 어깨를 잡은 그의 손이 단단했다. 마나를 쓰면 쳐 낼 수 있겠지만 거기까지 생각이 미치지 않았다. 조금 전에 그 난리를 쳐서 들켰는데 그가 코앞에 있는 상황에서 마나를 쓸 수 있을 리도 없었다.

마나를 쓰지 않으면 그녀의 몸은 단련한 지 얼마 되지도 않은 연약한 아가씨일 뿐이다. 기사의 손에서 벗어나는 건 무리였다. 이성이 남아 있어 요령을 발휘한다면 모를까, 지금 그녀는 그저 공포에 질려 바르작거리고만 있었다.

 유리엔이 그런 그녀를 내려다보았다. 그녀가 시선을 피했다. 그가 호흡을 고르더니 못을 박듯 말했다.

 "알고 있었다."

 에키는 반항을 멈췄다. 귀에 들려온 말이 느리게 이해되었다. 그녀가 멍하니 그를 올려다보았다. 사람을 꿰뚫어 보는 듯한 쨍한 하늘색 눈동자가 그녀를 고스란히 담고 있었다. 그는 그녀가 두려워하는 게 무엇인지 아는 것처럼, 재차 말했다.

 "알고 있었으니까, 걱정하지 마라."

 "……뭐, 뭐를요?"

 "그대가 마나를 쓸 수 있다는 것을."

 쥐어짜 내듯 나온 그녀의 반문에 그가 조용히 답했다.

 알고 있었다고? 어떻게? 어떻게 알았지? 그럼 왜 모른 척했지? 언제부터 알고 있었다는 거지? 물음표들이 입안에서 빙빙 돌았다. 에키는 완전히 혼란에 빠져 더듬더듬 물었다.

 "알, 알고 있었…… 어떻게…… 언제부터…….."

 어떻게 알았을까. 그가 알 만한 기회가 있었던가. 들킬 짓을 했던가. 아니면, 역시, 회귀 이전의 기억을 토대로 그녀가 마검의 악마임을 알아차린 걸까. 이리저리 헤매던 생각이 그 지점에 닿자 전신의 피가 얼음 조각이 되어 내부를 헤집는 듯했다.

 '악마인 걸, 알아 버렸으면, 나는, 이제…….'

 마검의 주인으로 낙인찍히면 마탑과 창천 기사단에 쫓기고 각국의 경계를 받으며 가족들이 고통받게 될 것이다. 평온한 삶은 완전히 부서져 버릴 터였다.

하지만 그것보다 조금 더 먼저 유리엔이 그녀를 증오하는 눈으로 보는 게 상상되었다. 그 광경을 보고 싶지 않았다. 절대로. 당연한 일인데도.

에키는 고개를 숙이고 양손으로 얼굴을 가렸다. 그에게 양어깨를 붙들려 빠져나갈 수 없으니 얼굴을 숨겼다. 체온은 곤두박질치는데 눈가만 뜨겁게 달아올랐다. 탈 듯이 뜨거운 눈물이 고여 흘러넘치려 했다. 호흡이 흐트러지며 서 있기가 힘들었다. 발아래의 무저갱으로 푹 꺼져 다시는 햇빛에 닿지 못할 것만 같은 공포가 차올랐다.

비틀거리는 몸을 유리엔의 손이 받치고 있었다. 그는 그녀의 어깨를 쥔 채로 그녀를 향해 고개를 숙였다. 얼굴을 가린 손 틈으로 그녀의 얼굴을 보려 애쓰다가, 제 손아귀 안에서 그녀의 어깨가 부들부들 떨리고 있다는 것을 알아차렸다.

유리엔이 무너질 듯한 표정을 지었다. 손안에 얼굴을 숨긴 그녀는 그것을 보지 못했다. 무언가 말하고 싶은 것처럼 달싹이던 그의 입술이 결심하듯 다물렸다. 그는 허리를 숙이고 그녀와 시선이 맞도록 몸을 낮추었다.

"에키네시아, 나를 봐 다오."

그가 부드럽게 속삭였다. 에키는 여전히 손아래에 얼굴을 파묻고 있었다. 그녀의 숨이 쫓기듯 가빴다. 그는 나직이 말을 이었다.

"그대가 그것을 숨기고 싶다면, 숨겨 주겠다. 원한다면 나 역시 잊어버리도록 노력하마. 그러니 나를 봐라."

딱딱한 말투였음에도 그것은 애원처럼 들렸다. 그 말의 내용이 이해가 가지 않았다. 마스터인 걸 숨겨 주겠다니. 잊어버리도록 노력해 보겠다니. 대체 왜.

손을 떼어 보았다. 눈물이 고여 흐려진 너머로 바로 앞에 있는 그의 얼굴이 보였다. 고인 눈물을 본 그의 눈이 흔들렸다. 그는 흐트러지려는 낯을 수습하며 차근차근 말했다.

"그대가 마스터임을 알고 있었기에 나는 그대와 대련을 하길 원했었다. 대련을 하고 나면 답하겠다고 했었던 것들을 지금 말하겠다."

유리엔은 달이니 비릴 깃 같은 그녀를 붙잡은 채, 그녀가 받아들일 수 있을 만한 거짓말을 만들어 냈다.

"예전에 그대를 탄신 연회에서 보고 기억했다고 했었지. 그때 그대에게 있는 재능을 알아봤었다. 그래서 개인적인 관심을 가졌고, 그대가 사관생도가 되자마자 스콰이어로 받아들인 것이다."

"재능을…… 알아봤다니요. 어떻게?"

탄신 연회 때의 그녀는 검을 쥐어 보지 않은 흔한 귀족 영애였다. 에키가 이해가 가지 않는다는 듯 되묻자 그는 잠시 망설였다.

"……마스터임을 알았다는 건 아니다. 그대가 검을 쥐면 누구보다도 뛰어나리라는 것을 알았을 뿐. 그 점을 알아본 건, 내가 성검의 주인이기 때문이다."

"랑기오사에 그런 능력이 있었나요?"

오너의 조건을 충족하지 못해서 에키는 랑기오사를 쥘 수가 없었다. 그래서 열 개의 기오사를 모두 모았던 그녀도 랑기오사의 능력 중 널리 알려진 것 외에는 알지 못했다.

유리엔은 찰나 쓴웃음을 지었다. 그리고 그 질문에 명확하게 답하지 않고 말을 넘겼다.

"그대가 마스터인지 의심하기 시작한 건 분수대에서 그대와 만났을 때, 확신하게 된 건 신입생 순위전 때였다."

"분수대라면……."

"그대의 손은 검을 즐기는 손이 아니었지. 선발시험 때 그대를 지켜보았었다. 그 정도 기술을 쓰면서 몸에는 단련한 흔적이 거의 없다니, 마나에 익숙하지 않으면 불가능한 일이다. 그래서 의심을 가졌고, 신입생 순위전 때 지켜보면서 확신하게 되었다."

"신입생 순위전 때, 계셨었어요?"

"공식적으로는 없었지만."

비공식적으로, 즉 몰래 지켜봤단 소리다. 에키는 당황해서 입을 벌렸다가 다물었다. 그가 한 말들이 천천히 머릿속에서 짜 맞춰졌다.

그러니까 탄신 연회 때부터 내가 천재인 걸 알았고, 그래서 기억해 두고 있었는데, 때마침 사관학교에 입학하니 얼른 스콰이어로 삼았다는 거지? 재능이 탐이 나서? 그러고 나서 단련 안 된 몸이랑 어울리지 않게 뛰어난 기술을 보면서 마스터인 걸 눈치챘고, 계속 대련하고 싶어 했던 것도 그것 때문이라는 거지.

[저거 머릿속에 검만 든 거 아냐?]

마검이 중얼거렸다. 그 말을 부정하기가 어려웠다. 황당해지자 화끈거리던 눈가가 가라앉았다. 이미 고여 있던 눈물만 한 방울 툭 흘러넘쳤다. 유리엔의 시선이 뺨을 타고 흐르는 그 한 방울을 따라 움직였다. 에키는 그것을 알아채지 못하고 되물었다.

"이미 알고 계셨으면, 아까는 왜 그렇게 놀라셨어요?"

차분하던 그의 표정이 확 무너졌다. 대답하려다 말고 그는 화들짝 놀라며 그녀의 어깨를 잡고 있던 손을 떼어 냈다. 자신이 그녀를 움켜쥐고 있었다는 걸 이제야 자각한 것 같은 태도였다.

그녀로부터 떨어진 유리엔이 두어 걸음 거리를 두었다. 에키는 가만히 그의 대답을 기다렸다. 그는 그대로 머뭇거리다가 겨우 입을 열었다.

"그대가…….''

서두를 열어 놓고 뒷말이 나오질 않는다. 그가 어물거리는 동안 그녀는 차츰 진정했다.

마검의 악마인 걸 알아본 게 아니라 재능을 알아보고 그녀의 재능에 관심을 뒀던 거였다고. 당황스러우면서도 적잖이 안심이 되었다. 침착하게 생각해 보니 현재 상황이 그렇게까지 최악은 아니었다. 마스터가 된 경위에 대해 어떻게든 변명해야겠지만 마검을 들킨 것보단 나았다.

이미 마스터인 걸 짐작하고 있었다니 변명하기도 쉬울 듯했다. 다른 사람들에게 알려지면 그녀의 과거사를 다 파헤칠 테니 의심을 피하기 어렵겠지만, 유리엔 하나라면 옛날부터 검을 잡았고 그러다 마스터가 됐다는 식으로 과거를 적당히 꾸며 낼 수 있었다.

설마 그가 그녀의 어린 시절을 조사하고 다니진 않을 거고, 숨겨 주겠다고 해 놓고 퍼뜨리고 다닐 사람도 아니고. 예전부터 재능을 눈여겨보고 있었다니까 알려지지 않은 마스터라는 사실을 마검의 악마와 연결 짓지도 않을 것 같고.

생각할수록 조금씩 마음이 가라앉았다. 그녀는 장갑을 낀 오른손으로 눈가를 문질러 남은 눈물 자국을 지웠다. 유리엔은 그제야 대답했다. 무척 작은 목소리였다.

"그대가, 내 이름을 부르는 것을, 처음 들어서."

"……네?"

전혀 예상하지 못했던 대답이었다. 이름을 불린 것 때문에 그렇게 놀랐다고? 그러고 보니 아까 마음이 급해서 평소 생각하던 대로 그의 이름을 대놓고 외쳤었다.

에키는 눈을 내리깔고 있는 그의 귀가 불그레한 것을 보았다. 저게 뭐야. 왜 빨개지는 건데. 스콰이어가 로드의 이름을 멋대로 불렀는데 무례를 야단치기는커녕 기쁜 것 같잖아. 그녀는 멍청히 그것을 보다가 퍼뜩 떠오른 질문을 던졌다.

"아까 제가 마스터인 걸 숨기고 싶어 하면 숨겨 주겠다고 하셨잖아요. 로드께선 왜 제가 그것을 숨기려 하는지 아세요?"

"……그대가 알려 준다면."

알려 준다면 알게 된다는 건, 지금은 모른다는 뜻이잖아. 에키의 표정이 묘해졌다. 그녀는 그에게 조금 다가섰다. 그는 움찔 놀랐지만 물러서지는 않았다. 그녀가 그를 빤히 올려다보았다.

"그럼, 왜 숨기려 하는지도 모르면서 제가 원한다면 숨겨 주겠다고 하시는 거예요?"

"……."

"게다가 알려 주기 전엔 그 이유도 묻지 않겠다는 걸로 들리는데, 제가 이해한 게 맞나요?"

"……."

"……왜 저를 이렇게까지 배려해 주세요?"

"……."

그녀가 캐묻고 그가 침묵하는 동안 그의 귀에 있던 붉음이 점점 퍼져 나가 눈가를 달구고 뺨을 상기시켰다. 유리엔은 어쩔 줄 모르는 기색으로 그녀의 시선을 피했다. 그녀가 말없이 지켜보고만 있자 그의 얼굴이 완전히 새빨개졌다.

그 모습을 보니 연상되는 이유가 하나밖에 없었다. 지금까지 그와 그녀 사이에 있었던 일들과 오간 말들이 하나하나 떠오르면서 그 가설을 뒷받침했다.

망토, 생강차, 불편해하지 않길 바란다는 말, 무방비했던 미소, 결절에서 나왔을 때 그의 반응, 임명식에서 뜬금없이 던졌던 질문, 이 임무를 떠나기 전에 나눈 대화, 아메시스트, 그녀가 말을 거는 것에 들떴다던 그의 말.

내내 보았던 그의 모습들. 조심스럽고, 붉어지고, 그녀 앞에서 긴장하고, 그녀의 사소한 말에 웃고, 그녀를 주의 깊게 살피는.

그저 그녀에게 있는 재능에만 관심을 둬서는 나올 수 없는 반응들이었다. 물론 대체 왜, 대체 언제부터, 라는 의문은 짙게 남아 있었지만.

"로드…… 혹시."

안 돼, 미쳤니, 지금 뭘 물으려는 거야. 무슨 망상이야, 이게. 중구난방으로 떠오르는 상념들에 말을 한 번 멈춰 봤지만, 그녀는 결국 입 밖으로 튀어 나가는 물음을 붙잡지 못했다.

"절 좋아하세요?"

에키가 던진 말은 수면에 던져진 돌이었다. 파문이 일었다. 그에게도, 그녀에게도.

그녀는 자신이 꺼낸 말에 스스로 충격받았다. 그가 자신을 좋아할 수도 있다는 가능성. '기억이 있는 유리엔'과 '마검의 악마' 사이에서는 불가능한 일이겠지만, '유리엔 드 하르덴 키리에'와 '에키네시아 로아즈' 사이에서는 확률이 낮을지언정 가능한 일이었다.

처음, 까마득한 창천 기사단장과 평범한 백작 영애 사이에는 접점

따윈 없었으나, 그녀가 아젠카로 온 이후 접점이 생겼고, 이어 로드와 스콰이어라는 긴밀한 관계가 되었으니까. 여전히 이해는 잘 되지 않아도.

유리엔은 곧바로 대답하진 못했다. 얼굴이 더 이상 달아오를 수 없을 정도로 벌게졌다. 바르르 떨리는 속눈썹 아래에서 푸른 눈동자가 이리저리 헤매다가 간신히 에키 쪽을 향했다.

"그……."

겨우 한 글자를 뱉어 놓고 그는 한 손으로 입가를 가렸다. 눈이 내리깔렸다가 그녀를 보았다가 허공을 더듬는다.

바보가 아닌 이상 대답을 알 수밖에 없을 정도로, 그는 안절부절못하고 있었다. 끝내는 눈에 약간 물기가 어리기까지 했다. 에키는 그 일련의 반응을 헛것을 보는 기분으로 지켜보았다. 괴롭히는 느낌이 들어 미안해질 지경이었다.

게다가 보고 있자니 점점 볼이 화끈화끈한 느낌이 드는 게, 그녀의 얼굴도 그를 따라 붉어지고 있는 게 틀림없었다. 그녀는 우왕좌왕하며 입을 열었다.

"로, 로드, 제가 무례한 질문을……."

"좋아하고 있다."

그녀의 말을 툭 끊으며 그가 말했다. 에키는 놀라 그를 올려다보았다. 유리엔은 여전히 새빨간 얼굴로, 살짝 젖은 눈동자로, 목소리를 떨면서, 그럼에도 단호하게 말했다.

"아니, 그저 좋아한다기보다는, 그대를 사모하고 있다."

머릿속뿐만 아니라 시야마저 하얗게 물드는 기분이었다. 심장이 미친 듯이 뛰고, 전신에 열기가 돌았다. 간질간질하고 부드러운 무언가가 몸 안을 돌아다니며 입안을 달게 물들였다. 좋아한다고, 나를. 그가. 말도 안 돼. 꿈을 꾸고 있는 게 아닐까.

그러나 그와 동시에 그녀로서는 통제할 수 없는 공포가 차올랐다. 검고 붉고 끈적끈적한 것들. 떨쳐 버릴 수 없는 현실들이.

'그는 모르고 있잖아. 내가 그를 파멸시켰던 악마라는 걸.'

그가 좋아한다고 한 선, 보아스 백작가에서 태어난 탁월한 재능의 에키네시아 로아즈겠지. 드레스 차림으로 돌아다니는 괴짜 사관생도. 마스터라는 비밀을 숨기고 있는 그의 스콰이어.

그가 회귀 이전의 기억을 가지고 있지 않다 해도, 그녀는 그의 마음을 기뻐할 수만은 없었을 것이다. 그를 죽이고 그의 이름을 망가뜨렸던 기억을 가지고서 그저 좋아하기만 할 정도로 그녀는 뻔뻔하지 않았다. 그 진실을 영원히 모른 척하고 사랑만을 볼 정도로 무도하진 못했다.

입장을 바꿔 생각해 보면 더욱 그렇다. 그녀에게 소중했던 사람을 모조리 죽이고 끝내 그녀마저 죽였던 자가, 전부 되살렸으니까 이제 없던 일이 된 게 아니냐며 그녀를 사랑한다고 말한다면.

'분노하다 못해 죽이고 싶어지겠지.'

그것이 그녀와 유리엔 사이에 있는 부정할 수 없는 사실이었다. 유리엔이 그 사실을 몰라도 쉽사리 받아들이기 어려울 판에, 그는 기억이 있는 게 확실했다.

그가 뒤늦게 그녀가 누구인지 알게 된다면. 자신이 사모한다 고백했던 여자가 자신을 죽였던 악마임을 깨닫게 된다면. 그 가정을 하자 잠깐 숨이 쉬어지지 않았다.

'기만이야, 이건.'

그 사실을 숨긴 채 그를 받아들이는 건 기만이다. 그렇다고 모든 걸 고백하라고? 마검의 주인이라는 게 알려지는 후폭풍을 무시하고 오직 유리엔만 고려해도, 그녀는 그럴 수 없었다.

대련을 시도할 때 느꼈다. 그녀는 그를 향해 검을 드는 것조차 불가능했다. 이런 상황에서 그가 그녀를 증오하는 눈으로 노려보며 복수하겠다고 한다면, 그녀는, 어떻게 될까. 그에게 죽어 주고 싶어질까. 그 순간에도 제정신을 유지할 수 있을까.

만약 이성을 잃어버리면, 바르데르기오사에 누적되고 있는 살의는? 또다시 살의에 물들어 미쳐 날뛰게 될지도 모른다. 카이로스기오사는 두 번의 기회는 없을 거라고 말했었다.

'안 돼…… 받아들일 수 없어. 그에게도 기만이고, 나도…… 견디지 못해.'

얼어붙은 쇠에 맨살이 달라붙는 것처럼, 서늘하고 고통스러운 자각. 달아올랐던 몸이 식었다. 첫사랑에 취해 있던 마음이 차갑게 얼어붙었다. 파랗게 질렸다. 받아들일 수 없었다. 절대로.

유리엔은 에키네시아의 얼굴이 발긋하게 달아올랐다가, 하얗게 질려가는 것을 지켜보았다. 그리고 마침내 창백해진 그녀가 뒤로 주춤 물러서는 것까지 똑똑히 보았다.

그는 열기를 내리눌렀다. 물러나는 그녀를 붙잡는 대신, 그대로 돌아섰다. 몇 차례 호흡을 고르고, 숨을 들이켜고, 떨리는 입술을 다잡은 후에, 그는 담담한 목소리를 낼 수 있었다.

"대답해 줄 필요는 없다, 에키네시아. 그저 내 마음이 그러하다는 것뿐이니."

유리엔은 그 말을 남긴 채 랑기오사를 쥐고 검은 거인의 잔해 쪽으로 향했다. 그녀는 그를 잡지 않았다. 대답을 할 수도 없었다. 이렇게 가까운 거리에 있는데, 닿았다간 망가질 미래가 두려워서 손을 뻗지를 못했다.

일렁이는 불길이 그와 그녀 사이에 번져 갔다.

에키는 망연히 선 채 그의 뒷모습을 보기만 했다. 늘어뜨린 그의 팔뚝을 따라 붉은 피가 번져 뚝뚝 흘렀다. 아까 입었던 부상. 정신이 없어서 그도 그녀도 그것을 신경도 쓰지 못하고 있었다.

그 상처가 눈에 들어오자 그녀는 생각하지 않고 움직였다. 얼어붙어 있던 몸이 저절로 움직인다. 에키는 불을 건너뛰고 그에게로 다가가 팔을 잡았다. 유리엔이 흠칫 놀라 돌아보았다.

"팔, 다치셨잖아요. 지혈도 안 하시고."

에키는 그의 팔을 들게 해 놓고 아메시스트를 뽑았다. 망설임 없이 드레스 속의 페티코트를 잘라 냈다. 그러곤 길게 찢어 낸 천으로 그의 상처를 압박하여 꽉 묶었다. 임시 붕대를 만들어 그의 팔을 감싸는 내내 위에서 유리엔의 시선이 느껴졌다. 고개를 들 수가 없었다.

"샤이…… 그러니까, 엘기오사의 오너와 마을 사람을 다른 곳에 두고 왔어요. 데리고 오겠습니다."

매듭을 지으며 에키가 말했다. 그의 얼굴을 보지 않고, 그대로 꾸벅 숙인 다음 자리를 떠나 샤이가 있을 곳으로 향했다. 반 정도는 도망치는 심정이었다.

유리엔은 그녀가 떠난 후에도 잠시간 팔을 들고 있었다. 그는 손끝으로 그녀가 매어 놓은 매듭을 더듬었다.

에키는 페티코트 자락을 가지고도 꽤나 능숙하게 상처를 압박해 놓았다. 그러나 능숙한 손놀림과 다르게 그것을 묶는 동안 그녀의 손은 계속 떨렸다. 목소리도 떨렸다. 늘어진 분홍색 머리칼 사이로 보이는 내리깐 눈동자가 젖어 있었다. 울고 싶은 것처럼 보였다.

유리엔은 그녀가 하얗게 질려 물러나기 직전에 보였던 모습을 생각했다. 그가 고백한 직후, 발갛게 달아올라 눈을 반짝이던 모습을. 어쩔 수 없는 설렘이 종이에 번지는 잉크처럼 번져 나가던 찰나를.

"가능성이 있는 건가."

그의 혼잣말에 대꾸하는 것이 있었다. 성별도 나이도 짐작가지 않는 음성이 영혼을 울리며 들려왔다. 성검 랑기오사였다.

[있다고 믿고 싶은 건 아니고? 누누이 말했듯이 너는 그녀가 얽히면 생각이 이상하게 돌아가. 함부로 확신하지 마라.]

"네가 보기엔 어떻지? 내 착각일 뿐인가?"

유리엔은 검은 거인의 잔해를 건너뛰어 그 중앙에 쓰러져 있는 주민에게로 다가가며 물었다. 성검은 잠시 침묵하더니 떨떠름한 어조로 답했다.

[지금까지 인간들의 연애에 끼어들어서 좋은 꼴을 본 적이 없는데.]

"연애…… 라. 연애인가?"

[마검의 주인이 무슨 생각을 하고 있는지는 몰라도 너는 확실히 그쪽이지. 그러니 나한테 묻지 마라.]

"이미 끼어들었잖나."

유리엔은 약간 상기된 얼굴로 대꾸했다. 연애라는 두 글자에 잠깐 정신을 놓을 뻔했다. 그는 미간을 문지르고 한숨을 쉰 다음 쓰러져 있는 주동자 남자를 확인해 보았다. 기절했을 뿐 멀쩡히 숨 쉬고 있었다. 유리엔은 남자를 들어 다른 주민들이 있는 곳에 데려다 놓았다. 그사이 성검이 항변했다.

[그건 끼어드는 게 아니라 주인에게 기오사로서 충고를 한 거지. 네가 범죄를 저질러서 나를 쓰지 못하게 되는 상황은 사양하고 싶다. 그리고 연애소리에 들뜬 거 같아서 충고하는데, 싫다는 사람한테 접근하는 건 정의롭지 못한 짓이다.]

유리엔은 제 팔을 감싼 페티코트 자락을 내려다보며 작게 고개를 저었다.

"그녀는 나를 싫어하지 않는다."

[……싫어하지 않는다고 해도 접근하는 데에는 정도란 게 있는 법이지.]

"내가 그 정도 자제도 못 할 것 같은가?"

그가 눈살을 찌푸렸다. 성검이 코웃음 소리를 냈다.

[그럼 솔직히 말해 봐라. 저 여자가 네게 마음을 줄 가능성이 있다고 판단하면, 너는 어쩔 작정이었느냐?]

"그녀가……."

그는 불길을 넘어 완전히 무너진 쉼터 쪽으로 다가가며 말끝을 흐렸다. 그녀가 그를 원한다고 한다면. 상상만으로도 미치겠다. 그는 걸음이 흐트러져 불에 델 뻔했다. 그 꼴을 본 성검이 혀를 찼다. 유리엔은 달아오른 뺨을 손으로 식히며 대답했다.

"그녀가 나를 원해 준다면, 무슨 수를 써서든 그녀를 얻을 것이다."

[무슨 수?]

성검이 몹시 꺼림칙하다는 듯 되물었다. 유리엔은 대답하지 않았다. 성검은 끙, 하는 신음을 내고는 혼잣말처럼 말했다.

[분명히 마검의 주인은 원하는 것이 있어도 평온을 희생하지는 않겠다고 말했을 텐데.]

"그녀의 평온을 망가뜨릴 생각은 없다. 모든 건 내가……."

반사적으로 답하던 유리엔이 걸음을 멈췄다. 그의 눈이 깊어졌다. 말하다가 떠오른 것이 있었다. 지금 그의 상황에서 그녀를 포기하지 않아도 되는 방법. 포기하지 않으면서도 그녀의 삶을 건드리지 않는 방법. 형제와 아비의 올가미 속에서 주도권을 쥘 방법. 예전의 그라면 상상하기 어려운 방법이었다. 유리엔은 신음처럼 중얼거렸다.

"그래…… 그러면 되는 것을."

그는 그대로 선 채 한동안 생각에 잠겨 있었다. 랑기오사가 불안하게 중얼거렸다.

[날 버릴 거면 말로 해라. 악행을 저지르진 말고.]

"악행이라니. 너는 주인에 대한 신뢰가 부족하군."

[그녀 문제만 아니면 넌 여전히 걱정할 필요가 없는 주인이었겠지. 내가 겪어 온 주인들 중에서도 상위권이다. 그런데 요즘은 신뢰가 안 가.]

유리엔은 반박하는 대신 희미하게 웃고는 다시 걸음을 옮겼다. 그가 무너진 쉼터의 잔해를 밀치며 안쪽으로 들어갔다.

시작점은 처음 그 자리에 그대로 있었다. 허공에 길게 그어진 흠 같은 것. 그는 그것에 시선을 둔 채 기울어진 기둥에 기대섰다. 성검이 그에게 재차 말을 걸었다.

[가끔 네게 그 기억들을 보여 준 게 후회가 된다. 보여 주기 전에는 이 정도는 아니었던 것 같은데.]

"보여 주지 않았더라도, 속도의 차이는 있었을지언정 결과는 같았을 거다."

[어떻게 그렇게 자신하지?]

"포기가…… 되질 않으니까. 알면서도 미련이 남아서. 계속 떠오르고 잊지도 못하니, 늦든 빠르든 결국 이리 되었겠지."

그는 눈을 내리깔았다. 그녀를 처음 봤을 때부터 지금에 이르기까지의 기억들이 스쳐 지나간다. 랑기오사가 한숨 섞인 음성으로 말했다.

[아, 알았다, 알았으니까, 제발 비뚤어지지만 말아라.]

"노력하지."

[그게 노력까지 해야 되는 일이냐? 내겐 주인에 대한 신뢰가 부족하다더니.]

"……조금 전엔 내가 자제를 못 할 것 같으냐고 했었지만, 솔직히 말하자면, 모르겠다."

그의 감각에 에키네시아의 기척이 느껴졌다. 유리엔은 고개를 들었다. 조그만 여자아이를 안아 올린 그녀가 불길을 피해 다가오고 있었다. 그 뒤로 노인 하나가 겁에 질려 뒤따랐다. 에키네시아를 보는 유리엔의 눈매가 부드럽게 풀렸다. 그는 나직이 속삭였다.

"그녀를 알게 된 이후로 모든 것이 완전히 달라져서……. 내가 어떻게 될지, 나 역시 모르겠으니."

신력 1629년 6월 1일, 엘기오사 오너, 즉 성녀의 등장이 공표되었다.

성녀는 솔족 출신의 12세 소녀로, 같은 솔족이자 점술가인 어머니와 함께 제국 동부의 고트 마을에 머물렀었다.

그 무렵 마을에 역병이 돌아 상당수의 사망자가 발생했다. 성녀의 어머니 역시 병에 걸렸으나, 마을 사람들은 역병을 몰고 온 원인으로 그들을 지목하고 몰아세웠다고 한다. 제대로 치료받지 못한 어머니가 죽고 난 후, 성녀는 어머니의 부적이었던 단검을 물려받게 된다.

그 단검이 행방불명이었던 엘기오사였다. 성녀는 엘기오사의 오너가 되자마자 역병을 앓던 이들을 치료해 주었다. 그러나 치료 과정의 특이한 모습과 이전에는 침묵하다 뒤늦게 치료한다는 이유로, 마을 사람들은 성녀를 역병을 뿌려 그들을 홀리려 드는 마녀로 여기고 화형에 처하려 했다.

창천 기사단장 유리엔 드 하르덴 키리에와 그의 스콰이어 에키네시아 로아즈가 성녀를 화형 직전에 구출했다. 이후 성녀는 아젠카의 대신전에 머물게 된다.

이 과정에서 기오사와 시작점 개념을 이용한 결절 파훼법이 창천 기사단을 통해 마탑 측에 전해졌으며, 마탑은 결절 연구의 새로운 국면을 맞이하며 정보의 대가를 창천에 지불했다.

서막 II

성검 랑기오사에는 대대로 오너들만이 알고 있는 비밀이 있었다.

첫째, 랑기오사는 언제나 각성 상태이다.

둘째, 랑기오사의 오너는 정안(正眼)이라 불리는 능력을 얻는다. 그리고 그 눈을 통해 상대방의 본질, 영혼에 가까운 것을 볼 수 있게 된다.

랑기오사는 악행을 저지르지 않은 자만이 오너가 될 수 있으며, 랑기오사의 오너는 악한 짓을 저지르는 즉시 자격을 잃었다.

대부분의 기오사는 오너의 조건과 각성 조건이 별개였지만, 랑기오사의 경우 그 둘이 일치했다. 그로 인해 랑기오사는 신검을 제외한 기오사들 중에서 가장 오랜 시간 깨어 있던 검이 되었다.

[주인이 하려는 행동이 정의에 어긋나는지 아닌지를 알려 주어야 하니까. 내 주인들이 타인의 본질을 볼 수 있게 되는 것도 올바른 판단을 돕기 위해서고.]

유리엔이 처음 랑기오사를 쥐었을 때, 그것은 자신이 늘 깨어 있는 이유를 그렇게 설명했다.

[뭐, 악행 한 번만 저질러도 오너 자격을 잃게 되는데, 모르고 나쁜 짓을 하게 되면 억울하지 않겠나. 최소한 일을 저지르기 전에 경고는 해 줘야지.

그러니 내가 조언하고, 내 조언 외에도 스스로 판단할 수 있도록 정안을 제공하는 거다. 여러모로 공정한 능력이지.]

 성검은 익숙한 태도로 제 힘과 능력을 새로운 주인에게 알려 주었다. 그리고 마지막으로 덧붙였다.

 [내 자아가 깨어 있는 것, 그리고 정안. 지금까지 내 주인들은 모두 이 두 가지를 비밀로 지켰다. 반려나 제 스콰이어 정도에게만 알려 주었지. 너도 되도록 비밀로 해 주었으면 좋겠군.]

 왜 그것이 비밀이 되었는지는 금방 알 수 있었다.

 랑기오사의 오너가 되면서 얻게 된 정안은 모든 타인의 본질을 보여 주었다. 이 사람이 선한지, 악한지, 좋지 않은 의도를 품고 있는지, 아니면 악한 일을 하면서도 사실은 좋은 의도를 가지고 있는 건지. 그것은 영혼을 보는 것과 비슷한 감각이었다.

 성검의 주인이 상대의 본질을 볼 수 있다는 게 알려지면 사람들은 그를 몹시 경계하게 될 것이다. 특히 위선적인 자들은 성검의 주인 앞에 제 모습을 아예 드러내지 않으려 들 터였다.

 성검은 엘기오사처럼 자비롭기만 한 검이 아니었다. 랑기오사는 인간의 사명감과 정의로 만들어졌다. 그리고 그 정의란 악에 대한 처벌과 심판을 포함하는 개념이었다. 심판을 위해서는 늘 악을 대면해야 한다. 악이 숨거나 달아나서는 안 된다. 그래서 랑기오사의 오너들은 정안에 대한 비밀을 지켜 왔다.

 새로이 성검의 주인이 된 유리엔 역시 그 비밀을 지키고 있었다.

그날은 황제 탄신일이었다.

연회는 지루했다. 유리엔 드 하르덴 키리에는 습관적으로 정안을 뜨고 연회장을 지켜보았다.

대부분의 인간은 흑도 백도 아닌 회색이었다. 상황에 따라 선해질 수도, 악해질 수도 있는 사람들. 흐릿한 회색 그림자 같은 것이 아지랑이처럼 일렁거렸다. 정안을 통해 보는 세상은 무채색에 가까웠다. 본질이 안정되어 있거나 영혼의 심지가 굳을수록 그 흐릿한 형상은 뚜렷해지고 색채를 띠게 되지만, 그런 사람은 흔치 않았다.

"유리엔."

은발에 녹색 눈동자를 가진 남자가 그에게로 다가왔다. 정안에 비치는 그는 검은색에 가까운 짙은 회색이었다. 다가올수록 검은색이 짙어진다. 그가 유리엔의 앞에 서서 입꼬리를 비틀어 올렸다.

"연회가 지루한가 보지?"

"아닙니다, 카르엠 형님."

그는 2황자 카르엠 드 하르덴 키리에였다. 유리엔의 친형제. 그러나 그 사이는 배다른 형제보다도 못했다. 유리엔은 그의 영혼에서 맴도는 악의를 똑똑히 보고 있었다. 아마도 확실히, 그 악의는 자신을 향한 것일 터다.

카르엠이 낮은 목소리로 속삭였다.

"그럼 고고한 척하지 말고 빨리 꺼져라. 꼴 보기 싫으니까."

"죄송합니다."

유리엔은 덤덤하게 답했다. 그도 이 자리에 있기 싫었다. 하지만 끝까지 남아 있지 않으면 그의 아비인 황제가 제 탄신을 축하할 생각이 없는 거냐고 트집을 잡아댈 것이다. 애초에 그가 자리를 비우는 순간 그것을 가장 먼저 황제에게 고해바칠 자가 눈앞의 형이었다.

상대하는 것 자체가 피로했다. 유리엔은 무어라 시비를 거는 카르엠으로부터 시선을 돌려 버렸다. 코앞에서 일렁이는 악의를 보고 싶지 않아서 그저 아무렇게나 움직인 시선에 언뜻 거슬리는 것이 있었다. 무채색의 그림자들 사이에서 희미한 불씨 같은 것이 눈에 띄었다.

정안은 조절하는 게 가능했다. 의식할수록 선명해진다. 그는 그 혼을 저도 모르게 눈으로 좇았다. 집중해서 응시하자 점점 확실하게 보였다.

연한 회색의 그림자였다. 여성의 실루엣. 백색에 가까운 엷은 보랏빛이 그 안에서 어른거렸다. 손톱만 한 불씨였다. 꺼질 듯 말 듯 일렁이고 있지만, 어쩌면 거대한 불길이 될 수도 있을 법한 씨앗.

[재미있는 혼이군. 타오르면 태양이 되겠어. 물론, 타오를 수 있을지는 모를 일이지만.]

성검이 흥미롭다는 듯 중얼거렸다. 유리엔은 작은 별처럼 깜박이는 그 빛을 관찰했다. 굳은 의지를 가진 혼은 드물게 보았지만 이런 건 처음 보았다. 저런 흐린 빛이 태양처럼 타오르게 될 수도 있다니. 신기했다. 호기심이 일었다.

'누구지?'

그는 정안을 거두어 보았다. 그 씨앗을 품은 사람은 연한 분홍빛 머리칼을 치장하여 늘어뜨린 여자였다. 그녀는 하늘색의 드레스를 입고 또래의 귀족 영애들 사이에서 대화를 나누고 있었다. 그들 사이에 있는 여자는 수없이 봐 온 영애들과 별 차이가 없었다. 예쁘장한 외모에 독특한 머리카락을 가졌지만 그뿐이었다.

유리엔은 다시 정안을 뜨고 그 흐린 빛을 관찰했다. 가능성과 관계없이 현재의 그 빛은 약하고 가느다랬다. 불씨를 품은 것은 평범한 귀족가의 딸이다. 아마도 부모가 정해 준 사람과 결혼을 하고, 별일이 없다면 무난하고 평탄한 삶을 이어갈. 그런 삶이라면 저 불씨는 그저 불씨로 끝나겠지. 짧은 관심이 그렇게 사그라들 찰나.

"너, 내 말을 안 듣고 있군. 대체 누굴 보는 거냐?"

짜증 섞인 말이 귀에 들어와서 유리엔은 비로소 정신을 차렸다. 자신이 지금 어디에서 누구의 앞에 있는지를 잠시 잊고 있었다. 카르엠이 그가 보고 있었던 방향을 확인했다. 분홍색 머리칼이 눈에 띄었다.

"……여자? 네가 여자에 관심을 보이는 건 처음이군."

그렇게 말하는 카르엠의 혼에 악의가 뚜렷했다. 유리엔은 급히 그녀로부터 눈을 뗴었다. 그는 덤덤한 표정을 가장했다.

"관심이 아닙니다. 머리색이 특이해서 잠시 보았을 뿐."

"아, 그래……?"

카르엠이 말끝을 끌며 기묘하게 웃었다. 관심이 없다고 강조할수록 관심이 있다는 뜻으로 들릴 것이다. 유리엔은 부러 화제를 돌렸다. 그리고 연회가 끝날 때까지 두 번 다시 그 분홍 머리 여자에게 시선을 주지 않았다.

유리엔은 아주 어릴 때부터 아비가 자신을 증오하고 있다는 것을 알았다. 황제는 어린 그와 눈이 마주칠 때면 숨길 수 없는 혐오와 분노를 드러내곤 했다. 대놓고 말한 적도 있었다.

"저 역겨운 것을 내 눈앞에서 당장 치워라."

유리엔에게 황제의 증오가 어디서 비롯되었는지 알려 준 건 유모였다. 한 번도 본 적 없는 어머니가 자신 때문에 죽어서, 그래서 황제가 그를 꼴도 보기 싫어한다고 들었다.

"그럼, 아바마마는 나를 싫어하시는 거야? 앞으로도 계속?"

어린 3황자의 질문에 유모는 차마 냉정하게 대꾸하지 못했다. 그녀는 아이의 머리를 쓰다듬으며 위로하듯 말했다.

"누구보다 착하고 똑똑한 아이가 되면, 폐하께서도 황자 전하를 돌아봐 주시지 않을까요?"

그래서 유리엔은 노력했다. 황족에게 주어지는 모든 의무와 교육을 최선을 다해 수행했고, 나쁜 짓은 아무것도 하지 않았다. 그러나 그것은 오히려 더한 증오를 불러 왔다.

"유리엔 전하께서는 정말 탁월하십니다."
"2황자 전하도 검에 소질이 있으시다던데."
"3황자 전하에 비하면 솔직히······."

필연적으로 이루어지는 비교. 유리엔이 스승들에게 칭찬을 받고 눈에 띌수록, 2황자는 가려졌다. 하필 2황자가 재능을 보이는 분야는 검이었다. 유리엔의 많은 재능 중에서도 가장 뛰어난 잠재력을 가진 분야.

게다가 유리엔은 검을 좋아했다. 소년은 유흥을 즐기거나 오락거리에 빠져들지도 않았다. 수도사처럼 정해진 생활을 소화하며 취미 대신 검에 몰두했다. 2황자는 두 살 어린 동생의 벽을 절대로 넘을 수 없었다.

황제는 그것을 견디지 못했다. 어떻게든 유리엔의 흠을 찾아내려 애썼다. 극히 사소한 실수나 오점이라도 한없이 부풀려져 질책을 받았다. 유리엔은 책잡히지 않기 위해 더욱 강박적으로 정도를 지켰다. 때로 황제는 2황자에게도 화를 내었다.

"이토록 너를 지원해 주는데, 너는 왜 그놈을 이기질 못하는 게냐!"

2황자 카르엠은 유리엔을 증오하게 되었다. 어머니를 빼앗아 간 동생이 존재만으로도 자신을 괴롭혔다. 카르엠은 늘 열등감과 증오로 범벅이 된 눈으로 유리엔을 바라보았다.

배다른 형제인 1황자 크루엔은 그 관계에서 비켜나 있었다. 굳건한 외가의 비호 아래 태어나자마자 황태자가 된 그는 모든 것을 방관했다. 일찍이 학문 쪽으로 방향을 잡았던 덕에 유리엔에게 그다지 열등감을 느낀 적도 없었다. 정확히는 무관심했다.

유리엔은 그 무관심이 차라리 고마웠다. 카르엠은 유리엔에게 관심이 많았다. 유리엔이 저지른 실수, 유리엔이 좋아하는 것, 유리엔이 관심을 둔 것. 그 모든 것이 카르엠을 통해 황제의 귀에 들어갔다. 실수는 처벌로 돌아왔고 좋아하는 것은 빼앗겼으며 관심을 둔 것은 망가졌다.

정을 주고 기르던 새가, 분명히 잘 닫아 놓았던 새장에서 빠져나가 황제의 정원을 망가뜨렸다는 이유로 카르엠의 화살을 맞고 죽었던 적이 있다. 유리엔은 그 후부터 특별히 무언가를 아끼는 티를 내지 않았다. 의식적으로 금욕적인 삶을 살았다.

같은 맥락이었다. 연회가 끝난 이후, 유리엔은 그 여자에 대한 관심을 끊었다. 그녀의 이름을 찾아보지도 않았고 그녀가 누구인지 알아보지도 않았다. 그는 아젠카로 돌아와 그녀를 잊었다. 잊는 것은 어렵지 않았다. 애초에 그렇게까지 강렬한 인상도 아니었다. 그리 특이할 것 없어 보이는 여자가 불씨 같은 가능성을 품고 있는 게 약간 신기했을 뿐.

유리엔은 곧 그 여자에 대한 것을 전부 까마득히 잊어버렸다. 아무렇지도 않은 일상으로 되돌아갔다.

하지만 그는 알지 못했다. 그저 시선을 준 것. 그리고 그 시선을 형제에게 들킨 것. 그것만으로도 이미 비극이 시작되었음을.

마검의 악마가 처음 등장한 건 1629년 3월이었다.

악마는 등장하자마자 성 세 곳을 몰살시키고 근처에 머물던 현자의 제자인 니콜 시즈튼과 충돌했다. 니콜 시즈튼은 사망했으나 악마에게 상당한 부상을 입히는 데 성공했다. 부상 이후 한동안 실종되었던 악마는 간헐적으로만 모습을 드러냈다. 나타날 때마다 강해지고 있다는 보고를 받았다.

창천 기사단은 계속해서 악마를 토벌하겠다는 의사를 보냈으나, 제국이 그것을 허락하지 않았다. 제국은 직접 악마를 추적했지만 번번이 놓치거나 추적대가 죽어 나갔다. 그러기를 2년여, 결국 1631년 겨울에 대규모의 토벌단이 꾸려졌다. 마탑과 근위 기사단 거의 전체가 동원된 토벌단이었다. 2황자 카르엠이 그 토벌단을 지휘했다.

"몰살당했단다, 그 여자 하나한테."

디트리히 사루아가 어깨를 으쓱이며 말했다. 레밍기오사의 오너이자 사관학교 시절부터 유리엔의 벗이었던 그는 단장실을 제 방처럼 드나들었다. 유리엔은 서류를 살피다가 눈만 들어 그를 보았다. 디트리히는 손에 들고 있는 양피지 두루마리를 흔들면서 물었다.

"율, 토벌단을 지휘한 형님이 어떻게 되었는지 안 궁금해?"

"보고서를 가로채서 보지 마라, 디트."

"하여간 꼬장꼬장하기는."

디트리히가 그를 향해 양피지를 던졌다. 유리엔이 그것을 잡아채 펼치는 사이 그가 말했다.

"토벌단은 안타깝지만, 네 형인지 뭔지 모를 그 새끼는 잘 죽었다 싶다."

"……카르엠 형님까지 전사했나?"

"악마가 공평하게 썰어 줬지."

유리엔은 보고서를 훑었다.

―생존자 없음. 토벌단의 소식이 끊겨 뒤늦게 파견한 정찰대가 2황자를 포함한 토벌단의 전원 사망을 확인함.

이렇게 허무하게 죽을 사람이었나. 유리엔은 기묘한 기분으로 그를 평생 괴롭혀 온 형의 죽음을 확인했다. 그리 애석하진 않았다. 황제는 지금 무슨 생각을 하고 있을지가 궁금할 뿐.

"다 죽어 버렸으니 망할 놈의 제국이 드디어 파견을 요청하겠군. 바르데르기오사가 저지른 학살 중에서도 역대급 아니야, 이거? 미친 새끼들. 진작 우릴 부를 것이지."

디트리히가 혀를 찼다. 유리엔은 착잡하게 보고서를 덮었다. 악마가 처음 등장한 1629년 봄부터 지금, 1631년 겨울에 이르기까지, 지속적으로 이루어진 학살을 막지 못한 가장 큰 원인이 자신에게 있는 듯해서.

황제는 창천 기사단장이 유리엔이기 때문에 창천의 개입을 거부했다. 표면적으로는 제국을 무시하느냐, 창천의 간섭이 지나치다는 등의 이유를 댔지만 실질적인 이유는 그것일 터였다.

[그렇다고 그 죽음들이 네 책임은 아니다. 실제로 학살을 저지른 건 마검에 휘둘린 악마고, 그 학살을 방조한 건 황제니까. 황제가 그런 선택을 한 게 네 탓이라 해서 네게 죄를 묻는 건 정의에 어긋난다.]

랑기오사가 깐깐하게 말했다. 성검 나름의 위로였다. 유리엔은 대답 대신 희미하게 쓴웃음을 띠었다. 조만간 제국에서 정식으로 파견 요청이 올 듯했다. 그러니 이제 마검의 악마를 토벌할 계획을 세워야 했다.

악마에 대해서는 젊은 여성이라는 것 외에 아무것도 알려지지 않았지만, 들려온 소식들만 봐도 지금까지 등장했던 바르데르기오사의 오너들과 차원이 다르게 강할 게 틀림없었다. 대비가 필요했다.

'역시, 기오사 오너 전원이 가야겠군.'

유리엔은 악마의 기록을 살피며 그렇게 결론을 내렸다. 이미 알고 있는 내용이었으나, 토벌을 목적으로 다시 살피니 새삼 소름이 돋았다. 무지막지했다. 유리엔 자신이 마검에 물든다 해도 이 정도 피해는 나지 않을 터였다.

'대체 어떤 자이기에.'

그도 다시없을 천재라는 소리를 들었다. 괜히 역대 최연소 마스터에 최연소 창천 기사단장이 된 게 아니다. 틀림없이 마검의 악마는 그런 그보다도 뛰어날 터였다. 이 정도 재능을 가진 자가 여태껏 알려지지 않았다는 게 신기할 정도다.

유리엔은 악마에 대한 정보를 다시 확인했다. 젊은 여성. 검은 머리, 검은 눈, 피부에 검은 얼룩이 번져 있음. 그게 다였다. 악마가 어떤 짓을 저질렀는지에 대해서는 많은 자료가 있는데, 그녀가 누구인지에 대해서는 알려진 것이 거의 없었다.

디트리히가 서류를 뒤적이는 그를 향해 물었다.

"토벌대는 어떻게 꾸릴 거냐?"

"너와 나를 포함해 기오사 오너 네 명 전원이 간다. 다른 단원은 위험하기만 할 듯하니."

"좋아, 테레사한테는 내가 말한다?"

디트리히가 씩 웃으며 손을 흔들고는 단장실을 나갔다. 유리엔은 산더미처럼 쌓인 악마 관련 기록들을 흘깃 보았다. 문득 악마가 되기 전의 그 여자는 어떤 사람이었는지 궁금해졌다. 의미 없는 호기심이었다. 마검에게 잡아먹힌 시점에서 이미 죽은 거나 다름없는 존재였으므로.

누군지 몰라도 무척이나 불운한 여자로군. 그 가벼운 연민을 끝으로, 그는 그 여자에 대한 관심을 접고 악마를 토벌할 방법에 대해서만 골몰했다.

마검의 악마를 추적하는 것은 어렵지 않았다. 토벌단을 몰살시킨 악마는 더 이상 두려울 게 없어졌는지 대놓고 학살을 벌이고 다녔다.

유리엔과 기오사 오너들은 1632년 초에 마검의 악마와 마주쳤다.

눈이 조금씩 내리다 멎은 날이었다. 하늘은 심기가 불편한 것처럼 흐렸다. 메마른 들에 악마는 발자국처럼 시체와 피를 남겨두었다. 비릿한 피 냄새가 꼬리처럼 이어졌다.

"저기 있군요."

부기사단장 바론이 앞을 가리켰다. 구불거리는 검은 머리카락이 바람에 하늘거렸다. 누더기 같은 것을 걸친 여자는 먼지와 피와 오물로 엉망이 된 몰골로 웃고 있었다. 여자가 오른손에 검은 마나가 일렁이는 마검 바르데르기오사를 쥐고 휘청휘청 걸었다. 지저분한 맨발이 잘린 인간의 머리를 아무렇게나 걷어찼다.

유리엔이 앞장섰다. 기척을 느낀 악마가 그들을 돌아보았다. 시선이 마주쳤다.

[지독하군.]

성검이 혀를 차며 중얼거렸다. 정안으로 그녀를 본 유리엔은 그 의견에 동의했다. 지독했다. 무저갱 같은 검은빛이 기포처럼 부글부글 끓어올랐다. 그것에 가려져서 원래의 혼은 보이지도 않았다. 그녀의 혼을 뒤덮은 그것들은 유리엔이 지금까지 봐온 그 어떤 악의보다도 짙고 추하고 섬뜩했다.

[바르데르기오사에 물든 인간은 몇 번 봤었지만, 유난히 악의가 짙은데.

물든 기간이 길어서인가? 3년째였지? 보통 인간이면 이미 망가져도 진작 망가졌을 시간인데 버티고 있어서 그런가 보군. 조심해라.]

 성검이 경고했다. 유리엔은 대답하지 않고 그 불운한 여자를 향해 한 걸음 내디뎠다.

 "마검에 물든 자여."

 지 여자는 아마 무고한 피해자일 것이다. 운이 나쁘게 마검에 물들었을 뿐. 인간적인 연민이 들었으나 구해 줄 방법은 없었다. 정안으로 본 그녀는 돌이킬 수 없는 악이었다. 너무 짙은 악의로 인해 눈이 약간 시릴 정도였다. 유리엔은 정안을 감아 버렸다.

 "기오사를 수호하는 창천 기사단으로서, 그대를 토벌하겠다."

 그는 랑기오사를 겨누었다. 여자가 바르데르기오사를 들어 올린다. 뒤엉킨 머리카락 사이로 여자는 하얀 이를 드러내며 웃었다. 성검과 마검이 맞부딪혔다.

 전투는 길지 않았다. 검을 맞댈수록 유리엔은 소름이 돋는 것을 느꼈다.

 그는 천재였다. 어린 시절부터 또래 중엔 적수가 없었고, 나이를 먹어갈수록 스승이 되어 줄 만한 사람조차 사라져갔다. 한 해 한 해가 지날수록 그는 급속도로 강해지며 모든 사람을 뛰어넘었다. 당연한 듯이 마스터가 되었다.

 단 한 번도 벽을 느껴 본 적이 없다. 이길 수 없다는 기분을 느껴 본 적도 없다. 아직 검을 배우던 시절에 패배할 때조차, 언젠가는 이 상대를 넘어설 거라는 직감이 들었다. 그리고 그 직감은 늘 현실이 되었다.

 그런데 지금, 유리엔은 처음으로 벽을 만났다. 최초로 느껴 보는 패배의 예감. 승리의 이미지가 그려지지 않았다. 어떤 식으로 공격하든 받아치며 미세한 실수조차 용납하지 않는다. 시간이 흐를수록 버티기도 힘들어진다. 죽음이 아슬아슬하게 목덜미를 스쳐 지나갔다.

[안 돼, 다른 오너들과 협력해라. 너무 강하다.]

마침내 랑기오사가 끼어들었다. 홀린 듯이 검을 휘두르던 유리엔은 그 경고에 정신을 차렸다. 그는 훌쩍 뒤로 물러났다. 여자는 사람 같지 않은 새까만 눈동자로 그런 그를 물끄러미 바라보았다.

"대단하군. 실로 안타깝다."

들썩이는 어깨 아래에서 심장이 뛰었다. 진심으로 안타까웠다. 난생처음 만난 자신을 압도하는 상대가 토벌해야 할 악마라니. 왜 하필 이토록 탁월한 재능을 가진 자가 마검의 악마가 된 걸까. 다르게 만났다면, 몇 번이고 대련을 하며 함께 더 높은 경지를 볼 수도 있었을 텐데. 저절로 입이 움직였다.

"그대가 기사였다면…… 진심으로 검을 나누었을 텐데."

"유리엔 단장."

디트리히가 경고하듯 그를 불렀다. 네가 검 말고는 집착하는 게 없다는 건 자알 아는데, 여기서까지 그러면 안 되지, 또라이야. 그 부름 속에서 압축된 디트리히의 잔소리가 들리는 듯했다. 유리엔은 쓰게 웃었다. 안타깝고 아쉬운 것은 개인적인 감정일 뿐이다.

"안다. 이것은 대련이 아니라 토벌이지."

"슬슬 합류할까요?"

"그래."

바론의 물음에 그가 긍정했다. 바론의 광검 살릭기오사, 테레사의 수호검 디몽기오사, 디트리히의 정복검 레밍기오사가 차례로 모습을 드러냈다. 분위기가 바뀐 것을 눈치챈 여자가 털을 세우는 짐승처럼 바르데르기오사를 들어 올렸다.

그 뒤로는 치열한 싸움이었다. 여자는 좀처럼 쓰러지지 않았다. 죽일 목적으로 싸우는 네 명의 기오사 오너를 상대로도 상당히 오랜 시간 버텼다.

그러나 영원히 버틸 수는 없었다. 악마는 마침내 패배했다. 유리엔은 그녀를 쓰러뜨리고 올라타 목을 검으로 짓눌렀다. 정확히는 바로 목을 베어 버리려 했으나 그녀의 새까만 마나가 일렁거리며 목을 감싸고 버텨서 그러지 못했다.

힘겨루기가 이어졌다. 희생자의 피로만 젖어 있던 악마는 이제 저 자신의 피로 칠갑을 한 채 짐승처럼 버둥거렸다. 진이 빠진 기오사 오너들이 주위에서 무어라 투덜거렸다. 부단장 바론이 중얼거리는 말이 유리엔의 귀에 들어왔다.

"아깝군. 단장님 말대로 기사였다면 훌륭했을 텐데, 저 재능으로 마검 따위에 손을 대다니."

그 말에 유리엔은 약간 화가 났다. 마검이 무엇인지 알면서 그것을 일부러 쥘 인간이 어디 있겠는가. 말마따나 이렇게 뛰어난 재능을 가진 자가 무엇이 아쉬워서. 마검을 휘두르고 있는 건 이 여자가 아니라 정안으로 보기만 해도 눈이 시릴 정도로 짙고 추한 인간의 악의인 것을.

"그녀라고…… 원해서 이걸 쥐었겠나."

그녀의 사지를 억누르고 가느다란 목을 향해 검을 짓누른 채, 유리엔은 그렇게 중얼거렸다. 동공이 구별 가지 않을 정도로 새카만 눈동자가 그를 올려다보았다. 사람 같지 않은 눈. 살의로 번들거리는 유리

알 같은 눈동자.

 그 재능이 아까워서였는지, 그저 불운한 여자에 대한 동정이었는지. 유리엔은 충동적으로 그 눈 안에서 인간적인 무엇을 찾아내려 했다. 싸우는 내내 닫고 있었던 정안을 개방했다. 본래의 혼이 어떤지 알아볼 수 없을 정도로 뒤덮인 악의들을 내려다보며, 그는 나직이 말했다.

 "이런 짓은 하고 싶지 않았을 테지."

 그 순간. 그의 말이 그녀에게 가 닿은 순간.

 기포가 올라오는 늪처럼 흐물거리는 새카만 악의들 너머로 불타오르는 무언가가 언뜻 보였다. 그 빛은 울부짖듯 꿈틀거리면서 제게 들러붙는 검은 것들을 헤치고 수면으로 떠올랐다. 그것이 악의 속에서 벗어나고 싶은 것처럼 팔을 뻗었다.

 유리엔은 숨을 잊었다. 얼어붙어 버렸다. 엷게 타오르는 보랏빛 실루엣. 실제의 사람만큼 뚜렷하지는 않아도, 그는 그 혼을 알아보았다. 잊고 있던 기억이 그녀를 보는 순간 선명하게 되살아났다.

 연회 때 스치듯 보았던 여자. 불씨를 품고 있던 혼. 손톱만 하던 그 씨앗이, 여기에서 불꽃이 되어 타오르고 있었다.

 악의를 헤치고 튀어나온 그녀의 혼이 그를 응시했다. 아주 짧은 시간 동안 그녀의 본질이 악의를 누르고 제 자리를 찾아 자신의 몸을 움직였다. 그 혼은 울고 있었다. 혼을 따라 그녀의 몸뚱이도 울었다. 그저 살의만 그득하던 눈동자에 습기가 퍼져 나가고, 딱 한 방울. 한 방울의 눈물이 흘러내렸다.

 [맙소사, 저 속에서 버티고 있다고? 심지어 몸을 잠깐 되찾기까지 해?]

 성검이 신음을 섞어 감탄하는 것을 굳이 듣지 않아도, 보자마자 알았다. 그저 한 방울이지만 그 눈물은 하나의 기적이었다. 시커멓게 죽은 고목에 돋아난 새 잎사귀 같은 것.

지금, 내가, 뭘 본 거지.

"눈물."

"단장?"

"울고 있다."

"……누가요? 설마."

유리엔은 자신이 무슨 말을 하고 있는지 몰랐다. 그가 말을 하는 사이 그녀의 혼은 다시 악의 속에 잠겨 들고 있었다. 씨앗은 개화했으나 아직 충분히 강하지 못했다. 정안은 그녀가 미친 듯이 발악하다가 결국 그 늪 같은 악의에 삼켜지는 것을 보여 주었다. 그는 빛이 부글거리는 어둠 안으로 가라앉아 버리는 걸 멍하니 쳐다보았다.

저렇게 발버둥 치고 있는데. 저 속에서도 살아 울부짖고 있는데. 그 작던 빛이 저렇게 타오를 정도로, 온 힘을 다해 버티고 있는데.

도와주고 싶었다. 손을 잡아 주고 싶었다. 그러나 방법이 없었다. 그저 보기만 해야 했다. 가늘게 떨리던 하얀 손끝마저 완전히 잠겨 들어 부글거리는 악의만이 남았다. 날카로운 것이 가슴을 파고드는 기분이 들었다. 먹먹함이 전신으로 퍼져 나갔다.

"마검한테 잡아먹히면 자아 따윈 남지 않는다며. 단장, 저건 그냥 마검이 휘두르는 몸뚱이야."

디트리히가 황당하다는 듯 말하는 것이 귀에 들려왔다. 아니, 아니다. 아직 죽지 않았다. 그녀는 살아 있다. 그는 보았다. 보고 말았다. 유리엔은 고개를 젓고 반쯤 정신이 나간 상태로 대꾸했다.

"남아 있군. 싸우고 있는 거다."

"싸워? 뭐랑?"

"마검과, 그녀의 의지가."

입 밖으로 말을 내어 놓고 나서야 정신이 들었다. 자신이 방금 본 것의 의미를 깨달았다. 그 작던 불씨가, 저 끔찍한 악의들 속에서도 무너지지 않고 남아서 오히려 더 강렬하게 타오르고 있었다. 싸우고 있다. 어떻게 저런 일이 가능한 것인지 믿기지 않았다. 성검이 망설이며 말했다.

[예전에, 마검을 이겨 낸 인간이 있었다. 저것을 극복하고 바르데르기오사를 각성시켜서 몸을 되찾은 인간이. 이 여자 역시…… 어쩌면, 가능할지도 모른다.]

악의만이 남은 여자의 몸이 이를 드러내고 으르렁거렸다. 유리엔은 날뛰는 그 몸뚱어리를 누른 채 그녀를 내려다보았다. 눈가에 눈물 자국이 있었다. 기적이 남긴 흔적. 손아귀에 잡혀 있는 그녀의 양손목은 가늘었다.

검게 물든 피투성이 여자 위에 유리엔은 처음 보았던 그녀를 겹쳐 보았다. 연회장 안에서 또래의 영애들과 웃으며 대화를 나누던 그녀를. 그저 평탄하게 살아가리라 여기고 잊었던 여자가, 이렇게 비참하게. 이토록 강렬하게. 그 흐리던 빛을 싹틔워서.

"거 찝찝하네. 빨리 끝내고 돌아가자."

"의식이 남아 있다 쳐도 상관없잖습니까. 할 일은 변하지 않으니까."

디트리히와 테레사가 그를 재촉했으나 유리엔은 움직일 수가 없었다. 조금 전까지는 동정은 가지만 죽여야 한다고 생각했다. 그러나 그 안에서 살아남아 버티고 있는 그녀의 혼을 본 이상, 그는 도저히 그녀를 죽일 수가 없었다. 성검을 쥔 오른손이 잘게 떨렸다.

[마검의 악마는 악이지만, 이 여자에게는 죄가 없다. 심판하든, 이겨 낼 기회를 줘 보든, 어느 쪽이건 정의다. 그러니 판단은 네게 맡기마.]

성검이 조용히 속삭였다. 판단, 판단이라. 그의 판단은 이미 정해져 있었다. 가능성이 있는데, 저렇게 발버둥 치고 있는데, 제 손으로 끊어 내는 건 불가능했다. 타오르기 시작한 불씨를 보았는데도 짓밟아 꺼 버리라니. 어떻게 그가 그럴 수 있겠는가.

"그럴 순 없다."

그는 그녀를 살리기로 결정했다.

"그녀에게 기회를 주겠다."

유리엔은 그녀를 창천 기사단 본부 지하 감옥에 가두었다. 봉인구를 채우고 사지에 사슬을 달고 이중문을 설치했다.

황제는 격노하여 악마를 당장 내놓으라 명했다. 유리엔은 처음으로 황제의 명을 정면에서 거역했다. 황제가 길길이 날뛰었지만 토벌단 몰살로 치명적인 타격을 입은 제국은 아젠카를 건드릴 수 없었다.

적어도 당분간은.

아젠카와 제국 사이에 긴장감이 돌았다. 서한이 쉼 없이 오가고 물 밑에서 많은 일이 일어났다. 당장은 창천 기사단이 악마로부터 제국을 구한 구원자로 여겨져서 조용하지만, 시간이 흐를수록 피해자들의 불만이 커져 갈 것이다. 왜 악마를 처형하지 않느냐는 불만이.

유리엔은 시간이 빌 때마다 지하 감옥을 찾아갔다. 다가갈 수는 없었다. 그는 늘 철문 너머로 그녀를 바라보았다. 그 안에서 그녀의 몸뚱이는 가둬진 마물처럼 몸부림쳤다.

하지만 정안을 뜨고 있는 그에게는 다른 것이 보였다.

부글거리는 검은 악의들 사이로 언뜻언뜻 보이는 빛. 불씨에서 불길이 된 그것이 조금씩 강렬해지고 있었다. 금방이라도 스러져 버릴 듯 위태위태하면서도 결코 꺼지지 않는 불. 그 애처롭고 처절한 발악을 그는 내내 지켜보았다.

[처음 봤을 때 태양이 될 가능성이 있다고 생각하긴 했다만, 정말 그리 될 확률은 지극히 낮았는데 말이다. 솔직히 미치지 않는 게 신기하군.]

"그녀는 이겨 낼 거다."

유리엔은 작게 중얼거렸다. 한마디 대화조차 나눠 보지 못한 사람이다. 제대로 눈을 마주쳐 본 적도 없다. 이름도 알지 못한다. 그럼에도 지켜볼수록 점점 더, 응원하게 된다. 승리하는 것이 보고 싶었다. 이겨 내 주었으면 좋겠다.

저 악의를 극복하고 몸을 되찾은 그녀는 어떤 사람일까. 그녀를 알고 싶어졌다.

악의 너머로 어른거리는 불꽃이 또 위태롭게 흔들렸다. 피처럼 튀는 불티. 꺼질 듯 가라앉았다가 다시 솟구친다. 짓누르는 악의 아래에서 몸부림친다. 그 일렁이는 모습에서 그는 들리지 않는 비명을 읽어 냈다. 유리엔은 이를 악물었다.

도와주고 싶었다. 도울 방법이 있었다면, 어떻게든. 그러나 그에게 그녀를 도울 방법은 없었다. 그것은 그녀가 스스로 이겨 내야 하는 시련이었다. 유리엔은 가만히 철문에 손을 대었다. 그 너머로는 손을 내밀 수가 없어서 그저 문에만 닿았다. 손끝에 닿는 쇠는 차가웠다.

"준비를 해야겠다."

[뭘 말이냐?]

"그녀가…… 다시 살아갈 수 있도록."

그는 그녀가 몸을 되찾았을 때 살아갈 수 있도록 준비하기 시작했다. 홀로 싸우고 있는 그녀를 위해 그가 할 수 있는 건 고작 그 정도였다.

악마로 인해 피해 입은 사람들에게 보상을 하고, 사망자들을 위한 예식을 치렀다. 위령비를 세우고 피해 복구에 협조했다. 이어 제국과 협상을 시도했다. 황제와는 협상이 불가능했기에, 협상은 황태자와 진행되었다. 몇 차례 서류가 오가고 비밀 회동이 이루어졌다.

그 와중에 그는 절대 그녀가 분홍 머리칼의 제국 귀족 가문 영애라는 사실을 발설하지 않았다. 그녀의 정체를 파헤치는 짓도 하지 않았다. 제국의 공적이 되어 버린 그녀의 가문이 밝혀져서 좋을 것이 없었으므로. 그녀와 관계된 사람이 남아 있다면, 그녀의 정체가 알려졌을 때 엄청난 피해를 입을 테니까.

사실 이름은 몹시 알고 싶었다. 그녀를 무어라 불러야 할지 알고 싶었다. 하지만 그는 참았다. 그녀가 저 악의로부터 승리하고, 몸을 되찾으면, 그때 그녀에게 직접 이름을 들으면 된다.

그렇게 반년이 넘는 시간이 흘렀다.

1632년 가을, 유리엔은 아젠카를 떠나 제국의 수도에서 크루엔 황태자와 비밀리에 만났다. 이제 권력의 추는 확실하게 황태자에게 기울어져 있었다. 황제는 허수아비가 되었다.

"네 덕분이 크지. 남은 2황자파와 황제 폐하께서는 내 어린 조카를 밀어주고 있으니 말이다. 그 젖먹이를, 하."

하얀 사자를 상징으로 삼는 키리에 제국의 하르덴 황족은 대부분 은발이었다. 크루엔 황태자 역시 은발에 유리엔처럼 푸른 눈을 하고 있었다. 황제로부터 물려받은 눈동자였다.

2황자 카르엠은 황후로부터 녹색 눈을 물려받았고, 카르엠의 어린 아들 역시 그 눈을 물려받았다. 황제는 황후와 같은 그 초록빛 눈동자를 사랑했다. 저를 닮은 푸른 눈의 아들들보다 훨씬.

"장인어른은 네가 제일 위험하다며 지금도 널 경계하고 있지만. 나는 너를 믿는다. 너는 황위엔 관심이 없으니까, 그렇지?"

크루엔이 빙긋 웃었다. 유리엔은 무표정했다. 황태자는 어깨를 으쓱이고는 말을 이었다.

"이제 아바마마의 시대를 끝낼 때가 되었다. 협조해 다오."

"무슨 협조를 원하십니까?"

"창천 기사단을 파견해 줘. 황궁을 치겠다."

유리엔이 눈살을 찌푸렸다. 그가 거절의 말을 내뱉기도 전에 황태자가 서류를 한 장 내밀었다.

"내가 명분도 없이 일을 추진할 것 같으냐? 창천 기사단이 나서기에 충분한 이유가 여기 있으니, 너는 그저 내 칼이 되어 주기만 하면 된다."

"이게 뭡니까."

"마검 바르데르기오사를 황실이 입수하고, 이용한 경위."

유리엔의 눈이 커졌다. 그가 급히 서류를 집어 들자 크루엔의 미소가 깊어졌다. 황태자는 느긋하게 깍지를 끼고 서류를 읽는 유리엔을 지켜보았다. 그 한 장의 서류에는 마검 바르데르기오사를 이용하여 황실의, 정확히는 2황자의 위명을 드높일 계획이 적나라하게 정리되어 있었다.

몇 해 전, 황제의 별장 근처 마을이 몰살되는 사건이 발생했다. 마침 별장에 머물고 있던 황제는 근위대를 출동시켜 살인범을 잡았고, 범인이 들고 있던 마검 바르데르기오사를 발견했다.

흔한 약초꾼에 불과하던 남자가 어떻게 마검을 손에 넣었는지는 명확하지 않았다. 어쨌든 근위대는 간단하게 마검에 물든 약초꾼을 처리했다. 그것을 본 황제는 마검을 이용해서 2황자의 위명을 드높일 계획을 구상해 냈다. 그 계획에는 사람들이, 특히 귀족들이 경각심을 느낄 만한 마검의 희생자가 필요했다.

황제는 주도면밀하게 계산했다. 없어져도 괜찮고, 만만하면서도, 마검이 등장했다는 위기감은 줄 수 있을 만한 가문을 찾았다. 검술에 재능이 있는 가문은 처음부터 배제했다. 마검이 너무 강해지면 안 되기 때문이다. 그렇게 후보군이 몇몇 추려졌다.

그 후보군 중에서 결국 어디가 낙점되었는지는 추적하지 못한 모양이었다. 서류에는 그저 후보 가문들 중에 한 곳을 2황자가 골랐다고만 쓰여 있었다. 2황자가 직접 수하를 시켜 그 가문에 바르데르기오사를 가져다 놓았다고.

황제와 2황자가 미처 몰랐던 건, 하필 그들이 고른 그 가문에 알려지지 않은 검의 천재가 있었다는 점이었다. 그것이 그들의 패착이었다. 마검을 든 약초꾼은 쉬웠으나 마검을 든 불세출의 천재는 재앙이 되었다.

유리엔은 멍하니 그 서류를 내려다보았다. 2황자가 골랐다고. 카르엠 형님이. 그 순간 탄신 연회 때 있었던 일이 떠올랐다.

"……여자? 네가 여자에 관심을 보이는 건 처음이군."

그렇게 말하던 카르엠의 혼에 뚜렷하던 악의. 우연이라기엔 지나치게 공교롭다.
설마. 설마. 카르엠이 후보 가문들 중에서 하나를 택한 게, 설마. 그녀가 마검을 쥐게 된 것이, 설마.
'내가, 그녀를 보았기 때문에…….'
시야가 아찔해진다. 속에서 역한 것이 치솟았다. 유리엔은 손으로 입을 틀어막았다.
"어때, 기오사를 수호하는 창천 기사단으로서 당연히 나서야 할 일 아니냐?"
그가 무엇에 충격을 받았는지 알지 못하는 크루엔은 태연히 말했다. 유리엔은 서류를 우그러질 정도로 움켜쥐었다. 그리고 그대로 자리에서 일어났다.
"유리엔?"
"대…… 답은, 추후에 드리겠습니다."
그는 간신히 대꾸하고 비밀 회담이 이루어진 방을 벗어났다. 나가는 걸음이 위태롭게 휘청거렸다.

아젠카로 돌아오는 내내 유리엔은 극심한 혼란에 빠져 있었다. 생

각을 거듭하고 거듭해도 자신 탓이라는 죄책감을 떨칠 수가 없었다.

따지고 보면 원흉은 그의 아비와 형이다. 하지만 그자들이 그 음모를 꾸미고, 그 희생물로 그녀를 선택한 것은 온전히 자신 때문이었다. 평탄하게 살아가리라 생각했던 여자가 나락으로 떨어진 계기가 고작 자신이 주었던 시선이라니. 심지어 그는 그 일에 큰 의미를 두지도 않았고, 금세 잊어버렸었는데.

그가 잊고 있는 동안 그로 인해 비참해진 여자는, 3년, 3년이나 악마가 되어 지옥 속에 살았다. 그리고 지금도 여전히 지옥 속에 있었다. 그녀를 그리 만든 자가 누구인지도 알지 못한 채.

미쳐 버릴 것 같아서 마차나 열차를 타지 않고 말을 탔다. 숨이 끊어질 정도로 말을 몰았다. 말이 지쳐 나가떨어질 때까지 달린 다음 거의 뜬눈으로 밤을 새우고, 해가 뜨면 다시 말을 탔다. 성검은 잠들지 못하는 그를 향해 나직이 말을 꺼냈다.

[네 심정은 이해하지만 그건 네 죄가 아니다. 인간들이 느끼고 생각하는 정의로 만들어진 내가 내린 판단이다. 너는 아무것도 잘못하지 않았다.]

"그럼 그녀는?"

마검에 물들어 원치 않는 학살을 하고, 모든 것을 잃어버리고, 그럼에도 아직도 풀려나지 못해서, 그 늪 같은 악의 속에서 혼자 발버둥 치고 있을 그녀는, 대체 뭘 잘못했는가. 그런 그녀의 손에 희생된 사람들은 또 무엇을 잘못했는가.

죄 없는 자들은 돌이킬 수 없는 참극에 말려들었고 죄 있는 자들은 멀쩡히 살아 권세를 누리고 있었다. 움켜쥔 유리엔의 손마디에 하얗게 힘이 들어갔다. 손톱이 살을 파고들었으나 그는 고통을 느끼지 못했다.

길게 침묵하던 성검이 답했다.

[……그 여자도 죄가 없다. 죗값을 치러야 할 자는 따로 있으니. 하지만 주인, 그자는 그 여자의 손에 죽었다. 이미 제 죄로 벌을 받은 게다.]

"하나는 남아 있지 않나."

조용히 대꾸하는 유리엔의 눈에 광기가 돌았다. 랑기오사는 달래듯 말을 이었다.

[그래, 네 아비는 살아 있지. 허나 그자는 네 아비다. 그자가 너를 죽이려 한 게 아닌 이상, 네가 그를 건드리면 패륜이란 말이다. 정의는 심판이지 복수가 아니니까.]

"그래서, 패륜을 저질러서는 안 되니 참고 있으라? 그따위 것이 정의라고?"

되묻는 유리엔의 음성은 내용과 달리 평온했다. 성검은 그 평온 속에서 끓고 있는 것을 알아차렸다. 성검이 한숨을 쉬며 말했다.

[참으란 소리가 아니다. 절차를 지키란 뜻이지. 차라리 황태자의 제안을 받아들여라. 마검의 음모를 밝히고 황제를 공식적으로 끌어내려 처형하는 거다. 그건 정의로운 일이니까.]

유리엔은 대답하지 않았다. 그는 한숨도 자지 못하고 해가 뜨는 것을 지켜보다가 다시 말에 올라탔다.

아젠카로 돌아가자마자 지하 감옥에 있을 그녀를 찾아가려 했다. 찾아가서 뭘 어떻게 할 수 있는 것도 아니건만, 지금 그는 그녀를 만나야 했다. 아직 늦지 않았음을, 아직 되돌릴 수 있는 것이 남아 있음을, 그녀가 살아 있음을 확인해야 했다. 모든 결정은 그 뒤로 미뤘다.

그러나 그를 기다리고 있던 운명은 지금까지보다 더 잔혹했다.

아젠카로 다가갈수록 참을 수 없는 악취가 풍겼다. 그 악취를 맡는 순간 유리엔은 어떠한 예감을 느꼈다. 피 칠갑을 한 성벽에 늘어진 시체를 보면서 예감은 확신이 되었다.

그녀를 찾는 것은 어렵지 않았다. 악마는 적나라하게 제 존재감을 드러내고 있었다. 유리엔은 말에서 내려서 걸었다.

그는 열여섯 살에 황궁에서 쫓겨나듯 보내져 아젠카에 도착했었다. 그때부터 줄곧 아젠카에서 살았다. 사관학교의 최소 입학 연령인 18세까지는 혼자서, 이후 사관생도로서, 그다음에는 바론의 스콰이어로서, 기사로서, 기사단장으로서. 그렇게 15년을 아젠카에서 살았다.

발치에 누구의 것인지 모를 사지와 내장이 나뒹굴었다. 시체가 썩어 가는 악취에 코는 이미 마비되었다. 말라붙은 핏자국, 시간이 꽤 흘렀음에도 아직도 마르지 않은 피 웅덩이. 죽어 간 사람들의 파편. 살해된 자들의 몸뚱이.

그가 자라나고 뿌리를 내린 도시이자, 그가 지키며 가꾸었던 도시는 거대한 무덤이 되어 있었다. 유리엔은 죽어 가는 영혼처럼 그 지옥을 가로질렀다. 사방이 고요한데도 귀에는 생생한 비명이 들려오는 듯했다.

그는 중앙 광장에 도달했다. 분수대의 가운데 있는 신검을 든 천사상이 물 대신 피를 흘렸다. 천사상의 꼭대기에 죽은 지 오래 되지 않은 시체들이 걸려 있었다. 유리엔은 그들이 누구인지 바로 알아보았다. 그의 친구와 친구가 좋아하던 여자.

두 명의 기오사 오너가 천사상 위에 있었다. 분수대 아래에서 썩어 가는 커다란 덩치의 시체는 한때 그의 로드였던 부기사단장이었다. 일부러 끌어다 놓은 것처럼, 그 시체들은 그렇게 전시되어 있었다.

1632년, 가을, 아젠카. 피로 물든 분수대의 앞에서.

유리엔은 자신이 사랑했던 모든 것을 파괴한 여자를 마주했다. 검게 물든 머리를 흩날리며 여자는 웃었다. 새카만 마나가 그녀의 주위에서 휘몰아쳤다.

모든 것을 잃었음에도 그는 그녀를 원망할 수 없었다. 분노할 수도 없었다. 세상 모든 인간이 그녀를 증오할지라도 그는 그녀를 증오할 수 없었다. 그녀가 악마가 된 것이 그 때문인데, 어떻게 감히, 그가, 그녀를 원망할 수 있겠는가.

그저 막막한 절망. 호흡을 따라 악취처럼 슬픔이 들어왔다. 그것이 목을 태우며 내려가 가슴을 파헤쳤다. 너무나 아득해서 눈물조차 나오지 않았다.

과거로 돌아갈 수만 있다면, 그 연회장으로 돌아갈 수만 있다면, 아젠카를 떠나기 전으로 돌아갈 수 있다면. 무의미한 가정들이었다. 이미 운명은 돌이킬 수 없는 지점에 도달했다.

그는 정안을 떠 보았다. 일렁이는 악의 너머로 그녀의 혼은 울부짖고 있었다. 처음 보았을 때 희미한 씨앗에 지나지 않았던 불씨는 이제 환하게 타오르며 그녀의 혼을 채웠다. 그 빛나는 영혼이 양 뺨을 눈물로 가득 적신 채 몸부림친다.

그토록 강렬해졌음에도 늪 같은 악의가 더 짙었다. 시커먼 악의가 그 목을 조르고 사지를 얽어 제 안으로 삼킨다. 그 처절한 발악이 낱낱이 보였다. 무너지는 대신 타오르는 것을 택했기에 그녀는 여전히 고통에서 풀려나지 못했다.

차라리 포기해 버리면 편해질 텐데. 제 앞에 서 있는 자가 그녀를 그렇게 만든 원흉인 줄도 모른 채, 절망 어린 눈으로 그를 바라보며…….

유리엔은 눈을 감았다. 피가 나도록 입술을 깨물었다. 온몸에 남아 있는 피라는 피는 모조리 빠져나간 것처럼 전신이 차가웠다. 아직 살아 있음에도 시체가 되어 버린 듯했다. 아니, 이미 자신은 시체인지도 모르겠다.

"내가……."

벌어진 입 밖으로 신음처럼 말이 새었다. 그 말은 완성되지 못했다. 내가 그대를 이렇게 만들었다.

내가 그대의 삶을 망가뜨렸다. 이 지옥은 결국 내가 불러 낸 것이다. 그대는 죄가 없다. 그저 내가 그대를 잠시 바라보았을 뿐이다. 작은 호기심이었다. 그것이 이런 비극을 불러올 줄은 몰랐다. 그것이 그대를 악마로 만들어 버릴 줄은 몰랐다. 심지어 나는 그 일을 금세 잊어버렸다.

나는, 그대가 이런 고통을 겪게 된 게 누구 때문인지도 알지 못하면서, 감히 그대를 연민했다. 그대에게 기회를 주겠다니, 베푸는 듯이 굴었다니, 지독히도 오만하고 어리석은 짓이었다. 나는 무지하고 멍청했다.

미안하다. 미안하다. 정말로. 그대에게 어떻게 사죄해야 할지 모르겠다. 이것이 사죄가 가능한 일인지도 모르겠다. 이제 어떻게 해야 하는지도 모르겠다. 정말로, 미안하다.

그저, 미안하다는 말밖에는.

심장이 지져지는 듯한 감각. 그는 말을 잇지 못했다. 목에 무언가 콱 틀어박힌 것처럼 말이 나오질 않았다. 성검이 조용히 속삭였다.

[이제 어쩔 수 없다. 저 여자를 죽여야 한다. 하지만 여기선 일단 빠져라, 너 혼자선 그녀를 이기지 못해. 다른 사람들을 모아서 대응해라.]

유리엔은 그 말을 듣지 않았다. 모든 것이 부서져 내리는 느낌이 들었다. 아니, 이미 전부 부서져 버렸는지도 모르겠다. 그는 랑기오사를 뽑았다.

[이 멍청이가, 죽는단 말이다!]

성검이 목소리를 높였다. 대체로 차분한 성검 답지 않은 일이었다. 유리엔은 그 말을 무시하며 하얀 검을 들어 올렸다. 자신이 이 검을 쥘 수 있다는 게 우스꽝스럽게 느껴졌다. 정의라니. 정의는 무슨. 여기에 정의가 어디 있겠는가.

마검 바르데르기오사를 들고 그녀가 그에게로 다가왔다. 유리엔은 정안을 치켜떴다. 너무 짙은 악의라 정안을 뜨고 있으면 눈이 시려서 전투에 방해되었지만, 그는 정안을 감지 않았다. 싸우는 내내 그녀를 정안으로 바라보았다. 들리지 않는 비명을 지르는 여자에게서 눈을 떼지 않았다.

이름조차 모른다. 그러나 누구도 알지 못할 그녀의 노력은 알고 있다. 외면할 수도 없었고 외면하고 싶지도 않았다. 그녀의 모습을 눈 안에 새겼다. 결국 패배하고, 성검을 떨어뜨리고, 마검에 꿰뚫려 숨을 거두는 순간까지도.

그는 눈을 감지 않았다.

긴 암흑이었다.

1629년 3월 17일 새벽.

유리엔 드 하르덴 키리에는 자신의 침실에서 눈을 떴다. 그는 한동안 꼼짝도 하지 않고 누워 있었다. 익숙한 천장이 한없이 생소하게 느꺼졌다. 몇 차례 눈을 깜박이고, 천천히 손을 올려 들여다보았다. 창밖에서 어스름한 달빛이 새어 들었다. 말끔한 손에는 피 한 방울 묻어 있지 않았다. 손바닥에 익숙한 황금빛 문양이 뚜렷했다.

유리엔은 자리에서 일어났다. 분명히 찔렸었던 가슴께를 더듬고, 멀쩡한 것을 확인한 다음, 침대에서 벗어났다. 등잔에 불을 붙였다. 빛이 확 퍼지며 방 안을 밝혔다. 몇 년을 머물렀던 아젠카의 단장용 사택 침실이었다.

'사택이라니?'

창천 기사단에는 어지간한 귀족의 저택보다 호화로운 숙소가 있었다. 하지만 아무리 잘 꾸며져 있다 해도 숙소는 결국 단체 생활이라, 기사들 대부분은 아젠카 내에 저택을 구해 거기서 출퇴근했다. 숙소에서 사는 기사는 집에 별 관심이 없는 소수뿐이었다.

유리엔은 기사 시절에 그 숙소에서 지내다가 단장이 되자마자 대대로 단장들에게 제공되는 저택으로 옮겼다. 그게 지금 그가 있는 이 사택이었다. 그는 단장이 된 이후로 죽 여기에서 살았다.

하지만 1632년 초부터는 사택을 떠나 숙소에 있는 단장용 방에서 지냈다. 기사단 내부 숙소에서 머물면, 그녀가 갇혀 있는 지하 감옥에 더 자주 방문할 수 있었으므로.

사택을 쓰지 않은 지 반년이 훌쩍 넘었다. 왜 여기에 자신이 있는지 모르겠다. 애초에 어떻게 자신이 살아 있는 건지도 알 수가 없었다. 분명히 자신은 죽었다.

유리엔은 멍하니 주위를 둘러보다가 다시 가슴께를 확인했다. 끔찍한 통증과 함께 한없이 아래로 추락하는 듯한 감각이 아직도 남아 있는데, 바르데르기오사에 꿰뚫렸던 심장은 멀쩡히 살아서 박동하고 있었다.

그는 오른손을 내려다보며 성검을 불렀다.

"랑기오사."

성검은 대답하지 않았다. 조금 더 크게 불러 보았다.

"랑, 일어나라."

몇 차례 더 불러 보아도 성검은 침묵하기만 했다.

유리엔은 검을 뽑아냈다. 자루와 칼날이 하나의 금속으로 이루어진 순백색 검이 은은하게 빛났다. 검을 쥐어 보고, 마나를 증폭시켜 보았다. 정안도 발동해 보았다. 모든 것이 정상이었고 유리엔은 여전히 성검의 주인이었다. 하지만 랑기오사는 잠든 것처럼 일어나지 않았다. 그는 그 이유를 알 수 없었다.

새벽이 지나고 아침이 왔다. 유리엔은 얼마 지나지 않아 지금이 1629년 3월 17일이라는 것을 알게 되었다. 1632년 가을에 죽었는데, 눈을 떠보니 근 3년 반에 가까운 시간이 되돌아가 있었다.

지옥 같았던 아젠카는 활기찬 일상 속에 있었다. 사람들이 바쁘게 돌아다녔다. 아직 기오사 오너가 아닌 디트리히가 오늘 왜 이렇게 넋을 빼놓고 있냐며 그를 보고 혀를 찼다. 테레사는 임무를 떠났고, 바론은 스콰이어인 바라하와 함께 대련을 했다. 모두 죽었던 사람들이었다.

그는 대체 무슨 일이 일어난 것인지 알 수가 없었다. 상황을 파악하려 노력했다.

가장 먼저 찾아본 건 마검의 악마에 대해서였다. 바르데르기오사가 어떻게 되었냐고 묻자, 부기사단장 바론이 의아하다는 표정으로 되물었다.

"바르데르기오사는 행방불명이 된 지 오래잖습니까."

"……나타나지 않았나?"

"주기적으로 단원들이 기오사 순례를 다니긴 해도, 바르데르기오사 관련 소식은 10년이 넘게 한 번도 없었던 걸로 압니다. 뭔가 들으신 게 있습니까?"

유리엔은 망연히 서류를 내려다보았다. 결재를 위해 바본이 가져온 서류에는 1629년 3월 17일이라는 날짜가 선명하게 쓰여 있었다. 마검의 악마가 처음 등장한 날이 맞았다.

'나타난 직후라서 아젠카까지는 소식이 전해지지 않은 건가.'

처음엔 그렇게 생각했다. 하지만 며칠이 흘러도 마검의 악마에 대한 이야기는 전해지지 않았다. 일부러 악마가 등장했던 제국 남부 쪽 정보를 수집해 봤지만, 대량 학살은커녕 의문사 소식도 없었다.

악마는 존재하지 않는 것처럼 보였다. 일상은 지극히 평온하게 이어졌다. 성검은 여전히 말이 없었다. 유리엔은 약간 미칠 것 같은 상태가 되어갔다.

'꿈이었나? 그 모든 것들이?'

그저 생생하고 긴 꿈을 꾸었던 게 아닐까. 지독한 악몽을 말이다. 그런 의심이 들었다.

'꿈이라면…… 꿈에 불과했다면, 그래, 차라리 그게 낫다.'

꿈이라고 믿기에는 지나치게 뚜렷한 기억들이었다. 되새기는 순간 전신이 차가워지고 심장이 꿰뚫린 것처럼 고통스러울 정도로. 사실 그렇게 끔찍할 정도로 선명했기에 되레 꿈이길 원했다. 갑자기 성검이 침묵하는 게 신경 쓰이긴 했지만, 그래도 꿈인 게 나았다. 그 모든 것들이 정말로 일어났던 일인 것보다는 그저 한갓 악몽에 불과하길 바랐다.

그게 모두 사실이었다면, 곧 다가올 미래라면, 너무나 비참하지 않은가.

이미 악마가 등장하지 않음으로써 미래는 어그러졌다. 그래서 그는 그것을 꿈일 뿐이라 되뇌며 잊으려 노력했다.

잊기 가장 힘들었던 건 '그녀'의 존재였다. 그는 그녀에 대해 찾아보지 않았다. 시선 한 번에 그런 일이 벌어졌었다. 그리고 그건 1628년의 탄신 연회였기에, 지금도 이미 일어난 일일 터였다. 시선 한 번도 아니고 그가 그녀에 대해 찾아보기까지 하면 무슨 일이 일어날지 두려웠다.

아니면, 어쩌면, 그녀 자체도 그의 꿈속에서만 있었던 사람이 아닐까. 탄신 연회의 기억도 그 긴 꿈의 일부였던 건 아닐까. 그런 생각도 들었다. 정말로 환상일 뿐인지도 모른다. 그 비참함 속에서도 무너지지 않는, 오히려 강렬하게 타오르는 존재가 실존한다는 게 더 이상했다.

그렇게 한 달 가까운 시간이 평화롭게 흘렀다.

1629년 4월 10일.

아젠카 사관학교 생도 선발 시험이 있는 날이었다. 유리엔은 행정실 근처를 지나가다가 소란스런 목소리를 들었다. 사무관들이 잡담을 하고 있었다. 무슨 일인가 싶어 묻자 사무관 하나가 눈을 질끈 감고 설명했다.

"응시생 중에 특이한 사람이 있어서 잠시 농담을 했습니다!"
"특이하다고?"

그가 반문하자 사무관들이 재빨리 물러나며 창가를 가리켰다.

"저기에…… 보면 바로 아실 겁니다."

유리엔은 창가로 다가가 밖을 내다보았다. 사람이 많았다. 습관적으로 정인을 뗬다. 뜨자마자 그의 시선은 한 곳에 붙들렸다. 시선이 덫에 걸린 것처럼 가 박혔다.

태양이 거기에 있었다. 잿빛 그림자들 사이에서 눈부시게 타오르는 혼. 홀로 솟구치는 불길 같은 빛. 백색에 가까운 엷은 보랏빛을 광휘처럼 두른, 결코 꺼지지 않을 것처럼 압도적인 불.

한눈에 알아보았다. 아는 여자였다. 모를 수가 없다. 그는 그녀가 거적때기를 뒤집어쓰고 있었더라도 알아봤을 것이다.

그녀가 존재한다. 꿈이 아닐까 의심했던, 실존하지 않는 게 아닐까 의심했던 사람이 바로 지금, 여기에 존재했다. 기억 속에서보다 더 눈부시고, 더 아름답게 빛나며.

그 순간 그에게 휘몰아친 감정은 그 스스로도 묘사하는 것이 불가능했다. 몇 초 되지 않는 시간 동안 어느 하나로 규정하기 힘든 감정들이 전신을 관통하고 지나갔다. 제대로 서 있기가 어려워서 유리엔은 창틀을 쥔 손에 힘을 주었다.

잊으려 노력했던 기억들이 범람하며 솟구쳐 올랐다. 피와 시체와 악의로 뒤덮인 악몽들이. 그리고 그 악몽 속에서도 끝까지, 마지막의 마지막까지도 무너지지 않았던 그녀의 모습이. 그가 숨을 거두기 직전까지 눈에 담고 있었던 광경이.

자그만 씨앗은 악의 속에서 스러지는 대신 타오르며 불꽃이 되었다. 끝내 무너지지 않았던 그녀는 이제 말갛게 빛나는 태양이 되어 나타났다. 아찔했다. 속이 울렁거렸다. 그리고 거센 확신이 찾아왔다. 그 모든 기억이 고작 꿈에 불과할 리가 없다는 확신이었다.

그녀의 존재가, 그녀를 본 순간 그의 내부에서 치솟은 감정들이, 그토록 강력했다.

"아젠카의 생도 선발 시험에서 드레스 차림의 응시생을 보게 될 줄은 몰랐습니다."

옆에서 사무관이 중얼거리는 말이 아주 천천히 귀로 들어왔다. 그제야 현실감이 들었다. 손아귀에 움켜쥔 창틀의 감촉, 창밖에서 들리는 웅성거림, 뺨을 스치는 바람, 그리고, 정안에 비치는 그녀의 혼.

그런데 그녀가 뭐라고?

"……응시생?"

"예. 사관학교를 뭐로 보는 건지……. 철없는 아가씨인 모양입니다."

사관학교 응시생이라니. 응시생?

저토록 눈부시게 빛나고 있는데, 곁의 사무관은 그녀가 탈락하는 게 당연하다는 듯 말하고 있었다. 그녀를 무시하는 투에 울컥 화가 났다. 누구도 그녀를 무시해서는 안 된다. 그녀는 그런 대우를 받을 사람이 아니었다. 그는 저도 모르게 약간 비꼬듯 물었다.

"자네는 저 여자가 탈락할 거라고 생각하나?"

"네? 그야……. 아, 아닙니까?"

유리엔은 정안을 감았다. 맨눈으로 그녀가 예선을 치르는 것을 보았다. 그가 아는 미래대로라면 이 무렵 악마가 되어 학살을 하고 다녀야 할 여자였다. 그런 그녀가 그가 처음 연회장에서 보았을 때처럼 드레스를 입은 채 검을 뽑아 든다.

"나라면 그녀가 수석으로 시험을 통과한다는 쪽에 걸었을 거다."

그녀가 검을 휘둘렀다. 악의에 휘감겨 울부짖는 혼도 아니고 검은 머리에 지저분한 몰골의 몸뚱이도 아니었다. 거리가 멀었으나 마스터인 그에게는 모든 것이 또렷하게 보였다. 검은 얼룩이 남아 있지 않은 뽀얀 피부 위로 연한 분홍색 머리카락이 팔랑였다. 보랏빛 눈동자가 생기를 담고 빈찍였다. 밀긋한 입술이 살짝 휘었다.

혼과 일치된 몸.

그가 내내 알고 싶었던 본래의 그녀가 그곳에 있었다. 정안을 뜨고 있지 않은데도 눈이 부셨다. 창틀 너머로 저절로 몸이 기울었다. 좀 더 가까이에서 마주 보고 싶다. 목소리를 들어 보고 싶다. 그는 그녀의 음성을 지금까지 한 번도 들어 보지 못했다. 마검에 물들어 으르렁거리는 게 아닌, 뜻을 담고 말을 하는 그녀의 음성은 어떨지 몹시 궁금해졌다.

유리엔은 자신이 창밖으로 몸을 내밀고 있는 것을 뒤늦게 깨닫고 흠칫 놀라 급하게 시선을 돌렸다. 어차피 그녀는 지켜보지 않아도 사관학교 선발 시험 정도는 장난처럼 통과할 터다. 환상이 아니니 어딘가로 사라질 것도 아니다. 게다가 응시생이라고 했다. 그녀가 사관생도가 되면 그와 가까운 곳에 머물게 될 것이다.

철문 너머에서 발버둥 치는 닿지 못할 혼 대신, 살아 숨 쉬는 그녀가 그의 도시에 존재하게 된다. 심장이 기묘하게 술렁였다. 간신히 요동치는 마음을 잠재우고 창가에서 돌아섰다. 그대로 나가려다 말고, 그는 문득 떠오른 생각에 사무관에게 명령했다.

"지원서를 가져와라."

지금까지 그녀에 대해 조사하는 것 자체가 위험할 것 같아 알아보지 않았다. 실제로 시선 한 번에 그 사달이 났으니 그의 두려움은 괜한 것이 아니었다. 하지만 응시생의 지원서를 보는 것은 아무런 문제가 없다. 이곳은 제국이 아니라 아젠카, 그의 영역이므로.

사무관들이 서류 더미를 뒤져 그녀의 지원서를 찾는 동안, 그는 그저 덤덤하게 서 있는 것으로만 보였다. 그러나 내부에서는 격동이 일었다. 당연한 일이었다. 그녀의 이름을 곧 알게 될 테니까.

유리엔은 그녀의 지원서를 받아 들었다. 다른 모든 사항보다 뚜렷하고 커다랗게 그녀의 이름이 눈에 들어왔다.

—에키네시아 로아즈

분홍색 꽃의 이름. 관상용 화초임에도 불구하고 들판에서도 잘 자라는 꽃. 읽는 순간 그의 안에 깊숙하게 새겨졌다.

줄곧 알고 싶었던, 하지만 알아내선 안 되었던, 그래서 언젠가 그녀가 그 모든 것을 극복하면 그녀에게 직접 듣고 싶다고 내심 바라며 기다렸던, 그러나 그녀를 바라보며 숨을 거두면서 이제 영원히 알지 못하리라 생각했던, 그런 이름이었다.

"에키네시아……."

가만히 곱씹어 보았다. 그 이름을 입안에서 굴리자 심장박동이 약간 빨라졌다. 이름이 있었다. 정말로 존재하는 사람이었다. 그의 기억 속에 있었던 여자는.

'……마검은 어떻게 된 거지?'

그가 아는 '미래', 꿈인 줄 알았던 그 기억 속에서 그녀는 사관생도가 아니었다. 그녀는 악마였다. 하지만 지금 그녀에게서는 늪 같던 악의가 보이지 않았다. 게다가 그녀의 본질은 처음 보았던 불씨도, 마지막에 보았던 불꽃도 아닌 압도적인 태양으로 변화했다.

마검은 대체 어디에 있는 걸까. 그녀는 어째서 저토록 강렬한 혼이 되어 이곳에 나타난 걸까.

"달라졌군."

"예?"

"아무것도 아니다. 그럼, 수고하도록."

모든 것이 달라졌다. 머리가 복잡해졌다. 유리엔은 지원서를 돌려주고 행정실을 나왔다.

성검 랑기오사는 그다음 날 늦은 밤에 깨어났다. 유리엔은 어제 하루 종일 정리해 놓은 그가 아는 미래에 대한 기록을 침실에서 들여다보다가 랑기오사의 부름을 들었다.

[주인.]

"……랑기오사?"

[지금이 며칠이지?]

"1629년 4월 11일이다. 그동안 잠들어 있었던 건가?"

[거의 기절이지. 시간의 변화에 따라 헝클어진 기억들을 정리하느라……. 두 번째 겪는 일인데도 익숙해지질 않는군.]

"두 번째?"

[시간이 되돌아가는 것 말이다.]

유리엔은 잠시 숨을 멈췄다. 그것 외에는 현재와 그의 기억 사이의 괴리가 설명되지 않아서, 그럴 거라고 생각했다. 그러나 막연한 짐작과 당연하다는 듯한 확답을 듣는 것은 꽤 다른 일이었다. 그는 호흡을 고르고 떨리는 목소리로 물었다.

"역시, 시간이 되돌아간 거였나? 3년 반 전으로?"

[3년 반? 아니, 15년일 텐데…… 아, 그렇군.]

"15년?"

이해할 수 없는 숫자가 나왔다. 유리엔이 의아하게 되물었지만 성검은 한동안 대답을 하지 않았다. 무언가 고민하는 기색이었다. 유리엔은 다른 질문을 던졌다.

"두 번째라는 건 무슨 소리지?"

[시간이 되돌아간 게 처음이 아니거든. 몇백 년 전에도 한 번 시간이 되돌려진 적이 있었다. 카이로스기오사의 힘이었지.]

신검 카이로스기오사는 시간을 재료로 만들어진 검이다. 기오사를 수호하는 창천 기사단의 단장인 유리엔은 그 말을 듣자마자 기오사 전설을 떠올렸다. 인간이 만든 열 자루의 기오사를 모으면 신검이 힘을 빌려준다던 전설. 무언가 이상한 예감이 들었다. 그는 마른세수를 하고 말했다.

"좀 더 자세히 말해 주겠나."

[잠깐 기다려라. 나도 막 깨어난 참이라. 네게 어디까지 알려 줘도 되는지 판단이 안 서는군.]

"……그건 내게 감춰야 하는 일이 있다는 소린가?"

[감춘다기보다……]

성검은 망설였다. 그러곤 내키지 않는 투로 뒷말을 이었다.

[사후에 있었던 일을 알게 되는 게 옳은 일인지 모르겠다. 이런 경우는 처

음이라 애매해. 지난번에 시간이 움직였을 땐 내게 주인이 없었단 말이다.]

 그가 죽은 후에 있었던 일. 3년 반이 아니라 15년. 기오사를 모으면 신검이 힘을 빌려주는 전설. 카이로스기오사.

 성검이 흘린 말들이 그의 머릿속에서 기묘하게 연결되고 있었다. 설마. 유리엔은 낮게 신음을 흘렸다.

 "내가…… 죽은 후에, 누군가가 기오사를 모아서 신검의 힘으로 시간을 되돌렸나."

 [정확하다. 기오사들에겐 그 되돌려진 시간들이 새겨져 있지. 따라서 기오사를 각성시킴으로써 혼이 기오사와 연결된 오너는 기억을 유지할 수 있다.]

 "너를 통해 내 기억이 유지된단 뜻인가?"

 [그래. 다른 기오사들도 지워진 시간들을 알고 있으니, 네가 만약 나 외의 다른 기오사를 각성시킨다면 내가 없어도 그것을 통해 기억이 유지될 거다. 반면 기오사를 각성시키지 않은 자들은 아무것도 기억하지 못한다. 그러니 나를 버리면, 너는 그 시간들을 잊게 돼.]

 랑기오사의 설명에 깨달은 것이 있었다. 아직 기오사 오너가 아닌 디트리히를 제외하더라도, 1632년에도 기오사 오너였고 지금도 기오사 오너인 테레사나 바론이 시간이 되돌아갔다는 걸 전혀 모르고 있는 이유. 자신의 기오사를 각성시키지 못했기 때문에.

 "나는 운이 좋은 경우로군."

 랑기오사는 언제나 각성 상태인 기오사다. 악행을 저지르지만 않으면 따로 각성시킬 필요가 없다. 유리엔의 말을 알아들은 랑기오사가 씁쓸하게 대꾸했다.

 [글쎄, 기억하고 있는 게 좋은 일인가? 나는 모르겠군. 잊는 게 낫지 않

겠나?]

잊는 게 나은 기억 아니냐고? 유리엔은 당황한 얼굴로 손바닥을 내려다보았다. 랑기오사는 결심한 듯 말을 이었다.

[잊는 건 간단하다. 나를 버리고, 다른 기오사를 들여라. 창천 기사단장인 너는 충분히 가능한 일이니.]

"잊으라고?"

[시간이 되돌아왔다. 네가 기억하고 있는 일들은 이제 모두 일어나지 않은 일이 되었다. 앞으로도 일어나지 않을 것이다, 그 일들은. 그러니 그걸 굳이 안고 있을 필요가 있는가? 고통스러운 기억이지 않나.]

랑기오사의 말대로 고통스러운 기억이었다. 되새길 때마다 전신이 얼어붙는 듯한. 꿈이라 치부하며 잊어버리려 노력한 기억들.

만약 성검이 사관생도 선발 시험 이전에 깨어나 그에게 이렇게 말했다면, 그는 진지하게 잊어버리는 것을 고려했을지도 모른다. 하지만 그는 그녀를 다시 만나 버렸다. 그녀를 본 순간 휘몰아쳤던 감정들이 아직도 그의 내부에 남아 있었다.

참혹한 끝을 맞이했음에도 불구하고, '에키네시아 로아즈'에 대해 잊어버리는 건 거부감이 들었다. 특히 그녀를 지켜보았던 기억은 잊고 싶지 않았다. 그 외에는 아무도 알지 못할 그녀의 사투를, 그 처절한 시간들을 그마저 잊어버리는 건 너무하지 않는가.

"……그런 비극이 또 일어나지 않도록 하기 위해서라도, 기억하고 있는 게 낫다."

[말했지, 앞으로 그 일들은 일어나지 않을 거라고. 너는 걱정할 필요가 없다.]

"그게 무슨 뜻인가?"

[마검의 악마는 사라졌고, 앞으로도 나타나지 않을 거다. 그러니 너는 신경 쓸 필요가 없어. 잊어버리는 게 낫다.]

성검은 단정적으로 말했다. 확실히 악마는 나타나지 않았다. 악마였던 에키네시아 로아즈는 마검과 관계없는 사관학교 응시생이 되었으니까. 그러나 그것은 계속 잠들어 있었던 성검은 모르는 게 정상인 사실이었다. 유리엔은 의심스럽게 황금빛 문양을 응시했다.

"네가 그걸 어떻게 알지? 지금 마검이 어디 있는지 아는 것처럼 들리는데."

[……]

성검이 입을 다물었다. 유리엔은 잠시 기다리다 나지막하게 말했다.

"랑기오사. 뭘 숨기려 하는 거냐? 내가 죽은 이후 무슨 일이 있었지?"

[……]

"혹, 기오사를 모아서 시간을 돌린 자가……."

그는 뒷말을 내뱉기 전에 숨을 멈추었다. 손끝에 힘이 들어간다. 입 안이 바짝 마른다. 간신히 그 이름을 발음했다.

"……에키네시아 로아즈인가?"

[너, 그 여자의 이름은 어디서 들었지? 넌 그녀의 이름을 몰랐잖아.]

"그녀가 사관학교 선발 시험에 응시했다."

[이런……]

성검은 탄식을 흘렸다. 그리고 몹시 내키지 않는 어조로 말을 꺼냈다.

[솔직히 말하면, 나는 그녀와 네가 엮이지 않았으면 좋겠다. 내 주인은 너고, 너는 그녀 탓에 죽었다.]

"그런 식으로 말하지 마라. 그건 그녀의 잘못이 아니니."

[그래, 아니지. 그래도 결과적으로는 그리되었어. 너는 그녀를 가까이하지 않는 편이 나을 것 같다. 그녀가 싫어서 이러는 것이 아니다. 오히려……]

랑기오사는 무언가를 회상하듯 잠깐 말을 멈췄다가, 깊은 한숨과 함께 이어 말했다.

[정말로 대단한 인간이라고 생각한다. 허나 그와 별개로 그녀에 대해 알게 될 네가 걱정된다. 나는 오랜 세월을 살았고, 많은 인간을 보았고, 여러 주인을 거쳤다. 그럼에도 이런 경우는 처음이라 네가 어떻게 반응할지 짐작이 가지 않아.]

"랑, 나는 어린아이가 아니다."

[어린애가 아니라서 걱정하는 거다, 주인.]

"대체 뭘 걱정하는 건가."

[대대로 내 주인들은 곧았다. 곧은 만큼, 엇나가기 시작하면 걷잡을 수 없어지는 경우가 많았지. 네가 그렇게 되는 건 보고 싶지 않군.]

유리엔이 눈살을 찌푸렸다. 그는 경고조로 말했다.

"그게 어린아이로 보는 것과 뭐가 다르지? 너는 내 부모가 아니고, 나는 너의 주인이다. 랑기오사, 나를 제한하려 들지 마라."

[너를 제한하려는 게 아니라……]

"선별적으로 정보를 제공하면서 네가 원하는 대로 나를 유도하는 것이 제한하려는 게 아니면 뭐지? 그게 공정하다고 생각하나?"

[……아니, 그건 아니지. 미안하다.]

성검은 순순히 사과했다. 랑기오사가 그를 아끼는 마음으로 저러는 것은 알아서, 유리엔은 더 이상 무어라 말하지는 않았다. 그는 의자에 깊숙이 기대며 다시 물었다.

"그럼, 이제 사실대로 알려다오. 시간을 되돌린 게 그녀인가?"

성검은 곧바로 대답하지는 않았다. 약간의 시간이 흐른 후에 그것이 대답했다.

[그래. 바르데르기오사의 오너인 에키네시아 로아즈가 시간을 되돌렸다.]

"어떻게?"

유리엔은 마지막으로 본 그녀를 떠올렸다. 악의에 얽매여 울부짖던 모습. 그리고 어제 보았던 태양처럼 빛나는 그녀의 모습. 그녀라면 언젠가 이겨 내리라고 믿긴 했지만, 어떻게? 무슨 일이 있었던 거지? 그녀는 시간을 되돌린다는 기적을 대체 어떻게 일으킨 거지?

[말로 하기엔…… 어렵군. 내 기억을 공유해 주마.]

"기억을 공유한다고? 그런 것도 가능한가?"

[영혼이 연결되어 있으니까. 그냥 직접 봐라.]

성검은 포기한 듯이 말했다. 동시에 손바닥의 문양이 빛나기 시작했다. 황금빛 마나가 일어나 그를 휘감았다. 그가 그것을 받아들이자, 시야가 한순간에 새카맣게 물들었다. 어딘가로 훅 빨려 드는 것 같은 감각이 느껴졌다. 그리고 어둠이 찾아왔다.

완전한 어둠은 아니었다.

길고 가느다란 틈으로 빛이 새어 들어왔다. 원래의 자신이라면 이 정도 빛으로도 주변을 분간할 수 있는데, 지금은 분간이 되질 않았다. 몸을 움직일 수도 없었다. 얼마 지나지 않아 유리엔은 자신이 성검 랑기오사가 되어 있다는 걸 깨달았다. 정확히는 랑기오사의 기억을 체험하고 있는 거겠지만.

덜걱거리는 소리가 들리더니 갑자기 위에서 빛이 쏟아졌다. 상자 같은 것 안에 있었던 모양이다. 뚜껑이 열렸다. 눈이 부셔서 잠시 아무것도 보이지 않았다.

"아. 찾았다."

가늘고 맑은 여자의 목소리. 지친 듯 숨을 몰아쉬며, 벅차오른 설렘을 담고 흘러나온 혼잣말. 에키네시아 로아즈의 목소리일 터다. 처음으로 들어보는 그녀의 목소리였다. 그는 온 정신을 기울여 그 목소리를 들었다.

"여기에 있었구나. 드디어……."

말을 할수록 물기가 묻어났다. 그리고 물방울이 하나 툭 떨어졌다. 빛에 익숙해지며 시야가 차츰 선명해졌다. 유리엔은 손을 뻗어 오는 그녀를 보았다.

땀과 먼지로 더러워진 맨얼굴, 낡고 해진 가죽옷. 그 위로 양동이로 쏟은 것처럼 피가 가득했다. 그녀의 피인지, 타인의 피인지는 알 수 없었다. 내밀어지는 손과 팔에 흉터가 있는 게 보였다. 옷 밖으로 드러난 곳에 상처가 많았다. 화상 같은 것, 눌러 붙은 자국, 멍, 베인 상처.

그 손이 랑기오사에 닿았다. 아니, 닿지 못했다. 정전기가 오른 것처럼 무언가가 튀었고, 에키네시아는 손을 움츠렸다. 그녀는 몇 차례 더 성검을 쥐려 했지만 결국 닿지 못했다.

그녀의 표정이 멍했다. 그리고 서서히 일그러진다. 자신이 왜 랑기오사를 쥐지 못하는지 깨달은 것처럼. 유리엔은 그녀의 눈에 눈물이 차오르고 마침내 흘러넘치는 것을 지켜보았다.

그녀는 상자를 붙들고 주저앉아 숨 가쁘게 울었다. 어깨를 들썩이며 오열했다. 상자를 쥔 손끝이 하얗게 변할 정도로 힘이 들어갔다. 뺨에 묻어 있던 피가 눈물에 씻겨 내려갔다. 그녀의 입술이 떨렸다. 그 입술 사이로 새어 나오는 억눌린 울부짖음.

그 모습이, 이상하게도, 저릿할 정도로 가슴을 울려서. 유리엔은 그녀에게서 눈을 뗄 수가 없었다. 그는 호흡조차 잊고 눈도 깜박이지 못한 채, 울고 있는 그녀를 응시했다.

간신히 울음을 그친 그녀가 머리에 두르고 있던 두건 같은 것을 풀어 내렸다. 그 아래에 숨겨져 있던 짧은 분홍 머리가 흐트러지며 드러났다. 그녀는 그 천으로 손을 감싸 랑기오사를 쥐었다. 손잡이를 천으로 둘둘 두르고 들어 올렸다.

유리엔은 비로소 상자 밖을 보게 되었다. 횃불로 밝혀 둔 동굴이었다. 제단 같은 것이 보이고 그 위로 해체된 인간의 시체가 널려 있었다. 신관 비슷한 옷을 입은 자들과 무장한 인간들이 사방에 죽어 나자빠져 있었다.

그 광경을 보자마자 어떤 곳이었는지 대강 짐작되었다. 인신공양을 하는 사이비 종교 집단의 예배당 같았다. 랑기오사가 어쩌다 이런 곳에 있게 되었나. 의아해졌다가 곧 납득이 갔다.

마검의 악마는 기오사 오너를 죽이는 데엔 관심이 많았지만 남아 있는 기오사들에게는 관심이 없었을 것이다. 그전의 행동들로 미루어 짐작해 보면 주인 잃은 기오사들을 내버려 두고 죽일 인간을 찾아 그냥 떠났을 듯했다.

아젠카는 소속된 국가가 없기에, 폐허가 되어 버려진 아젠카를 발견하고 약탈한 자들이 여럿일 터다. 그로 인해 기오사는 뿔뿔이 흩어졌을 확률이 높았다. 수호할 창천 기사단이 없어졌으니 기오사를 탐하는 자들 사이에서 제멋대로 떠돌게 되었겠지.

그런 생각을 하고 있는데 에키네시아가 랑기오사를 눕혀 들었다. 그녀는 눈물이 흠뻑 남은 얼굴로 망연히 하얀 칼을 바라보았다. 무엇을 생각하고 있는 건지, 텅 비어 있는 것 같은 눈. 바스러져 바람에 날아가 버릴 것처럼 약해진 표정. 메마르고 튼 입술 사이로 작은 중얼거림이 새어 나왔다.

"유리엔."

그의 이름이었다. 이 순간에 이곳에서 나오리라고는 전혀 예상하지 못했던 부름. 유리엔은 벼락을 맞은 것처럼 전율했다.

그녀가 손끝으로 칼날을 더듬었다. 닿지 못해서 칼날 바로 위를 스치듯 쓸어내려 간다. 간신히 진정되었던 얼굴에 다시 눈물이 고였다. 그녀는 고개를 숙인 채 조용히 속삭였다.

"당신이 나를 믿어 준 선택이 틀리지 않았다는 걸."

아까처럼 오열하지는 않았다. 소리 없이 솟구친 눈물만 칼날 위로 후두둑 떨어졌다. 그녀는 닿지 못했지만 그녀의 눈물은 성검에 닿을 수 있었다. 랑기오사의 날을 타고 그녀의 눈물이 흘렀다.

"반드시, 증명할 테니까……. 반드시……."

유리엔은 허무하게 빈 것처럼 보이던 그녀의 눈에 서서히 빛이 깃드는 것을 보았다. 흐릿하게 풀려 있던 보라색 눈동자에 초점이 잡히며, 눈빛이 점점 뚜렷해진다. 그 눈은 그녀의 혼처럼 타오르기 시작했다.

"그러니까……."

뒷말은 입속으로 웅얼거려서 잘 들리지 않았다.

그녀는 랑기오사를 천으로 감싸 품에 안았다. 그러곤 자리에서 일어났다. 일어선 그녀는 부서질 듯 약해 보이던 표정을 완전히 지우고, 무서울 정도로 선명해진 눈으로 앞을 바라보았다. 그녀가 걸음을 내디뎠다.

유리엔은 그 모든 것을 보고 들었다.

정안을 쓰지 못하고 있는데도 그녀의 혼이 타오르는 듯한 환상이 보였다. 랑기오사의 기억 속이라 숨을 쉴 필요도 없고, 몸도 없는데도 숨이 막히고 소름이 돋았다. 무언가가 벅차오르며 동시에 애처롭도록 아려 왔다. 존재하지 않는 심장이 터져 버릴 것처럼 박동하기 시작했다.

랑기오사의 기억은 연속적이지 못했다.
에키네시아는 오너 조건을 충족하지 못해 문양으로 만들 수 없는 기오사들을 짊어지고 다녔지만, 안전한 곳에 두고 다닐 때도 많았다. 각성시킨 기오사는 바르데르기오사 하나인 것 같았다. 오너 조건을 만족시킨 기오사라 해도 쓸 생각이 없어 보였다.
그래도 다른 기오사에 비하면 랑기오사는 거의 대부분 그녀의 곁에 있었다. 그녀는 종종 손을 댈 수 없는 성검을 기대 세워 놓고 멍하니 지켜보곤 했다.
유리엔은 그녀가 성검을 보며 무슨 생각을 하고 있는지 알 수 없었다. 다만 그녀가 어떤 세월을 보냈는지는 충분히 알 수 있었다. 그런 띄엄띄엄한 기억만으로도, 충분하다 못해 넘쳤다.
그는 그녀가 로아즈 저택을 방문하는 것을 보았다.
그녀는 폐가가 된 저택을 둘러보며 절망으로 무너질 듯한 표정을 지었지만, 무너지지는 않았다. 결국 모든 곳을 확인했다. 핏자국이 남아 있는 장소까지도. 그리고 나서는 저택의 중앙 계단에 앉아 밤을 새웠다. 계단에 홀로 앉은 에키네시아는 무표정했다.
그는 차라리 그녀가 우는 게 나을 거라 생각했다. 하지만 끝까지 그녀는 울지 않았다. 그 한 번 외에는 로아즈 저택으로 돌아가지도 않앉다.

에키네시아는 가끔 제국 남부에 세워진 위령비를 방문했다. 그 위령비는 유리엔이 학살 뒷수습의 일환으로 세웠던 것이었다. 근처를 지나갈 일이 있으면 그녀는 꼭 그곳에 들렀다. 그때마다 그녀는 위령비에 다가가지 못하고 멀리 떨어진 곳에서 한참을 서서 지켜보기만 했다.

많은 사람이 거대한 위령비 아래에 꽃을 바치거나 기도를 올리고 갔다. 그녀는 매번 그것을 지켜보며 아무것도 하지 않다가 조용히 그 자리를 떠났다.

멸망한 아젠카는 일부러 피해 다니는 듯했다. 지도를 보고 계획을 세울 때 그녀는 항상 아젠카를 피해 가는 경로를 잡았다.

에키네시아는 기오사를 손에 넣기 위해 수단과 방법을 가리지 않았다. 되도록 합법적인 경로를 통하려 했지만, 사실 기오사 같은 물건을 용병에 가까운 상태인 그녀가 합법적으로 손에 넣는 건 불가능에 가까웠다.

유리엔은 그녀가 기오사에 대한 정보를 얻기 위해 뒷골목의 조직 간부 앞에서 무릎을 꿇는 것을 보았다. 오물이 묻은 장화로 머리를 짓밟히면서도 그녀는 덤덤했다. 그러나 그녀는 그자들이 창천 기사단을 비웃는 것은 참지 못했다.

"어지간하면 곱게 거래하고 싶었는데, 빌어먹을 자식아. 그 사람은 네놈이 멋대로 입에 담을 만한 사람이 아니야."

결국 조직 전체를 상대하고 피범벅이 된 채로, 그녀는 간부의 멱살을 잡고 그렇게 말했다.

운 좋게 기오사를 손에 넣은 상인이 기오사를 줄 테니 해 오라며 내준 임무가 대놓고 거기서 죽으란 수준인 경우도 있었다. 그래도 일단 그녀는 그것을 받아들였다.

기괴한 마물이 많은 곳이었다. 에키네시아는 사람을 상대로 할 때는 웬만해선 다치지 않았지만, 마물을 상대할 때는 종종 다쳤다. 사람과 달리 마물은 돌발적인 행태를 보이는 경우가 많았기 때문이다. 이를테면 난데없이 팔다리에서 산성액을 뿜어 내는 식으로.

그녀는 부상을 입어 가면서 그 임무를 혼자 해내고는, 상인에게 돌아갔다. 상인은 당연히 기오사를 내주지 않고 그녀를 독살하려 들었다.

독은 예상하지 못했는지, 그녀는 그만 중독되어 버렸다. 워낙 강한 독이었던 탓에 한 모금 먹자마자 뱉어 버렸는데도 몸이 휘청거렸다. 에키네시아는 그 상태로도 상인의 저택을 쓸어 버리고 기오사를 찾아내었다.

물론 그 뒤로 한동안 중독 증세 탓에 호되게 앓으며 사경을 헤맸다. 그녀를 간호해 줄 사람이나 돌봐 줄 사람은 아무도 없었다. 그녀는 혼자 앓았고 혼자 이겨 냈다.

마나는 육체를 강화하고 보조할 수는 있어도 독이나 병을 치료하는 건 불가능했다. 그래도 마나를 이용해 신체를 강화한 덕분에 그녀는 치사량의 독을 버텨 내고 혼자서도 몸을 치료할 수 있었다.

그녀는 결절에 뛰어들어 간 적도 있었다. 기오사 하나가 결절에 휘말려 들어갔기 때문이었다. 결절이 생겨난 장소가 사형장 근처라서 결절 내부는 끔찍하기 그지없었다. 에키네시아는 그 안에서 몇 번이나 죽을 뻔했다.

만신창이가 되어가며 모든 마물을 처리하고 나서도 문제는 남아 있었다. 결절이 저절로 사라질 때까지 그 안에서 버텨야 하는데, 그녀에게는 식량이 없었다. 결절 내부에 먹을 것이 딱히 있지도 않았다. 결국 마물의 고기를 먹고 마물의 피를 마시며 버티다가 그녀는 또 죽을 고비를 넘겼다.

그녀가 마스터 위의 경지가 아니었다면 진작 죽었을 것이다. 유리엔은 그녀가 도달한 경지를 무어라 부르는지 알았다.

제니스(Zenith).

검의 달인을 넘어서, 검의 정점에 오른 자. 한 세기에 한 명 나올까 말까 한, 일반인들은 존재도 잘 모르는 경지.

어느 나라에 가도 대접받으며 살 수 있을 실력을 가지고도 그녀는 진창을 구르며 기오사만을 모았다. 끝끝내 포기하지 않았다. 무너지지도 않았다. 하지만 온전하지는 못했다.

유리엔은 그녀가 악몽을 꾸다 일어나는 것을 보았다. 잠들지 못하고 뜬눈으로 밤을 새우는 일이 잦은 것을 알게 되었다. 그녀는 거의 제대로 자지 않았다. 정확히는 몸을 혹사해서 기절하듯 잠드는 게 아니면 악몽 때문에 계속 잠에서 깼다.

마검에 누적된 살의에 휘둘려 의도치 않은 살인을 한 날이면, 그 트라우마는 더 강력해졌다. 그녀는 그것 때문에 자해를 한 적이 있었다. 유리엔은 제 오른손을 칼로 그어 버리는 그녀를 보았다.

그렇게 시간이 흘러, 1644년.

에키네시아 로아즈는 그날 이후 처음으로 아젠카에 발을 들였다. 신검 카이로스기오사를 마주했다.

"아무도 죽이지 않았던 과거로 나를 돌려보내 줘."

"살려내고 싶으니까. ……내가 죽인 사람들을."

"지금은 죽어 있는 거나 다름없어."
"지금의 나는…… 도저히, 행복해질 수가 없으니까. 마음 편히 잠들 수조차 없어서……."

카이로스기오사의 음성은 들을 수가 없었지만, 그녀가 하는 말만으로도 무슨 대화가 오가는지는 짐작할 수 있었다. 쉰 목소리로 그녀가 더듬더듬 중얼거리는 말들이 뚜렷한 궤적을 그리며 그의 내부에 와 박혔다.

그녀는 그 긴 고통 끝에서야 비로소 기적을 얻었다. 신검이 그녀의 의지를 받아들였다. 시간이 흐트러진다. 세계가 되감겼다.

그와 동시에 유리엔은 눈을 떴다.

이른 아침이었다. 갓 떠오른 햇빛이 창문으로 스며들어 방 안을 적시고 있었다. 그는 의자에 앉은 채로 가슴께를 잡고 고개를 숙였다. 호흡이 엉망이었다.

"컥……."

[하룻밤 만에 많은 기억을 봐서 좀 어지러울 거다. 괜찮나?]

성검이 혀를 차며 물었다. 유리엔은 쾅쾅 울리는 머리를 짚었다. 흐릿하게 떠진 눈이 허공을 더듬었다. 그가 지켜본 그녀의 모습들이 그의 안에서 휘몰아쳤다.

지금 자신이 살아 숨 쉬고 있는 것 자체가, 그녀가 이루어 낸 기적이었다. 그리고 그녀가 그 기적을 얻기 위해 어떻게 했는지를 알았다. 정신이 나가 버릴 것 같았다. 속이 후벼 파이고 짓이겨지는 듯한. 세상이 송두리째 부서졌다가 다시 조립되는 것처럼.

그는 의자에 깊숙이 파묻혔다. 고개를 젖히자 스스로도 모른 채 고여 있었던 눈물이 주르륵 흘러내렸다. 그는 그것을 닦지 않고 손을 들어 눈을 덮었다.

에키네시아.

아, 정말로, 나는.

그대를 어떻게 해야 할지 모르겠다.

그녀는 유리엔이 평생 봐 온 사람 중에서 가장 강한 사람이었지만, 신은 아니었다. 새카맣고 깊은 상처가 그녀의 안에 남아 있었다. 유리엔은 감히 그 상처의 깊이를 잴 수 없었다. 그 상처의 시작이 바로 그였다. 그만 아니었다면 그녀는 그저 평범한 백작가의 딸로 행복하게 살았을 것이다.

이 사실을 그녀가 알면 어떻게 될까. 지독한 죄책감. 그녀에게, 그녀의 삶이 고작 그의 시선 때문에 망가진 거라고 고백하면, 그녀는 분노할까. 자신을 증오하게 될까. 그녀가 자신을 원망하면 자신은 어떻게 해야 할까. 어떻게 하는 것이 그녀에게 조금이나마 사죄하는 길이 될까. 사죄할 방법이 있기는 한 걸까.

그녀는 제 죄가 아님에도 끝내 모든 것을 되돌려 놓으며 제게 희생된 모든 이들에게 사죄를 했다. 태양이 되어 결국 기적을 이루었다.

그럼에도 불구하고 아무도 그녀의 희생이나 노력을 알지 못한다. 알아줄 수도 없었다. 그 시간들이 모조리 없었던 일이 되었기 때문에. 성검을 통해 본 그조차 일부만을 알 뿐이다.

그 외롭고 긴 인고의 세월을 보상해 준다는 게 가능이나 한 일일까. 그녀가 그 고통을 겪으며 겨우 얻어 낸 이 기회를, 그가 다가갔다간 망가뜨리게 되지 않을까.

'그럼에도, 나는 왜…….'

그녀에게 다가가고 싶어지는가.

그 기억을 지켜보는 내내, 몇 번이고, 몇 번이고, 그녀에게 닿고 싶어 몸부림쳤다.

눈물을 닦아 주고 싶었다. 악몽을 꾸며 일어나는 그녀를 감싸 안아 주고 싶었다. 홀로 앓지 않도록 곁을 지켜 주고 싶었다. 혼자 싸우지 않도록 함께 검을 들어 주고 싶었다. 마검에 휘둘렸을 때 자책하지 않도록 막아 주고 싶었다. 그녀의 곁에 있어 주고 싶었다.

그러지 못했다. 마검의 악의와 그녀가 싸우던 시절에도, 그녀가 시간을 되돌리기 위해 노력하던 시절에도. 지켜보기만 했다. 지켜볼 수밖에 없었다.

그럼, 다시 시작된 지금은?

그녀는 그가 손을 뻗으면 닿을 수 있는 곳에 존재하게 되었다. 그녀가 무슨 목적으로 사관생도가 되려는지는 모르지만, 이제 원한다면 언제든 그녀에게 다가갈 수 있다.

다가간다면. 그가 그녀에게 접근한다면. 지금의 그녀에게 그는 어떤 존재일까. 그의 존재 자체가 그녀에게는 악몽을 상기시키는 방아쇠가 되는 것 아닐까. 간신히 모든 것을 되돌린 그녀 앞에 그가 나타나면, 그녀의 상처를 헤집는 꼴이 되는 게 아닐까.

그래도. 그럼에도. 혹시나. 어쩌면. 그녀가 얻어 낸 이 두 번째 삶에서는 모든 것이 바뀔 테니까. 그와 그녀의 관계도 달라지지 않을까. 욕망과 공포가 번갈아 뇌리를 장악했다. 다가가고 싶은 욕망. 비극이 재현될까 봐 두려운 공포. 그리고 짙게 넘실거리는, 비합리적인 죄책감.

어지러웠다. 유리엔은 성검이 무어라 말을 거는 것조차 듣지 못한 채 오랜 시간 번민했다. 그는 그날부터 사흘간 기사단에 나타나지 않았다. 바론이 걱정을 내비치고 디트리히가 찾아왔지만 휴가만 내어 놓고 사택에 틀어박혀 있었다.

  사흘 후, 유리엔은 창천 기사단 본부로 향했다. 노크조차 없이 바론의 집무실에 들이닥쳤다. 여태껏 그가 이렇게 막무가내로 들어온 적이 없어서 바론은 깃펜을 든 채 놀라 굳었다. 그를 향해 성큼성큼 다가오는 유리엔은 초췌하고 위태로워 보였다. 반면 하늘색 눈동자는 형형할 정도로 깊었다.

  바론의 책상 앞에 선 그가 기묘할 정도로 침착한 목소리로 물었다.

  "사관학교 신입생을 스콰이어로 지명하는 것에 절차적인 문제가 있는가?"

  "……예?"

  "스콰이어를 지명하려 한다."

  스콰이어?

  임시 스콰이어조차 지명한 적이 없어서 생도 순위대로 교체되게 내버려 두던 단장이, 지금 뭐라고? 게다가 뭐, 신입생을? 아직 선발 시험 결과도 안 나왔는데? 경악한 바론은 힘 조절에 실패해서 쥐고 있던 깃펜을 부러뜨려 버렸다.

  유리엔 드 하르덴 키리에의 두 번째 삶은 그렇게 시작되었다.

7막.
지켜보는 것과 포기할 수 없는 것

유리엔이 에키네시아 로아즈를 자신의 스콰이어로 지명한 데에는 몇 가지 이유가 있었다.

첫째는 로아즈 가문에 대한 보호였다.

학살을 일으켜야 할 마검이 아무 일 없이 사라져 버린 지금, 황제와 2황자는 의심스럽게 로아즈를 지켜보고 있을 터다. 그 의심을 당장 지울 방법은 없었다. 그렇다고 내버려 둘 수도 없었다. 고작 쇼의 일환으로 마검을 이용해 학살을 일으키려던 아비와 형제다. 의심하던 끝에 무슨 짓을 저지를지 짐작이 가질 않았다.

그러니 차라리 마검이 증발할 만한 합리적인 이유를 만들어 주는 거다. 그 이유가 유리엔 자신이 되면 된다. 그가 로아즈에 보내진 마검을 어떻게든 처리했으리라고 생각하도록.

순전히 유리엔이 보인 관심 때문에 선택된 거나 다름없는 희생양인데, 몰살을 피해 갔으니 어차피 로아즈는 유리엔과의 연관성을 부정할 수 없게 되었다. 이런 상황에서 어정쩡하게 두는 것보다는 공식적인 관계를 만들어 버리는 게 나았다.

그녀를 스콰이어로 삼는 건 가장 빠르고 안전한 선택이었다. 창천 기사단장의 스콰이어가 있는 가문이라고 알려지면 되레 함부로 건드리기 어려워질 테니까.

두 번째는 마검에 대한 감시였다.

유리엔은 에키네시아가 마검에 누적된 살의에 휘둘려 우발적인 살인을 한 것을 몇 번 보았다. 그녀는 거의 완벽하게 마검을 통제했으나 감정적으로 흔들리면 실수를 했다. 그리고 실수를 할 때마다 지독히 후회하고, 자해를 한 적도 있었다.

시간이 흐를수록 그녀가 마검에 익숙해지며 그런 일은 줄어들었지만, 그래도 살의는 계속 누적되고 있었다. 그녀가 마검과 대화하는 것을 얼핏 들은 덕에 그 상황을 알게 되었다. 마검의 목소리는 듣지 못했지만 그녀가 하는 말만 가지고도 대화는 대략 짐작이 되었다.

사람이 언제나 완벽하게 이성을 유지하고 있을 수는 없다. 혹시나 그런 일이 벌어질 때, 그녀를 막아 주고 싶었다. 그러기 위해서는 되도록 가까이에 있어야 했다. 스콰이어로 삼으면 곁에 두고 계속 지켜볼 수 있으니 유리했다.

성검의 주인으로서 우발적 살인을 방지하는 건 당연한 일이었다. 그러나 그보다는 그녀가 자책하지 않았으면 하는 마음이 컸다. 그녀가 이성이 나갈 정도로 분노해서 살의에 물들 정도면 사실 피해자도 무고하지 않은 경우가 많았다. 적어도 그가 본 사례들은 그랬다.

물론 그렇다고 죽이는 게 괜찮다는 소린 아니지만, 어쨌든 유리엔은 그녀가 그런 일로 제 손을 베는 꼴을 다시는 보고 싶지 않았다. 랑기오사가 알았다간 주인이 미쳐 간다고 기겁할 노릇이었다.

그리고 마지막이자 가장 큰 이유는, 결국 그의 욕망이었다.

좀 더 가까이에. 첫 번째 삶에서는 대화조차 해 보지 못했지만, 이번에는 조금 더 가까워지고 싶어서. 더 이상 지켜보고만 있고 싶지 않아서.

사흘간의 번민 끝에, 유리엔은 앞으로 어떻게 할지 계획을 세웠다. 그리고 에키네시아 로아즈가 입학하자마자 스콰이어로 지명하기로 결정을 내렸다. 아직 선발 시험 결과도 나오기 전의 일이었다. 부단장 바론은 어이없어했지만 절차상 큰 문제는 없었다. 서류 준비는 끝났고, 그녀가 입학하자마자 도장을 찍기만 하면 되었다.

그녀를 스콰이어로 맞아들일 준비를 하고 나자 약간 떨렸다. 아니, 사실 꽤 떨렸다. 내내 바라보기만 하던 사람과 드디어 만나게 될 텐데 안 떨리는 게 이상할 것이다.

'뭔가, 선물이라도…… 준비할까.'

문득 든 충동이었지만 그는 망설임 없이 그것을 실행으로 옮겼다. 그녀에게 줄 첫 번째 선물이라고 생각하자 곧바로 검이 떠올랐다.

에키네시아는 기오사를 모으던 시절에 내내 싸구려 검을 썼다. 이가 나가면 버리고, 또 제일 싼 것을 사고. 무기의 수준에 구애받지 않는 경지인 데다가 최선을 다해야 할 때는 마검을 쓰면 되므로 별문제가 생기지는 않았다.

그래도 좋은 검을 쓰면 더 편할 거란 생각이 들었다. 매번 버리고 새것을 사는 것도 성가실 테니.

검은 로드가 스콰이어에게 주는 선물로 가장 무난한 것이라, 사심이 들어간 선물로는 보이지 않는 장점도 있었다. 유리엔은 그런 고려를 하는 시점에서 이미 사심이 듬뿍 들어갔다는 점은 인식하지 못했다.

'이왕이면 그녀에게 어울리는 수려한 것으로. 검을 볼 때마다 안 좋은 기억이 떠오르는 듯하니, 검을 굳이 손질할 필요가 없도록 마법을

걸어서······.'

 랑기오사를 꺼내 세워 놓고 멍하니 바라볼 때, 간혹 부서질 듯이 흐려졌던 표정들. 검을 휘두르고 나서 진저리를 치듯 검을 내팽개치는 행동. 손질하려는 목적으로 들어 올렸다가, 묻어 말라붙은 피를 보고 움찔 놀라더니 그대로 검을 버렸던 일.

 그런 모습들을 지켜본 그는 그녀가 검을 그리 좋아하지 않는다는 것을 알 수밖에 없었다. 사실 검 자체가 싫다기보다 검을 볼 때 상기되는 악몽들이 싫은 것일 터다. 자신이 무엇보다도 잘하는 일을 진심으로 싫어하기는 힘들다.

 그래서 유리엔은 마탑에 특별히 의뢰했다. 제국의 마탑은 꺼려져서 남부 왕국의 마탑에 마법 세공을 요청하고, 대장장이를 고용하여 직접 도면까지 참견해 가며 검을 만들게 했다. 예산에 제한을 두지 않았기에 굉장한 비용이 들어갔지만, 그동안 딱히 무언가를 탐내거나 사치를 부려 본 적이 없어서 고스란히 모여 있던 재산이 상당했기에 별문제가 없었다. 그는 처음으로 돈을 물 쓰듯 써 보았다.

 [주인, 좀 변한 것 같군.]

 성검이 떨떠름하게 중얼거렸다. 유리엔은 태연히 대꾸했다.

 "변하는 게 당연하지 않은가. 네가 내게 그 기억들을 보여 주기 망설인 것도 그 탓 아니었나?"

 그는 평생 살아 오면서 그녀처럼 대단한 사람을 본 적이 없었다. 그토록 빛나는 존재인데, 그녀를 알기 전과 그녀를 안 후가 같은 것이 더 이상했다. 누구든 그녀에 대해 알게 되면 매혹될 것이다. 그는 진심으로 그렇게 생각했다. 랑기오사는 포기하고 입을 다물었다.

 선물할 검의 제작까지 맡기고 나자, 유리엔은 에키네시아 로아즈가 사관학교로 온 까닭을 알아내려 했다. 하지만 그가 그녀의 생각을 읽을 수 있는 것도 아니니 대체 왜 그녀가 아젠카로 온 건지 알 방법이 없었다. 결국 그는 성검의 주인답지 않은 수단을 사용하기로 했다.

[그래서 지금 뒷조사를 하겠다는 거냐.]

"예전처럼 멍청하게 아무것도 모른 채로 있고 싶지는 않다."

[핑계는 좋은데, 그래 봤자 뒷조사잖니. 조직까지 활용해서.]

"왜, 악한 짓인가?"

[……악행까지는 아니지만.]

성검이 못마땅한 듯 구시렁거렸다.

유리엔은 조용히 항구도시 올라바트를 방문했다. 올라바트는 '쐐기'라고 불리는 제국에서 가장 거대하고 은밀한 조직의 본부가 자리 잡은 도시였다.

그는 원래 이 조직에 대해 아는 것이 별로 없었다. 존재 정도는 알고 있었지만 의뢰를 하는 법이나 구성 따위는 몰랐다. 창천 기사단은 쐐기 같은 조직을 신경 쓰기엔 너무 높은 곳에 있는 집단이었고, 유리엔 자신은 지나치게 바른길만 걸어와서 지저분한 뒷세계와 엮일 일이 없었다.

그가 쐐기에 대해 알게 된 것도 랑기오사가 보여 준 에키네시아의 기억 덕분이었다. 지워진 시간에 그녀가 기오사의 정보를 얻기 위해 찾아갔던 조직이 바로 여기였으니까. 창천 기사단을 모욕하는 말을 하는 바람에 그녀에게 박살이 났던 바로 그 조직이다.

이전까지 유리엔이 쓸 수 있었던 정보 획득 수단은 황실의 눈을 피하기 어려운 것들이었다. 인맥과 임무를 나간 단원들, 기사단에 소속된 정보원들, 아젠카의 상인들 등을 이용하는 식이었으므로.

하지만 뒷골목의 조직은 다르다. 대가만 확실하게 주면 황실에게 들킬 일 없이 조사를 의뢰할 수 있었다.

[내 주인이 뒷골목 조직을 토벌하러 가는 게 아니라 의뢰하러 가다니. 내가 오래 사니 이런 꼴도 보는구나.]

유리엔은 랑기오사의 푸념을 한 귀로 흘리며 조직을 찾아갔다. 후드를 눌러쓰고 뒷골목의 주점에 들어가 혼자서 맥주 두 잔과 구운 감자를 시켰다. 감자에 쐐기 모양 칼집을 낸 다음, 종업원을 불러 감자가 덜 익었으니 새로 달라고 요구했다.

"설익은 감자를 내드려 죄송합니다. 주방장이 직접 사과를 하고 싶다는데요. 잠시 따라오시겠습니까?"

쐐기의 초대였다. 조직을 찾고 의뢰하는 과정은 에키네시아가 고생하며 알아낸 것을 본 덕에 매우 쉬웠다. 게다가 그때의 그녀는 돈이 별로 없었기에 의뢰하기가 힘들었지만, 유리엔은 돈이 아주 많았다. 쐐기는 많은 돈을 내는 의뢰인에게 몹시 관대했다. 후드를 눌러쓴 의뢰인의 정체를 캐려 들지도 않았다.

유리엔은 그들에게 몇 가지 조사를 의뢰했다.

첫 번째는 물론 로아즈 가문에 대해서. 가문의 내력과 직계 혈족들, 현재 가문의 대략적인 상황까지도. 에키네시아 로아즈에 대한 것이 가장 중요했지만, 유리엔은 그녀가 목적인 것처럼 보이지 않도록 일부러 전체적인 조사를 요구했다.

두 번째는 펠레트로 가문에 대해서. 이쪽은 주의가 쏠려도 상관없는 일이었기에, 그는 특정인을 정확하게 지목했다. 이안 펠레트로를 조사해 달라고.

시간이 되돌아갔다는 것을 인지하고 나서 그가 세운 계획에는 그녀에 대한 것 외의 다른 일들에 대한 것도 있었다. 유리엔의 기준으로 되돌려진 시간은 3년 반. 창천 기사단장인 그가 아는 미래의 정보는 꽤 많았다. 그는 그중에서 필히 바꿔야 할 사건들을 추렸다.

대표적인 것이 바로 올해에 있을 마물 토벌이었다. 희생자가 스물이 넘었던, 창천에서는 드문 대참사. 바론의 스콰이어인 바라하 이슬리프까지 그때 죽었다.

갑작스런 스펙터의 습격으로 일어난 일이었고 겉으로는 그저 불운한 사고였다. 하지만 정안이 있는 유리엔에게는 심증이 있었다. 바라하의 죽음은 참사의 와중에 일어난 사고가 아니라 의도적인 살인일 거라는 확신.

그에게 바라하의 죽음을 보고할 때, 이안 펠레트로의 혼은 악의로 새카맣게 물들어 기뻐하고 있었으니까.

[증거가 없이 정안만으로 누군가를 처단해선 안 된다. 그건 옳지 않아. 나쁜 마음 정도야 품을 수도 있지, 인간인데. 실행에 옮길 때부터 죄악이 되는 거다.]

이안을 의심하던 유리엔에게 랑기오사가 했던 말이다. 유리엔은 그 의견에 동의했다. 그래서 은밀히 이안 펠레트로를 조사했지만, 그는 증거를 남겨 두지 않았다. 그 사건 이후 경각심이 들었는지 이안이 유독 몸을 사린 탓도 있었다.

증거 없이 처벌할 수는 없었다. 결국 유리엔은 이안 펠레트로가 기사로 서임되는 것까지 지켜봐야 했다.

그러나 이번에는 그리 만들지 않을 것이다. 바라하나 다른 누군가를 해치도록 내버려 둘 생각도 없었다. 쐐기라는 의외의 수단이 생겼으니, 미리 증거를 모아 처리해 버릴 작정이었다. 살인은 막을 생각이니 사형은 무리더라도 퇴학이라도.

이안 외에도 아젠카에서 축출해야 할 자들이 두엇 더 있었다. 그들에 대한 조사도 맡겼다.

악의가 보이는 유리엔은 뻔히 보고도 증거가 없어서 내버려 두는 경우가 꽤 되었다. 대체로 아젠카 내에 어느 정도 세력이나 연이 있어서 증거를 잡는 게 쉽지 않은 자들이었다. 쐐기는 그들의 상정 외에 있던 세력이니 쓸모가 있을 터였다. 증거만 있다면 처벌은 어렵지 않았다.

[악을 악으로 잡는 거냐. 뭐, 나쁘지 않군. 그래도 저것들도 질이 나쁜 것들이니 너무 의지하진 마라.]

"주지하고 있으니, 걱정하지 않아도 된다."

그는 쐐기에 조사를 맡긴 것과 동시에 믿을 만한 단원들을 이용해 쐐기를 조사하도록 했다. 용납할 수 없는 수준의 악행을 저지르는 조직이라면 이용하는 것과 별개로 처리해야 하니까. 조직에 대해 모를 때야 그렇다 치고 알게 된 이상 내버려 둘 순 없었다.

[써먹긴 알뜰하게 써먹으면서 뒤로는 쳐 낼 준비를 하다니.]

"정의롭지 않은 일인가?"

[아니. 저 조직 자체가 악한 축이라서 그건 또 아니거든. 너도 그걸 알고 이러는 것 아니냐?]

"그럴 거라 생각했다."

[……가끔 생각하는 건데, 네가 내 주인이 아니었으면 꽤 무서운 인간이었을 것 같단 말이지.]

성검은 질린 목소리로 중얼거렸다. 랑기오사가 뭐라 하든 유리엔은 빠르게 일을 진행했다. 그는 쐐기에게 마검의 음모에 대한 조사는 맡기지 않았다. 조직 따위에게 맡기기에는 너무 거대하고 위험한 일이었으니까.

어차피 황태자 측에서 경쟁자인 2황자 측을 항상 주시하고 있을 것이다. 황태자가 3년 반 후에 유리엔에게 보여 주었던 그 서류는 단기간에 정리될 만한 자료가 아니었다. 조만간에 그들이 음모와 관련된 단서를 집고 조사를 시작한다는 뜻이다. 내버려 두면 자연히 황태자 진영에서 증거를 수집해 줄 터였다.

마검에 대해 파고들면 필연적으로 로아즈가 엮이게 되므로 그런 일을 피하고 싶기도 했다. 그는 에키네시아가 되도록이면 자신과 얽힌 혼란에 엮이지 않기를 원했다. 그녀는 이미 너무 큰 고통을 받았다. 이번에는 적어도 평온하게 지낼 수 있도록. 그녀가 신검 앞에서 말했던 대로 행복해지기를.

쐐기에 대한 조사까지 명한 후에 한 것은 이사였다. 본부와 떨어진 사택보다 본부 내의 숙소가 더 가까우니까.

유리엔은 에키네시아 로아즈가 입학하기 전의 며칠 사이에 이 모든 일을 마쳤다. 그리고 그녀가 입학하기만을 기다렸다.

1629년 4월 18일.

에키네시아 로아즈가 사관생도가 되었다. 그녀의 입학과 동시에 유리엔은 발령장에 도장을 찍었다. 공고까지 걸고 나니 일이 손에 잡히지 않았다. 하루 종일 초조하게 서성였다.

[뭐가 그리 불안하지?]

"그녀가 어떻게 반응할지 모르겠다."

[흠. 하긴 그 마검의 주인은 네게 기억이 있는지 없는지도 확신하지 못할 테니.]

"뭐?"

유리엔이 서성이던 걸음을 뚝 멈췄다. 랑기오사는 약간 당황한 듯 물었다.

[음? 몰랐느냐?]

"나는…… 당연히 그녀가 알 거라고……. 그녀는 바르데르기오사를 깨웠지 않나. 마검이 너에 대해 그녀에게 알려 줬을 테니……."

[바르데르기오사는 내가 늘 깨어 있는 검이라는 걸 알지 못한다. 대화를 나눠 본 적도 없어. 기오사들은 의외로 서로를 잘 모른다. 기오사끼리 자아가 깨어난 상태로 만날 일이 흔할 것 같으냐?]

"……."

[그나마 나야 항상 깨어 있으니 다른 기오사들을 제법 아는 편이지만……. 바르데르기오사는 각성한 게 이번이 두 번째일 거다. 나에 대해 모를 수밖에.]

유리엔은 창백해진 얼굴로 이마를 짚었다. 미처 몰랐다. 그는 당연히 그녀가 자신이 기억한다는 걸 알고 있을 줄로만 알았다.

"그럼 그녀는, 내게 기억이 있는지 없는지 모르는 상태란 건가?"

[그렇겠지. 생각해 봐라, 그녀가 너에 대해 안다면 네 앞에 이리 순순히 나타나겠느냐? 자신이 죽였던 사람인데?]

그 말이 맞았다. 그는 에키네시아에게 자신이 악몽을 자극하는 방아쇠가 될지도 모른다고 생각했었다. 하지만 그녀는 그가 있는 곳으로 왔다. 피하려면 얼마든지 피할 수 있었을 텐데 그의 앞에 스스로 나타났다.

그러니까 괜찮을 거라고, 긍정적으로 판단했다. 그래서 스콰이어로 지명하기로 결정한 거였는데.

[그토록 애써 지운 과거다. 네가 그 지워진 시간을 기억하고 있다는 걸 알게 되면 사라져서 두 번 다시 네 앞에 나타나지 않을지도 모르지.]

성검이 아무렇지도 않게 한 말에 그는 상당히 충격을 받았다. 성검의 말대로 그에게 기억이 있다는 걸 안다면 그를 피하는 게 정상이었다. 괜찮아서 아젠카에 온 게 아니라 모르니까 온 것이다.

정안이 있는 유리엔은 에키네시아를 알아보는 게 너무 당연했다. 그래서 그녀가 그에게 기억이 있더라도 자신을 못 알아볼 거라 생각하면서 아젠카로 왔으리라고는 짐작조차 하지 못했다. 니콜 시즈튼이 악마가 된 에키네시아 로아즈를 알아보지 못했던 것처럼, 정안이 없었다면 그도 그녀를 이리 쉽게 알아보진 못했을 텐데도.

'스콰이어 지명 자체가 실수였나?'

유리엔은 멍하니 책상 위를 보았다. 스콰이어 지명은 벌써 나갔다. 이제 와서 돌이키긴 어렵다. 그녀는 이미 들었을 거다.

다 알고 아젠카로 왔으리라 여겼기에, 그녀가 도망칠 수도 있다는 가능성은 전혀 고려해 보지 못했다. 스콰이어 지명을 통해 그가 그녀를 적대할 생각이 없음을 알아차리고 그녀가 안심하지 않을까, 그녀와 그의 관계가 달라지리라고 여기지 않을까, 좀 더 가까워질 수 있지 않을까, 그런 기대도 했었다.

하지만 그녀가 사관생도가 될 이유가 있어서 어쩔 수 없이 아젠카로 왔을 뿐, 그의 앞에 나타날 생각은 전혀 없었다면. 그는 모를 거라 여기고 안심한 상태라면.

'……간신히 지워 버린 과거를 기억하고 있는 사람이라니. 알게 되

면 받아들이기 어려울지도 모른다. 정말 달아나 버릴지도. 왜 이걸 생각하지 못했지?'

그녀는 마스터 위의 경지, 제니스다. 그녀가 작정하고 그를 피해 숨는다면 그는 그녀를 영원히 찾지 못할 수도 있다. 그건, 싫었다. 겨우 손닿는 곳에 존재하게 된 사람을 지켜보지도 못하게 된다니.

이럴 줄 알았으면 스콰이어 지명을 하지 않았을 텐데. 그녀를 기억한다는 티를 낸 거나 다름없지 않나. 좀 더 천천히, 조심스럽게 다가가야 했는데. 그녀가 가진 상처의 깊이를 잘 알면서도 성급했다. 후회해 봤자 이미 엎질러진 물이었다.

그는 이 와중에도 다가가지 않는다는 선택지는 떠올리지도 못하고 있었다.

'아니, 아니야…… 괜찮을 수도 있다. 그녀가 어떻게 나올지는 아직 모르는 일이다.'

우선 그녀를 직접 만나 봐야 했다. 당장에라도 찾아가고 싶었다. 그러나 지금 그녀를 찾아가는 게 괜찮을지 모르겠다. 가뜩이나 불안정한 상태인데 그가 지명하자마자 그녀를 찾아가면 괜히 더 자극하게 되는 게 아닐까.

머릿속이 헝클어졌다. 그녀가 다 알고 있다는 것을 전제로 세웠던 계획들이 전부 엉망이 되었다. 유리엔은 단장실 안을 초조하게 오가다가 창가에 멈춰 섰다. 단장실은 꽤 높은 층에 있었다. 창천 기사단 본부가 고스란히 내려다보였다.

언뜻 분홍색이 눈가를 스쳤다. 유리엔은 곧바로 정안을 떴다. 눈부시게 빛나는 혼이 확연하게 드러났다. 에키네시아 로아즈가 성문 쪽으로 향하고 있었다.

아젠카는 시 전체를 감싼 외성이 있고, 중앙보다 약간 북쪽으로 치우친 곳에 내성이 있었다. 원래 내성만 있었으나 도시가 발전하며 확장되어 외성이 새로 지어진 경우였다. 칭천 기사단 본무나 대신전, 사관학교 등은 모두 내성 안쪽에 있었다. 보통 아젠카에서 '아젠카성'이라거나 '성 안쪽'이라고 하면 내성 안을 일컬었다.

그녀가 그 내성 밖으로 향한다.

설명하기 어려운 불안감이 전신에 차올랐다. 스콰이어로 지명된 것을 듣고 그에게 기억이 있다는 걸 알아차렸다. 그래서 이대로 떠나 버리려는 건 아닌가. 두 번 다시 볼 수 없게 되는 건 아닐까. 유리엔은 후드를 움켜쥐고 전속력으로 단장실을 벗어났다.

[음? 갑자기 왜 그러느냐?]

성검이 당황한 듯 물었지만 무시했다. 달리면서 후드를 걸쳤다. 계단을 전부 내려갔다간 늦을 것 같아 중간에 복도의 창을 열고 뛰어내렸다. 미친 듯이 달려서 그녀가 향한 곳을 쫓았다.

그는 얼마 지나지 않아 그녀를 따라잡았다. 에키네시아의 뒷모습이 보이자마자 유리엔은 멈춰서 숨을 골랐다. 더 접근하면 그녀가 알아차릴 터였다. 딱히 주위를 탐지하고 있는 것 같진 않지만, 그녀의 감각은 틀림없이 그보다 넓을 테니까.

유리엔은 거리에 가득한 사람들 사이에 섞여서 조심스럽게 그녀를 뒤따랐다. 그녀는 달아나는 것이라곤 생각되지 않는 옷차림과 태도로 느리게 걸었다. 처음에는 목적지가 없는 듯 아무렇게나 걷다가, 어느 순간 한 곳을 목표로 걷기 시작했다. 중앙 광장 쪽이었다.

[너…… 지금 좀 무례한 짓을 하고 있는 것 같은데. 여성을 몰래 미행하다니. 불순한 의도가 아니라 해도 이런 짓은…….]

성검이 몹시 떨떠름하게 중얼거렸다. 악행이라고 경고한 게 아니었으므로 유리엔은 랑기오사의 말을 무시했다. 그사이 에키네시아는 중앙 광장에 도착했다. 광장에 가득 찬 사람들을 거슬러 그녀가 분수대 앞에 섰다.

지워져 버린 1632년 가을, 그녀가 그를 맞이했던 분수대의 앞. 그와 그녀가 마지막으로 만났던 그곳. 그의 이전 삶이 끝났던 장소.

그녀가 분수대의 천사상을 올려다보았다. 뒤에 있는 그는 그녀의 표정을 알 수가 없었다. 정안을 떠도 고요히 타오르는 불빛만이 보였다. 유리엔은 소용없는 정안을 감아 버리고 맨눈으로 그녀를 지켜보았다. 짧은 망사가 달린 생화 장식 모자 아래로 늘어진 머리카락이 조금 흔들렸다.

무슨 생각을 하며 저 분수대를 보고 있는 걸까. 무슨 표정을 짓고 있을까. 알고 싶어서 견딜 수가 없었다. 그때 마지막까지 보았던 혼처럼 울고 있을까 봐. 그건 그녀의 잘못이 아닌데도 자책하고 있을까 봐. 절로 걸음이 움직였다. 조금씩 더 가까워졌다.

어느 순간, 그녀가 고개를 돌렸다. 시선이 마주쳤다.

굽이치는 분홍색 머리카락에 감싸인 하얀 얼굴. 선명한 보랏빛 눈동자. 처음으로 제대로 마주하게 된 여자는 어렴풋이 남아 있는 기억보다 아름다웠다. 아니, 그냥 외모가 예쁘다기보다, 무언가, 눈을 떼기가 어려운…….

홀린 듯이 다가가다가 너무 가까워져서 놀라 멈췄다. 그녀가 그를 올려다본다. 그의 턱에 겨우 닿는 키. 가느다란 목 아래로 보이는 여린 어깨. 그토록 강한 혼을 품고 있다고 믿기 어려운 가냘픈 몸.

 처음 연회에서 보았을 때와는 너무도 다르다. 마검에 물들어 있던 몸과 타오르는 혼을 볼 때와도 달랐다. 멀리 연무장에서 예선 시험을 치르는 것을, 태양이 된 혼을 볼 때와도 달랐다. 랑기오사의 기억 속에서 볼 때와도 완전히 달랐다. 다른 것에 물든 것도 아니고, 다른 것을 통해서 보는 것도 아니고, 이토록 가까이에서 본연의 눈으로 자신을 마주한 그녀를 보는 것은 처음이었다. 바로 앞에서 살아 숨 쉬고 있었다.

 저렇게 가는 몸으로 그 모든 시간을 견뎌 내고 기적을 이루었단 말인가. 그저 평범하게 자란 백작의 딸이던 여자가.

 새삼스럽게 충격을 받았다. 그리고 이어 찾아든 깨달음.

 아, 여자, 였었지.

 이제야 그것을 완전히 깨닫는다. 가까워지고 싶다고, 다가가고 싶다고, 곁에 있어 주고 싶다고, 애타게 바라면서도 미처 도달하지 못했던 지점이었다.

 망사 너머로 그를 올려다보는 눈동자가 투명했다. 망사를 걷어 내면 더 맑고 또렷하겠지. 저 눈이 의지를 담을 때면 황홀할 정도로 강렬하다는 것을 안다. 그 강렬함을 감싼 것들은 한없이 여리다. 녹을 듯이 보드라워 보이는 피부. 흘러내린 머리카락 사이로 희게 드러난 목과 어깨의 선.

 어깨가 호흡을 따라 조금씩 들썩인다. 그녀의 벌어진 입술이 미미하게 떨렸다. 붉고, 젖어 있었다. 입 안쪽으로 혀가 살짝 보인다.

 지금까지 그녀를 지켜보면서 생각하지 못했던 것. 어쩌면 무의식적으로는 생각했을지도 몰랐으나 자각하지 못했던 것. 유리엔은 난생처음으로 타인에 대한 욕구를 느꼈다. 일순 전신을 타고 오르는 오싹한 감각.

그 적나라한 욕망에 소스라치게 놀라서 그는 그것을 애써 가라앉혔다. 잘 되지 않았다. 그래서 유리엔은 다시 그녀가 누구인지를 생각했다. 그의 앞에 있는 여자는.

"……에키네시아 로아즈."

로아즈 백작 영애. 마검의 악마. 위대한 검의 경지, 제니스를 달성한 검사. 자신으로 인해 나락에 떨어졌던 여자. 불씨를 태양으로 싹틔워 낸 혼. 기적을 일으킨 사람. 그를 죽이고, 다시 살려 낸 자. 그가 지금까지 본 사람 중에 가장 뛰어나고, 가장 강인하며, 가장 위태롭고, 가장 매혹적인 존재.

하지만 그가 그녀를 어떻게 여기든, 현재 그녀의 공식적인 신분은 그저 사관생도였다.

"생도."

뒤늦게 호칭을 붙였다. 에키네시아가 화들짝 놀란 것처럼 눈을 깜박였다. 그녀가 당황한 것처럼 보여서 유리엔은 망설였다. 어떻게 말을 해야 할까. 그녀는 정말로 그에게 기억이 있다는 걸 모르고 있나? 입안에서 몇 번이나 발음을 해 보다가 간신히 질문을 꺼냈다.

"나를 아는가?"

에키네시아는 흠칫하더니 눈을 내리깔고 입가를 손으로 가렸다. 그녀가 시선을 피한 채 대꾸했다.

"죄송하지만 누구신지 잘 모르겠어요. 저를 아시나요?"

그에게 기억이 있다는 걸 알면 절대 할 수 없을 말. 모른다. 모르고 있었다. 그녀는 그가 회귀 이전의 기억을 가지고 있는 것을 알지 못한다. 난데없이 스콰이어 지명을 했는데도 알아차리지 못한 모양이었다.

이대로 그녀가 사라져 버릴까 봐 긴장했던 마음에 급격히 안도감이 들었다. 유리엔은 저도 모르게 희미한 웃음을 지었다. 그러자 그녀의 반응이 이상했다. 흔들리는 눈으로 그를 보더니, 허둥지둥 눈을 돌렸다. 뺨이 옅게 붉어졌다.

왜 저러는지 의아해졌다가 비슷한 태도를 본 적이 있다는 게 생각났다. 그는 잘 웃는 편은 아니었지만, 드물게 웃으면 상대방이 여성일 경우 대체로 저런 태도를 보였다. 혹은 대놓고 감탄하며 반짝이는 시선을 던지거나. 심지어 가끔 남성이 저러는 경우도 있었다.

수많은 찬사를 들었으니 자신의 외모가 뛰어난 편인 건 잘 알고 있었다. 그럼에도 지금까지 유리엔은 제 외모에 대해 별 관심이 없었다. 주목을 끌게 되어서 황제나 2황자의 심기를 거슬리게 만드는 요소 중 하나일 뿐이었다.

그러나 지금 그는 처음으로 자신의 외모가 뛰어나다는 것이 기뻤다. 그녀가 그의 외모를 마음에 들어 할지도 모른다고 생각하니 기분이 들떴다. 그는 들뜬 채로 말했다.

"내가 누구인지, 그대는 알 텐데. 본 적이 있지 않나."

"네?"

에키네시아가 갈라진 목소리로 되물었다. 그녀의 안색이 순식간에 창백해졌다. 눈동자가 흔들린다. 유리엔은 급히 뒷말을 이었다.

"작년 여름, 탄신 연회 때 말이다."

"……아."

그녀는 약간 안심한 듯이 보였다. 유리엔은 내심 씁쓸하게 그 모습을 지켜보았다. 모르고 있고, 모르길 원하는 거다. 그토록 힘들게 지워 버린 과거니 당연한 일이었다.

그녀가 그 모든 일을 없었던 것으로 하길 바란다면, 그는 감히 그것을 들출 수 없었다. 비극을 시작한 건 그였고, 비극에서 끝나지 않도록 두 번째 삶을 얻어 낸 건 그녀인데 어떻게 그가 감히.

"탄신 연회에서, 저를…… 보셨었어요?"

"그대가 누구인지는 몰랐지만, 그대를 본 기억은 있지. 그대는 나를 보지 못했었나?"

"다, 단장님이셨군요! 늦게 알아차려서 죄송합니다."

그녀가 원하는 대로 말을 맞추었다. 거짓말은 아니었다. 탄신 연회 때 그녀를 본 건 사실이니까. 겉도는 대화라 해도 그녀와 최초로 나누는 대화였다. 그녀를 마주 보고 대화를 하게 되다니. 정말로 현실 같지가 않았다.

"단장님이라……."

그 와중에 호칭이 거슬렸다. 그녀와 그 사이가 아무것도 아닌 타인 같지 않나. 아니, 실제로도 타인이고, 뭔가 관계가 있진 않지만, 심지어 그들이 공유하고 있는 기억도 모른 척해야 하는 상황이지만, 그래도.

"이름으로 부르도록. 내 이름은 유리엔이다."

그녀 앞에서 황족의 성을 붙이고 싶지는 않았다. 그가 황족인 탓에, 황제가 그의 아비이고 2황자가 그의 형인 탓에, 그녀가 마검을 쥐게 되었으니까. 그저 유리엔이라는 이름의 남자였다면 좋았을 텐데.

"전 사관생도입니다, 단장님. 어떻게 감히."

"사관생도. 그렇군."

에키네시아는 빠르게 거절했다. 반박할 말이 없었다. 그녀가 원하는 대로 기억이 없는 척하려면, 결국 그와 그녀는 기사단장과 사관생도 사이일 뿐이었다.

까마득히 먼 거리.

그 사실을 인지하자 스콰이어로 지명한 게 몹시 다행으로 느껴졌다. 단장님보다는 로드가 훨씬 나았다. 진심은 역시 그녀가 이름으로 불러 줬으면 싶지만.

랑기오사의 기억 속에서 그녀가 그의 이름을 불렀을 때 전율했던 감각이 아직도 남아 있었다. 아마 그 감각은 평생 사라지지 않을지도 모르겠다. 유리엔은 멍하니 그런 생각을 하며 그녀를 바라보다가 속에서 치민 물음을 입 밖으로 내었다. 내내 궁금했던 이유.

"그대는 왜 사관학교에 지원했나?"

"기사가 되고 싶어서요."

"왜 기사가 되고 싶지?"

"……검을 좋아하니까요."

저건 거짓말이다.

유리엔은 충동적으로 움직였다. 그녀에게 다가가 오른손을 잡아 올렸다. 에키네시아는 피하지 않았다. 굳은 채 그에게 잡혔다. 손바닥의 굳은살을 확인하고 그녀를 추궁하려던 유리엔은 그녀의 손을 쥐자마자 일순 넋이 나갔다.

부드럽고 작았다. 세게 쥐면 부서질 것 같이. 곱게 자란 레이디의 손이었다. 그럴 거라 생각하며 쥐었음에도 그것이 속이 덜컹거릴 정도로 아려 왔다. 마검에 물들어 있을 때 이 손은 거칠고 지저분했고 물집이 잡혔다 터지길 반복한 상태였다. 랑기오사의 기억을 체험하던 중에 본 손은 상처투성이였고 손톱의 모양까지 이상했다.
 이 보드라운 손이 그렇게 되기까지 겪었을 고난들이 새삼 치밀어 오른다. 유리엔은 엄지로 그녀의 손바닥을 쓸어 보았다. 매끄러운 장갑의 감촉 아래로 말캉한 살이 느껴졌다. 오른손이니 이 장갑 아래에는 마검의 문양이 있을 것이다.
 '다시는…… 그대가 이 손을 망가뜨릴 일이 없었으면 좋겠다.'
 몸도, 마음도, 두 번 다시 괴로울 일이 없었으면 좋겠다. 그러니 그에게 기억이 있다는 사실이 그녀를 상처 입힐 것 같다면, 모른 척하자. 그녀가 원하지 않는데 지워진 과거를 헤집지는 않겠다. 언젠가 그녀가 받아들일 수 있을 때까지 기다리겠다. 그 기다림이 영원이 되더라도 상관없다.
 유리엔은 그녀의 손을 쥔 채 속삭였다.
 "……그대의 손은 검을 즐기는 손이 아니다."
 에키네시아가 손을 빼냈다. 그는 제 손안에서 미끄러져 나가는 그녀의 손을 물끄러미 바라보았다. 붙잡고 싶은 것을 참았다.
 "다시 묻지. 그대는 왜 기사가 되려 하나?"
 계속 궁금했던 것. 대체 왜 그녀는 아젠카에 와서 창천의 매가 되려 하는가. 에키네시아는 입을 다물었다. 혼란한 기색으로 한참을 망설이다가 천천히 입을 열었다.
 "행복해지고 싶어서요."
 그 평범한 말이 그에게 지독히도 깊게 와 닿았다. 그 속에 담긴 것들을 그보다 더 잘 알 존재는 거의 없을 터다. 신검 카이로스기오사 앞에서 그녀가 했던 말들이 떠오른다.

"살아갈 거야."

"지금은 죽어 있는 거나 다름없어."

"도저히 행복해질 수가 없으니까."

"이상하게 들리시겠지만…… 진심이에요."

가늘게 떨리는 음성이었다. 더 물을 수가 없었다. 묻고 싶지도 않았다. 울컥 속에서 무언가가 솟구쳤다. 유리엔은 그것들을 힘겹게 억누르며 대답했다.

"그래, 그렇군."

묻지 않길 원한다면 묻지 않겠다. 아무것도 몰라야 하는 내가 그 이유를 들을 수는 없을 테니. 그대가 그렇게 판단했다면 드러나지 않게 그대를 지원하기만 하겠다. 아릿하게 미어지는 느낌 속에서 유리엔은 그렇게 결심했다.

에키네시아는 더 이상 이야기하고 싶지 않은 듯 화제를 돌렸다.

"여기에는 무슨 일로 오셨나요?"

"그대야말로, 입학 첫날에 무슨 일로 여기까지 왔지?"

"……그냥 산책하다 보니 여기였어요."

평범한 산책은 아니었을 것이다. 그녀는 정확히 이 중앙 광장의 분수대로 왔으니까. 어쨌든 아젠카에서 떠날 생각은 처음부터 없었단 뜻이다. 기사가 되려는 게 목표고, 그에게 기억이 없는 거라 여기고 있으니 앞으로도 계속 그녀는 아젠카에 있겠지.

재차 그것을 확인하자 안심이 되어 또다시 웃음이 나왔다. 아, 이번에는 아까보다 더 확실히 티가 났다. 그가 웃자 그녀가 멍해진다. 그녀의 눈동자가 자신에게 고정된다. 망사를 치워 버리고 싶을 정도로 선명한 보랏빛. 그녀가 자신을 본다. 가슴 안쪽이 두근거렸다.
앞으로는 더 자주 웃어야겠다.
"나도 그대와 같은 이유다."
"산책을 나오셨다고요?"
"……그래."
에키네시아가 미심쩍다는 표정으로 그를 올려다보더니 질문을 던졌다.
"저를, 스콰이어로 지명하셨다고 들었어요. 왜 저를 스콰이어로 지명하셨죠?"
"그대를……."
그대를 가까이에 두고 싶어서. 그대와 가까워지고 싶어서. 그대의 가문을 보호하기 위해. 그대가 혹 살의에 휘둘릴 때 막아 주기 위해.
두근거림의 여운이 남아 넋 놓고 대답하려다 급히 말을 삼켰다. 말할 수 없다. 기억이 있다는 티를 내선 안 되니까.
그럼 뭐라고 대답할까. 기억이 없는 유리엔 드 하르덴 키리에가 에키네시아 로아즈를 난데없이 스콰이어로 지명할 만한 이유가 있던가. 그녀가 납득할 만한 이유.
이 순간 떠오른 건 그녀의 재능이었다. 그에게 최초의 패배감을 느끼게 만든 검.
"에키네시아 생도. 대련을 청해도 되겠나."
"대련, 이요?"
"그대와 검을 나눠 보고 싶어서."
말을 하는 것과 동시에 잊고 있었던 욕망이 솟구쳤다. 마검에 물들어 있던 그녀와 검을 맞대면서 안타깝게 여겼던 심정이 고스란히 되살아난다. 다르게 만났다면 몇 번이고 대련을 하며 함께 더 높은 경지를 볼 수도 있었을 거라고 생각했었다. 불가능하리라 여겼던 그 바람도 그녀가 이루어 냈다. 지금 그들은 다르게 만났다. 아까와는 다른 의미로 심장이 빠르게 뛰기 시작했다.

"저, 저는……."

그러나 그의 설렘과 반대로, 에키네시아는 공포에 질렸다. 그녀는 도망치고 싶은 것처럼 뒷걸음질했다. 그 모습을 보자 정신이 들었다. 그녀는 아직 준비가 되지 않았다. 어쩌면 영원히 준비되지 않을지도 모른다. 상처가 반드시 낫는다는 보장은 없다. 기다릴 수는 있다. 그러나 놓아주고 싶지는 않았다.

유리엔은 최대한 아무렇지 않게 들리도록 말했다.

"지금이 아니라도, 언제든, 그대가 괜찮을 때."

에키네시아의 드러난 어깨가 떨렸다. 추위가 아니라 공포일 것이다. 제니스의 경지. 어쩌면 이 세상에서 가장 강한 존재일 그녀가 두려워하고 있다. 무엇을? 그가 가지고 있을지도 모르는 그녀의 과거를 두려워하는 거겠지.

자신은 그녀에게 악몽을 자극하는 존재일 뿐이다. 그 악몽의 시작이 그였다는 것을 모르는 상태로도. 날카로운 칼이 서늘하게 파고들어 와 뱃속을 휘저었다. 유리엔은 그 칼의 이름을 알고 있었다. 죄책감이다.

그는 후드를 벗었다.

"왜 그대를 스콰이어로 삼았는지는…… 검을 나눈 후에 답하지."

떨고 있는 그녀의 어깨에 후드 망토를 걸쳐 주었다. 그녀를 위로할 수도 안심시켜 줄 수도 없어서 그저 후드 자락만 여며 주었다.

"밤이 서늘하니 산책은 짧게 끝내도록, 에키네시아 생도."

떨어지고 싶지 않았다. 좀 더 길게 대화를 하고 싶었다. 하지만 그녀는 그러기를 원하지 않겠지. 마주하고 있을수록 안 좋은 기억만 떠오를지도 모른다. 유리엔은 미련이 진득하게 남은 손을 간신히 그녀에게서 떼고 바로 돌아섰다.

[계속 모른 척할 작정이냐?]

그녀로부터 멀어지자 랑기오사가 조용히 물어왔다. 유리엔은 보이지 않게 이를 사려 물었다.

"그녀가 원하지 않는데, 내가 어떻게 그녀가 지워 버린 것들을 되살리겠나."

[그야 남이 숨기길 원하는 비밀을 드러내는 건 무례하긴 하지. 그렇다고 계속 모른 척하면 그녀를 속이는 일이 되잖나.]

"……일단 지켜봐야겠다."

유리엔은 떨리는 손으로 얼굴을 문질렀다.

유리엔의 임시 스콰이어는 사관생도들이 순위에 따라 돌아가며 담당하고 있었다. 스콰이어가 없는 대부분의 기사와 같은 방식이었다. 다른 기사들은 가끔 잘 맞는 생도나 편한 생도, 마음에 드는 생도를 임시 스콰이어로 부르기도 하지만 유리엔은 그런 적도 없었다. 누가 오든 똑같이 대했고 교체되든 말든 신경 쓰지 않았다. 오늘까지는.

보통 임시 스콰이어는 이른 아침에 자신이 맡은 기사를 방문해서 그날의 일정에 대해 듣는다. 전날에 특별한 지시가 없으면 기본적으로 기사가 일어날 시간쯤에 방문 앞에서 대기하고 있어야 했다.
 "제가 에키네시아 생도의 스콰이어 예비교육을 맡기로 했습니다. 따라서 오늘부터는 제 다음 차례인 토머스 생도가 단장님의 임시 스콰이어직을 수행할 예정입니다."
 아침에 눈 뜨자마자 이안 펠레트로를 마주하는 건 그다지 좋은 기분이 아니었다. 거기에 더헤시 지린 보고까지 한다면.
 유리엔은 태연히 웃고 있는 이안 펠레트로를 내려다보았다. 정안에는 음습하게 넘실거리는 시커먼 악의가 뚜렷했다. 저게 지금 누구의 예비교육을 하겠다고?
 그는 이안의 성향을 꽤 잘 파악하고 있었다. 아마 입학 첫날에 스콰이어로 지명된 에키네시아 로아즈를 질투하다 못해 목 졸라 죽이고 싶은 심정일 터. 바라하를 상대로도 그랬는데 신입생인 그녀에게는 더하면 더했지 덜하지는 않을 것이다.
 '그녀가 이런 자에게 피해를 입을 리는 없겠지만.'
 그래도 그녀 근처에 어슬렁거리게 두는 것 자체가 싫다. 그래서 유리엔은 덤덤하게 명령했다.
 "스콰이어 예비교육은 다른 생도에게 맡기고, 너는 정해진 일정대로 임시 스콰이어직을 수행하도록."
 "……예?"
 "두 번 명령하게 하지 마라."
 "아, 알겠습니다……. 그럼 잠시만 다녀와도 되겠습니까? 대신할 생도를 구하고 에키네시아 생도에게 소개해 줘야 해서."
 "한 시간 주지."
 유리엔은 시계를 흘긋 보고 말했다. 이안이 당황하더니 급하게 경례를 붙이고 달려갔다. 시간을 길게 줄 생각은 없었다. 시간이 있다고 해서 저놈이 제대로 된 생도를 그녀에게 붙여 줄 리가 없으므로.

그녀에게 스콰이어 예비교육을 해 줄 생도라. 유리엔은 적당한 사람이 없는지 고민했다. 사관생도들에게 큰 관심이 없었던지라 떠오르는 생도가 없었다. 눈만 서류에 둔 채 유리엔은 고민을 거듭했다.

"단장님, 토벌 규모를 이렇게 늘릴 필요가 있습니까?"

바론이 놀란 얼굴로 서류 뭉치를 쥐고 단장실에 들어왔다. 그를 본 순간 유리엔은 적당한 생도를 떠올렸다.

"바론 경, 경의 스콰이어는 지금 어디 있지?"

"바라하는 아침 훈련 중일 겁니다. 왜 그러십니까?"

"훈련 중단하고 사관학교에 잠시 다녀오라고 해라."

"예? 갑자기 왜……."

"에키네시아 로아즈 생도가 오늘부터 스콰이어 예비교육을 받게 되었다는데, 제대로 진행되는지 보고 오도록. 원활하지 않으면 아예 바라하가 그녀의 교육을 맡는 것도 괜찮겠군."

바론의 표정이 당황으로 흐트러졌다. 스콰이어 지명부터 심상찮더니 이젠 예비교육까지 참견하다니. 별로 어려운 것도 아니니 생도들 중에 고학년 아무나 시키면 되는데, 굳이 정식 스콰이어인 바라하를? 내가 알던 단장님이 맞나?

그의 표정을 본 유리엔이 변명하듯 덧붙였다.

"명령은 아니다. 한번 생각해 보라는 뜻이지."

"……알겠습니다. 바라하에게 전달하고 오겠습니다."

바론이 떨떠름하게 대꾸하고 단장실을 나갔다.

그날 저녁 유리엔은 바라하 이슬라프가 에키네시아 로아즈의 스콰이어 교육을 담당하게 되었다는 보고를 들었다.

 "야, 너 네 스콰이어한테 바라하 붙여줬다며?"
 디트리히가 포도알을 집어 입에 던져 넣으며 깐죽거렸다. 유리엔은 대꾸도 하지 않고 서류만 넘겼다. 한 달도 남지 않은 마물 토벌의 규모를 키우려니 급한 일이 많았다. 토벌단의 보급 물품에 대한 예산서를 검토하는데 디트리히가 중얼거리는 말이 들려왔다.
 "의외네. 아니, 뭐, 스콰이어 지명 자체도 의외였지만. 질투 안 나?"
 "질투?"
 유리엔이 고개를 들었다. 디트리히는 소파에 기댄 채 목만 꺾어 그를 돌아보았다.
 "난 솔직히 네가 그 애한테 한눈에 반한 줄 알았거든. 아니면 왜 대뜸 스콰이어로 지명하겠냐. 근데 바라하를 붙여 주는 걸 보니 네 말마따나 순수하게! 재능에 반한 거였구나, 싶다. 하여간 목석같은 새끼. 넌 검 말고 꼴리는 게 있긴 하냐?"
 에키네시아 로아즈를 스콰이어로 지명하면서 유리엔이 댄 핑계가 재능이었다. 그녀의 재능을 한눈에 알아보았다고. 그를 아는 사람들 사이에선 그가 누군가에게 한눈에 반했다는 것보다 재능에 반했다는 게 훨씬 말이 되는 소리여서, 대부분이 쉽사리 납득했다.
 가장 허물없는 사이인 디트리히만이 심상찮은 직감이 들어 의심했다. 하지만 스콰이어 지명을 했을 뿐 유리엔의 일상은 그대로였다. 그는 따로 그녀를 불러 본다거나 찾아가지도 않았다. 누군가에게 반한 사람이라기엔 덤덤했다.

그래도 예비교육 담당에 간섭했다는 소리에 혹시나 했는데, 바라하를 불렀다니. 그냥 재능 있는 스콰이어에게 유능한 선배를 붙여 주려는 의도였을 뿐인가. 제 직감이 틀렸나 싶었다.

"바라하를 붙여 주는 것에 무슨 의미라도 있나?"

유리엔이 정말 모르겠다는 얼굴로 묻고 있었다. 디트리히도 이제는 저놈이 정말 순수하게 재능을 보고 그 여자를 스콰이어로 삼은 거였다고 인정할 수밖에 없었다. 그의 직감은 아무래도 빗나간 모양이었다. 그는 허탈하게 중얼거렸다.

"와, 이걸 설명을 해야 안다니. 진짜 관심 없었구나. 율, 내가 너의 순수한 검술 성애를 무시해서 미안하다."

유리엔이 눈살을 찌푸리며 서류를 덮었다. 바라하를 그녀의 교육 담당으로 유도한 건 그가 유능한 스콰이어이자 선한 혼이기 때문이었다. 이안 펠레트로가 교육 문제로 무언가 수작을 부리는 것을 봉쇄할 의도도 있었다.

분수대 앞에서 그녀를 만난 이후 6일째인 오늘까지 한 번도 찾아가지 않은 건 그녀를 위해서였다. 공포로 떨리던 가는 어깨가 떠올라서 차마 찾아갈 수가 없었다. 어차피 정식 스콰이어가 되면 계속 마주치게 될 예정이니 코앞에 두고도 그냥 참았다.

그런데 질투가 나지 않느냐니. 전혀 염두에 두고 있지 않았던 소리라 대체 무슨 이야기인지 들어 봐야 했다. 그가 본격적으로 경청할 태세를 보이자 디트리히가 그를 향해 완전히 돌아앉았다.

"아니 뭐, 보통은 좋아하는 여자와 다른 남자가 친밀해질 기회를 일부러 주진 않으니까. 그 다른 남자가 괜찮은 남자이기까지 하면 더더욱 말이야."

"그러니까 내가 바라하를 그녀의 담당으로 유도한 게, 그녀에게 괜찮은 남자와 친밀해질 기회를 준 게 된다는 소리냐?"

"그래. 이걸 말로 설명하고 있자니 웃기지만."

"……바라하 이슬라프가 괜찮은 남자인가?"

"괜찮디 못해 아주 좋은 남자시. 쉽지, 잘생겼지, 몸 좋지, 검술 뛰어나지, 스콰이어니까 미래도 보장된 거나 다름없고, 성격도 괜찮잖아? 너 여자들한테 바라하가 얼마나 인기 좋은지 모르지?"

손가락까지 꼽아 가며 늘어놓은 디트리히가 인상을 쓰며 말을 덧붙였다.

"하긴, 넌 모를 수도 있겠다. 평생 인기가 좋았으니 그게 평범해 보였을 수도 있지. 부러운 새끼."

"……."

그런 게 아니었다. 그저 그에게 바라하는 성별을 떠나 부단장의 스콰이어이자 장래가 촉망되는 생도였을 뿐이다. 애초에 바라하 이슬라프와 에키네시아 로아즈 사이가 남녀 사이라는 자각이 없었다.

남녀 사이. 그 단어가 몹시 생경하게 느껴졌다. 그녀는 미혼의 여자다. 누군가와 사랑을 하고 결혼을 할 수도 있다. 이제야 그것을 깨달은 유리엔은 멍한 얼굴이 되었다. 그 얼굴을 본 디트리히가 혀를 찼다.

"어쨌든, 말하는 걸 보니 아예 견제할 염두조차 없었네. 역시 내 착각이었군. 검술 성애자가 사랑은 무슨."

디트리히는 어깨를 으쓱이고 남은 포도를 한입에 털어 넣었다. 그는 입안 가득한 포도 탓에 웅얼거리는 어조로 말했다.

"난 좋아하는 여자 근처에 괜찮은 남자는 씨가 말랐으면 좋겠거든.

더 솔직히 말하면 그냥 남자라곤 유부남만, 아니다, 남자 자체가 없었으면 좋겠어. 여자도 너무 친하면 떨떠름할 판에."
"그건 좀, 제정신이 아닌 소리로 들리는데."
"원래 사랑이란 게 사실은 정신병의 일종이라더라."
"과장이 심하군."
"해 보면 알게 돼, 새끼야. 그런 의미에서 정신병자인 난 테레사 보러 간다."
 디트리히가 킬킬 웃고는 단장실을 나갔다. 유리엔은 망연히 앉아 그가 던지고 간 말들을 곱씹었다.
 '나는…… 그녀를 어떻게 생각하는 거지?'
 그녀는 특별하다. 더없이 특별해서, 누구도 그의 안에서 그녀를 대신할 수 없었다. 그녀 같은 사람은 존재하지 않는다. 존재하는 것이 불가능했다. 그리고 그는 그녀에게 다가가고 싶었다. 좀 더 가까운 관계가 되고 싶었다. 참기 어려운 그런 욕망이 그녀를 향한다.
 그녀를 향하는 것에는 죄책감도 있었다. 차마 고백하지 못한 깊은 죄책감. 두려움도 있었다. 아주 어린 시절부터 그가 욕심 내었던 것들이 모두 부서지거나 빼앗겼듯이, 아끼던 새가 화살을 맞고 죽었듯이, 욕심을 내었다가 망가질까 봐. 실제로 이미 한 번 망가졌었다. 망가졌던 것을 그녀가 되살려 냈다.
 뒤엉킨 감정이 깊고 짙어서 규정하기 어려웠다. 사랑을 해 본 적이 없어서 이게 사랑인지도 모르겠다.
 유리엔은 서류를 덮어 버리고 자리에서 일어나 단장실 밖으로 향했다.
 찾아가지 않았을 뿐 에케네시아 로아즈의 교육 과정에 대해서는 계속 들고 있었다. 창천 내에는 기사단장의 눈과 귀가 되어 주는 정보원들이 존재했고, 그는 그들로부터 자신의 스콰이어가 될 예정인 그녀의 행적에 대해 매일 보고받았다. 스콰이어가 될 생도라는 이유로 아슬아슬하게 공적인 범주에 들어가는 보고였다.

그 보고에 따르면 오늘은 분명 말을 돌보는 법을 익힌다고 했다. 그렇다면 지금쯤 마구간에 있겠지.

[응? 갑자기 어디로 가나?]

성검이 약간 당황한 음성으로 물었지만 유리엔은 답하지 않았다. 그는 곧장 마구간으로 향했다. 예민하게 일어선 감각에 마구간 안에 두 사람이 있는 것이 느껴졌다. 두런두런한 말소리가 들렸다.

"바라하 선배님, 갈기도 그냥 빗으면 되나요?"

"아니, 손가락으로 먼저 엉킨 걸 풀어 줘야 해. 안 그러면 끊어지거든. 보여 주지."

에키네시아의 목소리는 밝고 가벼웠다. 유리엔과 대화를 할 때처럼 긴장하고 떨리던 음성이 아니었다.

"이런 식으로 대충 엉킨 것들을 풀고 나서 빗질을 해."

"그렇군요. 제가 해 봐도 될까요?"

"그래, 쥐어 봐. 응, 그렇게."

약간 떨어져 있던 두 사람의 기척이 몹시 가까워졌다. 거의 겹치는 것처럼. 그러자 급속도로 기분이 가라앉았다. 이렇게 순식간에 기분이 나빠질 수도 있을까 싶을 정도로.

[주인, 설마 지금……]

유리엔은 성검이 말을 끝맺기도 전에 움직였다. 생각보다 행동이 빨랐다. 그는 거칠게 마구간의 문을 열었다.

"참, 그리고 원래는 몸을 빗기 전에 갈기를 먼저……."

에키네시아와 바라하가 동시에 입구를 향해 고개를 돌렸다. 에키네시아는 그녀의 뒤에 바짝 붙어 서 있는 바라하의 품에 거의 파묻힌 상태였다. 나란히 갈기를 쥐고 있는 손가락. 그들은 굉장히 친밀해 보였다.

그 모습을 보자 조금 전보다 더 기분이 나빠졌다. 속이 뒤틀리는 듯한 느낌. 어느 시인이 녹색 눈동자의 괴물이라고 불렀던 감정, 질투가 그의 안에서 최초로 태어나는 순간이었다.

그를 진정시킨 것은 자신을 보자마자 긴장한 에키네시아의 모습이었다. 날카롭게 일어선 그녀의 감각이 경계하듯 그를 향한다. 바라하와 함께 있을 때는 편안해 보였던 그녀가 그를 보자 잔뜩 긴장했다.

그것을 인식하자 끓어오르던 용암 위로 얼음물이 퍼부어지는 것 같았다. 유리엔은 그들 쪽으로 다가가며 상식을 되뇌었다. 그녀가 누구와 가까워지든 그녀의 자유다. 그에게 그녀의 친분에 참견할 자격 따윈 없다. 되뇌는 것과 달리 입은 제멋대로 움직였다.

"바라하."

"아르 세밧티엠. 예, 단장님."

"바론 경이 그대를 찾고 있다. 가 보도록."

바론이 바라하를 찾긴 했다. 바라하에게 예비교육만 해 주고 바로 퇴근하라고 했었는데, 시킬 일이 생겼으니 퇴근 전에 잠시 들르라고 전해야겠다고 바론이 오늘 아침에 지나가듯 말했다. 그러니 거짓말은 아니었다. 유리엔은 그렇게 자신에게 변명했다.

"알겠습니다. 에키, 솔질을 마저 해 주고 돌아가. 나머진 다음에, 아, 혹시 단장님, 실피드를 쓰려고 오신 겁니까?"

에키. 에키라고. 에키네시아의 애칭이었다. 바라하가 친근한 어투로 그녀의 애칭을 불렀다. 유리엔 자신은 그녀와 대화를 해 본 것도 분수대 앞에서의 그 한 번뿐인데, 그녀를 안 지 얼마 되지도 않은 바라하는 이미 애칭으로 부르고 있다. 그는 일렁이는 것들을 감춘 채 덤덤히 대꾸했다.

"그래. 스콰이어 예비교육 중이었나?"

"예, 그렇습니다. 그저 솔질 중이었을 뿐이니 중단해도 괜찮습니다."

말하면서 아직도 가까이 붙어 서 있는 그들 사이에 저절로 시선이 갔다. 괴물로 비유된 감정은 실로 괴물이라 말을 잘 듣지 않았다. 굉장히 난폭한 기분이 들었다.

그의 무의식이 닿기라도 한 건지 바라하가 에키네시아로부터 한 걸음 떨어졌다. 그러자 끓어오르던 게 약간 가라앉았다.

'대체…… 제정신이 아니군.'

유리엔이 스스로의 상태에 어처구니없어하는 사이 바라하는 에키네시아에게 말을 걸고 있었다.

"에키, 마무리하고 돌아가도록 해."

"……네, 선배님."

에키네시아의 목소리 끝이 확연하게 떨렸다. 그것이 의아한지 바라하가 무어라 더 말을 하려 했다. 유리엔은 반사적으로 그의 말을 끊어 버렸다.

"바라하. 바론 경에게 가 보라고 했을 텐데."

"아…… 네, 감사합니다."

바라하가 드디어 마구간을 나갔다. 그녀와 그만이 남자 뒤틀리던 속이 완전히 조용해졌다.

[주인, 방금은 대체 뭘 한 거냐?]

성검이 기가 찬다는 듯 물었다. 스스로도 이해가 가지 않아 대답할 말이 없었기에 유리엔은 침묵했다.

에키네시아는 급하게 도구들을 정리하고 있었다. 손놀림이 성급했다. 솔이 통의 테두리에 부딪혀 튕겨 나왔다. 데구르르 굴러서는 유리엔의 발치에서 멈췄다. 그는 허리를 굽혀 그것을 주웠다. 솔을 내밀자 에키네시아가 검이라도 겨눠진 것처럼 뻣뻣하게 굳어 버렸다. 조금 전 바라하의 곁에서 편안해 보이던 것과 비교되었다. 입안에 쓴맛이 돌았다.

"내가 불편한가?"

"네?"

불편해한다는 게 뻔히 보이는데도 혹시나 하여 물어보았다. 얼결에 나온 반문과 표정만으로도 대답이 되었다. 그녀는 그를 꺼린다. 기억이 없는 척했고, 일부러 그 뒤로 그녀를 찾지도 않았는데. 대련을 청한 게 실수였나.

그녀가 그를 꺼리느니 영원히 대련하지 않는 편이 나았다. 정말로 아쉽지만, 그녀의 재능이 굉장히 탐나지만, 그래도 그녀가 그것 때문에 그를 꺼린다면 포기할 수 있는 문제였다.

"대련을 청한 것이 부담스러웠다면…… 잊어도 된다."

유리엔은 그리 말하면서도 자신이 기사로서의 그녀보다 에키네시아 자체를 더 원하고 있다는 걸 깨닫지 못했다. 그저 자연스럽게 마음이 그쪽을 택했다.

그녀가 머뭇거리더니 솔을 받아 들었다.

"아닙니다, 단장님."

"아니라니, 무엇이?"

"대련이 부담스럽다기보다는, 과분했을 뿐이에요. 마음의 준비가 되면 말씀드리겠습니다. 그, 그리고 전에 망토는 감사했습니다. 곧 돌려드릴게요."

그녀는 몹시 빠르게 말하고는 휙 몸을 돌렸다. 어떻게든 그의 앞에서 벗어나고 싶어 하는 게 확연했다. 대련 때문이 아니었나? 그의 존재 자체가 불편한가? 역시 그가 보이는 것 자체가 그녀에겐 상처가 되는가? 스스로도 놀랄 정도로 우울해졌다.

"불편한 건 사실이란 뜻이군."

"……."

그의 말에 그녀가 우뚝 멈췄다. 선명한 눈동자 대신 굽이치는 분홍빛 머리카락과 여린 몸의 선만 보이는 뒷모습. 분수대 앞에서처럼 어깨가 떨고 있을까. 이토록 그를 꺼린다면, 그녀의 앞에 두 번 다시 나타나지 않는 게 그녀를 위한 일일 듯했다.

하지만 그는 이미 그녀를 스콰이어로 지명해 버렸다. 그녀는 그의 곁에 계속 머물게 될 예정이다.

"그대는 곧 내 스콰이어가 될 테니, 나를 불편하게 여기지 않았으면 한다."

부담을 주고 싶지 않아서 애매인 실피드를 꺼내는 척하며 흘리듯 말했다. 아직 임명식도 하지 않았으니 지금이라도 스콰이어 지명을 취소하면 되는데, 생각이 거기에 미치지 못했다. 무의식적으로 그 선택은 외면했다는 게 더 정확한 표현일 것이다.

에키네시아는 아무 말도 하지 않았다. 그녀는 돌아서지도 않고 그대로 나가 버리지도 않은 채 가만히 서 있었다. 유리엔은 그녀를 보러 온 게 아니라 말을 꺼내러 온 것처럼 실피드를 끌고 걸음을 옮겼다. 나가는 걸음은 그녀의 대답을 기다리듯 느렸다.

에키네시아의 어깨가 크게 들썩였다. 그녀가 돌아서서 그를 보았다.

"하나만…… 여쭤봐도 될까요, 단장님."

그녀가 이대로 그를 외면하고 나가 버리지 않았다는 게 너무나 기뻤다. 약간은 희망을 품어도 될까. 입을 열었다간 들뜬 목소리가 나올 것 같아 유리엔은 말없이 그녀를 응시했다. 에키네시아는 망설이며 입술을 여닫았다. 발간 입술이 움찔거렸다. 별거 아닌 움직임인데 그는 그 입술의 움직임에 시선을 빼앗겼다.

"작년 탄신 연회 때, 저를 보셨다고 하셨죠. 저는 단장님과 말을 나눈 적도 없는데, 어떻게 저를 아셨나요? 제가…… 무언가 실례를 했던가요?"

유리엔은 그녀의 앞에서 걸음을 멈췄다. 가까운 곳에 서자 자꾸 시선이 그녀의 얼굴을 더듬는다. 그를 올려다보는 하얗고 예쁜 얼굴. 말을 하며 움직이는 입술.

그런 것을 보고 있는 스스로가 파렴치하게 느껴져서 유리엔은 정안을 떴다. 정안으로 보는 그녀는 타오르는 태양이었다. 눈부신 그 혼이 불안에 젖어 일렁거렸다. 자신 때문에 불안해하고 있다. 그것이 슬펐다.

"그런 일은 없었다. 그저 그대가 눈에 띄었을 뿐."

"눈에 띄었다고요? 제 머리카락 때문인가요?"

여기서 긍정하면 안심할까. 거짓말은 하고 싶지 않았다. 그렇다고 사실대로 말할 수도 없었다. 그대의 혼 안에 있던 불씨를 보았다고 할 수는 없는 노릇이었다. 게다가 그것이 결국 비극의 시작이었으니. 유리엔은 돌려 대답했다.

"……아니, 개인적인 관심이었다."

혼의 움직임이 변했다. 불안하게 흔들리던 것이 갸웃거리는 것처럼 보였다. 정안을 감아 보았다. 그녀의 몸도 혼처럼 살짝 고개를 기울이고 있었다. 전혀 예상하지 못한 대답이었는지, 커다란 눈이 천천히 깜빅인다. 그녀의 전신에 바싹 들어가 있던 긴장이 당황한 탓에 풀려서 자연스러워졌다.

"개인적인 관심이라니, 무슨 뜻이신지……."

얼떨떨하게 묻는 그녀가 어쩐지 너무 예쁘고 사랑스러워서 유리엔은 저도 모르게 미소를 지었다. 그가 웃자 그녀가 더 무방비해졌다. 그녀의 눈이 그에게 고정된다. 긴장도 경계도 없이 그저 바라본다. 놀라울 정도로 기분이 좋아지면서 미소가 절로 더 깊어졌다.

'더 잘 웃으면, 혹시 따라 웃어 주지 않을까. 웃는 얼굴이 보고 싶은데. 한 번도 보지 못해서…….'

유리엔은 그런 생각을 하며 멍하니 손을 뻗었다. 매끄러운 머리카락의 감촉이 느껴지고 나서야 자신이 지금 뭘 하고 있는지 깨달았다. 무심결에 그녀를 만지려 했다.

'미쳤군.'

손을 떼야 하는데, 이대로 손을 떼면 할 말이 없었다. 뭐라고 변명한단 말인가. 고민하는 사이 손가락은 그대로 머리카락의 결을 따라 움직였다. 손끝에 부드럽게 감겨드는 감촉이 지나치게 좋아서 살짝 소름이 돋았다.

그 와중에 머리카락에 걸린 지푸라기가 눈에 띈 건 천만다행이었다. 유리엔은 자연스럽게 보이려고 노력하며 그 지푸라기를 쥐고 손을 뗐다. 얼버무리듯 말했다.

"그 질문도 대련 이후에 답하도록 하지."

그녀의 미간에 주름이 잡혔다. 너무하다는 듯 찌푸려진 표정. 그녀가 볼멘소리로 말했다.

"……대련 요청, 부담스러우면 잊어도 된다고 하셨잖아요."

그렇게 말하면서 은근히 그를 흘기는 것이 묘하게 귀여웠다. 그녀를 보며 많은 감정을 느껴 보았지만, 귀엽다고 느낀 건 처음이었다. 소녀 같은 얼굴. 어쩌면 저것이 그 악몽을 겪기 전의 본래의 그녀일지도 모른다.

완전히 새로운 면을 발견한 느낌에 유리엔은 짧게 웃음을 흘렸다. 조금 전만 해도 속이 지독히 쓰렸는데, 이토록 간단하게 기뻐진다. 그저 그녀가 긴장을 풀고 그를 대했다는 것만으로도. 어쩌면 이런 식으로 시간이 지나면 그녀가 그를 대하는 것도 자연스러워지지 않을까 하는 희망이 움텄다.

"그대가 싫다면 강요할 수는 없겠지만……. 내가, 그만큼 절실히 그대와의 대련을 바란다는 뜻이다."

언젠가 그대가 모든 것을 받아들일 준비가 되는 날이 오기를 바란다. 영원히 오지 않아도 어쩔 수 없다고 결심했지만 그래도 바라게 된다. 과거에 더 이상 얽매이지 않아도 되는, 진정 새로운 삶이 시작되는 것을.

물론 그날이 오면 그대는 자신을 나락으로 떨어뜨린 원흉인 나를 증오하게 될지도 모르지만.

웃음 끝에 내장을 헤집는 죄책감이 솟았다. 그것이 겉으로 드러날까 봐 그는 급히 걸음을 옮겼다. 실피드를 끌고 마구간 밖으로 나온 후에야 호흡을 골랐다.

유리엔은 실피드를 돌아보았다. 끌고 나올 계획이 없었는데 어떻게 해야 하나. 일도 밀려 있는데. 말이 순진한 눈을 끔벅이며 푸르륵거렸다. 에키네시아가 마구간을 떠나자마자 집어넣기엔 미안했다. 그는 실피드를 적당히 달리게 해 준 후에 마구간에 돌려놓기로 결심했다.

실피드를 타고 본부를 벗어났다. 아젠카 외곽을 한 바퀴 돌 생각이었다. 말을 몰고 시내를 통과하던 그의 눈에 가판을 펼쳐 놓은 잡화점이 보였다. 가판 위에서 눈에 띈 물건이 있었다.

유리엔은 반사적으로 말을 멈췄다. 망설임은 길지 않았다. 그는 결국 가판에 있던 손거울을 샀다. 사 본 적은커녕 생전 들고 다녀 본 적도 없는 물건이었다.

성벽 밖으로 말을 달려 아젠카 외곽의 들판에 멈췄다. 낮은 키의 나무 아래에 기대선 그가 막 산 거울을 유심히 들여다보았다. 매일 보던 자신의 얼굴이지만 작은 손거울로 보니 생경했다. 입꼬리를 올리며 웃어 보았다. 어색하고 딱딱했다. 표정을 가다듬고 다시 웃어 보았다. 여전히 어색했다.

[뭐 하냐, 지금?]

랑기오사가 힘이 빠진 목소리로 물었다. 유리엔은 입꼬리를 만지작거리며 대답했다.

"웃는 얼굴이 어떤지 궁금해졌다."

[대체 그게 왜 궁금한가?]

"웃을 때마다 그녀가 풀어지니까. 웃는 얼굴을 마음에 들어 하는 것 같다."

[……나 참, 오래 사니 별꼴을 다 보게 되는군.]

성검은 대놓고 혀를 찼다. 유리엔은 성검의 말을 듣고 있지 않았다. 그는 거울을 들어 올리고 몇 번 더 웃어 보더니, 멍하니 중얼거렸다.

"잘 안 되는군. 어색하기만 하고."

[이젠 아예 웃는 연습이라도 하는 거냐?]

"좀 더 잘 웃으면 그녀도 마주 웃어 주지 않을까."

[……하.]

"그녀 앞에서는 쉽게 웃어졌던 것 같은데."

[망했군. 망했어.]

"뭐가 망했다는 거지?"

[네가 정신을 못 차리는 꼴을 보니 이미 돌이킬 수 없는 상황이 되었다 싶어서.]

"명확하게 말해라."

[됐다. 이 분야는 내가 입을 다무는 게 낫더군.]

성검은 툴툴거리는 말을 남기고는 더 이상 뭐라 하지 않았다. 유리엔은 그러려니 하고는 다시 거울을 들여다보았다. 그는 꽤 진지하게 웃는 연습을 했다.

다음 날, 유리엔은 오전 내내 업무에 집중하지 못했다. 아침 훈련으로 검을 휘두를 때는 그나마 괜찮았는데, 서류 업무를 시작하니 계속 딴생각이 났다. 에키네시아 로아즈와 바라하 이슬라프가 지금 함께 있을 거라는 생각이.

그 탓에 오후가 되도록 검토할 서류를 반절도 끝내지 못했다. 보통이라면 오전 안에 서류 작업을 끝내고 기사들의 훈련을 봐주는 등의 실무적인 일을 할 시간이 되었는데도. 서류에 집중하려 애쓰던 유리엔은 결국 종이를 내팽개치고 자리에서 일어났다. 바라하를 그녀의 담당이 되도록 유도한 과거의 자신에게 장갑이라도 던지고 싶은 기분이었다.

[설마 또 마검의 주인에게 가려는 건 아니겠지?]

단장실을 나서는 그에게 성검이 기가 차다는 듯 말을 걸었다. 유리엔이 변명했다.

"집중이 되지 않아서 산책 삼아 나가는 것이다."

[지금 그걸 변명이라고 하나?]

"잠시만 보고 오겠다."

[아주 정신을 못 차리는구나. 제발 부탁인데, 이러다 엇나가지만 말아라.]

"엇나가다니, 무슨 뜻인가?"

[범죄는 안 된단 소리지. 나는 되도록 네가 오래 내 주인으로 있어 줬으면 하니까.]

"말도 안 되는 소릴."

[나도 이게 말도 안 되는 걱정이었으면 좋겠군.]

성검이 못마땅하게 투덜거렸다. 그는 쓸데없는 걱정을 하는 성검을 내버려 두고 빠르게 마구간 쪽으로 향했다. 오늘도 말을 다룬다고 했으니 그들은 마구간에 있을 터였다. 그러나 마구간 안에는 인기척이 느껴지지 않았다. 유리엔은 마구간 입구가 보이는 곳에서 우뚝 멈췄다. 그 안에는 바라하도, 에키네시아도 없었다.

'어디로 간 거지?'

혹시 근처에 있을까 싶어서 최대한 감각을 넓혀 보았다. 그는 금방 에키네시아를 찾아냈다. 가까운 수돗가에서 그녀가 다른 사람과 대화를 나누고 있었다. 유리엔은 그쪽으로 향하며 말소리에 귀를 기울였다.

"만나서 사과하고 싶다고 했다고요? 저한테, 브레드 선배님이?"

"응. 네가 용서해 줄 마음이 없으면 거절해도 돼. 그 녀석이 사과하고 싶다고 해서 네가 사과를 받아 줄 의무가 있는 건 아니니까."

그녀가 사과받을 만한 일을 당했나? 유리엔은 눈살을 찌푸렸다. 대화 내용도 거슬렸고, 그녀와 말하고 있는 상대는 더더욱 거슬렸다. 이안 펠레트로. 정안을 떠보지 않아도 출렁거리는 악의로 가득 차 있을 게 뻔했다. 그는 걸음을 조금 더 빨리했다.

"언제 만나자고 하시는데요?"

"가능하면 오늘 저녁이라도 만……."

이안이 그를 발견하고 말끝을 흐리더니 급히 인사를 했다.

"아르 세밧티엠. 단장님을 뵙습니다."

에키네시아는 그제야 뒤를 돌아보았다. 약간 피로한 안색이었다. 겉으로 보기엔 멀쩡해 보였으나, 돌아보는 움직임이나 평소보다 좀 더 힘이 빠진 눈매 등에 미묘한 차이가 있었다.

'몸이 좋지 않은 건가.'

직감적으로 알아차렸다. 마스터쯤 되는 초인이 오랜 시간 지켜 본 사람에게 온 신경을 기울여 집중하니 당연한 일이었다. 그녀가 부상을 입거나 독에 중독되거나 잠을 자지 못하거나 지친 상태에서 억지로 움직이는 모습도 여러 번 보았으니 구별이 될 수밖에 없었다.

그는 일단 이안을 향해 시선을 돌리며 정안을 떴다.

"사과라니, 무슨 소리지?"

"……생도 간의 다툼이 있었습니다."

이안에게서 짙다 못해 검붉은 악의가 스멀스멀 기어올랐다. 금방이라도 밖으로 튀어나올 것처럼 넘실거리는 움직임이다. 그는 저런 형태의 악의를 꽤 보았다. 악의가 행동으로 이어질 준비를 끝마치면 저렇게 된다.

그 악의가 누굴 향하는지는 뻔했다. 감히 그의 앞에서 이안 펠레트로가 에키네시아 로아즈에게 악의를 보이고 있었다. 이 자리에서 죽여 버리고 싶다. 유리엔은 그런 생각을 하며 이안을 내려다보았다. 그의 심정을 짐작했는지 성검이 그를 말렸다.

[진정해라. 증거도 없고, 정확히 무슨 짓을 꾸미려 든 건지도 아직 모른다. 여태껏 네가 뭘 위해 저놈에 대해 조사를 했는지 잊었느냐? 현장을 잡은 것도 아닌데, 절차를 거치지 않고 처벌하는 건 정의가 아니다.]

랑기오사의 잔소리가 아니라도 유리엔 스스로 잘 알고 있었다. 그저 잠깐 분노를 참기 힘들었을 뿐이다. 그는 이안에게서 시선을 떼고 에키네시아 쪽을 바라보았다. 스멀거리는 악의를 보다가 깨끗하게 타오르는 태양을 보자 정안이 씻기는 기분이 들었다. 그래도 그녀의 얼굴이 보고 싶어져서 정안을 감았다.

"어떤 다툼인가, 에키네시아 생도?"

"개인적인 일입니다, 단장님."

에키네시아는 여지를 주지 않았다. 그녀가 그에게 도움을 청하려 하는 게 더 이상한 일이겠지. 유리엔은 속으로만 쓴웃음을 짓고는 그녀의 안색을 찬찬히 살폈다.

'다친 것 같지는 않은데.'

그녀는 왜 피로해 보이는 걸까. 온갖 가능성이 머릿속에서 맴돌았다. 그 와중에 사관학교의 사용인 중 섞여 있는 직속 정보원에게 보고받은 내용이 떠올랐다. 에키네시아가 땀에 흠뻑 젖은 채 자신의 룸메이트와 나란히 기숙사로 돌아왔다던 이야기. 그들이 대련을 한 것으로 짐작된다고 했었다.

굳은살 하나 없던 손을 생각해 보면, 땀으로 온몸이 젖을 정도로 검을 휘두를 경우 그녀는 십중팔구 몸살이 날 터였다. 회귀 이전과 달리 거의 단련이 되지 않은 귀족 영애의 몸 그대로니까. 그 가정을 떠올리고 나서 다시 살펴보니 몸살이 확실했다. 열이 있어 보였다.

당장 내일 신입생 순위전까지 있는데 아픈 몸으로 돌아다니다니. 보나 마나 이 정도는 별거 아니라고 여기며 참은 거겠지. 누군가에게 말한다는 건 생각조차 하지 않았을 거다. 혼자 이겨 내는 것에 너무 익숙해져서.

유리엔은 이안을 향해 말했다.

"생도 대표. 에키네시아 생도에게 더 할 말이 남았나?"

"예? 아...... 그게."

이안이 우물거리자 에키네시아가 슬쩍 끼어들었다.

"사과하고 싶으면 직접 찾아오라고 전해주세요, 선배님."

"......알았어, 그렇게 전해줄게."

"끝났으면 가 보도록. 에키네시아 생도와 할 말이 있다."

유리엔은 '사과'와 관련된 일을 조사해야겠다고 생각하며 이안을 보냈다. 악의의 농도를 보니 뭔가 음모를 꾸미고 있는 게 확실했다.

이안이 떠나고 나자 에키네시아는 고개를 숙였다. 눈을 마주치지 않는다. 유리엔은 흘러내린 분홍색 머리카락을 바라보며 입을 열었다.

"무언가……."

서두를 열어 놓고 머뭇거렸다. 그를 보면 긴장하고 꺼려 하는 그녀가 그의 도움을 달가워할 것인가.

"……내가, 그대를 도울 일이……."

도울 일이 있을까. 이안이 거슬리게 구는 일이든, 몸이 아픈 지금 곁에 있어 주는 일이든. 그녀가 혼자 기오사를 모으던 것을 지켜보던 때와 달리 지금은 그녀에게 손을 내밀 수 있다. 도와줄 수 있다. 자신에게 조금이라도 의지해 줬으면 좋겠다.

"죄송하지만 제대로 못 들었습니다, 단장님."

"……아니, 아니다."

하지만 그녀는 그것을 원하지 않겠지. 어쩌면 지금 그녀가 가장 원하는 건 그가 다시는 그녀 앞에 나타나지 않는 것일지도 모른다. 쓴웃음이 절로 새어 나와 유리엔은 급히 입가를 가렸다.

이대로 모른 척 떠나면 되는데 그러고 싶지가 않았다. 곁을 지킬 수 없다면 약이라도 챙겨 주고 싶었다. 에키네시아는 약을 챙겨 먹기는커녕 참을 만하다며 저 몸으로 돌아다닐 확률이 높았다. 기껏해야 푹 자면 낫겠지 하고는 잠만 잔다거나.

"따라와라, 에키네시아 생도."

유리엔은 그녀를 데리고 기사단 본부 쪽으로 향했다. 그녀를 잠시 기다리게 해 두고 단장실로 뛰어올라 갔다. 본부 내에 있던 단원과 사무관들은 늘 차분하던 단장이 계단을 두세 칸씩 뛰어올라 가는 희귀한 광경을 목격하고 얼이 빠졌다.

그는 그런 반응에 아랑곳하지 않고 단장실에 빠르게 도달했다. 단장실에는 상비약 상자가 있었다. 그것을 열고 근육통에 잘 듣는 푸른 연고를 챙기고, 혹시 모르니 외상용인 붉은 연고도 챙겼다.
 항생제 시럽까지 꺼낸 후에 전부 종이봉투에 담고, 뭔가 더 도움이 될 것이 없나 싶어 주위를 살폈다. 티세트와 함께 테이블 위에 놓여 있던 유리병이 마침 눈에 띄었다. 엊그제 바론이 아내가 만든 거라며 그에게 주고 간 수제 생강차였다.
 '감기와 피로에 좋다던가.'
 그는 그것을 병째로 봉투에 담았다. 그리고 나서도 미련이 남아 단장실 안을 훑어 보았다. 뭔가 더, 사소한 거라도 좀 더 챙겨 주고 싶은데. 마음 같아서는 곁을 지키며 간호하고 싶었다. 그럴 수 없다는 게 서글펐다.
 "의사와 신관을 보내는 건……."
 [작작 해라.]
 유리엔의 혼잣말에 성검이 질린 투로 한마디 했다. 그는 약간 우울한 기분이 되어 종이봉투를 들고 아래로 내려갔다.
 에키네시아는 본부 건물 앞에 있는 화단 근처에 서서 그를 기다리고 있었다.
 짧은 드레스 아래로 보이는 종아리에서 발목으로 이어지는 날씬한 선. 느지막한 오후의 햇살을 머금고 흘러내린 긴 머리카락. 약하게 한숨을 내쉬는 벌어진 입술. 열이 있어 평소보다 조금 흐린 눈동자. 피곤한 듯 표정 없이 가라앉은 얼굴.
 유리엔은 입구에서 멈칫 섰다. 그것을 알아차린 듯 그녀가 고개를 들고 그를 돌아본다. 내리깔고 있던 속눈썹이 크게 떠지며 깜박이고, 그 아래의 눈동자가 그를 담고, 아, 왔다, 하는 미미한 반가움이 흰 얼굴에 퍼져 나갔다.

별것 아닌 일이었다. 아마 그녀는 기억하지도 못할 일. 그 얼굴에 떠오른 표정은 미소라고 하기에도 무리인, 그저 기다리던 사람이 와서 드러난 아주 작은 기쁨일 뿐이었다.

그러나 유리엔은 그 순간, 그녀가 자신을 향해 미소 짓는 것을 스스로가 얼마나 절실히 원하고 있는지를 깨달아 버렸다. 쿵, 하고 심장이 묵지하게 뛰었다.

오열하고, 죄책감에 시달리고, 악몽에 헐떡이고, 그 모든 것을 이겨내기 위해 의지를 불태우는 모습만을 봐 왔다. 그러니 저런 미소의 부스러기 같은 걸 보고도, 무어라 묘사하기도 어려운 감정이 차올라서 무엇이든 할 수 있을 것만 같은 기분이 드는 거겠지.

동요가 겉으로 드러날까 봐 그는 급히 걸음을 옮겼다. 그가 걷자 등 뒤로 자박자박 그녀가 뒤따른다. 그 소리를 듣자마자 그는 걸음을 늦췄다. 그의 보폭은 그녀보다 넓을 테니까. 그녀에게 속도를 맞춰 걸었다. 걸음을 따라 심장이 뛰는 소리가 들렸다.

여자 기숙사 입구에 도착한 그는 그녀에게로 다가갔다. 봉투를 받아 든 그녀가 의아한 듯 동그래진 눈으로 그를 보았다. 그 얼굴이 또 예뻐서 저절로 표정이 풀어진다.

"무리는 하지 말도록."

그녀를 오래 마주하고 있었다간 헛소리가 튀어 나갈 것 같아 그 말만 남기고 자리를 떴다. 그러면서 격려하듯 가볍게 그녀의 어깨를 짚었다.

유리엔은 그녀로부터 멀어지며 그녀의 어깨를 짚었던 손을 내려다보았다. 손아귀에 찰나 스쳤던 어깨는 가늘었고 열로 인해 약간 뜨거웠지만, 분수대 앞에서처럼 떨고 있지는 않았다.

그 사소한 변화는 하루 종일 그를 들뜨게 만들었다.

다음 날은 신입생 순위전이 있는 날이었다. 전날엔 그래도 아침 훈련 때는 집중이 되었는데, 이날은 검을 쥐어도 집중이 되지 않았다. 몸이 좋지 못한 상태로 순위전을 치를 그녀가 어떨지 걱정이 되었다. 유리엔은 결국 아침 훈련을 중단하고 단장 전용 연무장 밖으로 나왔다.
"아르 세밧티엠. 어제 말씀하신 건에 대해 조사가 끝났습니다."
연무장 밖에서 기다리고 있던 하인 차림의 남자가 수건을 내밀며 작게 속삭였다.
"수고했다. 내용은?"
"서면으로 올렸습니다."
남자가 건넨 수건 안에 바스락거리는 종이가 만져졌다. 유리엔은 주위를 확인하고 수건을 벗겨 안의 종이를 읽었다.

―브레드 폰 포움, 3학년, 생도 순위 68위, 노블레스 클럽 소속, 키리에 제국 포움 후작가의 차남.
성품이 오만하여 사관학교 내에서 평이 좋지 않음. 생도 대표의 요청으로 에키네시아 로아즈의 스콰이어 교육을 담당하러 갔다가, 다리를 절뚝거리며 돌아와서 욕설을 해 댄 적이 있음.

'정확히 무슨 일이 있었는지는 알 수 없으나 에키네시아 로아즈에게 상당한 악감정이 있는 것으로 사료된다, 라.'

이런 성격에 악감정도 남아 있는 상태인데 '사과'니 어쩌니 떠들어 댔다고. 거기에 그걸 전하는 이안 펠레트로는 실행에 옮기기 직전의 악의로 가득했다. 아무리 보아도 수상했다.

"브레드 폰 포움의 최근 행적에 대해 조사해 와라. 무언가 꾸미는 것이 있는 듯하니."

"아르 세밧티엠."

하인으로 위장한 정보원이 경례를 취하고 물러났다. 유리엔은 본부로 돌아가 부단장실에서 바론을 만났다.

"사관학교 클럽 내부 사정을 좀 알아봐야겠는데. 추천할 만한 생도가 있나?"

"갑자기 클럽이라니, 어느 클럽 말이십니까?"

"노블레스."

"거긴 가문의 급이 낮으면 받아들이지 않는 폐쇄적인 곳 아닙니까. 무슨 일이신데 그러십니까?"

"노블레스 소속 생도 중에 수상한 동향을 보이는 자가 있다. 조사를 하려면 클럽에 대해 파악해 둘 필요가 있으니."

"흠……. 사관학교 내의 일은 바라하가 잘 알 테니, 그를 부르겠습니다."

바론은 하인을 불러 바라하를 데려오라 일렀다. 그러고는 소파에 걸터앉은 유리엔을 약간 낯설게 바라보았다.

"단장님께서 사관학교의 일에 참견하시는 건 처음 보는군요."

창천 기사단장은 아젠카를 다스리고 각국과 외교를 하고 기사단을 관리하는 것만 해도 일이 많았다. 사관학교의 일은 보통 행정실의 사무관들 선에서 끝나곤 했다. 단장에게까지 올라가는 건 이미 조사가 끝나고 결정만 기다리는 중대한 일에 한정되었다. 이렇게 사건의 발단부터 단장이 나서는 건 특이한 일이었다.

"혹 에키네시아 로아즈 생도와 관련이 있습니까?"

"……경은 입이 무거우리라 생각한다."

"알겠습니다."

오래 유리엔을 봐 온 바론은 더 이상 묻지 않았다. 얼마 지나지 않아 바라하 이슬라프가 도착했다. 유리엔은 그에게 노블레스 클럽에 잘 아는 생도가 있느냐고 물었다.

"네, 있습니다."

"오늘 저녁까지 그 생도를 통해 노블레스 클럽의 구조를 파악해 와라. 클럽 내부의 파벌이나 무리의 형태, 클럽장의 장악력, 클럽 내 권력이 어디에 쏠려 있는지 등을."

생도 간의 권력 구조는 그 안의 생도들이 가장 잘 아는 법이다. 바라하는 급히 그의 말을 받아 적더니 약간 망설이다 물었다.

"오늘 안에 말이십니까?"

"시간이 더 필요한가?"

"……아닙니다."

이 명령 탓에 바라하는 에키네시아의 순위전을 지켜보지 못하게 되었다. 그는 약간 풀이 죽은 채로 돌아갔다. 유리엔은 그 뒤에 몇 가지 급한 일만 처리한 후 바로 사관학교로 향했다.

기사단장이 신입생 순위전을 대놓고 참관했다간 난리가 날 것이다. 그래서 그는 후드를 눌러쓰고 1층의 경기장이나 대기실에서는 잘 보이지 않는 2층 관람석의 바깥 계단 쪽에 자리를 잡았다. 계단에 있는 창문을 통해 에키네시아의 경기를 지켜보았다.

'역시 아직 몸이 좋지 않은가.'

그녀가 몸살 때문에 한 칼에 경기를 끝내고 있다는 걸 알아차린 사람은 유리엔뿐이었다. 또한 그는 앨리스와 에키네시아의 경기가 못마땅한 유일한 사람이었다.

'또 무리하는군.'

앨리스린 생도를 위해 피곤을 무릅쓰고 시노 대련까지 해 주는 걸 보니 걱정과 동시에 질투가 솟았다. 그녀의 본래 실력을 아는 유리엔으로서는 감질나는 대련이었지만, 그래서 더 욕심이 났다. 그녀와 검을 맞대 보고 싶었다.

언젠가 그녀와 대련을 할 날이 올까. 자신도 그녀와 검으로 대화를 나눌 수 있게 될까. 애타는 욕심에 창틀을 쥔 손에 힘이 들어갔다. 그는 끝까지 그녀의 검을 지켜보다가 조용히 자리를 떴다.

신력 1629년 5월 10일, 북부 흰 까마귀 협곡으로 창천 기사단의 마물 토벌단이 출발했다.

예전에 토벌단에서 사상자가 나온 건 밤에 출몰한 스펙터 탓이 가장 컸으나, 그 이전 낮에 토벌하는 과정에서 다수의 부상자가 나온 탓도 있었다. 흰 까마귀 협곡의 마물 상태가 심각했기 때문이다. 유리엔은 과거의 기억을 토대로 부상자가 나오지 않을 규모로 토벌단을 늘렸다.

스펙터는 그 혼자서 처리할 작정이었다. 스펙터의 습격이 없으면 이안 펠레트로가 바라하를 죽이려 한 현장을 잡을 수 없겠지만, 그자를 잡자고 스펙터가 날뛰도록 둘 수도 없는 노릇이었다.

'어쩌면 다른 방식으로 일을 저지를지도 모르지.'

5월 12일. 흰 까마귀 협곡 근처에 도착하자마자 유리엔은 기사들과 함께 회의를 했다. 정찰을 다녀온 기사가 예상보다 마물의 수가 많다고 보고했지만, 토벌단 규모 자체가 커졌기에 별 부담은 없었다. 토벌은 순조로울 듯했다.

회의를 마치고 돌아가던 유리엔은 디트리히와 마주쳤다. 디트리히가 실실 웃더니 그에게 손짓했다.

"야, 분위기 좋더라?"

"무슨 소린가?"

"네 스콰이어랑, 바라하랑. 같이 막사 세우고 있더라고."

"……."

"잘 어울리는 거 같아서 좀 도와주고 왔다. 바라하 녀석, 하여간 그런 쪽으론 섬세하질 못해서."

유리엔의 눈이 요동쳤다. 그는 동요를 감추기 위해 눈을 내리깔고 나직이 물었다.

"네가 보기에 그들이 잘 어울리나?"

"뭐, 바라하 쪽은 확실히 호감이 있는 거 같고……. 연애 감정까지 간 건지는 잘 모르겠지만, 에키네시아 생도도 딱히 싫진 않아 보이니까? 지내다 보면 정들고 정들면 자연스럽게 사귀겠지."

디트리히는 가볍게 말하면서 유심히 유리엔을 살폈다. 유리엔의 표정이 담담하자 그가 뒷머리를 긁적였다.

"율, 너 진짜 걔한테 관심 없는 거 맞지?"

"대체 그런 걸 왜 자꾸 궁금해하는 거냐."

"그래도 제일 친한 친구 놈인데 목석같아서 연애나 제대로 할는지 걱정되어서 그런다, 왜!"
"네 앞가림이나 잘해라. 테레사 경은 네 얘기만 하면 인상을 쓰던데."
"그게 다 관심이야, 관심. 원래 무관심이 제일 무서운 법이거든."
"그래서, 계속 맴돌기만 할 건가?"
디트리히는 꽤 진지한 눈으로 대답했다.
"일단은. 야, 최소한 테레사와 비슷한 선에는 서야 고백을 하든 말든 하지. 그러니까 마스터부터 되고 나서. 그 다음엔 반드시 기오사 오너가 될 거다. 아직 준기사인 주제에 허황된 꿈을 꾸고 있는 걸로 들리겠지만……."
"허황된 소리가 아니다. 넌 기오사 오너가 될 테니까."
"……말이라도 고맙다, 이 자식아."
픽 웃은 디트리히가 손을 흔들고 제 막사 쪽으로 향했다.
유리엔은 그가 레밍기오사의 오너가 될 미래를 알고 있다. 이미 보았으니까. 그의 죽음까지도. 분수대의 천사상에 걸려 있던 그와 테레사의 시체가 떠오르자 속이 메슥거렸다. 그는 고개를 저었다.
'레밍기오사의 오너가 되는 미래는 이루어지더라도, 그 죽음은 이루어지지 않을 미래다.'
에키네시아 로아즈가 그렇게 만들었다. 지금 이 세계는 그녀가 얻어 낸 세계다. 그녀의 파괴는 그녀의 의지가 아니었으나, 그녀가 만들어 낸 구원은 그녀의 의지였다.
에키네시아.
유리엔은 막사로 걸음을 옮기며 그 태양 같은 혼을 되새겼다. 눈부시고, 강인하며, 위태로운 혼. 그는 그녀의 곁에 있어 주고 싶었다. 그녀를 지탱해 주길 원했다.

하지만 그녀는 그를 볼 때 과거를 상기하며 불편해한다. 그의 존재 자체가 그녀를 힘들게 하고 있다. 그럼에도 그녀를 돕고 싶다며 스콰이어로 삼고, 곁에 맴돌면서 사소한 변화에 집착하여 그녀도 점점 괜찮아질 거라 희망을 품고……

"엉망이군."

[뭐가 말이냐?]

유리엔은 성검의 말에 답하는 대신 걸음을 멈췄다. 그의 막사 곁에 그녀의 막사가 있었다. 막사 안에 그녀의 존재가 느껴졌다. 그는 멍하니 그것을 보다가 고개를 돌리고 자신의 막사 안으로 들어갔다. 불을 켜지 않고 어둠 속에서 그대로 간이침대에 기대앉았다.

그녀가 있는 방향에 시선이 고정되었다. 두툼한 막사의 천 너머로 보이는 것은 아무것도 없는데도. 무릎 위의 깍지 낀 손이 비틀렸다.

지워진 과거를 아는 자신만이 그녀의 곁에 있을 수 있다고 내심 생각했었다. 그러나 자신이 아니라 다른 사람이 그녀의 곁에 있어 준다면, 그녀가 더 이상 외롭지도 않고 고통스럽지도 않다면, 그가 굳이 자신을 불편해하는 그녀에게 다가갈 필요는 없지 않은가.

에키네시아가 원하는 건 과거를 완전히 지워 버리고 새로운 삶을 사는 것일지도 모른다. 디트리히가 말했듯 바라하는 좋은 남자고, 그녀가 그를 마음에 들어 한다면 그와 연인이 되어 행복해질 수도 있다. 그녀에게는 그 편이 가장 좋은 결과일 수도 있다. 실제로 바라하와 그녀는 빠르게 친해진 데다 함께 있으면 좋아 보인다지 않는가.

그런데, 왜 이렇게, 질척한 무언가가 배 속에서부터 끓어올라 전신을 채워 나가는 듯한 기분이 드는가.

불빛 하나 없는 막사는 새카만 어둠이었다. 유리엔은 그 어둠 속에서 바라하를 향해 미소를 짓는 그녀의 모습을 상상해 보았다. 그녀의 제대로 된 웃음을 본 적이 없어서, 그날, 기사단 본부 앞에서 그를 맞이하며 밝아졌던 그 표정을 상상했다. 그녀가 그가 아닌 다른 이에게 그 웃음을 보이고, 손을 내밀고, 맞닿는다면.

생전 몰랐던 거친 충동이 일었다.

누구든 그녀에 대해 알면 매혹되고 말 것이다. 바라하든, 다른 누구든. 유리엔은 진심으로 그렇게 생각했다. 그토록 눈부신 존재니 누군가가 에키네시아에게 매혹되는 건 어쩔 수 없는 일이지만, 그렇다고 그녀가 그 누군가를 향해 웃어 주는 것은 보고 싶지 않았다.

내 품에서 나를 향해 웃었으면 좋겠다. 그녀를 행복하게 만드는 게 나였으면 좋겠다. 오직 내 것이었으면 좋겠다. 몰아치는 욕심이 가슴께를 쥐어짜는 듯했다. 손끝이 저릿해졌다.

[아까부터 왜 그러느냐, 대체.]

성검이 이상하다는 듯 물었다. 유리엔은 흘러내리는 머리카락을 쓸어 넘기고 숨을 골랐다. 내뱉는 숨이 짐승처럼 뜨거웠다. 날것처럼 비린 감정이 속에서 미쳐 날뛰었다.

내가 이 세상의 누구보다도 그녀를 잘 이해할 수 있다. 누구보다도 그녀를 위해 줄 수 있다. 그녀를 위해 살 수 있다. 그녀가 얼마나 대단한지, 그녀가 어떤 상처를 안고 있는지, 아무것도 모르면서 어떻게 그녀를 행복하게 해 줄 수 있겠는가. 그러니 저 태양은 내 것이 되어야 하지 않나.

비합리적이고 비이성적이었다. 미쳤다고 판단하는 이성과 막무가내로 으르렁대는 욕망이 있었다. 뒤엉켜 혼탁해진 감정들. 이건 뭔가. 이런 괴물 같은 것이 내 안에 언제부터 있었는가. 목 안쪽이 사막처럼 메말랐다. 유리엔은 갈라진 목소리로 중얼거렸다.

"그녀에 대해서 생각할수록…… 미쳐 가는 것 같군."

전에 디트리히가 늘어놓고 갔던 말이 순간 떠올랐다. 좋아하는 여자 근처에 남자 자체가 없었으면 좋겠다던가. 여자라도 너무 친하면 싫을 거라던가. 그 말들이 이제야 이해가 되었다.

그때 그는 뭐라 했던가. 제정신이 아닌 소리라고 했었다. 디트리히는 원래 사랑은 정신병 같은 거라고 대꾸했었지. 그럼, 제정신이 아닌 것 같은 지금 자신은.

"나는, 그녀를 사랑하는 건가?"

성검이 괴상한 소리를 냈다. 신음과 혀를 차는 것과 사레가 들리는 것을 합치면 날 법한 이상한 소리였다. 그러고 나서 한참을 침묵하더니 황당하다는 듯 물었다.

[설마 지금까지 그런 뻔한 걸 고민하고 있었느냐?]

"어떻게 그렇게 확신하지?"

[네가 변했잖느냐.]

유리엔이 멀거니 손바닥을 내려다보았다. 어둠 속에서 황금빛 문양이 희미하게 반짝이다 가라앉았다.

[……나는 검이니 사실 인간의 감정은 잘 모른다. 하지만 지금껏 수많은 인간을 지켜본 경험상 말하는데.]

성검은 깊게 한숨을 쉬었다.

[인간은 쉽게 변하지 않아. 그 변화가 자신을 위해서가 아니라 타인을 위해서라면 더더욱 그렇지. 내가 지금까지 본 바로, 인간이 타인을 위해 변하는 경우는 사랑뿐이었다.]

"변한…… 다고."

[그래. 내가 왜 네게 그녀와 엮이지 말라고 경고를 했을 것 같나. 인간은 사랑에 빠지면 급속도로 바뀌어. 그게 얼마나 강력한 힘인 줄 아느냐? 내 주인이 될 정도로 정의를 추구하던 자를 하룻밤 만에 복수에 미친 살인마로 만들 수 있는 게 그 감정이다.]

"……."

[봐라, 너는 이미 변했고, 변해 가는 중이며, 변하는 이유는 그녀잖나. 네가 나에게 뭐라고 했었지? 변하는 게 당연하다고? 그녀를 보고도 변하지 않는 게 더 이상할 거라니 뭐니 했었잖아. 하, 그게 사랑이 아니면 대체 뭐냐, 멍청아.]

성검이 한심하다는 듯 타박했다. 유리엔은 떨리는 손으로 이마를 짚었다. 마음속에서 격랑이 일었다. 이 혼란스럽게 뒤엉킨 감정이 사랑이라는 단어 하나로 규정될 수 있는 거란 말인가. 그렇게 간단한 표현으로?

랑기오사는 자포자기한 어조로 말을 이었다.

[그래서 나는 되도록 너를 막고 싶었다. 물론, 지금까지 한 번도 성공해 본 적이 없고 이번에도 실패했지만. 누가 막는다고 막아지면 그게 그렇게 강력한 감정일 리가 없지.]

"……그녀를 독점하고 싶어지는 것도 정상인가?"

[인간은 흔히 사랑하면 독점하고 싶어 하더군. 음…… 생각은 자유다만, 정의에 어긋나는 행동은 하지 마라. 난 되도록 네가 천수를 누릴 때까지 내 주인이었으면 좋겠다.]

성검의 푸념은 제대로 귀에 들어오지 않았다. 이 욕망마저도 사랑이라고. 내가 그녀를 사랑하고 있다고. 막 자각한 감정이 형체를 얻어 사지를 짓눌렀다. 호흡이 가빠지는 느낌이었다.

숨을 고르며 천천히 생각해 보니 깨달음이 늦어도 한참 늦었다. 정말 순수하게 그녀를 존경하고 그녀의 행복만을 원했다면, 그녀가 그를 보며 불편해한다는 걸 안 순간 물러났어야 했다.

그러지 못했다. 이미 내린 결정이라는 이유로 스콰이어 지명을 취소하지도 않고 그녀 근처에서 자꾸만 맴돌았다. 그녀를 보며 욕망을 느꼈고, 바라하를 교육 담당으로 붙인 것을 후회했다. 그녀가 조금 풀어진다는 이유로 거울을 보고 웃는 연습을 하기도 했으며, 그녀가 그를 보고 미소 지어 주기를 절실히 원하기도 했다.

"하……."

바보 천치가 따로 없군. 유리엔이 나지막하게 웃음을 흘리는 순간, 막사 입구에서 인기척이 났다. 입구의 천을 젖히고 누군가가 조심스럽게 들어왔다.

에키네시아 로아즈.

유리엔은 뻣뻣하게 경직되어 버렸다. 그녀도 안에 그가 있는 것을 몰랐었는지, 그대로 굳었다. 어둠 속에서 서로의 존재를 알아챈 그들이 숨을 멈췄다.

[타이밍 한번 기가 막히는구나.]

침묵을 깬 것은 성검의 중얼거림이었다. 유리엔은 그 말에 겨우 정신을 차렸다. 그는 더듬더듬 손을 뻗어 등불을 찾았다. 불을 붙이고 그녀를 보았다. 에키네시아의 얼굴은 창백했으나 주홍색 불빛을 받은 탓에 열이 오른 것처럼 보였다.

"에키네시아 생도."

어른거리는 불빛과 어둠 속에 잠겨 그의 막사에 서 있는 그녀의 모습이라니. 조금 전까지 하고 있었던 생각을 고려해 보니 환상이 아닐까 의심스러워졌다. 그녀가 그의 막사를 찾아올 이유가 없었다. 몇 초 되지 않는 시간 동안 온갖 가정이 스쳐 지나갔으나 전부 말도 안 되는 가정이었다.

예를 들면, 그녀가 그에게 지워진 과거에 대해 이야기하러 왔다거나 하는 식의. 잘나 스쳐 간 가정 중에는 육욕 어린 상상까지 있었다. 유리엔은 그런 상상을 한 스스로에게 충격을 받았다. 그는 차마 그녀의 눈을 똑바로 보지 못하고 시선을 돌렸다가, 간신히 눈을 마주했다.

"......무슨 일로 왔지?"

에키네시아는 깊게 숨을 들이쉬더니 품에 안고 있던 것을 그를 향해 내밀었다.

"이걸, 돌려드리려고…… 왔습니다. 늦게 드려서 죄송해요."

돌려준다니, 무엇을? 유리엔은 그녀가 내민 것을 쳐다보다가 뒤늦게 그것이 무엇인지 깨달았다. 그가 분수대 앞에서 그녀에게 걸쳐 주었던 검푸른 망토. 그는 그녀에게로 다가가 그것을 받아 들었다.

'이걸 돌려놓으러 온 건가. 그것도 내가 없을 줄 알고.'

그가 떠올렸던 건 역시 전부 말도 안 되는 가정이었다. 유리엔은 멍하니 곱게 접혀 있는 망토를 내려다보았다. 굳이 돌려줄 필요는 없었는데. 그래도 이걸 계기로 한 번이라도 더 얼굴을 보았으니 나쁘지 않은가.

그러다 문득 아직 에키네시아가 떠나지 않았다는 것을 상기했다. 망토를 돌려주러 와서 돌려줬으면 그대로 돌아가면 그만일 텐데, 왜 남아 있지? 뭔가 할 말이 있어 남아 있는 걸까?

사실 망토는 핑계고, 다른 목적이 있는 건 아닐까. 그런 소망이 솟앉다. 별것 아닌 대화라도 좋았다. 사소한 질문이라도 기쁠 것이다. 조금이라도 더 가까워지고 싶었다. 방금 실망해 놓고 또다시 기대가 생긴다.

유리엔은 눈을 내리깐 채 갈등했다. 긴장으로 피부가 팽팽해졌다. 몇 차례 입안에서 말을 곱씹으며 고민하다가 겨우 물었다.

"그저 이걸, 돌려주러 온 것뿐인가?"

"……네."

에키네시아의 대답은 간결했다. 맥이 탁 풀렸다. 그러자 스스로의 꼴이 우스워졌다. 대체 뭘 기대했는지. 한심하기 짝이 없었다. 자괴감이 차오르는데 그녀가 말을 덧붙였다.

"아, 저번에 약과 생강차…… 감사했습니다."

"……그것들이 그대에게 도움이 되었나?"

"네. 무척이나."

그는 고개를 들고 그녀를 바라보았다. 그녀의 표정이 부드러웠다. 그녀에게 도움이 되었구나. 아주 조그만 도움이겠지만, 그래도.

그 말 한마디에 아래로 처박히던 기분이 급격하게 상승했다. 저절로 미소가 떠올랐다. 거울을 보고 연습할 땐 어색하기만 했는데, 그녀의 앞에선 놀라울 정도로 간단하게 웃음이 나왔다. 진심이 이끄는 대로 풀어놓기만 하면 되었다.

에키네시아는 홀린 듯이 그를 바라보다가 움찔 놀라며 시선을 돌렸다.

"실례했습니다, 단장님. 이만 물러가 보겠습니다."

"에키네시아 생도, 잠시."

유리엔은 반사적으로 그녀를 붙잡았다. 어깨를 잡으려다 그녀가 멈추는 바람에 감히 잡지 못하고 손을 내렸다. 불러 놓고 나니 머리가 하얗게 변했다. 조금 더 같이 있고 싶어서 대뜸 불렀는데, 생각해 둔 말이 없었다. 어쩔 수 없이 떠오르는 대로 말을 주워섬겼다.

"그대는 마물을 겪어 본 적이 있는가?"

"본 적이 없지는 않아요."

에메힌 대답이었다. 유리엔은 악하게 한숨을 쉬었다. 랑기오사의 기억을 통해 본 에키네시아는 갈수록 마물을 능숙하게 상대했지만, 아무리 봐도 마물에 대해 제대로 배운 적은 없어 보였다. 그녀의 마물 대처법은 실전과 경험으로 체득한 것들이었다. 물론 그 실전과 경험이란 대체로 부상을 동반했다.

"마물은 특이한 생태를 가진 것들이 많다. 인간을 상대할 때와는 많은 것이 달라. 그에 대해 배운 바가 있는가?"

"……어느 정도는요."

"그렇다면, 다행이겠지만……."

배운 적 없으면서 거짓말을 하고 있다. 거짓말을 할 수밖에 없겠지. 유리엔은 목 끝까지 올라오는 걱정들을 삼켰다. 대신 사무적으로 회의에서 결정된 토벌단의 예정에 대해 읊었다. 마지막에 끝내 누르지 못한 걱정이 약간 튀어 나갔다.

"그대의 검을 의심하지는 않지만…… 마물이란 예측하기 어려운 생물이니, 내 곁에서 멀어지지 않도록 주의해 주었으면 한다."

제니스의 경지인 그녀는 그보다 월등히 강하다. 그렇다고 해서 무적이란 소리는 아니다. 그는 더 이상 그녀가 다치는 것을 보고 싶지 않았다. 그녀는 이미 충분히 많이 다쳐 보았다.

"제 검을 의심하지 않으신다고요? 제가 검을 쓰는 것을 보신 적이 있나요?"

 에키네시아가 돌아서며 물었다. 그녀의 눈이 불안하게 흔들렸다. 실수했구나. 모른 척해야 하는데. 유리엔은 내심 자책하며 급히 변명을 만들어 냈다.

 "그대가 생도 선발 시험을 치를 때 직접 보았다. 그리고, 순위전의 결과도 안다. 그대는 탁월해."

 납득했을까. 그는 초조하게 그녀의 기색을 살폈다. 그녀는 잠깐 침묵하더니 천천히 대답했다.

 "높게 평가해 주셔서 감사합니다."

 "그래도 주의해 다오. 마물은 인간과 다르니."

 "예, 주의하겠습니다."

 일단은 넘어간 모양이다. 겨우 안도한 그는 그녀와 눈을 맞췄다. 시선이 마주치자 맥박이 빨라지는 게 체감될 정도였다. 불빛을 받아 달아오른 것처럼 보이는 뺨. 얇은 눈가의 피부. 보고 있자니 손을 대고 싶어져서 그는 뒤로 조금 물러났다. 마음 같아서는 무의미한 대화라도 지속하며 함께 있고 싶지만, 이런 상태로는 더 큰 실수를 할 것 같았다.

 "그럼, 돌아가서 편히 쉬도록."

 "그런데, 단장님."

 그녀가 그를 불러 세웠다. 심장이 내려앉는 줄 알았다. 차마 입을 떼지 못하고 눈길만 주자 에키네시아가 입술을 살짝 깨물더니 물었다.

 "왜 막사에 돌아오셨으면서 불을 켜지도 않고 계셨던 건가요?"

 대답할 수 없는 질문이었다. 그대에 대해 생각하다가, 그대가 내 것이었으면 좋겠다거나 오직 내게만 그대를 가질 자격이 있지 않나 하는 미친 생각까지 하다가, 이제야 뒤늦게 그대를 사랑하고 있음을 깨닫느라 불을 켜는 것도 잊고 있었다고 할 수는 없는 노릇이었다.

"혹시 제가 주무시려던 것을 방해했나요?"

"……잠을 자려던 것은 아니었으니, 그대는 개의치 않아도 된다."

그를 바라보는 그녀의 눈동자는 아무런 사심이 없어 보였다. 속에서 온갖 욕망이 들끓기 시작한 사신과는 달리. 유리엔은 그녀를 마주하지 못하고 돌아서 버렸다. 에키네시아가 나갈 때까지 그는 뒤를 돌아보지 않았다.

마물 토벌이 시작되었다.

유리엔은 에키네시아의 실력을 믿었지만, 그럼에도 그녀를 걱정하는 것을 멈출 수가 없었다. 어이가 없는 걱정임을 알면서도 바로 등 뒤에 있는 그녀에게 모든 의식이 쏠렸다.

그리고 새삼 감탄했다. 이런 식의 보조를 해 본 적이 없을 텐데, 그녀는 완벽하게 그를 보조하고 있었다. 지금껏 순위에 따라 교체되는 임시 스콰이어를 많이 겪었으나 에키네시아 같은 경우는 처음이었다.

혼자 싸우는 것과 별 차이가 없을 정도로 편하면서 등 뒤를 신경 쓸 필요가 없을 정도로 깔끔했다. 그의 의식이 그녀에게 전부 쏠려 있지 않았다면 그녀가 뒤에 있다는 걸 잊어버렸을지도 모른다.

'그녀와 검을 맞대 보고 싶다.'

기사로서의 욕심이 또다시 차올랐다. 남자로서 원하는 사람과 기사로서 원하는 사람이 일치한다니. 심지어 남자로서든 기사로서든 이런 절실한 욕심을 느껴 본 게 처음이었다.
 그런데 어느 쪽이건 드러낼 수가 없었다. 그녀는 그를 꺼리고, 동시에 자신의 실력을 숨기고 있으니. 게다가 그에게는 그녀에게 고백해야 할 죄도 있었다. 손 닿을 곳에 있는 사람을 두고 사지가 사슬에 묶여 있는 기분이다.
 '미치겠군.'
 유리엔은 답답함을 마물에게 풀었다. 마나가 노도처럼 밀려들자 그것을 증폭하던 랑기오사가 떨떠름하게 중얼거렸다.
 [지금 혹시 화풀이를……. 아니다, 마물 상대로 화풀이면 건전하지. 이 기회에 마음껏 해라.]
 무아지경으로 전진하던 유리엔은 점심 무렵에 토벌단을 멈춰 세웠다. 식사할 시간을 주어 놓고 하늘을 살폈다. 혼란한 그의 심정과 별개로 회귀 이전 같은 참사는 확실히 방지해야 했다.
 스펙터가 몰려든 건 오늘 밤이었다. 해가 질 때쯤 비가 오기 시작해서 해가 진 이후로 폭우가 되었던 기억이 난다. 묵직한 먹구름이 낀 하늘을 보니 달라진 것 없이 예상대로 비가 올 듯했다. 스펙터는 아예 캠프 쪽에 나타나지 못하게 막을 작정이지만 혹시 모르니 토벌단원들의 체력을 보존해 놓아야 했다.
 귀환을 명해야겠다. 그렇게 생각하며 고개를 내리다 에키네시아와 시선이 마주쳤다. 그녀는 그를 따라 하늘을 확인했고, 밤에 폭우가 내리리란 사실도 예상한 모양이었다.
 에키네시아의 동공이 확장되었다. 깜박이지 못하고 굳어 버린 눈꺼풀 아래에서 그녀의 눈동자가 흔들렸다. 전신이 경직되었다가 조금씩 떨기 시작했다. 그 반응이 시사하는 바는 명백했다. 그녀는 지금 그의 행동을 보고 무언가를 알아차렸다.

'설마 내게 기억이 있다는 것을 알아차렸나? 이번 마물 토벌에서 일어났던 사건을 안다고? 그녀는 이 시기에 마검에 휘둘리고 있었을 텐데, 어떻게?'

유리엔은 당황해서 그녀의 시선을 피하고 귀환을 명령했다. 그리고 굳어 있는 그녀에게 다가가 어깨를 살짝 짚으며 말했다.

"에키네시아 생도. 수고했다. 캠프로 돌아가면 푹 쉬도록."

그녀는 대답하지 않았다. 손끝에 닿는 피부가 얼음장처럼 차가웠다. 확신한 걸까? 아니면 의심하기 시작한 걸까? 그는 갈피를 잡을 수가 없었다. 그래서 어떻게 행동해야 할지도 알 수 없었다.

유리엔은 비가 쏟아지는 내내 막사 안에서 고민했다. 그녀가 이 사건을 알고 있을 줄은 몰랐다. 그래서 모른 척하기로 결심해 놓고서도 그 점은 걱정하지 않았었다.

결정적인 힌트를 주어 버린 걸까. 에키네시아가 그에게 기억이 있다는 걸 알게 되었나. 아니면 아직 의심 정도일까. 결론이 나오지 않았다. 떠보는 것도 불가능했다. 그녀가 먼저 밝히지 않는데 그가 그녀의 상처를 들쑤실 수는 없었다. 긁어 부스럼일 뿐이다.

유리엔은 답이 나오지 않는 고민을 그만두고 막사를 나와 바라하의 막사 쪽을 바라보았다. 바라하는 바론이 아들처럼 아끼는 스콰이어였다. 그를 잃고 바론이 얼마나 상심했는지 잘 안다. 에키네시아의 곁에 그가 설지도 모른다고 생각하면 속이 뒤틀리지만, 그렇다고 죽게 내버려 둘 생각은 없었다. 아직 그 정도로 정신이 나가지는 않았다.

'아직이라…….'

더 미칠 수도 있다는 건가. 모르겠다. 그는 아비와 형제의 견제 탓에 제대로 무언가에 애착을 붙여 보지 못했었다. 두려웠으니까. 그런 그가 두려움에 짓눌리면서도 포기하지 못한 첫 욕심이며, 처음으로 시작한 사랑이었다. 자신이 어떻게 변해 갈지 짐작도 되질 않았다.

그는 과거에 스펙터가 몰려나왔던 장소로 향했다. 미리 준비하고 간 것이라 스펙터를 찾아내는 것은 어렵지 않았다. 다만 생각보다 수가 좀 많았다.

[그때 캠프를 습격했던 놈들이 전부가 아니었나 보군. 두 배는 되어 보이는데.]

"상관없다."

많아 봤자 물리력이 없는 스펙터였고, 그는 마스터이자 성검의 주인이었다. 수 때문에 시간이 좀 걸리긴 했어도 무사히 모든 스펙터를 쓸어 버리는 데 성공했다. 이로써 지워진 과거와 같은 참사는 완벽하게 막았다. 마음이 놓였다.

안개가 빼곡한 협곡을 벗어날 때까지 유리엔은 에키네시아가 그의 기억을 알아챘을지, 그럼 어떻게 나올지, 그런 고민만 하고 있었다. 그러나 그 고민은 안개에서 벗어나 캠프를 보는 순간 깨끗하게 날아가 버렸다.

[맙소사, 저게 갑자기 왜 생겼지?]

캠프의 상공에 결절이 부풀고 있었다.

결절은 자연재해 같은 것이었다. 들어 본 사례들은 있으나 직접 겪어 본 적은 없었다. 다만 타인의 경험을 지켜본 적은 있었다. 랑기오사를 통해 에키네시아가 결절 속에 들어갔던 것을 보았으니까.

유리엔은 미친 듯이 달렸다. 하지만 그가 도착하기 전에 결절은 완전히 분리되어 버렸다. 요란하게 울리던 캠프의 비상종마저 결절에 삼켜지면서 빗소리만 남았다.

단원들 대다수는 무사히 대피했는지 밖에 몰려 있었다. 그는 빠르게 그들 사이를 훑있다. 분홍색 머리카락노, 태양처럼 빛나는 혼도 보이지 않았다. 혈관의 말단에서부터 얼음이 차오르는 듯했다.

'설마. 에키네시아. 제발.'

유리엔은 다시 단원들을 둘러보았다. 에키네시아는 물론이고 이안 펠레트로도, 바라하 이슬라프도 보이지 않았다. 그 사실을 깨달은 순간 그의 머릿속에서 하나의 그림이 그려졌다.

결절. 혼란스러워진 캠프. 사람이 없어져도 이상하지 않으며 없어진 사람은 높은 확률로 죽게 되는 상황. 몹시 드문 기회. 악의로 가득 찬 이안 펠레트로. 지워진 과거에서 끝내 증거가 나오지 않아 밝혀 내지 못했으나 심중으로는 거의 확신했었다. 스펙터가 날뛰던 그 혼란 속에서 이안 펠레트로가 바라하 이슬라프를 사고로 위장해 죽였을 거라고.

'비슷한 상황이 왔으니 비슷하게 행동했겠지.'

그럼 에키네시아 로아즈는 왜 보이지 않는가? 그녀가 실수로 결절에 휘말릴 확률은 매우 낮았다. 이안을 막으려다 휘말린 것일까. 그녀라고 신은 아니니 방심했을 수도 있다.

어느 쪽이든 결과는 같았다. 그녀가 사라졌다. 에키네시아 로아즈가 존재하지 않는다. 혈관에 차오른 얼음들이 심장을 짓눌러 왔다.

'이안 펠레트로를 미리 죽여 버렸어야 했다.'

에키네시아가 사라졌는데 이안 펠레트로가 악의 가득한 혼으로 여기에 남아 있었다면, 아마 자신은 그를 죽이고 성검의 자격을 잃어버렸을지도 모르겠다. 유리엔은 비로소 왜 성검이 그가 사랑에 빠지는 것을 그토록 경계했는지 이해했다.

캠프가 통째로 사라진 땅의 가장자리에 바론이 멀거니 서 있었다. 유리엔은 단원들 사이를 가로질러 그에게로 다가갔다.

"무슨 일이…… 벌어진 건가, 지금."

그를 돌아본 바론이 무언가 말하려다 유리엔의 얼굴을 보고 입을 다물었다. 유리엔은 자신이 지금 어떤 표정을 짓고 있으며 어떤 상태인지 알 수 없었다. 뇌가 끓어올라 증기가 되어 시야를 모조리 뿌옇게 만들고 있는 것 같다.

"에키네시아 로아즈는? 그녀는 어떻게 되었지?"

"결절에, 삼켜진 것 같습니다."

"결절은 어디로 간 거지? 이미 분리되었나?"

"예, 방금 분리되었습니다."

이미 분리된 결절에 들어갈 방법은 없다. 유리엔은 텅 빈 땅을 돌아보았다.

제니스인 에키네시아의 목숨을 위협할 만한 상황은 거의 존재하지 않는다. 그러나 '결절'은 그녀를 위협할 수 있는 몇 안 되는 상황 중에서도 최악이었다. 정상적인 법칙이 적용되지 않는 공간이니 그 안에서 무슨 일이 일어날지 아무도 모른다.

실제로 기오사를 모으던 시절에 그녀는 결절 안에서 죽을 고비를 몇 번이나 넘겼다. 마물을 간신히 다 죽이고 나서도 먹을 것이 없어 마물 고기를 먹다 중독되기까지 했으니. 언제나 운이 좋을 수는 없다. 이번에는 살아남지 못할지도 모른다. 돌아오지 못할 수도 있다. 두 번 다시 그녀를 볼 수 없게 될지도 모른다.

자신이 그녀를 욕심낸 탓일까. 그래서 과거와는 다른 형태로 비극이 찾아오려는 걸까. 물에 잠겨 가는 것처럼 호흡이 가빠졌다.

[무언가 믿는 것이 있으니 들어갔겠지. 마검의 주인이라면 무슨 일이 있든 충분히 피할 수 있었을 텐데 삼켜졌다는 걸 보니.]

성검이 달래듯 한 말이 그나마 위안이었다. 유리엔은 그 말을 희망으로 삼아 이성을 지탱했다.

토벌단의 인원 점검을 하고 어떻게 할지 회의를 했다. 삼켜진 자들이 돌아올지도 모르니 결절이 해제될 때까지 머물기로 결정되었다. 근처의 성에서 물자를 공수해 와 간이 캠프를 치고, 단원들을 정비하고, 마물 토벌을 계획대로 진행했다.

유리엔은 토벌에 나가지 않았다. 그는 막사에 남아 계속해서 빈 터를 지켜보았다. 일반 단원들은 그의 상태를 잘 몰랐으나, 그를 오래 알아 온 바론이나 디트리히는 유리엔이 제정신이 아님을 금세 알게 되었다. 식사도 거의 하지 않고 잠을 자지도 않은 채 틈만 나면 빈 터를 보고 있는데 제정신일 리가 없다. 바라하가 사라진 바론도 침통하긴 했으나 그 정도는 아니었다.

"야, 네가 이런다고 뭐가 달라져? 밥은 먹어야 할 거 아냐."

사라진 스콰이어를 대신해 식사를 가져온 디트리히가 짜증을 냈다. 유리엔은 대꾸조차 하지 않았다. 핏기 없는 얼굴에 입술은 메말랐는데 푸른 눈만 형형했다. 누구 하나 잘못 걸리면 사지를 토막 낼 것처럼 보이기도 하고, 건드리면 모래성처럼 무너져 내릴 것처럼 보이기도 했다. 그 와중에 단장으로서 필수적인 일은 꼬박꼬박 하고 있다는 게 더 섬뜩했다.

디트리히는 저런 유리엔을 처음 보았다. 만약 에키네시아 로아즈가 정말로 돌아오지 못한다면, 혹은 시체로 돌아온다면. 자신이 알던 유리엔은 더 이상 존재하지 않게 될지도 모르겠다. 그는 전혀 다른 사람이 될 것이다. 그런 직감이 들었다.

'망할, 역시 걔를 좋아하는 거였잖아.'

질투도 안 하고 덤덤해 보여서 아닌 줄 알았다. 좀 더 자신의 감을 믿었어야 했다. 디트리히는 불안하게 친구를 응시했다.

저놈이 저런 식의 또라이는 아니었는데. 검에 몰두하는 것 외에는 수도사처럼 살아서 또라이였지. 얌전한 놈이 돌아 버리는 게 제일 무섭다더니. 그의 알기 쉽고 반듯하던 친구는 지금 언제 어떻게 터질지 모를 결절이 되어 있었다.

흰 까마귀 협곡에서 결절이 생겨나고 분리된 건 5월 13일 저녁이었다. 13일 저녁부터 15일 오후까지 약 이틀. 그건 유리엔의 생애에서 가장 긴 이틀이었다. 흐르는 시간만큼 불안이 차올라 목을 죄었다.

그녀가 돌아오지 못한다면 자신은 어떻게 해야 할까. 그녀와 그녀의 가족에게 해가 갈까 봐 참았던 짓을 저지를지도 모르겠다. 마검으로 장난질을 했던 아비와 형제에게 칼을 들이댈 것이다. 그녀가 행복해지지 못한다면 대신 복수라도 해 주어야 하지 않겠는가.

처음에는 그를 진정시키려던 성검은 얼마 지나지 않아 포기했다.

[조만간 날 쥘 수 없게 될 수도 있겠구나. 미리 인사를 하지. 넌 제법 괜찮

은 주인이었다. 앞으로도 잘 지내라.]

"……."

[가만, 악행이건 뭐건 날 놓게 되면 마검의 주인에 대해서도 전부 잊잖아. 훨씬 낫군. 내 주인이었던 자가 미쳐 날뛰는 걸 다음 주인의 손에 들린 채 처벌하게 되는 일은 사양이다.]

"……그런 일이 있었나?"

[있었지. 그자도 사랑 때문이었다. 적어도 너는 그리되진 않겠지. 다 잊어버릴 테니. 그게 네게도 나은 결과일 거다.]

에키네시아는 돌아오지 못하고, 그는 절망하여 복수를 하고, 그로 인해 그녀에 대한 모든 기억을 잃고, 편히 살아가라고? 유리엔이 짚고 있던 막사 기둥의 일부가 으스러졌다. 그녀가 달아나는 건 가정해 봤어도 그녀가 죽는 상황은 상상해 보지 못했다.

그간의 욕심이 무의미해졌다. 자신이 욕심을 낸 탓에 결절이 생긴 게 아닐까 싶은 망상마저 들었다. 이제 다가갈 수 없게 된다 해도 괜찮다. 그녀가 영원히 그를 꺼린다 해도 괜찮다. 더 이상 욕심내지 않을 테니, 제발. 지켜볼 수만이라도 있도록. 아니, 지켜볼 수 없게 되더라도 괜찮으니까.

그러니 신이시여 제발, 그토록 힘들었던 그녀가 두 번째 삶에서마저 행복해지지 못하는 일만은 없기를.

5월 15일 늦은 오후. 그렇게 기원하며 빈터를 바라보던 그의 눈에 캠프가 되돌아오는 것이 비쳤다.

에키네시아 로아즈가 살아 돌아왔다. 그걸로 충분했다.

유리엔은 잠시 감정을 주체하지 못했다. 허물어졌던 정신은 그녀에게 밀려나며 약간 되돌아왔고, 끼어든 바라하로 인해 완전히 돌아왔다.

에키네시아와 바라하는 결절 안에서 좀 더 친밀해진 것처럼 보였다. 가벼운 말투, 친근한 접촉.

더 이상 욕심 내지 않겠다고 한 게 바로 전이었다. 유리엔은 들끓는 질투를 억누르고 몸을 돌렸다. 에키네시아가 살아서 행복하기만 하다면 자신의 욕심은 참을 수 있다. 아니, 참아야 했다. 그는 잘 다스려지지 않는 마음을 가다듬기 위해 현실적인 생각을 했다.

'이안 펠레트로는 어떻게 된 거지?'

결절 안이 에키네시아의 말대로 무난했다면 이안 펠레트로도 살아남았을 것이다. 검술은 꽤 뛰어났으니까. 그녀가 거짓말을 한 거라면, 아마 어떤 식으로든 실력을 발휘해서 바라하를 살린 것일 터. 그렇다면 함께 끌려들어 갔던 이안은?

유리엔은 바론에게 에키네시아가 결절에 삼켜진 상황에 대해 자세히 들었다. 그녀는 넘어져서 삼켜졌고, 이안 펠레트로는 그 직후에 비틀거리다 결절에 닿았다고 했었다. 직접 보지 못했기에 정말로 실수였을 가능성도 염두에 두었지만, 그는 그 보고를 듣자마자 그녀가 '의도적으로' 이안 펠레트로를 끌고 들어갔을 가능성을 떠올렸었다.

결국 그녀는 바라하와 함께 무사히 귀환했고, 이안은 돌아오지 못했다.

'일부러 끌고 들어갔을 확률이 높다. 그렇다면……'

단원들은 모두 살아 돌아온 그녀와 바라하에게 몰려 있었다. 유리엔은 혼자서 캠프의 막사들 사이로 걸었다.

결절에 그들이 삼켜진 지점은 에키네시아의 막사 바로 앞이라고 했었다. 그쪽으로 가 보니 그녀의 막사가 불에 타 무너져 있는 게 보였다.

근처에 아무도 없는 것을 확인하고 그 안을 뒤졌다. 꼼꼼히 뒤질 필요도 없었다. 불탄 남자의 시체를 발견한 유리엔은 그것을 조사했다.

새카맣게 타 버린 시체였지만 뼈만 남은 건 아니라서 가슴팍의 상처가 남아 있었다. 상처와 주위 흔적을 주의 깊게 살펴보았다. 기사라면 누구나 이것이 검에 찔린 부상임을 알아볼 것이다.

'이걸로 그녀를 특정하거나 처벌하는 건 불가능하다. 하지만 의혹은 남겠지.'

증거는 없고, 심증은 생긴다. 에키네시아는 어떻게 생각할지 몰라도 그는 그렇게 내버려 둘 생각이 없었다. 어차피 그녀가 안 죽였으면 그가 죽였을 자였다.

[마겸의 주인이 죽인 건가.]

성검이 불쾌한 듯 중얼거리자 유리엔이 눈살을 찌푸렸다.

"죽어 마땅한 자 아니었나. 네가 보기엔 이안 펠레트로가 살아남는 게 정의였나?"

[과정이 정의롭지 못하다. 죄를 밝히고 심판하는 게 정의니까. 이런 건 정의가 아니라 복수잖아. 너도 알지 않나.]

"그래서 그녀를 악이라고 할 건가?"

[그건 아니지만……. 주인, 아무리 나라도 선 아니면 악이라는 이분법을 추구하진 않는다. 내가 보기에도 그건 구시대적인 발상이란 말이다. 세상에는 선도 악도 아닌 게 훨씬 많다고.]

유리엔은 랑기오사의 투덜거림을 들으며 타다 남은 천을 집어 들었다. 그러곤 그것으로 시체를 감싸며 물었다.

"그럼, 이건 악행인가?"

[뭘 하려고?]

"완전히 태울 거다. 뼈만 남도록."

[악행이지, 당연히! 당장 그만둬라.]

"그건 네 생각인가, 아니면 랑기오사로서 내리는 판단인가?"

[……]

"이안 펠레트로는 살인을 저질렀다. 에키네시아가 끼어들지 않았다면 아마 성공했겠지. 네가 담고 있는 정의는, 그런 자를 불태우는 게 성검을 잃을 정도로 악한 짓이라고 판단하나?"

[……아니.]

성검이 떨떠름하게 부정했다. 성검의 정의는 대다수의 사람이 보편적으로 여기는 정의였다. 제국법대로 처리해도 화형이 나올 만한 일을 가지고 악하다고 할 사람은 별로 없었다. 그런 놈은 타 죽어도 싸, 라고 말할 사람이 더 많을 것이다.

유리엔은 묵묵히 시체를 감싸 들어 올렸다. 누구에게도 들키지 않고 캠프를 벗어나 협곡 안쪽으로 들어가 그것을 뼈만 남도록 불태웠다. 남은 뼈는 불탄 막사 안쪽에 되돌려 놓았다. 이후 그는 그녀에게 의혹 어린 말이 나오지 못하도록 은밀히 작업을 시작했다.

쐐기가 보내온 정보에는 이안 펠레트로가 지금까지 저지른 짓들에 대한 증거가 꽤 되었다. 이안은 기숙사에 증거를 남겨 놓진 않았지만 펠레트로 가문의 저택에 있는 자신의 방에는 증거를 남겨 두었다. 그리고 쐐기는 그것들을 입수해 왔다. 그 행적들은 예상보다 더 많았고 예상보다 더 저질이었다. 증거를 남기지 않은 것까지 치면 아마 훨씬 더 많을 듯했다.

클럽이나 생도 간의 악감정을 부추긴 것, 다른 생도에 대한 헛소문을 조장한 것 같은 어떻게 보면 사소한 일도 있었다. 반면 순위전 대진표를 조작하여 자신에게 유리하게 만들거나 예산을 빼돌리는 등의 기사단 내에서 처벌이 이루어질 만한 일도 있었다.

가장 최악은 비품이나 검에 손을 대 피해자가 부상을 입거나 사망하도록 유도한 경우였다. 이건 밝혀졌다간 기사단 내의 처벌로 끝날 일이 아니었다.

유리엔은 승거 중 일부를 이안 펠레트로의 방에 가져다 두었다. 방을 정리하다가 자연스럽게 발견되도록. 다른 것들은 펠레트로 가문을 입 다물게 하는 데 사용했다. 차남의 사망이 정말 사고사냐고, 함께 들어갔다던 생존자들을 데려오라며 따지던 그들은 수사를 원했다간 더 많은 죄목이 파헤쳐질 것을 짐작하고 침묵을 택했다.

침묵의 대가로 이안 펠레트로는 공식적으로는 명예로운 전사자로 처리되었다. 다만 사관학교 내에서 발견된 증거로 인해 알음알음 소문이 퍼져 나갔다. 펠레트로 가문은 그 증거와 소문을 무마하고 피해 생도들이 속한 가문들을 상대하느라 난장판이 되었다.

쐐기는 로아즈에 대한 정보도 함께 보내왔다. 정말로 별다를 것 없이 무난하게 괜찮은 귀족 가문이었다. 그나마 특징이라면 큰 기대 없이 후원했던 마법사가 현자의 제자가 되었다는 것 정도.

에키네시아도 보통의 귀족 영애처럼 살아왔다. 검을 쥘 일도 없고, 실제로 쥐어 보지도 못한 삶이었다. 그것을 확인하고 나니 에키네시아가 마검은 그렇다 치고 실력도 최대한 숨기려 하는 이유가 짐작이 갔다. 기사가 될 거라면서 사관생도부터 시작한 것도 이해가 되었다. 너무 의심스러우니까 그럴 수밖에 없는 것이다.

'여전히 기사가 되려는 이유는 잘 모르겠지만……'

어렴풋이 짐작되는 이유는 있는데 확신하지는 못했다. 어쨌든 그녀가 그 길이 자신이 행복해지는 길이라 판단했다면 그가 할 일은 조용히 돕는 것뿐이니 큰 상관은 없었다.

유리엔에게 그 모든 건 그다지 어렵지 않은 일이었다. 그 외에 의뢰했던 다른 자들에 대한 조사 결과도 도착해 꺼림칙하던 이들을 솎아냈다. 그것도 힘들지 않은 일이었다. 쐐기에 대한 조사도 순조롭게 이루어지고 있었다.

정말로 그를 힘들게 한 일은, 토벌을 마치고 귀환했을 때 그를 기다리던 한 통의 전보로 시작되었다.

―로잘린 디아상트 공녀가 아젠카에 곧 도착할 것이다. 그녀와 약혼하도록 해라. 이것이 무슨 의미인지 굳이 설명하지 않아도 이해하리라 믿는다.

크루엔 황태자가 직접 보낸 전보였다. 일방적인 통보에 가까운 것. 그가 쓴 대로, 유리엔은 그 약혼이 무슨 의미인지 너무나 잘 알았다.

로아즈에 보내진 마검이 증발했다. 2황자파는 원인을 알 수가 없어 초조해졌을 것이다. 그 와중에 유리엔이 로아즈의 딸을 스콰이어로 지명해 버렸다. 대놓고 로아즈를 비호하겠다는 선포나 다름없는 짓이었다.

표면적으로는 아무 일도 일어나지 않았다. 그저 창천 기사단장이 스콰이어를 지명했을 뿐이다. 그러나 마검 사건의 내막을 아는 이들에게 그것은, 3황자가 황실의 음모를 알아낸 게 아닌가 하는 의심을 불러일으켰다.

만약 3황자 유리엔이 황제의 의도를 알면서 마검을 숨기고 로아즈를 비호하겠다는 의사를 드러낸 거라면, 이건 지금까지 순종적이었던 3황자 최초의 반항이 된다. 게다가 사라진 마검이 3황자에게 있다면 그는 황제가 귀족 가문을 상대로 벌인 음모의 증거를 손에 넣은 셈이다.

유리엔이 마검 사건을 알아차렸다고만 해도 불안한데, 알아차린 게 분명한 정황에서 항의하지도, 사건을 드러내지도 않고 침묵하고 있다. 대체 무슨 꿍꿍이를 가지고 있는 건지, 사라진 마검은 어디에 있는지, 2황자파는 물밑에서 바쁘게 움직일 수밖에 없었다. 그리고 2황자파를 계속 주시하고 있던 황태자파는 그 움직임을 읽었다.

정확한 내막은 아직 알아내지 못했을 것이다. 그래도 대략적인 건 파악했을 터고, 지속적으로 이어지던 신경전이 3황자의 변화를 시작으로 완전히 다른 국면으로 접어들 조짐이 보인다는 것을 깨달았겠지. 그래서 크루엔 황태자는 과감한 선택을 했다. 2황자가 나서기 전에 선수를 친 것이다.

너는 누구의 편이냐. 내게 굽히고 들어오지 않는다면 나는 너를 적대할 것이다. 네가 정말 황위에 욕심이 없다면 나를 확실하게 지지해라. 황태자가 보낸 약혼녀는 그런 의미였다.

사라진 마검과 로아즈를 보호하기로 한 선택이 파란을 일으킬 거라 예상하긴 했지만, 그것이 약혼이란 결과를 불러올 줄은 몰랐다.

'……그녀를 위해서는 가장 평온한 방법일지도.'

약혼을 하고 황태자의 뜻에 따라 그의 검이 되어 2황자파를 상대하면, 마검의 행방도 얼버무릴 수 있고 에키네시아 로아즈의 삶에 영향을 끼치지도 않을 것이다. 창천이 제국의 황위 다툼에 휘말리게 되는 건 피하기 어렵겠지만.

'단장직에서 물러나는 건 무의미한 짓이고.'

이제 와서 그가 단장직을 그만둔다고 하면 본격적으로 제위를 노리려는 목적으로 보일 터였다. 게다가 제국의 압박 탓에 창천 기사단장이 물러난다는 건 아젠카의 독립성을 훼손시키는 일이었다. 그런 식으로 단장이 바뀌는 것을 용납하느니 차라리 제국과 전쟁을 해서라도 독립성을 유지하는 게 창천이었다.

'크루엔 형님은 창천을 제법 잘 이해하고 있다. 무리하게 이용하려 들진 않을 것이다. 황태자파는 순순히 납득하지 못하겠지만, 되도록 창천이 아니라 내게 집중되도록 잘 조율하기만 하면……'

황태자에게 굽히는 것은 쉬운 길은 아니었지만 가장 평온한 길이었다. 반면 약혼을 거절하는 건, 어떻게 될지 모르는 혼돈으로 빠져드는 일이었다. 황태자와 2황자 양쪽에서 그를 적대하게 될 테니까.

유리엔 자신과 창천만 생각한다면 혼란을 감수하고 자립을 지키는 것도 나쁘지는 않았다. 창천은 결코 약한 집단이 아니니까. 그러나 그렇게 했다간 에키네시아의 평온은 완전히 망가질 확률이 높았다. 마검의 행방도 얼버무리기 어렵다. 그녀는 결국 휘말리게 될 것이다.

에키네시아의 삶을 위해서는 약혼을 해야 했다. 하지만 그는 그러고 싶지 않았다. 헛된 희망이라고 생각하면서도, 영원히 그런 날은 오지 않을 수도 있다고 생각하면서도, 그녀와 함께할 가능성을 완전히 닫아 버리고 싶지는 않았다.

그녀의 대답조차 듣지 않은 상태로 그녀를 포기할 수는 없었다. 그래서 유리엔은 그녀에게 물을 수밖에 없었다.

임명식 날이었다.

에키네시아는 또 몸살이 난 상태로 아프다는 말조차 없이 임명식에 참석했다. 얼마든지 미룰 수 있는 임명식인데도, 왜 늘 무리하는가. 대체 왜 자기 몸은 전혀 챙기지 않는지. 유리엔은 쓰린 속으로 임명식을 빠르게 진행할 것을 명했다.

"이로서 에키네시아 로아즈가 기사 유리엔 드 하르덴 키리에의 스콰이어가 되었음을 선언하노라. 이 서약은 죽음 또는 탄생이 있기 전까지는 영원히 효력이 유지됨을 고한다. 1629년 5월 19일, 아르 세밧 티엠."

영원을 맹세하는 선언, 서약문 교환, 나란히 새겨진 서명. 그 형식적인 절차를 행하며 유리엔은 약혼을 떠올렸다.

그에게 강제된 약혼의 상대가 에키네시아였다면. 이 자리에서 이루어진 게 임명식이 아니라 그 약혼식이었다면. 이 종이가 스콰이어 서약문이 아니라 약혼 서약문이었다면. 서약문을 내려다보며 그런 가정을 해 보았다.

계속 그녀의 곁에 있고 싶다고 생각하고, 그러다 결국 자신이 그녀를 사랑한다는 것까지 깨달아 놓고, 그녀와 결혼하는 건 이제야 처음 상상해 보았다. 순간적으로 현실을 모조리 잊을 정도로 달콤한 상상이었다. 에키네시아 로아즈와 결혼이라니, 연결 지어 본 적조차 없던 일이었는데 연결 짓자마자 그것만 생각났다. 멍해진 머릿속에 결혼이라는 단어가 둥둥 떠다녔다. 유리엔은 반쯤 넋을 놓았다.

"단장님, 아니, 로드. 약혼하신다고 들었어요."

그러나 에키네시아의 말이 그를 현실로 되돌려 놓았다.

"축하드려요."

그 말을 하는 그녀의 얼굴은 담담했다. 동요 없이 담담하게 그의 약혼을 축하하고 있었다. 얇고 서늘한 날붙이가 그 말을 따라 가슴께를 헤집고 나갔다. 그녀의 얼굴 위에 드리운 저 망사를 걷고 보면 다르지 않을까. 조금이라도 흔들리고 있는 게 아닐까. 부질없는 희망이 떠올랐다 사라졌다.

그녀가 살아서 행복하기만 하면 지켜볼 수조차 없게 되어도 괜찮다고 생각했었다. 그 마음가짐이 바뀌지는 않았다. 그녀의 행복은 그의 사랑보다 중요했다. 그래도, 조금이라도 가능성이 있다면 뭐든 할 수 있을 텐데. 포기하고 싶지가 않았다. 그래서 물었다.

"만약, 만약에, 그대가 원하는 것이 있다면, 그것을 얻기 위해 그대의 평온을 희생할 수 있나? 혼란에 휘말리더라도 감수할 수 있나?"

"……전 제 평온을 희생하는 선택은 하지 않아요."

그녀의 대답은 당연한 것이었다. 에키네시아가 그를 사랑하는 것도 아니고, 오히려 불편해하고 있지 않은가. 그녀가 만에 하나 그를 사랑하게 되더라도 그를 선택할 미래 따위는 영원히 오지 않을 것이다. 그를 선택하면 그녀의 평온을 망가뜨리게 될 테니까.

기적이 일어나 그녀가 그를 사랑하고 그를 선택해 준다 해도, 그가 그녀가 겪었던 그 모든 악몽의 원인임을 알게 된다면…….

가능성 같은 건 처음부터 없었다. 알고 있었다. 그럼에도 치밀어 오르는 절망은 어쩔 수가 없었다. 그는 솟구치는 것들을 간신히 눌러 담았다. 그리고 최대한 아무렇지도 않게 대답을 만들어 냈다.

"이해했다, 에키네시아."

유리엔은 하얀 가죽으로 감싼 검을 내려다보았다. 그녀의 눈동자를 떠올리며 붙였던 검의 이름이 칼날의 풀러에 새겨져 있었다.

아메시스트.

그 글자를 손끝으로 더듬어 보았다. 에키네시아 로아즈가 입학하기 전에 준비했던 검이 완성되어 노착한 지는 며칠 되었다. 줄 기회를 잡지 못해서 아직 그의 손안에 있었다. 끝까지 주지 못할지도 모르겠다.

그는 약혼을 하는 쪽으로 결정했다.

[현명한 결정이다. 마검의 주인에게도 그게 나은 선택이고, 네게도 그게 낫지.]

성검은 은근히 기뻐했다. 그가 사랑에 빠지고 변화하는 걸 내내 못마땅해했으니 당연한 반응이었다. 이제 디아상트 공녀에게 약혼하겠다고 말하고, 약혼식을 준비하라 명하면 모든 것이 일사천리로 이루어질 것이다.

로잘린 디아상트는 이 약혼의 의미를 잘 아는 여자였다. 외모도 아름다운 데다 영리해 보였다. 결혼에 큰 기대가 없는 듯하니 결혼해도 무리 없이 살아갈 수 있을 듯했다.

에키네시아는 평온하게 스콰이어로 지내다가 순조롭게 기사가 될 것이다. 그의 스콰이어인 만큼 잘못하면 황태자의 검으로 움직여야 할 자신을 따라 휘말릴 수도 있지만, 반대로 그의 스콰이어인 만큼 누구보다도 안전할 수도 있었다. 그가 그렇게 만들 테니까.

이제 결정을 알리기만 하면 되었다.

그럼에도, 마음은 통제할 수 없는 짐승이라 쉽사리 포기가 되질 않아서. 아주 조금이라도 가능성이 있다면 포기하고 싶지가 않아서. 아니, 그냥, 그가 그녀를 포기하고 싶지 않아서. 그녀를 포기해야 한다고 생각하니 미칠 것 같아서.

그 결정이 입 밖으로 나오질 않았다.

아메시스트를 그녀에게 줄 날을 미루듯 결정을 내리는 것을 미루었다. 성검이 종종 그를 독촉했으나 유리엔은 미련을 버리지 못했다. 마음을 비우고 싶어서 일에 집중했다. 할 일은 많았다. 다음 달에 여름 태양 축제가 있었고, 시간이 되돌아간 걸 알고 나서 반드시 막아야겠다고 생각했던 일도 있었다.

성녀 살해 사건. 오두막과 함께 불탄 소녀의 시체와 엘기오사가 발견되었던 일.

"성녀를 살린 후에 결정을 밝히겠다."

[대체 그게 무슨 차이가 있지? 미루기만 하는 것 아니냐.]

"마음을 정리할 시간이 필요하니까."

랑기오사는 그 마음이 정리되긴 하는 거냐고 물으려다 말았다. 주인의 표정이 워낙 고통스러워 보여서.

그 와중에 유리엔을 좀 더 고통스럽게 만든 건 바라하의 존재였다.

"휴가 하루만 주십시오, 로드."

부단장실을 지나가다가 바라하의 목소리를 들었다. 유리엔은 잠깐 멈춰 서서 귀를 기울였다. 바론이 혀를 차며 대꾸하고 있었다.

"한창 바쁜 시기인 거 알면서 휴가라니. 뭘 하려고?"

"에키네시아 생도 문병 갈 겁니다."

"……지금 네 연애 사업을 위해 바쁜 로드를 버리고 가겠다는 거냐?"

"다녀와서 열심히 하겠습니다. 하루만 쉬게 해 주십시오."

"그럼 지금은 열심히 안 하고 있었나?"

"아닙니다, 더 열심히 하겠다는 뜻입니다!"
"그렇게 그 애가 좋으냐?"
"네."
"그 애는 널 어떻게 생각하지?"
"아직 잘 모르겠습니다. 노력해야죠. 그러니 로드, 휴가 하루만 주십시오."

바라하가 당당하게 답하자 바론이 피식 웃는 소리가 들렸다. 유리엔은 저도 모르게 이를 악물었다. 저렇게 쉽게 제 마음을 밝히고 노력하겠다고 말할 수 있는 것이 지독하게 부러웠다. 자신은 목을 죄어 오는 복잡한 상황을 다 치워 버리더라도, 그녀에게 고백해야 할 죄가 있는데.

"기다려 봐라, 남은 일이……."

바론이 서류를 뒤지며 부스럭거리는 소리가 났다. 유리엔은 손에 들고 있던 것을 무심코 내려다보았다. 곧 성녀를 구하러 떠나야 해서 미리 해 놓으려고 가져온 일감이었다. 꽤 많았다.

생각보다 몸이 더 빠르게 움직였다. 그는 부단장실에 노크를 하고 문을 열었다.

"바론 경."
"예, 단장님."
"이것도 좀 부탁하지."

유리엔이 바론의 책상 위에 서류들을 올렸다. 그 양을 본 바론의 낯이 창백해졌다.

"좀 많군요."
"전에 말했던 장기 임무 때문에 할 시간이 부족하군. 축제 준비라 어려운 일도 아니니, 이 기회에 바라하도 서류 업무에 익숙해지도록 함께하면 괜찮을 거다."

이번에는 옆에 서 있던 바라하의 얼굴이 창백해졌다. 바론은 시간이 부족하다는 유리엔을 전혀 의심하지 못했다. 의심하기에는 유리엔이 지금까지 너무 성실했다. 스콰이어와 생도들이 결절에 삼켜져 제정신이 아닐 때도 일은 꼬박꼬박 했으니까.

"알겠습니다, 단장님. 바라하, 미안하지만 휴가는 못 주겠다."

"……예, 로드……."

"미안하군. 수고하도록."

유리엔은 그렇게 일을 떠넘기고 부단장실을 나왔다. 성검이 어이가 없다는 듯 핀잔을 주었다.

[유치하게 뭐 하는 짓이냐, 너는?]

스스로도 제가 한 짓이 유치한 질투라는 걸 알아서 유리엔은 조용히 입을 다물었다.

그렇게 며칠이 흘렀다. 성검과 달리 디아샹트 공녀는 그를 재촉하지는 않았다. 공녀는 얌전히 제게 주어진 공간에서 지내다가, 어느 날 갑자기 움직였다. 공녀에게 붙여 놓았던 직속 정보원이 유리엔을 찾아와 그것을 고했다.

"위즈덤 클럽 모임 장소로 가는 듯합니다."

"위즈덤? 에키네시아 로아즈가 소속된 클럽 말인가?"

"예. 그녀를 보는 게 목적인 모양입니다. 참, 이건 전에 명하셨던 브레드 폰 포움에 대한 조사 결과입니다."

"수고했다."

유리엔은 정보원이 내민 봉투를 서랍 안쪽에 챙겨 놓고 바로 자리에서 일어났다. 디아상트 공녀가 무슨 목적으로 에키네시아를 만나려는지 모르겠지만, 만나지 않길 바랐다. 사관학교 쪽으로 향하던 그는 돌아오는 중인 듯한 디아상트 공녀를 발견했다.

"경에게 다른 선택의 여지가 있었나요?"

"내가 랑기오사를 포기하겠다고 결정한다면⋯⋯ 선택의 범위가 무척 넓어지겠지."

로잘린 디아상트에게 그 말을 한 건 반쯤 충동이었으나, 내심 염두에 두고 있던 수단이었다.

기억을 유지해야 하므로 그는 랑기오사를 버릴 수 없었다. 하지만 다른 이들은 그에게 그런 이유가 있다는 걸 모른다. 버리려면 얼마든지 버릴 수 있는 것으로 보일 터. 성검이 없다고 해서 유리엔이 마스터가 아니게 되는 것도 아니고, 바로 창천 기사단장에서 물러나야 하는 것도 아니다. 그는 랑기오사가 없어도 다른 기오사 오너들을 압도할 수 있었다. 이 사실은 혹여 그가 약혼을 거부하게 된다면 이용 가능한 무기 중 하나였다.

유리엔은 디아상트 공녀를 돌려보낸 후 사관학교 쪽으로 향했다. 에키네시아를 다시 보았다간 간신히 다잡는 중인 마음이 무너질 게 뻔해서 임명식 이후 일부러 그녀를 찾아가지 않았었다. 그러나 이번에는 신경이 쓰여서 견딜 수가 없었다.

그녀는 룸메이트인 앨리스 윈터벨과 함께 걷고 있었다. 앨리스를 향한 그녀의 얼굴은 편안했고 즐거워 보였다. 그 얼굴은 그를 발견하는 순간 경직되었다.

그녀는 그를 꺼린다. 유리엔은 그 사실을 새삼 다시 인식했다. 앨리스를 보내고 단둘만 남자 에키네시아는 아예 고개도 들지 않았다. 가슴 한구석에 차가운 돌이 굴러다녔다. 그럼에도 며칠 만에 그녀를 보게 된 것이 기뻐서 가슴 전체는 달아올랐다.

"에키네시아?"

"죄, 죄송합니다. 못 들었어요."

기쁘면서 서글펐다. 뒤범벅되어 있던 감정은 그녀가 그의 말조차 놓쳐 버리자 완전히 아픔으로 기울었다. 바로 앞에 있는 자신의 말도 듣고 싶지 않을 정도인가. 정말로, 실낱같은 가능성조차 없겠구나. 뼈아픈 자각이 찾아왔다.

속내를 감추고 말을 이었다. 그와 그녀 사이에서 말이 헛돌았다. 클럽 간의 분쟁이란 소리에 문득 아까 정보원이 올린 브레드 폰 포움에 대한 보고서가 생각났다. 돌아가면 그것부터 확인하고 처리해야겠다.

"시키실 일이 있다면, 스콰이어 업무를 바로 시작해도 됩니다."

"아니, 그럴 일은 없다. 충분한 휴식을 취하도록. 시간을 빼앗아서 미안하군."

유리엔은 최대한 사무적으로 말을 하고 빠르게 대화를 마쳤다. 이제 떠나면 되는데 발걸음이 떨어지지 않았다. 끝까지 그녀는 고개를 숙인 채였다.

얼굴을 마주하기조차 싫은 건가. 내심 조금씩 나아지고 있다고 생각했는데, 어째서. 그에게 기억이 있다는 걸 알아차렸기 때문에? 결절에서 나온 직후에 함부로 그녀를 끌어안아서? 그때 제정신이 아니었던 터라 이상하게 굴었을지도 모른다.

아니면 임명식에서 던진 질문이 기분을 상하게 했을까? 그녀가 그의 약혼에 큰 관심이 있을 리가 없으니 약혼 때문은 아닐 것이다. 온갖 가정이 하나씩 떠올랐다 가라앉았다. 시선이 그녀의 이마께에 길게 머물렀다. 눈을 마주하고 싶었다.

[인사까지 다 해 놓고 뭐 하는 거지? 어차피 포기하기로 결정했으니, 더 보고 있어 봤자 미련만 남을 거다. 마검의 주인도 널 불편해하는 기색이지 않느냐. 어서 가자.]

성검이 독촉하듯 말했다. 이대로 돌아서서 가면 그는 곧 장기 임무를 떠나고, 돌아온 후에 약혼을 할 거다. 원벽하게 그녀를 포기하게 된다. 그러고 싶지 않았다. 짐승 같은 감정이 날뛰며 뱃속을 할퀴었다. 그 짐승이 내지른 비명이 언어가 되어 튀어 나갔다.

"에키네시아. 나와 마주하는 것이 싫은가?"

당연히 싫을 테니, 대답하기 불편할 텐데. 공연히 그녀를 성가시게만 만들 질문이었다. 입 밖에 내자마자 후회했다.

"싫지 않아요. 싫은 게 아니라……."

에키네시아가 고개를 들었다. 이 와중에 드디어 그녀가 자신을 마주해 준 게 기쁘고, 며칠 만에 본 그녀의 얼굴이 눈을 떼기 싫을 정도로 예뻤다. 약간 살이 빠진 것 같은데. 몸살이 그 정도로 심했던가. 더 이상 가늘어질 데가 어디 있다고. 제발 더는 무리하지 않았으면 좋겠다. 그런 걱정까지 순간적으로 들었다.

그래서 그녀가 내놓은 의외의 대답을 인식하는 게 조금 늦었다. 싫은 게 아니라니, 정말일까. 아니면 그저 로드에 대한 예의상 하는 말일까. 눈가가 저절로 떨리는 것을 느낄 수 있었다. 싫지 않다면 가능성이 있지 않을까.

"싫은 것이 아니라면, 왜 그대는…… 나를 보지 않지?"

별거 아닐 그 말에서 가능성을 찾으려 애쓰는 제 꼴이 한심했다. 이렇게까지 포기하기 싫은 건가, 나는. 유리엔은 스스로를 비웃으며 그녀를 보았다. 그녀가 시선을 피하거나 얼굴을 굳히거나 난감한 기색을 보일 거라 예상했다. 그러나 그가 한 예상 중에 어느 것도 맞지 않았다.

에키네시아의 얼굴이 새빨갛게 달아올랐다. 유리엔은 그녀의 그런 얼굴을 처음 보았다. 달아오른 채로 그녀가 말했다.

"예쁘셔서요."

"……."

[……음?]

지금까지의 모든 생각과 고통이 그 말 한마디에 깨끗하게 날아갔다. 완전히 텅 빈 머리로 유리엔은 멍하니 그녀를 보았다.

붉게 물든 채 그를 보고 있던 그녀가 화들짝 놀라더니 시선을 피한다. 어쩔 줄 모르고 표정이 흐트러진다. 했던 말을 당장이라도 주워 담고 사라져 버리고 싶은 것처럼 보였다. 조금 울 것 같기도 하고. 부끄러워하고 있었다. 미칠 듯이 귀여웠다.

그 일련의 반응이 그가 잘못 들은 것이 아님을 보여 주었다. 유리엔은 멍한 머리로 자신이 들은 말을 되새겼다.

'싫어서 피한 게 아니라…… 예뻐서…… 피한 거라고?'

그러니까 싫지 않다는 소리였다. 부끄러워할 정도로 그의 얼굴이 마음에 든다는 뜻도 된다. 갑자기 세상이 밝아지는 것처럼 느껴졌다. 부드럽고 따뜻하고 간질간질한 것이 가슴 안쪽에서 부풀어 올라 전신으로 퍼져 나갔다. 몸이 붕 뜨는 것 같기도 했다.

싫어하는 게 아니었다. 그녀가 그를 싫어하지 않는다. 도저히 웃음을 참을 수가 없었다. 유리엔은 소리 내어 웃었다. 에키네시아의 얼굴이 그 탓에 더 붉어졌지만, 그것마저 너무나 사랑스러워서 입꼬리가 내려가지 않았다.

지옥을 기던 기분이 이렇게 간단하게 천국 꼭대기까지 올라갈 수 있나. 기쁨을 주체할 수 없었다. 그의 감정을 통제하는 건 그가 아니라 그녀였다. 세상의 중심이 자기 자신이 아니라 타인으로, 그녀에게로 이동했음을 다시 한번 자각했다.

'포기힐 수 없다.'

웃음 너머로 유리엔은 확고하게 마음을 굳혔다. 포기할 수 없다. 도저히 포기할 수가 없다. 이미 변해 버렸기에 그녀를 알기 전으로 되돌아가는 건 불가능했다. 그는 그녀를 원했다. 그녀가 그를 싫어하지 않는데 그가 먼저 그녀를 놓을 수는 없었다.

포기할 수 없다는 것을 깨닫자 결심이 섰다. 그를 보는 것이 그녀에게 고통이 아니라면 좀 더 적극적으로 다가가겠다. 그녀의 곁에 서는 것이, 그녀를 행복하게 해 주는 게 자신이길 원했다. 원하면 이루도록 노력해야 하지 않겠는가.

"에키네시아."

"네, 네! 죄송합니다, 로드. 제가 잠깐 정신이 나가서……."

"아니, 상관없다. 그보다……."

장기 임무를 떠나게 되면 그녀의 곁에 있을 수가 없다. 돌아오면 그를 둘러싼 상황들이 목을 죌 것이다. 그 전에 가능성을 확인해야 했다. 그녀가 그를 선택할 가능성이 있는지를. 그는 가능성만으로도 무슨 짓이든 할 수 있었다.

그녀의 곁에 없으면 노력하는 것도 불가능하다. 그렇다고 성녀가 죽도록 내버려 둘 수도 없으니 임무 자체를 취소하는 건 무리였다. 하지만 이 임무에 그녀가 동행하게 되면, 그녀는 그에게 지워진 과거에 대한 기억이 있다는 것을 확신하게 될 것이다.

유리엔은 잠시 고민했다.

'……그래, 그것부터 시작하자. 애초에 나는 그녀가 내 기억을 알고 있을 거라 생각했었지 않나.'

당장 기억을 드러내겠다는 건 아니다. 그녀의 상처를 헤집지 않도록 천천히. 천천히 가자. 고백해야 할 죄도 있으니. 그것을 떠올리자 언제나처럼 칼로 속을 후벼 파는 듯한 통증이 느껴졌다. 그러나 그 통증보다 그녀를 원하는 욕심이 더 컸다.

유리엔은 그녀에게 임무에 동행해 주길 요청했다.

"다시 말하지만 그대가 부담을 가질 필요는 없다."

대답을 기다리며 그는 몹시 긴장했다. 너무 흥분한 게 아닐까. 그녀가 그를 싫지 않다고 하는 것과 그와 함께 있는 걸 좋아하는 건 완전히 다른 이야기였다. 거절해도 어쩔 수 없다고 생각하면서도 목이 바짝 말랐다.

"아뇨, 가겠습니다. 스콰이어가 로드의 임무에 동행하는 건 당연한 일이잖아요."

그녀는 의외로 쉽게 동의했다. 그의 스콰이어니 동행하는 게 당연하다고. 그녀를 스콰이어로 삼기로 결정한 건 정말 잘한 일이었다. 들뜬 미소가 입가로 번져 나가는 것을 느낄 수 있었다.

"고맙군."

유리엔은 그 미소를 참지 않았다. 되레 더 환하게, 최선을 다해 웃었다. 그녀가 그의 얼굴을 마음에 들어 하는 것 같으니까. 그것을 계기로 조금이라도 더 자신을 좋아해 줬으면 해서.

웃은 보람이 있었다. 에키네시아가 홀린 듯이 그를 보았다. 풀어진 그녀의 얼굴이 지나치게 예뻐 보였다. 풀어진 얼굴만으로도 이렇게 좋은데, 그녀가 그를 보고 행복하게 웃는다면 어떤 기분일까.

"기다리고 있겠다, 에키네시아."

그는 그녀가 취소할까 봐 걱정이 되어 얼른 자리를 떴다.

[결국 포기 안 하기로 한 거냐?]

성검이 혀를 차며 중얼거렸다. 유리엔은 단장실로 돌아가며 대꾸했다.

"포기할 수가 없다."

[……그럴 줄 알았다. 다른 인간들은 잘만 마음을 바꾸던데, 어째 내 주인이 되는 자들은 죄다 하나밖에 모르는 성격이어서는. 역시 헛된 희망이었군.]

성검이 넋두리를 늘어놓는 것을 한 귀로 흘렸다. 단장실에 도착한 그는 서랍에 넣어 두었던 봉투를 꺼냈다. 브레드 폰 포움이 '사과'라는 핑계로 에키네시아를 불러들여 무슨 짓을 하려 했는지가 그 안에 정리되어 있었다.

브레드를 포함한 노블레스 클럽의 몇몇 생도는 그 무렵 아젠카 시내 외진 곳에 있는 빈 저택을 빌렸다. 더불어 암시장에서 거래를 한 정황이 발견되었다. 약 종류를 구입했는데 무슨 약인지 알아내기 어려워 일부를 빼돌려 분석하느라 보고가 늦어졌다고 되어 있었다.

'마취제라고.'

다수의 남생도, 몰래 빌린 외곽의 빈 저택, 암시장에서 구입한 마취제, 직접 만나서 사과하겠다는, 에키네시아 로아즈를 향한 요청. 합쳐지니 자연스럽게 더러운 함정이 그려졌다. 종이가 그의 손안에서 우그러졌다. 일순 눈앞이 새빨갛게 변했다가 느리게 되돌아왔다.

유리엔은 이성을 되찾기 위해 심호흡을 한 후에 남은 분량을 마저 읽었다. 이안 펠레트로의 이름은 그 조사에서 드러나지 않았다.
'충동질과 조언을 하고 빠져나갔겠지.'
이안 펠레트로가 얽힌 일은 대체로 그랬다. 증거를 찾기 힘든 이간질이나 부추김이 대부분이었으니까. 그랬는데도 펠레트로 저택에 남겨 놓은 편지나 서류 등의 증거가 그 정도로 많았다.
이번 일도 그가 유도했겠지. 불현듯 타고 남은 뼈라도 가져다 으스러뜨리고 싶은 충동이 들었다. 유리엔은 다시 심호흡을 해야 했다.
'이런 함정 따위에 그녀가 걸릴 리가 없다. 실제로 그녀는 가지도 않았으니까.'
에키네시아는 브레드의 청을 무시했다. 게다가 창천 기사단장인 유리엔이 그 '사과' 이야기를 듣는 것을 이안이 보았었다. 그 탓에 아마 계획을 연기했을 것이다. 그 뒤, 마물 토벌에서 브레드를 부추기고 에키네시아와 연결해 주던 이안 펠레트로가 사망했다. 그래서 일이 완전히 흐지부지된 모양이었다.
보고서에는 모든 준비를 마친 후에도 브레드 무리가 딱히 행동을 보이지 않았고 빌린 저택의 기한도 만료되었다고 되어 있었다. 다만 약은 계속 보관 중이라고 했다.
유리엔은 뒷장이 아직 남은 보고서를 내려놓고 깍지 낀 손에 이마를 기댄 채 호흡을 골랐다. 계획은 세웠으나 시도는 하지 못했고, 시도했더라도 그녀는 괜찮았을 거다.
그래도, 만에 하나라도 휘말렸다면. 그 가정에 상인의 저택에서 중독된 상태로 검을 휘둘렀던 에키네시아가 떠올라서 자제심이 박살 날 뻔했다. 그의 목덜미에 파랗게 핏줄이 섰다.

[심정은 알겠는데, 죽일 생각은 말아라. 죽을 정도의 죄는 아니다.]

"죽이지만 않으면 되나?"

되묻는 음성에 스산한 한기가 묻어났다. 성검은 잠시 침묵하다가 떨떠름하게 대꾸했다.

[시도조차 못 하고 미수로 끝난 일을 화풀이하는 건 옳지 못하다.]

그래서 감히 그녀를 상대로 이런 짓을 꾸민 놈들을 내버려 두라고? 유리엔이 새파란 눈으로 손바닥의 문양을 노려보았다.

"그건 네 사적인 판단인가, 아니면 랑기오사로서의 판단인가?"

주인의 눈이 돌아 있었다. 저건 말리는 게 불가능하다. 성검은 빠르게 체념했다.

[랑기오사로서 말하자면, 악행까지는 아니지. 사지만 멀쩡하게 남겨 두면 말이다.]

사지 멀쩡하게 살려 두기만 하면 괜찮다는 소리였다. 유리엔은 보고서를 다시 집어 들고 남은 뒷장을 마저 살펴보았다.

뒷장에는 연관된 생도들의 목록이 있었다. 브레드를 포함해 총 다섯 명. 바라하를 통해 알아냈던 노블레스 클럽 구조와 비교해 보니 클럽의 주류는 아니었다. 그리고 가장 마지막 장에 브레드에 관해 첨부된 사실이 있었다. 조사하는 과정에서 우연히 알아낸 일이었다.

사관생도가 개인적으로 하인이나 하녀를 두는 것은 금지되어 있었다. 그러나 소수의 귀족 출신 생도들은 몰래 개인 하인이나 하녀를 부렸다. 브레드 역시 그중 하나였는데, 최근에 그의 개인 하녀가 야반도주를 한 모양이었다. 자세한 사정은 모르나 하녀에게 손을 댄 것으로 추측된다고 적혀 있었다.

[이건 영 글러 먹은 놈이로군.]

성검이 혀를 찼다. 유리엔은 서늘한 얼굴로 그 부분을 읽었다. 계획이 세워졌다.

직접 그놈들을 마주하는 것은 참았다. 그는 지금까지 감정적으로 폭력을 휘둘러 본 적이 단 한 번도 없었으나, 에키네시아를 상대로 그런 더러운 짓거리를 하려 든 놈들을 앞에 두고도 이성을 유지할 자신은 없었다.

이 일을 공론화할 생각도 없었다. 지저분한 꼴을 이미 많이 본 에키네시아는 쉽게 넘길지 몰라도, 유리엔은 그녀를 이런 일과 엮인 구설에 오르내리게 하고 싶지 않았다.

그는 자신의 존재를 숨기고 행정실의 사무관 중 직속 정보원인 자를 이용했다. 연관된 생도 전원을 한 명씩 따로 호출한 사무관은 이 일의 증거를 정리한 것을 보여 주며 요란하게 퇴학될 것인지, 조용히 자퇴할 것인지를 선택하게 했다.

생도들은 처음에는 부정하거나 가문의 위세를 내세웠다. 그러나 사무관이 이 일을 공론화하고 단장에게 보고하겠다고 하자 하나같이 입을 다물었다. 증거가 너무 명백했고, 창천 기사단장의 스콰이어를 건드리려 했다는 게 알려졌다간 가문에서도 비호해 주려 하지 않을 터였다.

결국 다섯 명의 생도들은 각자 다른 사정을 대고 조용히 자퇴했다.

그중 브레드 폰 포움은 집으로 돌아가는 길에 도적의 습격을 받았다. 도적은 그를 질질 끌고 가 브레드에게 겁탈당하고 달아났던 하녀와 하녀의 가족 앞에 눈을 가린 채 던져 주었다. 기다리고 있던 그들은 브레드에게 확실하게 복수를 했다. 그는 사지 외의 다른 부위를 잃었다.

엉망이 되어 돌아온 아들을 본 포움 후작은 길길이 날뛰었으나, 아들을 그렇게 만든 자들을 도저히 찾을 수가 없었다. 그럴 수밖에 없는 것이 습격했던 도적들은 본연의 업무로 돌아갔고, 하녀의 가족은 누군가의 비호 아래 아젠카로 이주한 후였다. 제국 후작의 손길은 아젠카에 닿지 못했다.

모두 창천 기사단장과 그의 스콰이어가 장기 임무를 위해 아젠카를 떠난 사이에 벌어진 일이었다.

1629년 5월 23일, 유리엔 드 하르덴 키리에와 에키네시아 로아즈는 장기 임무를 위해 열차에 탔다.

열차 안에서 유리엔이 눈을 감고 있었던 건 별다른 이유가 아니었다. 1등 칸이라 해도 객실은 좁았다. 그런 곳에서 마주 앉으니 에키네시아가 불편한 기색으로 시선을 피했고, 그도 긴장이 되어서 마음을 다스릴 겸 잠시 눈을 감았다.

눈을 감으니 그녀의 기척이 확연히 편안해져서 차마 눈을 뜰 수가 없었다. 유리엔은 이대로 자는 척을 하는 게 나을지 한동안 고민했다.

그러는 사이 그녀의 시선이 와 닿았다. 예민한 마스터의 감각 덕에 그녀가 눈으로 그의 얼굴을 더듬는 것을 느낄 수 있었다. 눈을 감은 채 그것을 느끼고 있자니 얼굴로 피가 몰릴 것 같았다. 당황하던 그는 그녀가 잠깐 시선을 돌리자마자 얼른 눈을 떴다.

"어, 언제 깨어나셨……."

"잠든 적 없다."

풀어져 있던 에키네시아가 다시 긴장하기 시작했다. 그녀가 긴장할수록 그는 우울해졌다. 유리엔은 이번 임무 동안에 그녀가 자신을 대하는 게 조금이라도 편해지길 빌었다. 그래서 그녀가 던지는 작은 질문도 기뻤다. 최대한 자세하게 대답했다. 말투가 딱딱한 것 같아 신경이 쓰였지만 어떻게 바꿔야 할지 잘 몰라서 정성을 기울이기만 했다.

"임무의 내용, 이제는 말씀해 주실 수 있나요?"

이 질문만은 마냥 기뻐할 수 없었다. 그들의 임무는 지금부터 갈 장소에서 엘기오사 오너이자 성녀인 여자아이를 불타 죽을 위기로부터 구해 내는 것이다. 예언자도 아니고, 미래의 일을 알고 막으려 하다니. 그에게 과거의 기억이 있음을 적나라하게 드러내는 일이었다.

[그토록 애써 지운 과거다. 네가 그 지워진 시간을 기억하고 있다는 걸 알게 되면 사라져서 두 번 다시 네 앞에 나타나지 않을지도 모르지.]

성검이 했던 말이 떠올랐다. 가슴께가 두려움으로 죄여 들었다. 그러나 이미 알리기로 결심했었기에, 유리엔은 조심스럽게 말을 꺼내 보았다.

"이번 임무의 목적은 엘기오사를 회수하는 것, 그리고 엘기오사의 오너를 구조하는 것이다."

대놓고 기억이 있다는 티를 냈다. 그는 그녀의 반응을 주의 깊게 살폈다. 이제 그녀는 어떻게 반응할까.

"엘기오사라고요? 그건 행방불명 아니었나요? 게다가 엘기오사의 오너라니……."

에키네시아는 받아들이지 않았다. 과거의 기억을 잊고 싶어서? 아니면 그를 믿지 못해서일 수도 있다.

그대가 마검의 주인인 것을 알고 있다고 말해 버리면 어떻게 될까. 그녀로 인해 죽었던 그가 그렇게 말했다간 그녀는 공포에 질릴 것이다. 그녀가 가장 숨기고 싶어 하는 사실이자 트라우마를 파헤치는 꼴이므로.

유리엔이 그녀를 사랑한다고 해 봤자 그녀는 믿지 못한다. 자신을 왜 원망하지 않는 건지 이해하지 못할 테니까. 어떻게 자신을 사랑할 수 있냐고 묻겠지. 그럼 그는 대답할 수밖에 없었다.

그녀가 나로 인해 나락에 떨어졌으니, 나는 그대를 원망할 수 없다. 내가 그대를 악마로 만들었다.

15년의 고난이다. 그녀가 잃은 것이 너무 많았다. 전부 되돌렸다 해도 되찾기 위해 겪었던 고통이 너무 길었다. 그녀에게 남은 상흔은 아직도 낫지 않았다.

'내가 그대에게 관심을 가진 탓에 그대가 그 모든 악몽을 겪게 되었다는 것을 알게 되면, 그대는 견딜 수 있을까. 그대는 어떻게 할까. 나를 죽이고 싶어 할까.'

유리엔은 칼에 헤집어지는 듯한 익숙한 고통을 느끼며 쓴웃음을 지었다. 그는 말할 수 없었다. 그녀가 전부 잊기를 원할 수도 있는데 파헤쳐 다시 상처 입힐 순 없었다. 지금도 그녀는 모른 척하고 있지 않나.

선택은 그녀가 해야 했다. 그가 할 수 있는 건 기다리는 것뿐이다. 그래도 아무것도 하지 않고 기다리기만 하지는 않겠다. 노력하기로 결심했으므로.

그래서 검에 대한 이야기를 꺼냈다.

"검을 손질하기 싫어하는 건, 단순히 귀찮기 때문인가?"

유리엔은 그녀가 왜 싸구려 검을 들고 다니는지 알고 있다. 알면서 물었다. 상처를 건드렸다. 그는 정안을 뜨고 그녀를 보았다.

"검을 쥐고 있으면 기분이…… 나빠질 때가 많아서요. 쥐고 있는 시간을 최대한 줄이고 싶었습니다."

정안에 비치는 그녀의 혼이 일그러진다. 검은 자국 같은 것이 타오르는 혼의 위로 돋아나 휘감는다. 불꽃이 고통스럽게 몸부림쳤다. 유리엔은 밖을 향해 넘실거리는 대신 스스로의 목을 조르는 새카만 악의를 지켜보았다.

그것은 자기 자신을 향한 악의였다. 에키네시아는 지금 스스로를 죽이고 싶을 정도로 끔찍하게 여기고 있다. 그가 상처를 건드린 탓이었다. 그것을 보고 있자니 말을 주워 담고 싶어졌다.

그가 후회하는 사이 그녀는 자신을 향하는 악의를 가라앉혔다. 불꽃이 일렁거리며 제 목을 죄는 검은 것들을 불태웠다. 에키네시아는 설핏 웃으며 말했다. 어색한 웃음이었다.

"검 손질이 귀찮은 게 제일 큰 이유지만요."

유리엔은 정안을 감았다. 그녀는 그의 생각보다 더 검을 싫어하고 있었다. 검에 대해 이야기하는 것만으로도 저렇게 스스로의 목을 죄는데.

"역시 그대는…… 검이 싫은가?"

그가 준비한 검은 손질하지 않아도 되는 검이다. 분명히 그녀에게 도움이 되리라고 생각했다. 하지만 검 자체가 싫은 거라면 주지 않는 게 나을 수도 있었다. 검을 싫어하는 사람에게 검 선물이라니.

에키네시아는 정적 끝에 답했다.

"즐거울 때도 있어요."

"어떤 때에?"

"대련할 때…… 검으로 대화를 나누는 느낌이 들 때가 있거든요.

그럴 때는 즐겁습니다."
 즐거울 때가 있다고? 전혀 예상하지 못했다. 그녀는 철저하게 목적을 위해 검을 휘둘렀고, 필요할 때 외에는 검을 쥐지 않았다. 그가 지켜보았던 그녀는 적을 상대하기 위해서만 검을 들었다.
 그런데 대련하면서 검으로 대화를 나누는 느낌이 들었다니. 역시 처음에 짐작했던 대로 검 자체가 싫다기보다 검을 보며 연상되는 악몽이 싫은 모양이었다. 내심 그녀가 검을 좋아하게 되기를 바랐기에 안도감이 퍼져 나갔다. 동시에 그녀에게 그런 느낌이 들게 한 그 상대가 지독히 부러워졌다.
 "언젠가 그대와 검으로 대화를 나눌 수 있으면 좋겠군."
 유리엔은 에키네시아가 몸을 굳히는 것을 보고서야 무의식적으로 품은 소망을 말해 버린 것을 깨달았다. 실수였다. 그녀 앞에 있으면 말이 자꾸 헛나가는 것 같았다. 그는 급히 사과했다.
 "독촉하는 것이 아니다. 미안하군."
 "아, 아니에요."
 "어쨌든, 그럼……."
 그대를 위해 만든 검이다. 검을 싫어하는 게 아니라면 받아 줄 수 있겠나. 머릿속에서는 자연스럽고 태연하게 말하고 있는데, 실제의 그는 말을 제대로 잇지 못했다.
 "그, 그대가, 그 검을 쓰는 이유가, 그런 것이라면……."
 바보처럼 말을 더듬는 게 민망해서 헛기침을 하고 입을 다물었다. 조금 전까지도 잘 말하다가 갑자기 왜 이러는지 모르겠다.
 에키네시아는 의아하게 그를 보고 있었다. 스스로의 상태가 이해가 가지 않아 혼란스러워졌던 유리엔은 그녀를 보고서야 자신이 왜 이러는지 깨달았다. 사랑하는 여자에게 그녀만을 위해 만든 선물을 처음으로 주려는 상황이었다. 게다가 그 선물이라는 게, 그녀에 대한 마음을 자각조차 못 한 상태에서 만든 물건이었다.

 자각도 못 한 주제에 그의 검인 랑기오사와 비슷한 하얀 형태를 구상하고, 그녀의 눈동자를 생각하며 자수정을 박게 하고, 아메시스트라고 이름까지 지어 새겼다. 그래 놓고서 검은 로드가 스콰이어에게 주기에 가장 무난한 선물이니 사심이 안 들어간 걸로 보일 거라는 멍청한 생각을 했다.

 깨닫고 보니 사심이 안 들어가긴 무슨, 재료가 사심인 기오사라고 해도 될 법한 검이었다. 이런 걸 아무렇지도 않게 그녀에게 주려 했었다니. 유리엔은 난생처음으로 과거의 자신이 창피해졌다. 그러나 이미 말을 꺼낸 상태라 물릴 수도 없었다.

 그는 결국 자리에서 일어나 챙겨 왔던 가죽꾸러미를 꺼냈다. 성검과 나란히 있는 모습을 상상하며 구상했던 검이 그 안에 있었다. 그녀가 그것을 쥔 모습도 내내 상상했었다. 그녀에게 도움이 되기를 바라며 마법을 골라 새겨 넣었다. 정말이지 부끄러울 정도로 마음이 담긴 물건이었다.

 그는 떨리는 손으로 그것을 에키네시아 쪽으로 밀어 주었다.

 "그대 것이다."

 "이건……."

 "그건 손질하지 않아도 된다. 따로 관리해 줄 필요도 없고. 마법이 걸려 있으니."

 그 마법을 새겨 넣는 비용으로만 기사 하나의 연봉보다 많은 돈이 들어갔다. 검 전체에 들어간 돈은 따져 보지도 않았다. 자신의 물건이었으면 사치스럽다 여겼겠으나 그녀가 꺼내 드는 모습을 보니 오히려 한참 부족해 보였다.

'더 공을 들였어야 했는데…….'

그녀에 비하면 너무 모자란 물건이었다. 유리엔은 불안하게 에키네시아를 살폈다. 검을 살펴보는 그녀의 침묵이 길어질수록 입안이 바짝바짝 말라왔다. 그녀가 플러에 새겨진 글자를 만지작거리며 물었다.

"아메시스트가 검의 이름, 맞나요?"

"그래. ……마음에 드나?"

에키네시아는 바로 대답하지 않았다.

별로인가. 역시 너무 급하게 만든 것 같았다. 아니면 혹시 검에 담긴 마음이 티가 나서 거북해하는 걸까. 유리엔은 당황해서 입에서 나오는 대로 횡설수설 말했다.

"이물질이 검의 표면에 남아 있지 않게 하는 마법이 걸려 있다. 날의 강도를 유지하는 마법도. 반년마다 한 번씩 마나를 충전해 주기만 하면 된다. 마나 충전은 마법사들에게 부탁해도 되고, 아니면……."

마나를 다룰 줄 알면 충전이 가능했다. 에키네시아 스스로도 충전이 가능하겠지만, 그녀는 마스터임을 숨기고 있으니 그럴 수는 없을 것이다.

그러니까 그에게 가져와서 충전해 달라고 요청하면 좋겠다. 창천은 희귀한 마스터급 기사가 굴러다니는 곳이지만, 그래도 그 많은 마스터 중 다른 누구도 아닌 그에게 충전을 해 달라고 했으면 좋겠다. 꼭 그래 줬으면 한다.

유리엔은 그녀의 시선을 피하며 슬며시 제 소망을 털어 놓았다.

"……내가 충전해 줄 수도 있다."

말해 놓고 나니 부끄러워졌다. 검이 마음에 안 들 수도 있는데 이게 뭐 하는 짓인지. 유리엔은 어쩔 줄 모르고 테이블 아래에서 주먹만 움켜쥐었다.

가만히 그를 보고 있던 에키네시아가 웃었다. 환하다기보다 작고 부드러운 미소에 불과했으나, 그녀가 그를 향해 보이는 제대로 된 미소는 이것이 처음이었다. 그녀는 그를 향해 웃으면서 말했다.

"감사합니다, 로드. 정말 예뻐요. 잘 쓰겠습니다."

웃었다. 그녀가.

일순 그녀를 제외한 주위 모든 것들이 흐려지는 기분이 들었다. 그녀만이 또렷하고 선명했다. 그녀가 그를 향해 웃어줬으면 좋겠다고 생각하긴 했지만, 상상했던 그 무엇도 지금의 느낌에는 미치지 못했다.

뭐라고 해야 할까. 그저 간결하게, 기뻤다. 행복했다. 그 표현이 담고 있는 모든 의미가 그의 내부를 채우다 못해 흘러넘쳤다. 흘러넘쳐서 미소가 되었다. 유리엔은 그녀를 향해 웃었다.

"마음에 든다니 다행이군."

"……이거, 일부러 맞추신 건가요?"

"그렇다. 부담스러운가?"

혹시 담겨 있는 사심이 티가 났나? 그는 제 발을 저리듯 놀랐다. 다행히 그녀는 고개를 저었다.

"아뇨, 그냥…… 기성품 같지가 않아서 여쭌 거예요."

"그대를 스콰이어로 임명하기로 했을 때 제작을 맡겼다. 완성된 게 얼마 전이라서, 그대에게 줄 기회를 잡느라……."

아, 이런. 얼른 말끝을 흐렸지만 늦었다. 현실이 아니라 천국에 반쯤 걸쳐 있는 기분이라 할 필요가 없는 말까지 나와버렸다. 그녀 앞에

선 왜 이렇게 말이 제대로 나가지 않는 건지 모르겠다.

아니, 사실은 안다. 에키네시아 로아즈의 앞에서 유리엔 드 하르덴 키리에가 멀쩡할 날은 아마 영원히 오지 않을 것이다.

그녀의 표정이 이상해졌다.

"계속 줄 기회를 기다리고 계셨던 거예요?"

"……."

"그냥 아무 때나 불러서 주시면 되는데."

"그대가……."

"아니면 임명식 때 주신다거나. 기회는 많았잖아요."

에키네시아가 의심스럽게 그를 보았다. 유리엔은 어쩐지 억울해졌다. 그대가 나를 볼 때마다 불편한 기색인 데다, 마음을 다잡으려면 그대를 봐선 안 될 것 같아 계속 만나지 않고 참았는데 줄 기회가 많았다니.

"그대가 나를 싫어하는 기색이어서."

"제가요? 로드를?"

"이제는 아니란 걸 안다. 저번에 그대가 내게 예쁘……."

"잠깐, 잠깐, 잠깐만요. 그 뒷말은 하지 않으셔도 돼요. 아니, 제발 하지 말아 주세요."

급하게 그의 말을 끊는 그녀의 얼굴이 그때처럼 붉어졌다. 맙소사, 왜 이렇게 귀엽지.

검의 정점에 오른 제니스이자 불씨를 태양으로 키워 낸 눈부신 혼이, 전설을 현실로 끌어내어 시간을 되돌리는 기적을 이루어 낸 사람이, 소녀처럼 볼을 붉히고 수줍어하고 있었다. 신기하고, 귀엽고, 사랑스러워서 어찌할 바를 모르겠다. 끌어안고 입술을 대고 싶다. 정말로 그러고

7막. 지켜보는 것과 포기할 수 없는 것 | 235

싶었다. 그러나 그럴 수가 없어서 그는 그저 웃음만 흘렸다.

에키네시아는 더 말하기 부끄러운지 입을 다물고 아메시스트를 당겨 허리에 매려 했다. 어설픈 손놀림으로 가죽끈을 이리 저리 돌리다가 갑자기 놀라면서 끈을 놓쳤다. 그러곤 손으로 귀를 막았다가 떼고 오른손을 흘깃 보았다.

[바르데르기오사가 무어라 떠든 모양이군. 하긴, 기분이 좋진 않겠지. 주인이 나 외의 다른 검을 주력으로 쓰겠다고 하면 나라도 기분이 좋진 않을 테니.]

내내 조용하던 성검이 그 모습을 보고는 중얼거렸다. 사소한 행동들도 마냥 예뻐서 넋을 놓고 그녀를 보고 있던 유리엔은 그 말에 정신을 차렸다. 검도 질투를 하나. 아메시스트를 준비하면서 전혀 고려해 보지 않았던 부분이라 약간 걱정이 되었다. 마검이 기분이 나쁘다며 그녀를 힘들게 하는 건 아니겠지.

그런 생각을 하며 자리에서 일어났다. 곁으로 다가가자 그녀가 깜짝 놀랐다.

"로, 로드?"

"매는 것이 어려워 보여서. 잠시 손을 대도 되겠나?"

등받이에 팔을 짚은 채 그녀를 내려다보았다. 가깝다. 그녀의 몸에서 꽃향기와 비슷한 냄새가 났다. 달았다. 에키네시아는 얼결에 고개를 끄덕였다.

"실례하지."

유리엔은 그녀의 허리에 걸린 가죽끈을 쥐었다. 끈을 매어 주다 보니 자연스럽게 허리를 감싸 안는 형태가 되었다. 더 가까워졌다.

팔에 안긴 허리가 가늘었다. 드러난 목덜미는 희다. 달콤한 향이 얇은 피부에서 배어 나왔다. 좀 더 고개를 숙이고 힘을 주어 당기면, 그녀의 목과 어깨가 만나는 지점의 부드러운 살이 그의 입술에 닿을 것이다.

온전히 순수한 의도로만 끈을 매어 주려던 건 아니었다. 그렇다고 이렇게까지 불순한 의도도 아니었는데, 그녀와 가까워지니 저절로 불순해졌다. 가죽끈을 얽어매는 손이 떨렸다. 유리엔은 서둘러 끈을 마무리하고 그녀에게서 떨어졌다.

"이런 식으로 매면 된다."

"가, 감사합니다."

그는 그대로 돌아서서 객실 밖으로 걸음을 옮겼다. 뒤에서 그녀가 당황한 듯 그를 불렀다.

"어디 가세요?"

"……목이 말라서. 그대는?"

"아, 전 괜찮아요."

"다녀오겠다."

뒤돌아 보지 않고 답한 다음 거의 달아나다시피 객실을 나왔다. 열차의 복도를 비틀거리며 걷다가 마침 눈에 띈 빈 객실로 냅다 들어갔다. 문을 닫고 기대서서 깊고 뜨거운 숨을 길게 내뱉었다. 그리고 흘깃 아래를 보았다.

"……미쳤군."

[미쳤다고 할 것까지야. 신체 건강한 젊은 남자가 좋아하는 여자와 함께 있다 보면 그럴 수도 있지. 정상적인 반응이라고 생각한다.]

"랑기오사."

[음?]

"못 본 척해 주는 게 더 도움이 될 때도 있는 법이다."
[……]
성검이 얌전히 입을 다물었다. 유리엔은 욕망이 가라앉을 때까지 객실로 돌아가지 못했다.

열차에서 내려 마차를 탈 때는 일부러 두 대를 잡았다. 마차에서 잠도 자야 할 텐데, 유리엔은 그런 좁은 공간에서 그녀와 함께 있을 자신이 없었다. 그들은 밤새 마차를 타고 달려 한적한 마을에 도착해서 뒷산을 올랐다.

지워진 과거, 성녀는 이 근처의 골짜기에서 까맣게 탄 시체로 발견되었다. 불탄 오두막 속에서 웅크려 앉은 어린 소녀의 품에 은빛 단검이 있었다.

치유검 엘기오사.

녹색 넝쿨로 휘감긴 그 작은 단검은 불 속에서도 그을음 하나 없이, 소녀의 가슴팍을 꿰뚫은 채 꽂혀 있었다고 한다. 불길이 덮쳐 오자 소녀가 자살을 시도한 것으로 추측되었다.

그 상처는 죽은 소녀가 엘기오사의 주인이었음을 증명했다. 엘기오사로 상처 입힐 수 있는 건 엘기오사 오너뿐이었으므로.

성녀가 타 죽은 오두막은 근방을 오가는 약초꾼과 사냥꾼들이 공용으로 쓰던 쉼터였다. 쉼터를 쓰러 왔던 어느 사냥꾼이 시체를 발견했고, 시체의 품에 있는 단검이 범상치 않다는 것을 알아차리고 영주에게 제보를 했다. 그 제보가 아젠카에 도달하여 창천 기사단은 주인을 잃은 엘기오사를 회수할 수 있었다.

성녀 살해 사건을 저지른 범인은 끝내 잡히지 않았다. 까맣게 탄 시체에서 알아낼 수 있는 건 적었다. 시체가 발견되고 제보가 아젠카에 전해지기까지 시간이 오래 걸린 탓도 있었다.

그래서 유리엔은 지금 성녀가 어디에 있는지는 몰랐다. 그저 몇 남은 단서와 흔적을 도내토 이 부녑의 어느 밤에, 여러 사람에게 끌려온 소녀가 불붙은 쉼터에 갇혀 죽었다는 것만 안다. 물론 성녀의 죽음을 막는 데는 그 정도만으로도 충분했다.

그는 쉼터가 잘 보이는 능선에 자리를 잡았다. 일단 열흘 정도 머물 준비를 해 왔지만 운이 나쁘면 한 달까지 머물러야 할지도 모른다. 시기는 추측했어도 정확한 날짜까지는 알아낼 수 없었기 때문이다.

에키네시아보다 빠르게 막사를 완성한 유리엔은 곧바로 저녁 준비를 시작했다.

[로드의 수발을 드는 건 스콰이어의 업무 아니냐? 왜 네가 하는 거냐.]

랑기오사가 의아하게 물었다. 그는 막사 안의 그녀가 듣지 못하도록 작게 답했다.

"시간이 남으니까."

[마검의 주인 입장에선 불편할 텐데. 상관이 일을 하게 두는 꼴이잖나. 너도 스콰이어 시절을 겪었다면서 그걸 모를 리도 없고.]

"……안다. 그래도 해 주고 싶어서."

에키네시아는 요리를 할 줄 모른다. 요리사가 해 주던 음식을 먹던 귀족 출신이니 요리에 서툰 게 당연하긴 했다. 문제는 그 서툰 점이 지워진 과거에 9년을 떠돌면서도 그다지 나아지질 않았다는 점이다. 못 먹을 음식을 만들진 않지만 개죽보다 조금 나은 수준에 머물렀다.

짐이 된다는 이유로 재료를 제대로 들고 다니지 않는 탓도 있었다. 그녀가 떠돌면서 들고 다녔던 조미료는 소금뿐이었으니. 사냥과 도축에는 능숙해졌으면서 조리 방법은 소금을 뿌려 굽는다, 혹은 물에 넣고 끓이면서 소금으로 간을 한다에 그쳤다. 그런 식사마저도 거르기 일쑤였다.

스콰이어 교육 과정에는 간단한 요리법도 들어가 있었으므로, 에키네시아도 지난 한 달간 요리를 약간 배우긴 했을 터다. 하지만 그래 봤자 속성 과정이었다. 맛보다는 배를 채우는 데 치중하는 것. 신입 스콰이어들이 만드는 요리란 대체로 그런 법이다. 그러다 스콰이어 경력이 쌓일수록 점점 괜찮은 걸 만들게 된다.

물론 아무리 요리 경험이 늘어도 끝까지 먹을 만한 연료 수준에서 못 벗어나는 경우도 있었다. 그렇게 오래 혼자 떠돌았음에도 그대로인 에키네시아처럼.

유리엔의 스콰이어 경력은 약 4년이었고, 그는 제법 요리를 잘했다. 단체로 임무를 떠났을 때 취사 담당이 되는 경우가 있을 정도였다. 그래서 그는 처음부터 이 임무 기간 동안 자신이 요리를 할 생각이었다. 식량을 구입할 때도 재료를 좋은 것으로 넉넉히 챙겨 왔다.

결국 그녀에게 맛있는 음식을 먹이고 싶다는 소리다. 그는 정성 들여 재료를 다듬고 버터를 녹인 냄비에 볶았다. 메뉴는 무난한 비프 스튜였다. 냄비를 저으며 그가 무심코 중얼거렸다.

"입맛을 알면 좀 더 딱 맞춰 만들 수 있을 텐데."

[……그렇게 좋으냐.]

"좋아하는 편이긴 해도, 취미까진 아니다."

[요리 말고……. 아니, 됐다.]

성검이 길게 한숨을 내쉬었다. 유리엔은 신중하게 간을 하느라 성검의 말을 듣지 못했다. 월계수 잎과 따로 챙겨 온 향신료까지 넣었다. 스튜가 끓으며 맛있는 냄새를 풍기기 시작했다. 뒤늦게 나온 에키네시아는 그가 요리를 하는 것을 보고 놀라 항변했다.

"신경 쓰지 마라. 시간이 남아 했을 뿐이니."

유리엔은 대연히 대꾸하며 삭은 섭시에 스튜를 떠서 그녀에게 내밀었다.

"맛을 봐 주겠나."

아무렇지도 않은 것처럼 권했지만 속으로는 긴장했다. 입맛에 맞을까? 요리를 할 때는 자신이 있었는데 그녀에게 내밀게 되니 그 자신감이 급격하게 사라지는 느낌이었다.

"……그, 으, 네에."

접시를 받아든 에키네시아가 김이 나는 스튜에 입김을 불었다. 그 소소한 동작도 그에게는 지나칠 정도로 예뻐 보였다. 눈매가 저절로 풀어지는 걸 느꼈지만 자제할 수가 없었다. 스튜를 머금은 그녀의 눈이 동그랗게 커지는 것을 보며 유리엔은 이러다 자신이 정말로 자제를 못 하게 되는 게 아닌지 걱정했다.

"로드께서 요리를 잘하실 줄은 몰랐어요."

그녀가 감탄하듯 말하며 그를 올려다보았다. 정말, 자제하기가, 힘들다. 유리엔은 시선을 피했다.

"잘하진 않는다. 먹을 만하게 만들 수 있는 정도지. 나도 스콰이어 출신이니까."

[온갖 정성을 들여 놓고서 아닌 척 굴기는.]

그는 성검의 중얼거림을 못 들은 척했다. 그녀와 대화하는 데에 집중하기도 바빴다. 구름 위를 걷는 기분이라는 식상한 표현을 온 몸으로 체감하게 될 줄은 몰랐다. 그를 보고 긴장하거나 외면하지 않는 에키네시아와 함께 그가 만든 요리를 먹으며 가벼운 대화를 나누는 이 순간이 딱 그런 기분이었다.

"사관학교에 갓 입학했을 무렵에는 마음이 복잡했다. 그래서 디트리히에게 꽤 폐를 끼쳤지."

"폐라니, 어떤 식으로요?"

너무 들떠서 자신이 무슨 말을 하고 있는지도 잘 몰랐다. 유리엔은 일순 입을 다물었다.

18세의 유리엔은 정해진 선에서 벗어나면 세상이 멸망하는 줄 아는 소년이었다. 나이를 좀 더 먹은 후에는 어느 정도 융통성도 생기고 그의 기준을 타인에게 강요하지 않게 되었지만, 그 시절에는 타인에게도 그 잣대를 들이대었다.

아직 사람을 대하는 게 서툴렀던 시기이기도 했다. 주위에 대한 불신과 경계심, 의도적으로 정을 두지 않으려 선을 긋는 태도에 황궁에서 쫓겨난 직후라 극도로 예민해진 상태까지 합쳐져서 가관이었을 것이다.

최대의 피해자는 룸메이트였던 디트리히였다. 디트리히는 상대가 제국의 황자라고 맞춰 주는 성격이 아니었다. 말로 받아칠 만큼 얌전하지도 않았다. 대놓고 그에게 또라이 새끼라고 욕을 해 댔고, 속 터지면 주먹질도 마다하지 않았다.

검술로는 도저히 유리엔과 상대가 되지 않았으나 흙을 뿌려 대는 뒷골목식 싸움은 제법 해 볼 만했다. 배척받으며 자랐다 해도 황자였던 유리엔은 난생처음 저속한 막말을 들어 보았고 흙투성이가 되도록 굴러 보았다. 그렇게 지내다가 정신을 차려 보니 친구가 되어 있었다.

철이 든 이후 디트리히는 네놈이 그나마 사람다워진 건 절반은 자기 덕이라며 종종 투덜거리곤 했다. 유리엔은 그 말을 완전히 부정하지는 못했다.

에키네시아에게 알리기엔 부끄러운 이야기였다. 그는 말을 돌렸다.

"일난 틀시. 식는다."

그녀는 그가 피해 버린 대답이 몹시 궁금한 듯했다. 식사 후에 설거지를 할 때 다시 물었다. 그녀와 편안한 분위기에서 대화를 하는 것 자체는 정말 좋았지만 그 화제는 피하고 싶었다. 좋은 모습만 보여 줘도 부족할 판에 그런 시절의 이야기를 하기는 창피했다.

"그게 그렇게 궁금한가?"

"먼저 말을 꺼내신 건 로드인 걸요. 궁금해질 수밖에요."

"그대가 말을 거니까, 들떠서 자꾸만……."

또 말이 헛나갔다. 그녀 앞에서는 연거푸 말실수를 하게 된다. 에키네시아가 당황한 얼굴로 그를 보았다. 유리엔은 수습을 포기하고 그 자리에서 도망쳤다.

그날부터 시작된 야숙 생활 동안, 그는 영 멀쩡하질 못했다. 적어도 성검이 보기에는 그랬다.

유리엔은 말이 많은 편이 아니었으나 에키네시아와는 조금이라도 더 대화를 지속하려 안달이었다. 그녀가 한 말들은 집중해서 듣다 보니 거의 외워 버렸다.

다른 사람에게는 제대로 해 본 적이 없는 자신의 이야기가 그녀 앞에서는 쉽사리 튀어 나왔다. 물론 그녀에게 알리고 싶지 않은 것들,

예를 들면 황가의 사정 같은 건 입 밖에 내지 않았지만.
 번갈아 밤을 새우느라 마주치는 시간이 적었음에도 함께 지낸다는 상황 자체에 내내 들떴다. 바로 앞에 있을 때가 아니라도 근처에 그녀가 있다는 것만으로도 마음이 잘 가라앉질 않았다. 유리엔은 지나치게 들뜬 마음을 다스리려고 나무토막으로 조각을 했다.
 그가 스콰이어였던 시절, 심란할 때 나무토막을 조각하면 검을 섬세하게 다루는 연습도 되고 머리를 비우기도 좋다고 로드인 바론이 가르쳐 줬었다. 그는 바론의 말에 따라 드물게 나무토막을 손에 쥐긴 했었지만 그것이 취미가 되진 않았다. 애초에 유리엔은 검 외에는 취미가 없는 인간이었으며 욕망 탓에 심란해질 일도 없었다.
 그러나 요 며칠, 그는 평생 조각한 나무토막의 몇 배는 될 법한 나무 조각을 만들어 내고 말았다.
 [······.]
 그 꼴을 지켜본 성검은 할 말이 많았으나 꾹 참았다. 인간 사이의 감정 문제, 특히 사랑과 관련된 건 자신이 끼어들어 봤자 역효과만 났었다. 랑기오사는 그 경험을 되새기며 얌전히 입을 다물었다.
 그렇게 일주일 정도의 시간이 흘렀다.
 가까운 곳에 그녀가 있다는 게 긴장이 되어 그는 계속 편히 잠들지 못하고 있었다. 그날은 평소보다 더 잠이 오질 않아서 뒤척이다 결국 막사를 나왔다. 아무래도 저녁 식사 시간에 에키네시아가 남동생 이야기를 하다가 소리 내어 웃은 탓이 컸다. 작게 흐른 웃음소리와 휘어진 눈매가 자꾸 떠올라서 잘 수가 없었다.
 "로드? 왜 주무시지 않고."
 "오늘따라 잠이 잘 오지 않아서. 낮잠을 과하게 잔 모양이다."

유리엔은 에키네시아의 곁에 앉았다. 그녀는 그의 존재를 자연스럽게 받아들였다. 그에게 익숙해진 모양이었다. 그게 너무 기뻐서 표정이 흐트러질 것 같았다. 그는 골짜기 쪽에 시선을 두고 심호흡을 했다.

그 와중에 그녀가 꺼낸 말은, 그가 전혀 예상하지 못했던 일이었다.

"지금, 대련하실래요?"

유리엔은 제 귀를 의심했다. 처음에는 얼어붙었고, 이어서 생각이 폭주하듯 뇌리를 메웠다.

무슨 뜻이지? 혹시 모든 걸 고백하려는 걸까? 이제 나를 믿을 수 있게 된 건가? 이렇게 빠르게? 그럴 리가 없다. 다른 의도가 있나?

그저 평범한 대련 요청일 수도 있다. ……아니다, 그녀가 그에게 평범한 대련 요청을 할 확률은 없다고 봐야 했다. 대련이라니. 그런 날은 영원히 오지 않을지도 모른다고 생각했었는데, 지금 그녀와 검을 맞대는 게 가능하다고?

유리엔은 멍하니 되물었다.

"진심인가?"

"네. 로드께서 괜찮으시다면."

담담하게 답한 에키네시아가 일어나서 자리를 잡았다. 유리엔은 따라 일어나지 못했다.

이게 현실인가? 잠을 이루지 못했던 건 착각이고, 꿈을 꾸고 있는 게 아닌가.

그는 눈만 돌려 아메시스트를 차고 서 있는 그녀를 보았다. 천천히 현실감이 들었다. 정말로 그녀가 숨기고 있던 것을 그에게 고백한다면, 그 역시 말하지 못했던 진실을 그녀에게 고백해야 한다. 그녀의 비극이 어디서 시작되었는지를. 그것을 떠올리자 폭주하던 생각들이 희게 변하며 지워져 버렸다.

유리엔은 비틀거리며 그녀의 앞에 섰다. 에키네시아가 갈라진 목소리를 내다가 헛기침을 했지만 그는 그것을 알아차리지 못했다.

"검을 드시면 시작할게요."

"그러지."

기계적으로 대꾸하고 반사적으로 랑기오사를 뽑았다. 거기까지는 매끄러웠으나 손이 떨리는 바람에 성검을 떨어뜨렸다. 성검은 혀를 차는 소리만 내고는 아무 말도 하지 않았다.

진실을 알게 되면 그녀는 어떻게 할까. 그녀의 삶이 한순간에 나락으로 떨어진 게 그 때문임을 알게 되면.

유리엔은 그녀의 반응을 상상할 수가 없었다. 대련을 하자고 청하며 그녀가 준비되기를 기다리겠다고 결심해 놓고서, 정작 그때가 오니 그가 준비가 되질 않았다.

마음이 더 깊어져 버렸다. 너무 좋아져 버렸다. 겨우 그에게 익숙해진 그녀가, 이제야 그의 앞에서 약간이나마 웃는 그녀가, 그를 외면할지도 모른다. 그녀의 웃는 얼굴을 알게 되자 더 두려워져 버렸다.

증오할까. 원망할까. 외면할까. 떠날지도 모른다. 그녀가 사라져 버리는 것은 상상하고 싶지 않았다. 떠나는 것보다 차라리 그를 찌르는 게 나을 것 같았다.

만약 그녀가 차마 그를 죽이진 못하고 이제 두 번 다시 자신의 삶에 끼어들지 말라고 한다면, 그는 따를 수밖에 없었다. 그녀의 삶을 망가뜨린 원인이 자신이니 그리해야 했다. 그것이 옳았다.

그러나 이미 변해 버린 자신이 그녀의 부재를 견딜 수 있을 것인가.

그녀를 알기 전으로 되돌아가는 게 가능할까. 기억하는 상태로는 불가능할 것이다. 그건 확실했다. 이 삶이 두 번째라는 것을 자각할 때마다 그녀를 떠올릴 수밖에 없을 테니까.

그러니 그녀가 그를 보고 싶지 않다고 말한다면, 그가 할 수 있는 선택은 하나뿐이었다.

'성섬을 버려야겠지.'

그러면 에키네시아에 대한 것을 모조리 잊고, 이 삶이 그녀가 만들어 낸 두 번째 기회라는 것도 잊고 살아가게 되겠지. 아무것도 모른 채 태연히 지낼 자신을 생각하니 지독하게 역겨워졌다. 유리엔은 마른세수를 하고 간신히 랑기오사를 쥐었다.

에키네시아가 아메시스트를 뽑아 그를 향해 겨누었다.

짧은 정적. 달빛이 흰 날을 타고 흘러내렸다. 그는 칼날 너머로 그녀의 눈동자가 흔들리는 것을 보았다. 칼끝이 요동쳤다. 그녀는 검을 내팽개쳤다.

"에키네시아?"

본능적으로 정안을 떴다. 새카맣고, 새빨갛게 치솟는 악의. 타인이 아닌 스스로를 찢어발기려 드는 악의. 비명을 지르는 혼. 그 고통을 보자마자 유리엔은 조금 전까지 자신이 하고 있던 생각들이 이기적이었음을 깨달았다.

그가 하는 고백으로 인해 그녀가 그를 어떻게 대할지는 문제가 아니었다. 진실을 안 그녀가 받을 충격이 가늠되질 않았다. 15년에 달하는 세월을 그토록 힘겹게 보내게 된 원인이 고작 그가 그녀에게 관심을 가진 탓이라는 걸 알게 된다면.

유리엔은 정안을 감고 맨눈으로 그녀를 보았다. 눈물이 고여 흐릿해진 눈으로 그녀가 제 입을 틀어막았다. 안색이 창백했다. 그는 저도 모르게 애원하듯 그녀의 이름을 불렀다.

"에키네시아."

그대가 잘못한 것은 없는데, 왜, 상처는 전부 그대가 짊어지고 있는가. 왜 스스로에게 악의를 겨누는가. 그대는 충분히 고통스러웠고, 죄가 없음에도 죗값을 치렀다. 그러니 제발.

유리엔이 다가가자 에키네시아는 의미 없이 고개를 저으며 뒷걸음질했다. 공포에 질린 몸짓. 그는 더 다가가지 못하고 걸음을 멈췄다. 폐로 물이 쏟아져 들어오는 것 같다.

제발. 차라리 나를 증오해라. 내가 그대를 악마로 만든 자다. 그대 대신 나를 원망해라. 그 악의를 내게 겨눠라.

그는 치솟는 말들을 토해 내기 위해 입을 열었다. 그 순간, 골짜기 아래에서 불빛과 소음이 떠올랐다.

"마녀! 마녀를 끌고 와!"

외면할 수 없는 소란이었다. 유리엔은 하려던 말들을 눌러 삼키며 골짜기 쪽을 확인했다. 내내 기다리던 일이었으므로 파악은 빨랐다. 얼마 지나지 않아 에키네시아도 그를 향해 다가왔다. 엉망으로 무너졌던 그녀의 호흡은 어느새 고르게 돌아와 있었다.

그렇겠지. 그대는 강인한 사람이니까. 포기해 버려도 아무도 뭐라 하지 못할 텐데 끝까지 버텨 기적을 이루어 낼 정도로. 그 점이 눈부시게 아름답지만, 바로 그 점이 그녀를 위태롭게 만든다.

그래서 지탱해 주고 싶었다. 기대어 쉴 수 있는 사람이 되어 주고 싶었다. 그 소망을 위해 노력하려 했다. 조금씩 나아지고 있다고 여겼다. 하지만 그녀는 다시, 그의 앞에서, 그로 인해서, 과거를 보고 고통을 느낀다. 아직 진실을 말하지 못했는데도.

"에키네시아, 저 아이가 엘기오사의 오너일 거다. 사람들은 내가 막을 테니, 그대에게 아이를 부탁해도 되겠나?"

"예, 로드."

그녀는 망설이지 않고 답했다. 유리엔은 바로 곁으로 온 그녀를 돌아보지 않고 그대로 이래로 뛰어내렸다. 돌아볼 수가 없었다.

사람들을 제압하고 추궁하는 건 그리 어렵지 않았다. 어느 마을에서 온 건지, 무슨 일이 있었던 건지 하나하나 알아내었다. 눈살이 찌푸려질 정도로 어리석고 이기적인 사연이었다. 성녀가 이런 이유로 살해당했을 줄이야.

[엘기오사의 주인들은 특성상 수난을 겪는 경우가 많지. 저런 정의롭지 못한 것들에게 물어 뜯기게 되니까. 법에 따라 처벌하는 게 좋겠다.]

랑기오사가 싸늘하게 말했다. 유리엔은 대답 대신 작게 고개를 끄덕였다. 마을을 관할하는 영주에게 경위를 설명한 후 일차적으로 구금하고, 대신전의 성녀에 관한 성명서를 첨부하여 제국에 사건 개요를 알리고 처벌을 논의한 다음 고지하고 시행하는, 길지만 적법한 절차에 따라 처리할 예정이었다.

대표 격인 주동자에게 어느 영주 소속의 마을인지를 묻던 그는 등을 찔러 오는 불길한 예감에 대화를 중단했다. 마스터의 예민한 감각에 공간의 진동이 느껴졌다. 유리엔은 빠르게 쉼터 쪽으로 달려가 부서진 창 안을 들여다보았다.

"에키네시아? 무슨 일······!"

[결절? 아니, 전에 결절을 본 지 얼마나 되었다고······. 대체 이게 무슨······.]

그녀에게 물어볼 필요도, 성검의 경악한 중얼거림을 들을 필요도 없었다. 결절 근처에 어정쩡하게 서 있는 에키네시아와 사라진 성녀를 보자마자 상황 파악은 끝났다. 결절이 생겨났고 성녀는 삼켜졌겠지. 유리엔은 창틀을 뛰어넘었다.

'그리고 그대는 또 저 안에 들어가려 했겠지.'

바라하를 구하려 했듯, 성녀를 구하기 위해. 안에 뭐가 있을지 모를 결절로.

아무리 제니스라지만 너무 자기 목숨을 쉽게 생각하는 것 아닌가. 경험이 있어 살아남을 자신이 있다고 해도 다치지 않는 것도 아니고 아픔이 없는 것도 아닌데. 심지어 저번에는 결절에 들어갔다 나온 후에 오래 앓기까지 했으면서.

그녀와 그의 시선이 마주쳤다. 유리엔은 에키네시아가 당황한 것을 알아차렸다. 자신이 보는 앞에서 결절에 들어가자니 설명할 말이 없어서겠지. 그녀는 그에게 모든 것을 감추고 싶어 하니까. 그를 믿지 못할 테니까.

[주인, 지금 설마……]

유리엔은 쓰게 웃었다. 그리고 결절로 발을 내디뎠다. 물거품을 통과하는 것 같은 괴상한 감촉이 전신을 휩쓸고 나자, 그는 현실 같지 않은 공간 안에 서 있었다.

[……죽으려고 작정을 했느냐?]

"내가 들어왔으니 그녀는 결절을 피하겠지. 내 앞에서 정체를 드러내고 싶지 않을 테니까. 성녀는 내가 구해 내면 된다."

[물론 너는 내가 봐 온 주인들 중에서도 손에 꼽을 만큼 탁월한 마스터다. 하지만 결절은 달라. 법칙이 다르단 말이다. 혹시라도 공기가 없는 공간이었으면 어쩔 작정이었느냐? 제니스인 마검의 주인도 장담할 수 없는 곳엘 제

발로……!]

성검은 조곤조곤 말하다가 울컥하여 목소리를 높였다. 유리엔은 주변을 살피며 태연히 대꾸했다.

"그 자리에 있는 것을 모두 삼키고 분리되는 게 결절이다. 공기 또한 삼켜지니 공기가 없을 리는 없다."

[지금 그런 사소한 걸 따질 때냐?]

"이미 들어온 상황에 왜 들어왔는지를 따지는 것도 의미가 없지."

[다음에는 이러지 않겠다고 약속해라.]

"……."

그는 대답하지 않고 랑기오사를 들어 쇠기둥 같은 나무를 건드려 보았다.

[이 나무, 닿지 않게 조심해라. 내 몸에 전해지는 열기가 끓는 쇳물 수준이다. 그리고 약속은 하지 않는 거냐?]

"노력해 보겠다."

[……그래, 노력이라도 해라.]

글러 먹었군. 랑기오사는 빠르게 포기했다. 성녀를 구한다는 사명감으로 결절에 뛰어든 거라고 여기면 이해할 만했다. 사명감보다 마검의 주인이 결절에 들어올까 봐 걱정하는 마음이 크다는 게 뻔히 보였지만. 성검은 깊게 한숨을 내쉬었다.

성검이 한숨을 쉬든 말든 유리엔은 순조롭게 움직였다. 내부 구조를 파악하고, 진흙 거인 안에 사람이 있는 것을 발견하고, 쉼터 근처에 주위에 널린 기름과 불을 이용해 울타리를 만든 뒤에 발견한 사람들을 데려다 놓았다. 성녀의 흔적이 보이질 않아 초조해지는 것 외에는 큰 문제가 없었다.

[지형이 괴상해서 그렇지, 생각보다 위험한 곳은 아닌 것 같구나. 예전에 마검의 주인이 들어갔던 결절에 비하면 말이다. 엘기오사 오너만 빨리 찾아내면 되겠군.]

위험해 보이지 않자 랑기오사도 긴장을 풀었다. 유리엔은 성검의 의견에 동의하며 짊어진 남자를 쉼터 쪽에 가져다 두려 움직였다. 곧 쉼터가 시야에 들어왔다.

그는 걸음을 멈췄다. 에키네시아 로아즈가 거기에 서 있었다.

'왜?'

대체 왜 그녀가 결절에 들어온 건가. 그가 들어온 결절에 그녀가 들어올 리가 없다고 생각했는데. 감추고 있던 것을 들킬 위험을 무릅쓰고, 대체 왜? 유리엔은 황급히 그녀에게로 다가갔다. 짊어지고 있던 청년을 내던지다시피 내려놓고 그녀의 앞에 섰다.

에키네시아가 무사한지 확인하듯 그를 훑었지만 유리엔은 그것을 알아차리지 못했다. 그의 눈에 들어온 그녀의 왼손에 정신이 팔렸다. 그는 그녀의 손을 잡아챘다. 화상을 입은 것처럼 보였다. 손을 감싼 천에 진물이 배어 나와 있었다. 대충 봐도 몹시 아파 보이는데 그녀는 태연한 얼굴이었다. 그저 미약한 당황만이 어린 채로 그녀가 제 손을 잡아 뺐다.

"별거 아니에요, 로드."

분수대 앞에서 처음 그녀의 손을 쥐었을 때, 그는 뭐라고 빌었던가. 시간을 되돌려 보드라워진 그 작은 손이 두 번 다시 상처 입을 일이 없기를 원했다. 그게 고작 한 달 반 정도 전의 일이었다.

그런데 벌써 그녀는 손에 상처를 입었다. 화상으로 짓무른 손을 아무렇지도 않게 감춘다. 아무렇지도 않게 결절에 발을 들인다. 그것도 다른 사람을 구하려는 목적으로. 두 달도 되지 않은 시간인데 벌써 두 번째였다.

"······그대는, 대체, 왜 항상!"

왜 몸을 아끼지 않는가. 왜 위험에 제 발로 걸어 들어오는가. 아무리 그대가 강하다지만 무적인 것도 아니지 않는가. 행복해지고 싶다면서, 적당히 외면하고 살면 안 되는 건가. 그대가 조금쯤 외면한다 해서 죄가 되진 않을 텐데. 그대를 걱정할 사람들에 대해서는 왜 생각하지 않나.

울컥 솟구치는 감정에 저절로 목소리가 높아졌다. 에키네시아가 화들짝 놀라는 게 보여서 심호흡을 했다. 그래도 잘 진정되질 않았다.

"그대는 왜 결절에 들어왔지?"

"네?"

"왜, 결절에 들어왔느냐고, 물었다. 피할 시간이 충분히 있었을 텐데."

"죄송합니다. 피하려고 했는데, 어쩌다 보니······."

거짓말이다. 어차피 그녀는 그의 앞에서 사실을 말하지 못할 것이다. 묻는 것 자체가 의미 없는 짓이었다. 유리엔은 지그시 눈을 감았다 떴다. 에키네시아가 그의 눈치를 보며 조심스럽게 말을 꺼냈다.

"로드, 엘기오사의 오너를 찾았어요. 안전한 곳에 잠시 두고 왔습니다. 결절을 빠져나갈 방법으로 짐작 가는 게 있어서······."

내내 찾고 있던 성녀를 찾았다는 소식을 듣는데 반갑지가 않았다. 결절을 탈출하는 방법에 대한 새로운 시각을 듣는데도 신기하지가 않았다.

"저, 로드?"

"······알겠다. 그 시작점이라는 건 저 안에 있겠군. 시험해 볼 만한 가설이다."

돌아서서 쉼터 쪽으로 가서 문을 부쉈다. 손놀림이 거칠었다. 그런 그를 향해 그녀가 조용히 물었다.

"로드. 제게 화가 나셨나요?"

그 말에 찬물을 끼얹은 듯 정신이 들었다. 그녀에게 화가 났냐고? 아니다. 그녀가 나서게 만드는 상황과, 그녀를 지탱해 줄 수 없는 스스로에게 화가 났다. 자신이 좀 더 대단한 존재였으면 좋겠다. 그녀가 믿을 수 있는 사람이었으면 좋겠다. 그녀에게 그가 도움을 청할 만한 대상이 아니라는 것이 속이 쓰렸다.

그렇다고 그녀가 알아챌 정도로 티를 내다니 추하게 뭐 하는 짓인지 모르겠다. 게다가 그녀에게 화를 내기까지 하고. 한심해서 자괴감이 들었다.

"그대에게 화가 난 것이 아니다. ……미안하다."

그는 그녀를 돌아보지 못한 채 사과를 하고 쉼터 안으로 발을 들였다. 감정에 휘둘리는 와중에도 그녀가 한 설명은 놓치지 않고 들었기에 바로 알 수 있었다. 허공에 그어진 흠 같은 저것이 시작점인 모양이었다.

"저것인가?"

"예, 아마도요."

랑기오사를 들어 그것을 찌르자마자 서늘하게 등줄기를 훑어 내리는 불길한 예감이 느껴졌다. 예감은 정확하게 들어맞았다. 거대한 검은 거인과 함께 결절 내부에 있던 모든 진흙 거인이 몰려왔다.

효율로 따지자면 에키네시아에게 검은 거인을 맡기고 그가 진흙 거인들을 처리하는 게 나을 것이다. 그러나 그녀는 실력을 숨기길 원하므로, 그럴 수는 없었다. 그래서 유리엔은 그녀에게 진흙 거인들을 부탁하고 검은 거인을 맡았다.

덩치가 크긴 해도 재생 능력 외에 별다른 특수 능력은 없어서 검은 거인을 상대하는 건 어렵지 않았다. 핵을 찾기 위해 전신을 썰어 봐야 하는 게 문제일 뿐이었다. 유리엔은 재생형 마물을 상대할 때의 정석대로 차근차근 베어 나갔다. 여유가 있자 성검이 조심스럽게 말을 꺼냈다.

[주인, 결절 말이다.]

"뭔가 짐작되는 것이 있는가?"

[아무래도 지워진 과거와 다른, 큰 변화를 발생시키려 하면 반동으로 결절이 생기는 것 같지 않나?]

"……확실히 그렇군. 공교롭게도 둘 모두 신검에 의한 현상이고."

[시간을 되돌린 건 카이로스기오사고, 결절을 만드는 건 라키아기오사니까. 무언가 관계가 있을 것 같다.]

"그렇게 치면 가장 크게 변한 건 '마검의 악마'였던 그녀와 관계된 사건들일 텐데. 로아즈 영지 근처에서 결절이 생겼다는 소식은 듣지 못했다."

[마검의 주인이 조용히 정리해서 알려지지 않은 건 아니고? 그녀가 결절에 익숙한 게 그 때문일지도 모른다.]

"……뭐?"

[이런, 앞을 봐라!]

모르는 사이에 그녀가 여러 번 결절에 들어갔을 가능성을 떠올리는 바람에 그의 주의가 흐트러졌다. 검은 거인의 손이 코앞에 들이닥쳤다. 인식하고 있었기에 위험할 정도는 아니었다. 그러나 피하는 게 조금 늦어서 팔뚝이 길게 긁히며 피가 튀었다. 그 순간.

"유리엔!"

에키네시아가 다급한 목소리로 그의 이름을 불렀다. 유리엔은 그 목소리에 붙들린 것처럼 제자리에 멈춰 섰다.

그녀가 하늘을 날았다. 하얀 검을 타고 보랏빛 불꽃이 일었다. 검은 거인의 정수리를 꿰뚫는 긴 궤적이 그의 눈에 비쳤다. 무너지는 검은 거인의 잔해보다 먼저 그녀가 불길 사이로 착지했다. 겁에 질린 얼굴과 젖은 눈동자가 그를 찾아 헤맸다.

"유……."

그를 발견한 그녀가 또다시 이름을 부르려다 말끝을 삼켰다. 눈이 느리게 깜박이더니, 서서히 얼굴에 핏기가 가셨다. 그녀는 그 자리에 조각상처럼 굳어 버렸다.

유리엔 역시 얼어붙어 있었다. 그녀가 제대로 검을 쓰는 모습을 맨눈으로 본 건 처음이었다. 간결하고, 위력적이고, 아름다웠다. 마스터라면 누구나 감탄할 수밖에 없는 탁월한 마나 운용이었다. 하지만 그 강렬한 모습보다 그의 귀에 와 꽂힌 그녀의 부름이 더 강렬했다.

그녀가 그의 이름을 불렀다. 처음이었다. 랑기오사의 기억 속에서 성검을 보며 그녀가 중얼거렸던 이후로는.

머리끝부터 발끝까지 소름이 돋았다. 고작 이름을 불린 것 정도로 오싹할 정도의 전율이 일었다. 성검 앞에서 오열하던 그녀의 모습이 연상되면서 어지럽기까지 했다. 그가 자제력이 뛰어난 편이 아니었다면 아마 그녀를 붙들고 다시 한 번만 더 불러 달라고 애걸했을지도 모르겠다.

몇 남은 진흙 거인이 그들을 향해 몰려왔으나 에키네시아는 꼼짝도

하지 않았다. 유리엔은 성검을 들어 그것을 처리했다.

'미쳐 간다기보다 이미 미친 거군.'

검을 휘두르며 그는 담담하게 제 상태를 인정했다. 이름으로 불러줬으면 하고 바라기는 했지만 이 정도로 동요하게 될 줄은 몰랐다. 이미 돌이킬 수 없을 정도로 빠져 버렸다는 것을 다시 깨달았다.

거인들을 처리하고 돌이 올 때까지 에키네시아는 미동도 않고 서 있었다. 그리고 보니 그녀는 방금 그의 앞에서 마나를 사용했다. 그녀가 입에 담은 그의 이름에 정신이 팔려 그 사실을 잠시 잊고 있었다. 유리엔은 그녀의 안색을 살피며 조심스럽게 입을 열었다.

"에키네시아."

에키네시아가 흠칫 떨더니 주춤거리며 뒤로 물러났다.

"에키네시아? 괜찮은가?"

심상찮은 반응이었다. 유리엔이 다시 그녀를 부르자 그녀의 얼굴이 파랗게 질렸다. 그리고 돌아섰다. 그녀가, 돌아서서 달아나려 한다. 그를 떠나려 한다. 심장이 삐걱거리며 멈추려 했다.

"잠깐……!"

유리엔은 그녀의 팔을 움켜쥐었다. 그녀는 더 물러섰다. 지금 놓았다간 두 번 다시 그녀를 볼 수 없게 될지도 모른다. 그런 직감이 들었다.

그는 생각할 겨를도 없이 본능적으로 그녀의 어깨를 붙들었다. 손안에 붙들린 가는 몸이 몸부림쳤다. 경황이 없는지 바르작거리기만 하는 움직임이었다. 전신이 악기의 현처럼 떨고 있다. 그녀와 시선을 맞출 수가 없었다.

에키네시아는 마물이 뿜어낸 산성액을 맞고 피부가 녹아내렸을 때조차 이런 얼굴을 하진 않았다. 그녀는 보는 그가 다 가슴께가 죄어들 정도로 두려워하고 있었다.

'마나를 쓸 수 있는 것을 들켜서?'

그것만으로는 이 정도로 공포에 질릴 리가 없다. 아마도 그것을 기반으로 마검과의 관계를 그가 유추할까 봐, 그게 두려운 것이리라. 떠올리면 스스로에 대한 악의가 치솟고, 공포에 질리며, 도망치고 싶어지는 것. 그래서 모조리 지워 버린 것. 그녀에게 마검의 악마였던 과거는 이런 의미인 것이다.

알고 있었던 상처였으나 적나라하게 드러나는 걸 보니 생각보다도 더 위태로워 보였다. 숨이 턱 막혀 왔다.

"알고 있었다."

그가 말하자 에키네시아의 몸부림이 멈췄다. 정안으로 보이는 혼이 물에 잠긴 빛처럼 흔들리고 깜박였다. 유리엔은 그녀를 안심시키기 위해 덧붙여 말했다.

"알고 있었으니까, 걱정하지 마라."

들킨 게 아니다. 처음부터 모두 알고 있었으나 나는 그대의 상처를 파헤칠 생각이 없다. 그 과거들을 모조리 묻어 버리길 원하면 나 역시 묻어 버릴 테니.

"알, 알고 있었…… 어떻게…… 언제부터……."

에키네시아는 더듬더듬 말을 늘어놓더니 되레 더 파랗게 질려서 양손에 고개를 파묻었다. 그녀가 무너질 듯이 휘청거리는 바람에 유리엔은 급하게 그 몸을 지탱했다.

그는 당황했다. 안심시키려 한 말이었는데, 뭔가 실수를 한 건가? 들키는 게 두려웠던 게 아니었나? 가린 손 틈으로 그녀의 얼굴을 확인하려 했으나 보이지가 않았다. 대신 손아귀 안에서 그녀의 어깨가 들썩이는 게 느껴졌다.

'우는 건가?'

묵직한 무언가에 명치를 얻어맞은 것 같았다. 그녀는 잘 우는 편이 아니다. 제 손으로 가족을 전부 죽였던 장소인 로아즈 저택에서도 울 시 않았었나. 그런 그녀가 지금 울고 있었다.

웃기를 원했는데. 행복하길 바랐는데. 그가 그녀가 지운 과거를 알고 있을 것 같다는 이유만으로 그녀는 울게 되는 건가. 유리엔은 떨리는 입술을 다물었다. 그리고 허리를 숙여 그녀와 시선을 맞추었다.

"에키네시아, 나를 봐 다오. 그대가 그것을 숨기고 싶다면, 숨겨 주겠다. 원한다면 나 역시 잊어버리도록 노력하마. 그러니 나를 봐라."

그가 말하는 '그것'은 그녀의 과거 전체였으나, 아마 그녀는 '마스터'라는 사실 하나로 알 것이다. 그래야 했다. 유리엔은 초조하게 그녀가 손을 떼고 그를 바라보는 것을 기다렸다. 드러난 보라색 눈동자에 눈물이 가득 고여 있었다. 눈가가 붉고 벌어진 입술이 가늘게 떨렸.

제발. 속이 아려 오는 것을 느끼며 그는 말을 이었다.

"그대가 마스터임을 알고 있었기에 나는 그대와 대련을 하길 원했었다. 대련을 하고 나면 답하겠다고 했었던 것들을 지금 말하겠다."

여기서 그가 모든 사실을 고백해 버리면 그녀는 견디지 못할 것이다. 그래서 유리엔은 그녀가 받아들일 수 있을 만한 거짓말을 만들어 냈다.

"예전에 그대를 탄신 연회에서 보고 기억했다고 했었지. 그때 그대에게 있는 재능을 알아봤었다. 그래서 개인적인 관심을 가졌고, 그대가 사관생도가 되자마자 스콰이어로 받아들인 것이다."

"재능을…… 알아봤다니요, 어떻게?"

그가 보았던 그 불씨를 재능이라 표현할 수 있을까. 그것은 하나의 가능성에 불과했다. 이미 거짓말을 만들어 내고 있지만 그래도 모든 것을 거짓으로 말하고 싶지는 않았다. 거짓과 진실을 섞어 그녀가 납득할 만하게 늘어놓았다.

그 모든 이야기를 들은 에키네시아가 혼란스럽게 그를 바라본다. 공포는 어느새 가라앉았고 그 자리에 당황이 생겨났다. 그것을 알아차린 유리엔은 내심 안도했다. 어떻게든 납득은 한 모양이었다.

그녀에게 고여 있던 눈물이 사라지지 못하고 한 줄기 흘렀다. 그는 그 눈물 한 방울을 눈으로 좇았다. 그가 처음으로 보았던 그녀의 눈물이 떠올랐다. 마검에 물든 몸뚱이에서 솟았던 한 방울의 기적. 그건 보이지 않는 고통의 증거였다.

'지금 이 눈물도 같은 의미일까. 겉으로는 진정되었어도 속으로는 여전히…….'

멍하니 그런 생각을 하는 그를 향해 그녀가 물었다.

"이미 알고 계셨으면, 아까는 왜 그렇게 놀라셨어요?"

왜 놀랐냐니, 그대가 이름을 불러 준 것에 전율하고, 그 전율을 통해 내가 그대에게 완전히 미쳐 있다는 걸 다시 자각해서…….

그렇게 대답할 순 없었다.

불현듯 손아귀 안에 잡혀 있는 어깨의 감촉이 생생하게 느껴졌다. 여려서 한 손 안에 들어오는 어깨와 손끝에 느껴지는 가느다란 쇄골과, 흘러내린 머리칼 사이로 보이는 흐느끼느라 달아오른 얼굴이.

유리엔은 기겁해서 손을 떼고 그녀로부터 물러났다. 아무리 그녀에게서 공포가 가셨다지만 이 와중에 욕망을 느끼다니 짐승인가. 아니, 금수만도 못했다. 에키네시아는 저토록 말간 눈으로 그를 보고 있는데.

'대답을…… 해 주어야…….'

"그대가……."

반사적으로 입을 열었다가 뒷말을 잇지 못했다. 머리가 희게 비었다가 붉게 물들었다가 어질어질해졌다. 그녀가, 대답을 기다리고 있는데. 이미 거짓말을 많이도 했다. 감정까지 거짓말하고 싶진 않았다. 그는 나오는 대로 말을 뱉었다.

"그대가, 내 이름을 부르는 것을, 처음 들어서."

"……네?"

더듬더듬 말해 놓고 나니 귀가 뜨거웠다. 그는 에키네시아를 마주 보지 못하고 눈을 내리깔았다. 그녀는 한동안 침묵하다가 나직이 물었다.

"아까 제가 마스터인 걸 숨기고 싶어 하면 숨겨 주겠다고 하셨잖아요. 로드께선 왜 제가 그것을 숨기려 하는지 아세요?"

"……그대가 알려 준다면."

알지만, 그대가 알려 주기 전까지는 모르는 것으로 하겠다. 그런 대답이었다. 일부러 모호하게 표현한 그의 대답을 어떻게 해석한 건지 그녀의 표정이 기묘해졌다. 그러더니 불쑥 그를 향해 다가왔.

유리엔은 기절할 듯이 놀랐지만 그의 놀람은 움찔 하는 정도로만 드러났다. 가까워진 그녀가 빤히 그를 올려다보았다. 심장이 요란하게 뛰기 시작했다. 그 소리가 그녀에게 들릴까 봐 걱정이 되었다.

"그럼, 왜 숨기려 하는지도 모르면서 제가 원한다면 숨겨 주겠다고 하시는 거예요?"

'지금은 알면서 이리하는 것이지만, 설사 몰랐다 해도 당연히 그리했을 것이다. 그대의 결정과 그대의 선택을 믿는다.'

"게다가 알려 주기 전엔 그 이유도 묻지 않겠다는 걸로 들리는데, 제가 이해한 게 맞나요?"

'그대가 원하지 않는데 내가 어떻게 감히 그대의 상처를 들출까.'

"……왜 저를 이렇게까지 배려해 주세요?"

'그대는 누구에게든 존중받아야 할 사람이다. 게다가 나는 그대를.' 사랑하고 있으므로.

하나같이 답하지 못할 말들이었다. 유리엔은 얼굴이 화끈거리는 것을 느꼈다. 보기 흉할 정도로 붉어졌으리라는 걸 짐작할 수 있었다. 이건 너무 티가 날 텐데. 어떻게 해야 하나.

그가 이런 문제에 능숙할 리가 없었다. 그는 그저 어쩔 줄 모르고 그녀의 시선을 피할 뿐이었다. 성검이 기막힌 신음 비슷한 소리를 흘렸지만 유리엔은 거기에 신경을 쓸 정신이 없었다.

"로드…… 혹시."

그리고 침묵하던 에키네시아가 폭탄을 던졌다.

"절 좋아하세요?"

머릿속이 깨끗하게 비었다. 유리엔은 자신이 지금 무슨 낯을 하고 있고 어떻게 행동하고 있는지 인식하지 못했다.

"그……."

그대를 좋아하고 있느냐고. 물론이다. 그저 좋아한다는 표현만으로는 부족할 만큼. 그대로 인해 변할 만큼. 그대 앞에서 말이 헛나오고, 그대의 사소한 말과 표정에 감정이 종잡을 수 없이 날뛰고, 생전 몰랐던 욕망이 깨어나고, 내 안에 괴물인지 짐승인지 모를 것이 생겨날 정도로.

자제하지 못하고 말들을 쏟아 낼 것 같아 그는 입을 가렸다. 도저히 아니라고 할 수가 없었다. 그렇다고 여기서 긍정하면 어떻게 되는 거지? 이성이 마비되어 예상이 되질 않았다.

이 와중에 그녀가 제 감정을 알아채 준 게 묘하게 기쁘기도 하고, 그녀가 보기에 제 꼴이 어떨지 걱정되기까지. 부정할 수는 없으니 대답을 해야 하는데, 뭐라고 말해야 할지 알 수가 없었다. 바보가 된 기분이었다.

"로, 로드, 제가 무례한 질문을……."

"좋아하고 있다."

혼란에 빠져 있던 유리엔은 반사적으로 에키네시아의 말을 끊었다. 서두를 떼니 뒷말은 자연스럽게 나왔다.

"아니, 그저 좋아한다기보다는, 그대를 사모하고 있다."

의외로 입을 열자 마음은 쉽사리 언어가 되었다. 물론 이런 말로는 너무나 부족하지만, 그래도 그녀에게 제 마음을 드러내긴 했다. 이제 그녀가 어떻게 반응할지를 기다리는 것만 남았다. 유리엔은 아무런 생각을 하지 못하고 그저 그녀를 지켜보았다.

에키네시아는 멍하니 입을 벌렸다. 눈이 느릿하게 깜박이고, 뺨이 달아오르기 시작했다. 그러나 잠시 드러난 그 열기는 급속도로 얼어붙었다. 그녀는 숨이 가쁜 것처럼 가슴께를 움츠렸다. 그리고 창백하게 질린 채 뒷걸음질했다.

명백한 거부였다. 그것을 인식하자 시야가 아찔해졌다. 유리엔은 무너지는 표정을 보이고 싶지 않아 그녀로부터 돌아섰다. 목소리가 갈라질까 싶어 숨을 들이켜고 꽉 막힌 것 같은 목으로 침을 넘겼다. 그녀가 거절의 말을 입에 담기 전에 그가 먼저 말했다.

"대답해 줄 필요는 없다, 에키네시아. 그저 내 마음이 그러하다는 것뿐이니."

이게 당연한 결과일 텐데 너무 들떴었다. 그녀가 그에게 익숙해지고, 그가 준 검을 쓰고, 그를 향해 웃고, 이름을 불렀다는 이유만으로 무의식적으로 무언가 기대한 모양이었다.

그녀가 그를 싫어하지는 않는다지만, 그가 그녀에게 과거를 상기시키는 불편한 존재라는 현실은 변하지 않았다. 에키네시아가 그의 앞에서 지워진 시간들을 떠올리고 공포에 질린 게 벌써 몇 번째인가. 그런 상대가 자신을 좋아한다니 그녀 입장에선 섬뜩할 수밖에.

'나를…… 다시 꺼리게 되려나. 피해 다닐지도 모르겠군.'

겨우 조금 가까워졌다고 생각했는데. 차라리 말하지 말 것을. 뒤늦게 후회가 되었다. 그러나 같은 상황이 다시 온다 해도 아마 그는 제 감정을 부정하지는 못할 것이다. 숨기지도 못할 만큼 가득해 흘러넘치고 있었으므로.

유리엔은 무너져 쌓인 검은 거인의 잔해 쪽으로 걸음을 옮겼다. 그래도 그녀가 확실하게 거절한 건 아니니, 아직 포기하지 않아도 된다. 어차피 노력할 생각이었으니까.

적어도 에키네시아는 그의 얼굴은 마음에 들어 하고 있었다. 요 며칠은 그에게 익숙해지기도 했다. 그러므로 아주 나쁜 상황은 아니다. 포기하지 않아도 된다. 포기하고 싶지 않다. 포기할 수가 없다.

'그럼 이제 어떻게 해야 할까.'

그녀가 그를 사랑해 주는 것까지 바라지는 않는다. 물론 절실히 원하지만, 불가능할 테니까. 그저 받아 주기만 해도 좋았다. 어떻게 해야 그녀가 그를 받아 줄 것인가. 무심코 온갖 가정과 계획이 흘러갔다.

유리엔은 스스로가 무슨 생각을 하고 있는지도 잘 인식하지 못했다. 불길을 피해 가며 제대로 걷고 있는 몸과 달리 정신은 이리저리 휘청거리는 중이었다.

그로 인해 그에게 접근하는 기척도 알아차리지 못했다. 적의가 있었다면 모를까 적의가 없는 기척이었으므로. 그래서 팔을 잡혔을 때 정말로 놀랐다.

"팔, 다치셨잖아요. 지혈도 안 하시고."

에키네시아는 그렇게 말하고는 제 페티코트 자락을 잘라 그의 팔뚝을 감쌌다. 유리엔은 넋을 잃고 그녀를 내려다보았다. 머리가 텅 비자 똑똑히 보이는 것들이 있었다. 떨리는 목소리, 떨리는 손, 울고 싶은 것처럼 젖은 눈. 숨길 수 없이 배어 나오는 걱정과 미처 감추지 못한 슬픔.

왜?

그가 다치자 놀라 이름을 불렀고, 당황해서 그를 공격한 검은 거인을 쓰러뜨리기까지 했다. 정체가 들킬 것을 감수하고 그녀가 결절에 들어온 건 어째서일까.

"샤이…… 그러니까, 엘기오사의 오너와 마을 사람을 다른 곳에 두고 왔어요. 데리고 오겠습니다."

에키네시아가 떠나고 나서도 유리엔은 팔을 내리지 못했다. 매듭을 내려다보며 다시 되새겨 보았다. 그가 고백한 직후에 그녀에게 짧게 스쳐 지나갔던 열기를.

"……가능성이 있는 건가."

받아 주는 것도 어려울 거라 생각했다. 그러나 만약, 받아 주는 것뿐만 아니라 그녀도 그에게 마음을 줄 가능성이 있다면. 심장 가득 무언가가 차올라 주체할 수 없이 넘실거렸다.

이 장기 임무에 그녀의 동행을 요청하며 그는 그녀가 자신을 선택할 가능성이 있는지를 확인하려 했었다. 결과는 나왔다. 가능성이 있든 없든 자신은 이미 미쳐 있으니 포기하려면 성검을 버리고 모든 걸 잊는 수밖에 없다는 걸 알게 되었다.

그런데 방금 그녀에게서 가능성이 보였다.

'그렇다면 무슨 수를 써서라도.'

유리엔은 결정을 내렸다.

8막.
움직이는 것과 싫지 않은 것

결절에서 벗어난 건 6월 1일 이른 새벽의 일이었다. 유리엔은 곧장 마나 전보를 통해 성녀의 존재를 알렸다. 마을 사람들은 창천 기사단장으로부터 경위를 전해 들은 영주의 경비병들에게 끌려갔다.

그 뒤 그들은 샤이를 데리고 역이 있는 대도시 크리올라로 돌아가 하루 투숙하며 피로를 풀었다. 다음 날 아침에 일어나 보니 연락을 받자마자 출발하여 열차를 타고 도착한 수석 신관과 창천 기사 세 명이 기다리고 있었다.

유리엔은 그들에게 샤이를 맡겨 아젠카로 돌아가도록 할 예정이었다. 명령을 내리기 전에 그는 에키네시아를 따로 불렀다.

그들이 머문 곳은 응접실을 가운데에 두고 침실 세 개가 따로 분리되어 있는 고급 여관이었다. 에키는 긴장한 채로 유리엔의 침실 앞에 섰다. 결절에서 나온 후 정신없이 일을 처리하고 기절하듯 잠들었으니, 그 고백 이후 제대로 보는 건 처음인 셈이었다.

[난 이해가 안 가. 쟤도 네가 좋다고 했고, 너도 쟤가 좋다며? 근데 왜 좋아한다는 걸 숨기겠다는 거야?]

심호흡을 하고 문고리를 잡는데 부루퉁한 마검의 목소리가 들려왔다. 에키는 무표정한 얼굴로 속삭였다.

"다 너 때문이니까, 입 다물어."

[내가 왜? 좋아하면 특별해진다며? 그럼 네가 내 주인이든 말든 무슨 상관이야? 그게 좋아하는 감정이랑 관련이 있어?]

"너처럼 단순하면 간단하겠지."

[인간들이 너무 복잡한 거야! 치이, 하나도 모르겠어. 답답해 죽겠네.]

에키는 아젠카라는 도시와 디트리히, 바론 같은 사람이 유리엔에게 어떤 의미인지 지난 며칠 사이에 충분히 알게 되었다. 그녀는 유리엔이 자라나고 가꾸던 터전과 그에게 피가 섞인 가족보다 소중한 존재들을 모조리 망가뜨렸다. 마지막엔 그 역시 그녀의 손에 죽었다. 그리고 유리엔은 그 멸망의 기억을 가지고 있었다.

'그런 짓을 저지른 악마가 나라는 걸 알게 되면…… 좋아하는 마음 따위는 순식간에 사라져 버리겠지.'

오히려 좋아한 만큼 더 큰 배신감과 증오를 느끼게 될지도 모른다. 그가 영원히 그녀의 정체를 알지 못한다 해도, 그녀 자신이 그를 볼 때마다 자신이 저질렀던 짓들을 떠올리는 한, 에키는 그를 받아들일 수가 없었다. 다른 모든 상황을 제하고 감정만을 보아도 그러했다.

'그러니까, 없었던 일로 하자.'

그가 고백했던 것도, 그가 내보인 마음도. 전부 없었던 일로 여기고 잊어버리자. 어차피 유리엔도 대답해 줄 필요는 없다고 했었으니까. 무례한 일이라는 걸 알지만 그녀로선 어쩔 수가 없었다. 그의 마음을 받아들이고 그녀의 마음을 드러내는 쪽이 더 기만이었다.

에키는 문고리를 잡고 있던 손을 떼서 눈가를 문질렀다. 화끈한 감각이 들었지만 다행히 눈물이 나오진 않았다. 그녀는 가슴 속에서 소용돌이치는 것들을 삼켜 버리고 똑바로 고개를 든 채 노크를 했다.

"로드, 스콰이어 에키네시아입니다."

"들어와라."

허락이 떨어졌음에도 곧바로 들어가는 대신 잠깐 머뭇거렸다.

마스터임을 들킨 것, 그가 고백했던 것, 돌아가면 기다리고 있을 그의 약혼, 2황자인지 황태자일지 아직 모르는 마검으로 수작을 부린 세력, 그녀가 복수하려 들 경우 아무리 사이가 나쁘다지만 그들의 혈육인 유리엔이 어떻게 나올지에 대한 불안감, 오른 손바닥에 들러붙어 있는 마검, 누적되는 살의, 결절, 가족들, 니콜 언니, 사관학교에서 만나게 된 사람들…….

생각이 어지럽게 몰아쳤다. 감정을 접어 버리고 상황만 놓고 보아도 이따위였다. 그녀는 깊게 숨을 들이쉬고 문을 열었다.

문을 열자 정면으로 보이는 티 테이블에 유리엔이 앉아서 서류 같은 것을 살펴보고 있었다. 문이 열리는 소리에 그가 고개를 들었다. 그 움직임에 느슨하게 묶어 둔 은발이 어깨 위로 미끄러지며 아래로 떨어졌다. 오른쪽 창에서 들어온 아침의 여린 햇빛이 그에게 닿아 황금빛으로 부서졌다.

긴 속눈썹이 깜박이고, 그 안쪽에서 투명하게 느껴질 정도로 새파란 하늘색 눈동자가 그녀에게 고정된다. 그의 눈매가 부드럽게 휘어졌다. 입꼬리가 살짝 깊어진다. 무표정하던 얼굴에 자연스럽게 떠오르는 작은 미소와, 그녀를 바라보며 빛이 차오르는 눈동자.

고백을 듣고 나니 너무나 뚜렷하게 티가 났다. 그가 그녀를 마음에 담고 있다는 것이.

"잘 쉬었나? 피로했을 텐데."

조용조용하게 울리는 목소리에 굳어 있던 에키가 움찔 놀라 안으로 들어섰다. 내딛는 걸음마다 심장이 쿵, 쿵 요동쳐 왔다.

저 남자가 자신을 좋아한다고 고백했었다. 그녀가 사랑하는 남자가. 그녀를 구원했던 빛이. 손만 내밀면 얻을 수 있다. 죄책감에서 눈을 돌리고 모른 척하면 저 남자는 그녀의 것이 된다. 없었던 일로 하자고, 잊어버리자고 결심한 지 5분도 되지 않았다. 굳게 다진 결심이 그를 마주하자마자 위태롭게 흔들렸다.

'정신 차려, 에키네시아 로아즈. 되돌렸다고 해서 그 모든 일들이 없었던 일이 되진 않아.'

얼마 전에 꾼 악몽이 떠올랐다. 유리엔의 시체가 그녀를 향해 내던지던 말들. 에키는 보이지 않게 입 안쪽 살을 깨물고, 간신히 대답했다.

"네, 편안히 쉬었어요. 로드께서는요?"

"나 역시."

유리엔이 보던 서류를 접어 한쪽으로 치웠다. 에키는 눈을 내리깔았다. 그는 시선을 피하는 그녀를 가만히 응시하다가 말했다.

"아젠카로 돌아가기 전에 제도에 들를 일이 생겼다. 그대는 동행하지 않아도 되니, 먼저 아젠카로 돌아가도록 해라. 전투의 피로도 남아 있을 테니."

"전 괜찮습니다, 로드. 수행하겠습니다."

"전부터 지적하고 싶었다만."

에키가 반사적으로 대꾸하자 유리엔의 미간에 희미하게 주름이 갔다.

"그대는 분명 마스터다. 하지만 그대의 육신은 마스터라기엔 아직 약하지. 제대로 단련하려면 아무리 빨리 잡아도 1년은 걸릴 터. 그대의 몸은 이미 혹사당하는 중이니, 부디 무리하지 말아 줬으면 한다."

[……쟤 되게 잘 아네?]

마검이 괴상하다는 듯 중얼거렸다. 그녀는 모처럼 마검의 말에 동의했다. 아무리 미리 짐작하고 있었다지만, 유리엔은 지나치게 쉽게 그녀가 마스터임을 받아들인 데다 그녀의 상태까지 정확하게 파악하고 있었다.

에키는 얼떨떨하게 그를 보다가 항변했다.

"제 몸 상태는 제가 더 잘 압니다, 로드."

"그대가 아는 건 한계치겠지. 보통은 한계에 닿기 전에 멈춘다. 또 앓아눕고 싶은 건가?"

유리엔이 접은 서류를 들고 자리에서 일어났다. 그는 더 이상 항변을 듣지 않겠다는 듯 단호하게 말했다.

"명령이다. 아젠카로 돌아가도록."

"……예, 로드."

반박할 수가 없었다. 그녀가 생각하는 '이 정도면 괜찮겠지'는 사용하는 마나를 견디지 못하고 근육이 망가지기 직전의 상태인 게 사실이었으니까. 다치기 직전까지 몰아붙이니 몸살이 오는 건 당연한 반작용이었다.

그래도 그렇지, 너무 잘 알고 있는 느낌이었다. 아주 오랜 시간 그녀를 지켜본 것처럼. 에키는 머뭇거리다가 서류를 봉투에 넣는 그를 향해 물었다.

"로드……. 전부터 궁금했었는데, 어떻게 그렇게 제 상태를 잘 아세요? 티가 많이 나나요?"

혹시 성검에게 탐지 기술 같은 게 있나. 그녀의 재능을 탄신 연회 때부터 알아봤다고 했었으니 그런 것일 수도 있었다. 아니면 마나를 이용한 특별한 방법이 있을지도 모른다.

유리엔은 봉투에 밀랍을 떨어뜨리고 인장을 찍으며 느릿하게 답했다.

"그대가 티를 낸 적은 없다. 내가 그대를 마음에 두고 있어서 자연스럽게 보이는 것뿐이니."

"……."

"다시 말하지만, 그대가 마스터라는 사실 역시 그대가 밝히기 전까지는 모르는 것으로 할 테니 결절 안에서 있었던 일들은 잊어버려도 된다. 아젠카로 돌아가서 충분히 휴식을 취하도록."

그는 봉투를 든 채 그녀 쪽으로 걸어왔다. 굳어 있는 그녀를 지나치며 그가 속삭였다.

"그대는 아무것도 걱정할 필요가 없다. ……그대 자신만 생각해라."

에키는 그가 방 밖으로 나간 후에야 참고 있던 숨을 내쉬었다. 머리가 어질했다. 아무것도 걱정하지 말라니, 자신이 무슨 비밀을 안고 있는지 알고 하는 말일까. 왜 뭐든 받아들일 수 있을 듯이 말하는 건지. 믿고 털어놓으면 그는 받아들일 수 없을 텐데. 자신에게 두고 있는 마음의 종류가 바뀌어 버릴 텐데.

그녀는 술렁거리는 감정들을 억누르며 중얼거렸다.

"……아젠카로 돌아가기 전에 올라바트에 들러야겠어."

[거긴 왜?]

"알아내야 하는 게 있어서. 거기 써먹을 만한 놈들이 있잖아."

[어? 걔들? 그 쐐기 모양 문신 새긴 놈들 맞지? 그때 진짜 신났는데! 잘 생각했어, 이참에 살의도 좀 풀자!]

"안 죽여."

[왜애! 걔네 나쁜 놈들이잖아! 전엔 죽였으면서! 죽이자, 응? 다 죽이기 좀 그러면 몇 명만 본보기로 죽이면 되잖아. 그럼 말 잘 들을걸?]

"안 죽일 거니까 좀 닥쳐, 발."

[에이, 재미없어……]

에키는 유리엔의 침실을 나왔다. 유리엔은 봉투를 부치러 간 건지 이미 보이지 않았다. 대신 응접실에서 수석 신관과 마주하고 있던 샤이가 그녀를 보자마자 벌떡 일어났다.

"언니!"

소녀는 불안한 얼굴로 그녀에게 다가왔다. 에키는 샤이를 가볍게 안아 주고 수석 신관 쪽을 보았다. 젊은 청년 신관이 어색하게 웃어 보였다.

"처음 뵙겠습니다, 스콰이어 에키네시아 로아즈 님."

"안녕하세요. 음, 성함이……"

"아르 세밧티엠. 수석 신관 아론입니다. 성녀님에 대한 업무 전반을 맡게 되었습니다."

"반갑습니다, 아론 님."

"성녀님께서 당신을 무척 의지하시는군요."

신관의 눈길이 그녀에게 매달린 샤이를 향했다. 샤이는 에키의 드레스 자락에 파묻힌 채 울먹이는 목소리로 속삭였다.

"뭐, 뭔가 중요한 말을 하시는 거 같은데, 무슨 말인지 하나도 모르겠어요. 저, 어떡해요……"

에키는 샤이의 머리를 쓰다듬어 주며 흘깃 테이블 쪽을 보았다. 한눈에 보기에도 빽빽한 종이가 샤이가 앉아 있던 자리 앞에 놓여 있었다. 신관은 난감한 표정이었다. 그녀는 신관에게 들리지 않도록 샤이에게만 살짝 물었다.
"샤이, 글은 읽을 줄 알아?"
"······아뇨."
샤이가 기어들어 가는 목소리로 답했다. 정황상 짐작했던 일이라 에키는 웃으며 주눅이 든 소녀를 달랬다.
"괜찮아, 그건 부끄러운 일이 아니야. 모르는 건 그냥 모른다고 말하면 돼. 저 사람은 널 돕기 위해 온 사람이니까."
그녀는 샤이를 데리고 신관의 맞은편에 앉았다. 젊은 신관은 제대로 된 교육을 받아 본 적이 없는 어린아이를 처음 보는 모양이었다. 저 나이에 수석 신관 지위에 올랐다면 상당한 엘리트일 테니 그럴 만도 했다.
"아론 님, 샤이는 아직 글을 읽지 못해요."
"아······."
신관은 짐작도 하지 못했는지 몹시 당황한 표정이 되었다. 그가 급히 샤이 쪽에 놓여 있던 종이를 회수했다. 그러곤 깊게 머리를 숙였다.
"죄송합니다, 성녀님. 제가 무례를 범했습니다."
"아, 아, 아니에요."
샤이가 화들짝 놀라 머리를 젓자 신관이 몹시 진지한 얼굴로 대꾸했다.
"저는 성녀님을 모시기 위해 왔습니다. 엘기오사는 신께서 인간에게 전해 주신 자비와 익애의 증거이며, 엘기오사 오너인 성녀님은 신께서 택한 자애의 화신입니다. 저는 신의 미천한 종이며 신이 증거하신 자애를 위해 예비된 자이니, 저를 당신의 수족이라 여기시고 뭐든 편히 명해 주십시오."

자신보다 훌쩍 큰 성인 남성이 지극히 정중하고 유창하고 이해하기 어려운 말들을 쏟아 내고 있었다. 샤이는 새파랗게 질려 에키의 드레스 자락을 움켜쥐었다. 에키는 작게 한숨을 쉬고 샤이에게 신관의 말을 번역해 주었다.

"샤이, 이분은 성녀인 너를 돕기 위해 온 신관님이야. 모르는 것이나 부탁할 게 있으면 얼마든지 이분에게 말하면 돼."

"제, 제가 정말 성녀인가요?"

"엘기오사…… 그러니까 네가 가진 그 단검이 널 주인으로 받아들였잖아? 너는 그걸 쓸 수 있고. 그게 성녀라는 뜻이야."

샤이가 눈을 동그랗게 떴다. 신관은 은근히 안도하는 낯이 되더니 에키를 간절하게 바라보았다.

"에키네시아 님, 제가 미욱하여 성녀님을 올바르게 수행하지 못하고 있습니다. 당신께 도움을 청하고 싶습니다."

"……아론 님, 조금 쉽게 말씀하시는 게 어떨까요?"

"송구합니다, 제가 무지하여 어찌해야 할지……."

신관의 얼굴이 창백했다. 마주 앉은 샤이의 얼굴도 창백했다. 그들을 번갈아 본 에키는 포기하고 그가 제 쪽으로 당겨 놓은 종이를 도로 잡아당겼다.

"아니에요. 도와드릴게요."

"감사합니다, 에키네시아 님!"

그녀는 오전 내내 신관을 도와 샤이에게 이것저것 설명해 주었다. 주로 앞으로 샤이가 어떻게 지내게 될지에 대한 내용이었다.

기본적으로 샤이는 대신전에서 지내게 된다. 성녀는 기오사 오너이지만 기사가 아니기 때문이다. 성녀의 등장이 공표되었으니 이제부터 순례자나 방문객들이 끊이지 않을 터였다. 샤이는 성녀로서 그들을 맞이해야 했다.

하지만 그녀는 아직 아무것도 준비되지 않았다. 엘기오사를 다루는 법을 연습하는 것은 물론, 성녀로서 배우고 익혀야 할 것도 산더미였다. 그렇다고 샤이가 준비될 때까지 계속 그녀의 존재를 공개하지 않을 수도 없다.

그래서 대신전은 곧 있을 태양 축제의 마지막 날에 성녀를 정식으로 데뷔시키기로 결정한 모양이었다. 성녀는 그날 낮에 일반 시민들 앞에서 신께 제례를 올리고, 밤에는 연회에 참석하여 각국에서 방문할 사절들 앞에 모습을 드러내게 된다.

아론은 계획과 일정을 상세하게 읊었지만, 샤이는 에키의 설명을 통해 배울 것이 많고 바쁘다는 정도만 간신히 이해했다. 소녀가 성녀라는 지위에 익숙해지려면 약간 시간이 걸릴 듯했다.

설명이 어느 정도 마무리될 때쯤 자리를 비웠던 창천의 기사 하나가 돌아왔다.

"단장님께서는 이미 제도로 떠나셨습니다. 우리는 오후 열차로 바로 아젠카에 돌아갈 예정입니다. 지금 표를 예매하고 올 테니, 식사를 하고 계십시오."

"아, 저는 따로 이동해서 귀환하겠습니다. 들를 곳이 있어서요."

에키가 급히 끼어들었다. 기사는 의아한 듯했으나 특별히 그녀를 제지하지는 않았다. 스콰이어는 로드 직속이기에 로드의 명이 별도로 있지 않는 한 행동이 자유로웠기 때문이었다.

"알겠다, 스콰이어 에키네시아. 그럼 네 표는 예매하지 않도록 하지."

기사가 떠나자 샤이가 몹시 불안한 기색으로 그녀의 치맛자락을 잡았다.

"언니…… 어디 가세요? 가, 같이 가는 것 아니었나요?"

"잠깐 들를 곳이 있어서. 괜찮아, 신관님과 기사님들이 샤이를 잘 돌봐 주실 거야."

샤이가 신관을 돌아보았다. 신관은 눈치 없이 심각한 표정으로 일정을 뒤적이고 있었다. 소녀의 표정이 울상이 되었다.

불과 얼마 전에 마을 사람들 전체에게 목이 졸리고 불타 죽을 뻔한 아이였다. 그 사람들을 증오하지 않는다고 해도 두려움은 짙게 남을 수밖에 없었다. 결절 안의 올가미를 든 진흙 거인들은 샤이의 공포가 반영된 사념이었을 것이다.

에키는 내심 혀를 찼다. 하여간 대신전도, 성녀의 나이와 상황을 들었으면 좀 유하고 상냥한 신관을 보낼 것이지. 그녀는 목소리를 낮춰 속삭였다.

"괜찮아, 샤이. 무서운 사람들이 아니야. 다 좋은 사람들이고, 널 지키기 위해 온 사람들이니까 믿어도 돼."

"그럼 이제 언니랑은 헤어지는 건가요? 다시 만날 수 없어요?"

자신을 구해 줬고, 지켜 주겠다고 약속을 했으며, 약속대로 그 괴상한 공간 속에서 거인에게 목이 졸릴 때도 구하러 온 사람이었다. 의지할 수밖에 없었다. 샤이는 에키의 품에 병아리처럼 매달렸다. 그러자 그녀가 소녀의 머리를 쓰다듬어 주었다.

"아니. 금방 다시 만나게 될 거야. 아주 가까운 곳에서 살게 될 거고."

"정말요?"

"그럼, 옆집이나 다름없는걸. 자주 놀러갈게. 그러니까 걱정 말고 먼저 가 있어."

"네!"

샤이의 얼굴이 밝아졌다. 비로소 안심한 모양이었다.

이후 함께 식사를 하고, 기사들의 호위를 받으며 역으로 이동했다. 에키는 역에서 그들이 탄 열차가 떠나는 것을 배웅했다.

"자, 그럼 나도 가 볼까."

[근데 너 몸은? 아까 걔가 걱정했잖아.]

"어제 하루 푹 쉬었으니 충분해."

그녀는 올라바트로 가는 표를 샀다. 방향이 약간 다르긴 해도 올라바트는 아젠카로 가는 중간에 있어서 돌아가는 데에 오래 걸리진 않을 듯했다.

에키네시아가 예매한 열차는 늦은 오후에 출발했고, 항구도시 올라바트에 도착한 건 밤중이었다. 그녀는 바로 여관을 잡은 다음 여행용 가죽옷을 걸쳤다. 혹시 몰라 마법 가방에 딱 한 벌을 챙겨 왔던 게 도움이 되었다.

밤이 완전히 깊어지자 어둠을 타고 지워진 과거에 보았던 비밀 장소로 몰래 숨어들었다. 알고 있는 장소인 데다 지키는 자들이 기사도 아니어서 어렵지 않은 일이었다.

그녀는 그곳에서 중요한 물건들을 훔쳐 냈다. 인장과 장부, 조직원 목록, 열쇠 등의 조직의 사활을 좌지우지할 만한 것들이었다. 그것들을 가지고 여관으로 돌아온 에키는 잠을 청했다. 그녀가 일어난 건 해가 중천에 뜬 대낮이었다.

한가롭게 식사를 하고, 가죽옷 위에 후드가 달린 로브를 걸친 뒤 여관을 나왔다. 뒷골목의 주점에 들어가 맥주 두 잔과 구운 감자를 시키고 쐐기 모양 칼집을 냈다. 그 후에 종업원을 불렀다.

"주방장이 직접 사과를 하고 싶다는데요. 잠시 따라오시겠습니까?"

회귀 이전에 알아냈던 그대로라 몹시 순조로웠다. 그녀는 곧 으슥한 창고로 안내되었다. 쐐기가 의뢰인을 맞이하는 접선 장소 중 하나였다.

"의뢰?"

입가에 커다란 흉터가 있는 남자가 시큰둥하게 물었다. 에키는 그를 알고 있었다. 예전에 조직 전체를 궤멸에 가까운 상태로 만들면서 남겨 놓고 대답을 뱉게 했던 자 중 하나였으니까. 그녀는 태연히 말했다.

"하얀 사자를 조사해 줘."

"뭐라고?"

"하얀 사자를 문장으로 쓰는 곳. 알잖아?"

하얀 사자는 제국 황실의 상징이었고, 황실에 대한 조사는 극도로 위험한 일이었다. 아무리 쐐기가 음지에 있는 집단이라지만 이런 의뢰를 순순히 받아들일 리가 없었다.

"미친년이군. 끌어내."

간부가 인상을 쓰고 턱짓했다. 순식간에 험상궂은 남자들이 구석구석에서 튀어나와 에키를 둘러쌌다. 눌러쓴 후드 아래로 보이는 그녀의 입꼬리가 올라갔다.

"내 의뢰를 받아들이지 않으면 후회하게 될 텐데."

"계집애가 정신이 나갔나?"

가장 가까이 있던 남자가 그녀를 향해 손을 뻗었다. 에키는 그대로 그 팔목을 잡아채어 남자를 메다꽂았다. 물 흐르는 듯한 동작이었다. 어떻게 내리친 건지 그자는 즉시 혼절해 버렸다. 피식거리고 있던 남자들의 얼굴이 일변했다. 그녀는 약간 신중해진 남자들을 무시하고 간부를 똑바로 응시했다.

"서른두 번째 벽돌 아래에 있었던 물건들, 지금은 어디에 있을 것 같아?"

"이게 무슨 헛소리를……."

"잠깐."

간부가 손을 들어 으르렁거리는 남자들을 막았다. 흉터가 섬뜩하게 꿈틀거렸다.

"정체가 뭐냐, 계집. 어느 조직 소속이지?"

"그냥 의뢰인이야. 내 의뢰를 성실하게 수행해 주기만 하면, 너희가 절실하게 원하는 걸 대가로 줄 의뢰인."

"우리가 절실하게 원하는 것?"

"그 벽돌 아래에 있던 물건들 말이지. 세상에, 아직도 없어진 걸 몰랐어? 생각보다 허술하네."

간부는 입을 다물더니 옆에 있던 남자에게 손짓했다. 남자가 고개를 숙이자 그가 목소리를 죽인 채 명령했다.

"너, 보스께 다녀와. 벽돌 아래를 확인해 보시라고 해."

귓속말이었지만 에키는 고스란히 들을 수 있었다. 그녀는 무릎을 꼬고 그 위에 팔꿈치를 올려 턱을 괴었다.

마검이 어떻게 로아즈에 보내졌는지를 알게 되었을 때, 그녀는 마검을 가져다 둔 게 황태자인지 2황자인지를 알아내기로 결심했었다. 누군지 알아야 더 이상 로아즈가 이용당하지 않도록 대비할 수 있고, 복수할 계획도 세울 수 있을 테니까.

하지만 황궁을 조사하는 건 니콜에게 맡기기엔 너무 위험한 일이었다. 그래서 다른 방법을 동원할 생각이었다. 그때 그녀가 떠올린 방법이 바로 쐐기였다.

쐐기는 황궁을 조사하나가 위험해지는 말든 상관이 없는 자들이고, 지워 버린 과거에 많은 것을 알아낸 터라 이용하기 좋은 조직이었다. 에키에게는 쐐기가 조직의 사활을 걸고 움직이도록 만들 방법도 있었다. 새벽에 훔쳐 낸 인장과 장부는 그 일부에 불과했다.

간부는 여유로워 보이는 그녀를 기가 찬다는 듯 바라보았다.

"겁이 없군."

"겁먹을 이유가 없어서."

"……아까 보니 체술을 익힌 모양인데, 고작 그런 알량한 실력을 믿고 있다간 몸 성히 나갈 수 없게 될 거다. 뭐, 계집은 쓸 곳이 많으니 불구로 만들진 않겠지만."

간부가 후드에 감싸인 그녀의 몸을 눈으로 훑었다. 에키는 대꾸 없이 웃고만 있었다. 마검이 그녀의 머릿속에서 투덜거렸다.

[같잖아서 못 봐주겠네. 주인아, 좀만 죽이자, 응? 죽이면 다 닥치고 얌전해질 텐데! 왜 참아? 저것들도 결절에서 죽였던 그놈만큼이나 나쁘잖아!]

"살 기회는 줘야지. 써먹으려면 살려 둬야 하고."

그녀는 아무렇지도 않게 육성으로 대답했다. 그녀의 말을 들은 간부가 눈썹을 치켜올렸다.

"살 기회? 써먹어? 살려 둔다고?"

"어머, 들렸어?"

들으라고 한 말이었으면서 에키는 모른 척 고개를 갸웃거렸다. 그러곤 가벼운 어조로 말했다.

"솔직히 당신들은 죽여도 별로 거리낄 게 없는 족속들이지만, 내가 되도록 살인은 피하고 싶거든. 의뢰할 것도 있는데 다짜고짜 죽이기부터 하는 건 좀 그렇기도 하고."

"뭐 이런 미친 계집이……!"

간부가 왈칵 화를 내며 몸을 일으키려는 순간, 에키의 모습이 사라졌다.

이 자리의 누구도 그녀의 움직임을 눈으로 따라가지 못했다. 그녀는 찰나에 간부의 뒤로 이동해서 그의 오금을 걷어차 무릎을 꿇리고 목에 검을 들이댔다. 간부의 안색이 허옇게 질렸다.

"할 수 없어서 하지 않는 게 아니야. 네놈들이 마음에 들어서 봐주는 것도 아니고. 그걸 알아 줬으면 하는데."

"충분히 알겠으니 불쌍한 그 아이는 놔주렴, 아가씨."

느긋한 목소리가 끼어들었다. 조금 전에 보스를 부르러 갔던 남자가 희끗한 머리에 사람 좋아 보이는 인상의 노파와 함께 돌아왔다. 노파는 지팡이를 짚으며 다가와 의자에 걸터앉았다. 에키는 간부를 붙든 채로 노파를 돌아보았다.

"직접 나오길 바라긴 했지만, 생각보다 빨리 나왔군요."

"아가씨는 내가 누구인지 알고 있나 보네? 놀라지 않는구나."

"당신이 쐐기의 보스잖아요, 그랜마. 만나게 되어 반가워요."

"예의 바르기까지. 귀엽고 착한 아가씨잖아. 그런데 날 어떻게 알았지?"

노파가 푸근하게 웃었다. 난롯가에서 뜨개질하고 있을 것 같은 분위기의 저 노파가 쐐기의 보스로, 본명인지 별칭인지 알 수 없는 '그랜마'라고 불리는 자였다. 처음 보스의 정체를 알았을 때는 에키도 꽤 놀랐다.

과거에 창천 기사단을 모욕한 쐐기를 정면으로 상대하며 거의 궤멸 수준으로 만들자 저 노파가 튀어나왔었다. 당시 에키는 그랜마와 담판을 짓고 기오사를 모으는 과정에서 쐐기의 정보를 지속적으로 이용했었다. 사채와 도박, 암살까지 관여하는 조직은 저질이었으나 정보를 수집하는 데에는 몹시 유용했다.

"제가 어떻게 당신을 알았는지는 중요하지 않죠. 정말로 중요한 의뢰 얘기를 해 볼까요?"

"아가, 그전에 그 아이부터 놔주지 않겠니?"

"놔주면 대화하기 이전에 칼부터 들어야 하잖아요. 조직원들의 피를 봐야 의뢰를 들을 건가요?"

"대화를 할 때는 칼을 넣는 게 예의란다. 해치지 않을 테니 걱정하지 말렴."

"그런 말은 천장에 매달려 있는 다섯 명과 저기에 숨어 있는 어설픈 마스터를 물러나게 한 다음에 해야죠, 그랜마."

그녀가 노파의 뒤쪽 그늘을 향해 턱짓을 하며 말했다. 그랜마의 주름진 얼굴이 일순 굳었다. 에키는 버둥거리는 간부를 한 손으로 제압한 채 태연히 말을 이었다.

"사라진 물건들은 확인했나요? 그게 흘러 나가면 어떻게 될지 알고 있겠죠. 그것 말고도 의뢰의 대가로 당신에게 제공할 게 많아요. 다른 사람들이 들었다간 뒤처리가 힘든 것도 있는데, 주위를 물리는 게 어때요?"

"……어떤 걸 주려고 그러니, 아가?"

"글쎄요, 예를 들면 당신의 진짜 '아가'를 건드리지 않겠다는 약속 같은 것?"

그랜마는 웃음기를 완전히 지우고 딱딱한 낯으로 그녀를 바라보았다. 노파가 조직원 모두를 물리기까지는 오랜 시간이 걸리지 않았다. 에키는 조직원들이 썰물처럼 빠져나가자 붙들고 있던 간부를 놓아주었다. 간부는 허겁지겁 창고 밖으로 달아났다. 그랜마는 유일하게 곁에 남은 남자 하나를 가리키며 입을 열었다.

"이 아가는 내 아들 같은 아이라, 곁에……."

"당신의 오른팔이잖아요? 그 남자는 남겨 놔도 돼요."

"정말 많은 걸 알고 있구나, 아가씨는."

노파의 입은 웃었으나 눈은 차가웠다. 에키는 그랜마의 맞은편에 앉으며 대답했다.

"전 당신의 생각보다 더 많은 걸 알고 있어요. 곳곳에 있는 쐐기의 지부와 안전 가옥의 위치라든가, 조직원임을 숨기고 활동하는 자들이라든가. 그리고 당신이 아끼는 손자의 거처가 어느 도시의 23번지 저택이라는 것까지. 도시 이름도 말해 볼까요?"

"……그런 걸 함부로 말하다니, 목숨이 아깝지 않니?"

"당신이 무슨 짓을 해도 저를 해하는 건 불가능하거든요. 제가 좀 강해요."

"자신감이 넘치는 아가구나."

"시험해 보셔도 돼요."

"……그래, 아가씨는 강하다고 치자. 우리 아가들이 숨어 있는 걸 알아챈 건 아가씨가 처음이거든."

그랜마는 아이를 어르는 듯한 어조로 말하며 웃었다.

"그런데 아가씨 주위의 사람들은 괜찮을까? 우리는 아가씨가 누구인지 금방 알아낼 수 있단다. 원래 의뢰인의 신상은 비밀로 보장하는 게 우리의 원칙이지만, 아가씨는 좀 특이한 경우니까."

명백한 협박이었다. 회귀 이전의 에키는 이미 모든 것을 잃었기에 이런 협박에 신경 쓸 필요가 없었다. 그러나 지금의 그녀에게는 잃을 것이 많았다.

그렇다고 잃을 것이 두려워 움직이지 않았다가는 아무것도 대비할 수 없게 될 터였다. 적이 누구인지조차 모르고 있을 수는 없었다. 로아즈를 가지고 수작을 부리고 그녀를 악마로 만들었던 자들을 알아내는 건 반드시 필요한 일이었다.

물론, 위험 부담을 감수하겠다는 것뿐이지 정말로 위험해질 생각은 없었다. 에키는 그랜마가 어떤 자인지 잘 알고 있었다. 그리고 그녀 자신이 가진 힘도 정확하게 파악하고 있었다. 그녀는 부드럽게 대꾸했다.

"그럼 당신은 당신 자신과 손자를 포함한 쐐기라는 조직 자체가 몰살당하는 대가를 치르게 되겠죠."

부드러운 목소리와 달리 살기가 흉흉하게 치솟았다. 그랜마의 뒤를 지키고 있던 남자가 반사적으로 칼을 뽑았다. 그러나 그는 살기에 짓눌려 저도 모르게 칼끝을 떨고 있었다. 에키는 그쪽은 돌아보지도 않고 노파를 응시하며 말을 덧붙였다.

"저를 적대하면 쐐기는 살아남지 못해요. 그러니 제 의뢰에 따라 하얀 사자를 조사하는 것이 저를 적으로 돌리는 것보다 안전할 거예요."

지워 버린 과거에 그랜마가 그녀에게 기오사의 정보를 제공하며 했던 말과 비슷한 맥락이었다. 아가씨 같은 괴물을 적으로 돌리느니 원하는 대로 정보를 내주는 게 훨씬 덜 위험하다고.

노파는 가느스름하게 뜬 눈으로 에키를 관찰했다. 후드를 푹 눌러 쓴 상태라지만 그녀의 앳된 입매나 가느다란 목은 고스란히 보였다. 어디로 봐도 에키네시아는 어리고 곱상한 여자에 불과했다.

"오만하구나. 뭘 모르는 천둥벌거숭이인 걸까, 아니면 정말로……."

그랜마가 입술을 오므리더니 끙 소리를 내며 자리에서 일어났다. 그녀는 지팡이를 짚고 느릿느릿 창고 문 쪽으로 향했다. 창고의 입구에선 노파가 문을 반쯤 열고 밖을 향해 마당의 닭들을 부르듯 휘파람을 불었다.

에키는 태평하게 제자리에 앉아 있었다. 남자 역시 칼을 뽑아 든 채 그녀를 겨누고 움직이지 않았다. 휘파람을 불고 잠시 기다린 그랜마가 그녀를 돌아보며 속삭였다.

"여기에서 버티면, 아가씨의 말을 믿어 보지."

"버티지 못하면요?"

쾅, 소리가 나며 문이 완전히 열렸다.

"그럼 아가씨는 사라진 물건들의 위치를 뱉어 낼 때까지 손톱이 뽑히고 나서 우리의 상품이 될 거란다. 잘해 보렴."

웃고 있는 노파의 뒤로 검은 옷을 입은 자들이 쏟아져 들어왔다. 대충 보아도 수십. 장소는 조직이 접선에 이용하는, 그러므로 각종 장치가 되어 있을 창고. 그에 비해 에키네시아는 검 한 자루만 가지고 있는 혼자의 몸이었다. 겉으로 보기에는 한없이 불리해 보이는 상황이었다.

그러나 그녀는 아메시스트를 뽑아 들며 입꼬리를 올렸다.

"시험해 보라고 한 건 저니까, 숨은 붙여 놔 드릴게요."

그녀는 몰려드는 자들을 향해 검을 겨누었다. 평온하던 그랜마의 얼굴이 푸르게 질리기까지는 그리 긴 시간이 필요하지 않았다.

하얀 검이 그리는 궤적마다 붉은 피가 솟았다. 에키네시아의 검이 닿은 자들은 부상을 입건 기절하건 간에 확실하게 전투 불능이 되었다. 양 떼에 사자를 풀어놓은 꼴이었다.

창고에 설치되어 있던 화살 함정이나 덫 같은 것은 아무런 소용이 없었다. 그녀는 뒤통수로 쏟아지는 화살을 고개를 살짝 트는 것으로 피해 버렸다. 그러곤 명치를 향해 찔러 오는 단검을 밀어 방향을 바꿨다. 그 단검은 애꿎은 동료를 찌르고 말았다.

그랜마의 오른팔이자 마스터인 남자가 그들 사이에 합류해서 그녀를 공격했으나 별 소용이 없었다. 다른 칼날들 사이에 은밀히 숨어 마나를 머금고 다가오는 검을 에키네시아가 정확하게 받아쳤다.

그 검을 받아치는 순간에만 그녀의 검에 보라색 마나가 언뜻 어렸다. 소름 끼칠 정도로 효율적인 마나 운용이었다. 보라색 마나가 어린 검과 맞닿자마자 남자는 신음을 흘렸다. 손아귀가 터져 피가 흐르며 검은 튕기듯 날아가 버렸다. 담고 있는 마나의 양과 질의 차원이 달랐다. 철벽을 나뭇가지로 후려치면 나뭇가지가 부러지는 법이다.

"그만!"

마스터인 남자의 검이 날아가는 걸 확인한 그랜마는 결국 조직원들을 뒤로 물렸다. 에키네시아는 물러서는 조직원들을 내버려 두고 멈춰 서서 검을 늘어뜨렸다. 그녀는 호흡조차 흐트러지지 않았다. 그녀가 걸치고 있던 로브는 그녀의 것이 아닌 피로 그새 흠뻑 젖어 있었다. 주위에 널브러진 자들이 다친 곳을 움켜쥐고 신음을 흘렸다.
 "약속대로 아무도 안 죽였으니, 데려가서 치료해요."
 에키가 널브러진 자들을 향해 턱짓을 했다. 그랜마는 딱딱하게 굳은 얼굴로 지팡이를 휘저었다. 조직원들이 급히 달려가 부상자들을 짊어지고 물러났다.
 그동안 에키는 아메시스트의 칼날을 신기한 듯이 들여다보았다. 어림잡아 스물은 넘게 베었는데 날은 새것처럼 반질반질했다. 마법진에 희미한 빛이 어렸다가 사라지는 것을 보니 걸려 있다던 마법이 작동한 모양이었다.
 [주인아, 지금 고작 그런 거에 감탄하는 거야? 묻은 피 없애는 건 나도 할 수 있잖아! 내가 더 잘해!]
 "시끄러, 발."
 [쳇, 이게 얼마만의 인간 상대인데 난 꺼내 주지도 않고, 이 좋은 기회에 죽이지도 않고……. 야, 그러다 나중에 진짜 폭발해도 난 모른다.]
 마검이 부루퉁하게 투덜거렸지만 에키는 들은 척도 하지 않았다. 그녀는 누군가가 연상될 정도로 희고 깨끗한 검을 바라보다가 조심조심 검집에 집어넣었다.
 그사이 조직원들이 빠져나갔다. 핏자국이 고인 창고에는 에키와 그랜마, 손아귀가 터져 버린 남자만이 남았다. 그랜마가 신음처럼 중얼거렸다.
 "아가씨의 정체가 궁금해지는데."
 "금방 알아낼 수 있다면서요?"
 "대륙에 우리가 모르는 마스터가 존재할 줄은 정말로 몰랐단다. 그것도 이런 상식 밖의 실력자일 줄이야. 그 나이에 정말 대단하구나, 아가. 이제부터 아가씨에 대한 모든 것을 알아내야겠지."

"알아내는 건 상관없어요. 당신들이 알아내려 하는 걸 제가 막기도 어렵고. 다만……."

에키는 그랜마에게 시선을 고정한 채 옆으로 오른팔을 쭉 뻗었다. 가죽장갑을 낀 빈손이었다. 그 민손에 엷은 보랏빛이 불꽃처럼 타올라 칼날 같은 형태를 만들어 냈다. 그녀는 그대로 그 손을 가볍게 휘둘렀다. 그녀의 손에서 벗어난 검기는 어둑한 허공을 가르며 창고의 벽에 소리 없이 가 닿았다.

콰앙, 하고 폭음이 일었다. 거대한 쇠망치로 후려친 것처럼 벽이 무너져 내렸다. 지붕이 흔들리고 벽돌들이 부스러져 모래가 되어 쏟아졌다. 마나가 지나간 궤적을 따라 깊게 파인 대지가 속살을 드러냈다. 무너진 벽 너머로 창고의 밖을 포위하고 있던 조직원들이 새파랗게 질려 주저앉거나 뒷걸음질 쳤다.

그랜마가 멍하니 완전히 박살 나 버린 한쪽 벽을 보았다. 에키는 벽 쪽을 돌아보지도 않고 뒷말을 이었다.

"제게 무언가 하려 들 때는, 무척 신중해지셔야 할 거예요."

그랜마는 벽에서 그녀 쪽으로 천천히 시선을 돌렸다. 손짓 한 번으로 창고를 박살 내다시피 한 여자에게는 여유가 남아 있었다. 아직도 모든 것을 보여 주진 않았다는 듯이.

그랜마가 거느린 남자도 마스터였다. 그러나 남자는 절대 이런 파괴력을 보이지 못했다. 마법이 아니라 검기로, 그것도 검이 아닌 맨손에 모은 마나로 이런 짓이 가능한 건……. 노파는 자신이 진짜 괴물을 상대하고 있다는 것을 비로소 확신했다.

심지어 저 괴물은 쐐기에 대한 정보들까지 손에 쥐고 있었다. 무언가 뒷배가 있는 거겠지. 입 한 번 잘못 놀렸다간 쐐기의 역사가 자신의 대에서 끝날 것이다. 쐐기 내에서도 거의 아는 이가 없는 그녀의 손자까지 위험해질지도 모른다. 등줄기가 식은땀으로 흠뻑 젖었다. 그랜마는 마른침을 삼키고 대답했다.

"명심, 하마, 아가."

"좋아요, 그럼 의뢰에 대해 얘기해 보죠."

에키는 난리 통에도 용케 부서지지 않은 의자를 일으켜 세워 앉았다.

그날 해가 지기 전에, 그녀는 쐐기에 의뢰를 마쳤다. 황태자와 2황자의 행적과 세력에 대한 조사 의뢰였다. 의뢰를 마친 후 쐐기를 벗어나며 피에 젖은 로브와 가죽옷을 버렸다. 그녀는 출발할 때와 같은 완벽하게 치장한 영애의 모습으로 돌아가 열차를 탔다.

에키네시아 로아즈가 아젠카에 귀환한 건 그로부터 하루 뒤인 6월 5일의 일이었다.

유리엔 드 하르덴 키리에는 홀로 조용히 제국 수도를 방문했다. 은밀히 도착한 전갈에 응한 크루엔 황태자와 유리엔이 만난 곳은 수도에 있는 어느 레스토랑의 밀실이었다.

"오랜만이구나, 유리엔."

먼저 와 있었던 황태자가 들어서는 유리엔을 향해 와인 잔을 들어 보였다. 새빨간 와인이 잔 안에서 찰랑거렸다. 황태자가 그것을 한 모금 삼키는 사이 유리엔은 그의 맞은편에 앉았다. 그들 사이에는 호화로운 요리들이 차려져 있었지만 둘 모두 그것에는 관심이 없었다.

"네가 무슨 일로 나를 다 찾아왔을까. 혹 약혼 문제 때문이냐? 로잘린은 똑똑하고 예쁜 아이니 너와 잘 어울릴 거라 생각했는데. 디아상트 공녀가 마음에 차지 않으면 다른 아이를 소개해 줄까?"

황태자는 일상적인 이야기를 하듯 가볍게 물었다. 그 몇 마디의 말 속에 숨 쉬듯 자연스럽게 정치적 의도가 묻어 있었다. 유리엔은 그것을 받아치지 않고 곧바로 본론으로 들어갔다.

"황태자 전하."

"응? 딱딱하게 전하는 무슨. 형님이라 불러라."

"전하께선 제가 제위에 관심이 없다는 걸 믿으십니까?"

황태자의 푸른 눈이 서늘하게 유리엔을 응시했다. 무슨 의도인지 알아내려는 듯이. 유리엔은 담담하게 그 시선을 받아넘겼다. 한참을 침묵하던 황태자가 느릿하게 대꾸했다.

"절반 정도는."

"만약 제가 당신이 1년 안에 제위에 오를 수 있게 해 드린다면, 저를 믿으시겠습니까?"

"······이거야 원."

황태자가 천천히 잔을 내려놓았다. 그는 잔 안의 와인에 한동안 시선을 두고 있다가 눈을 들어 유리엔을 보았다.

"너한테서 이런 말을 들을 줄이야. 미치진 않은 거 같은데, 무슨 헛소리냐?"

"저는 전하께 거래를 제안하고 있는 겁니다."

"거래?"

"황제 폐하와 2황자 전하를 실각시킬 명분을 드리고, 창천 기사단의 무력을 빌려드리겠습니다."

황태자의 입매가 굳었다. 이런 제안이 유리엔의 입에서 나오리라고는 상상조차 해 보지 못했다. 그가 아는 3황자 유리엔은 규범에서 벗어나는 법을 배우지 못한 자였으니까. 그는 유리엔이 기오사 오너가 되었다는 소식에 곧바로 랑기오사냐고 되물었던 적이 있었다. 예상대로 유리엔이 얻은 기오사는 랑기오사였다. 재미없을 정도로 뻔한 이복동생이었다.

그런데 지금, 뭐라고? 그 유리엔이 아비와 친형을 치자는 제안을 하는 건가?

"……일단 대체 무슨 수로 그러겠다는 건지는 제쳐 두고, 거래라면서. 대가로 뭘 원하는 거냐, 너는?"

"자유입니다."

"뭐?"

황태자가 어이가 없다는 듯 눈썹을 치켜올렸다. 유리엔은 무표정하게 말을 이었다.

"저는 창천 기사단장이자 아젠카의 군주일 뿐, 더 이상 제국의 황족이 아닙니다. 제국에 관여할 생각도, 관여당할 생각도 없습니다."

"……."

"하지만 상황이 저를 그리 내버려 두질 않더군요. 그래서 상황 자체를 바꾸기로 결심했습니다."

"날 제위에 올리는 게 상황을 바꾸는 방법이라고?"

"제가 지지할 수 있는 건 전하뿐입니다. 아시잖습니까."

황태자는 황제가 3황자를 어떻게 생각하는지, 2황자 카르엠과 유리엔의 사이가 어떤지 물론 잘 알고 있었다. 2황자와 황제의 사이는 혈육일지 몰라도, 그들은 유리엔에게는 혈육이 아니었다. 만에 하나 유리엔이 그들에게 굽히고 들어간다 해도 그들이 용납하지 않으리란 것까지 알고 있다. 차라리 남인 것이 나았을 사이다.

그 점은 사실 황태자도 다르지 않았다. 사이에 오간 것이 증오냐 무관심이냐 차이일 뿐이었다. 황태자에세 왕세와 2황자는 그저 정적에 불과했다. 단 한 번도 정을 준 적도, 정을 받은 경험도 없는데 어떻게 혈육이라 여기겠는가.

그래도 증오보다는 무관심이 낫다. 따라서 유리엔이 굳이 누군가를 지지한다면 자신을 지지할 수밖에 없을 거라고 생각하긴 했다. 하지만 이런 식으로 나올 줄은 몰랐다. 황제를 끌어내리고 자신을 1년 안에 제위에 올리겠다니. 황태자가 알던 그라면 절대 할 수 없을 발상이었다.

달라졌다. 황태자는 유리엔이 변했다는 것을 확실하게 깨달았다. 그는 생소한 것을 보듯 이복동생을 훑어보며 나직이 답했다.

"글쎄, 네 스스로 제위에 오른다는 선택도 있지."

"제가 지킬 터전은 아젠카입니다."

"내가 그걸 어떻게 믿지? 네가 아무리 성검의 주인이라지만······."

"의심하셔도 상관없습니다. 전하께서 저를 믿지 않으셔도 저는 전하를 제위에 올릴 겁니다."

"대체 무슨 수로? 아니, 그 전에. 제위에 오른 뒤에 내가 너를 내버려 둔다는 보장이 있느냐?"

"전하께선 합리적이시지요. 전쟁보다는 회유와 협상을 선호하시는 분임을 압니다. 그럼에도 만약 전하께서 저와 아젠카를 적대하는 길을 택하신다면, 저는."

유리엔이 희미하게 웃었다. 그 웃음은 어딘지 모르게 스산해 보였다.

"성검을 포기하겠습니다."

당신이 약속을 지키지 않는다면, 나 역시 정의롭지 않은 수단을 택해서라도 당신과 맞서겠다. 그 말뜻을 이해한 황태자의 안색이 딱딱하게 굳었다. 그는 지금까지 성검의 주인이 아닌 유리엔을 한 번도 상상해 보지 못했다.

유리엔의 독대를 허용하고 정말로 혼자서 이 밀실에 온 것도, 절반 정도는 믿는다고 한 것도, 반역을 입에 담으면서 그 대가로 오직 자유만을 원한다는 말을 어느 정도 납득하는 것도 그가 성검의 주인이기 때문이었다. 그는 악행을 저지를 수 없는 존재니까.

황태자가 봐 온 유리엔은 성검의 주인이 되기 이전에도 그저 곧게만 살았고, 비인간적일 정도로 금욕적이었다. 그런 그가 성검을 포기할 수도 있다는 말을 입에 담았다. 스스로 성검을 버린 유리엔 드 하르덴 키리에는 과연 어떤 인간이 될 것인가. 문득 섬뜩해졌다. 황태자는 바싹 마른 입술을 핥았다.

"변했구나, 유리엔. 네가 협박을 할 줄 알게 되다니."

"전하께서 손익을 계산하실 때에 고려해 주셨으면 하여 알려드린 것뿐입니다."

"……뭐, 시험 삼아 해 본 말일 뿐이다. 나는 아젠카에는 관심이 없어. 내가 원하는 건 제국이니까. 그러니 그 점은 걱정하지 마라."

"그러시리라 생각했습니다. 저는 전하를 믿습니다."

유리엔은 결코 성검을 버릴 수 없다. 기억을 유지해야 하므로.

그러나 그것을 알 리 없는 황태자는 그가 성검을 버릴 가능성을 계산할 수밖에 없게 되었다. 황태자는 그런 일이 일어나길 바라지 않았다. 경계하면서도 내심으로는 진짜 적이 되진 못할 거라 여겼던 인물이 통제할 수 없는 거대한 변수가 되는 일은 피해야 했다. 그는 얕게 한숨을 쉬고 다시 물었다.

"그래서 대체 어떻게 1년 안에 나를 황제로 만들겠다는 거냐?"

유리엔은 잠시 침묵하다가, 곧 밀봉된 서류를 하나 꺼내서 테이블에 내려놓았다.

"황제 폐하와 2황자 전하가 꾸몄던 사건의 전말이 이 안에 있습니다. 증거를 어디에서 찾을 수 있는지도 함께."

"사건?"

"밝혀지면 제국민들과 귀족들마저 황제로부터 등을 돌리고, 창천기사단이 출동할 명분이 생길 사건입니다."

"그런 딱 좋은 사건이 있다고?"

황태자가 서류에 손을 뻗자 유리엔이 그것을 막았다. 쨍한 하늘색 눈동자가 크루엔 황태자를 눈에 담았다.

"이것을 드리기 전에, 약속해 주십시오."

"뭐, 아젠카와 너의 자유 말이냐? 정말로 그 사건이 네가 말한 대로고, 내가 제위에 오른다면 그쯤을 못 해 줄까."

어깨를 으쓱인 황태자는 테이블 한쪽에 준비되어 있던 양피지와 깃펜을 당겨 오더니 빠르게 글씨를 휘갈겼다. 우아한 필체로 제국이 아젠카의 자주권을 인정하며 침해하지 않는다는 확언과, 유리엔 드 하르덴 키리에가 더 이상 제국의 황족이 아님을 공언한다는 문장이 쓰였다. 그가 황제가 될 경우 효력을 발휘할 친필 서류였다.

서명까지 마친 황태자는 잠시 고민하더니 유리엔의 이름 뒤에서 성을 지웠다. 이름 뒤에 남은 지운 자국을 깃펜 끝으로 두드리며 황태자가 말했다.

"그때가 오면 네 성은 네가 새롭게 짓든가 해라. 아니면 내가 하나 내려줄까?"

"감사합니다. 그건 그때 결정하겠습니다."

"이제 되었느냐?"

"그 외에도 원하는 것이 두 가지 있습니다."

"말해 봐라."

"우선 약혼을 거두어 주십시오."

"약혼은 왜? 나를 지지하겠다면서?"

"그 수단이 꼭 약혼이 될 필요는 없지 않습니까."

"가장 깔끔하고 쉬운 수단이지 않느냐?"

황태자는 진심으로 의아해져서 되물었다. 결혼은 동맹의 증거이자 정략의 일환. 그에게는 너무나 당연한 진리였다. 유리엔이 느릿하게 고개를 저었다.

"하고 싶지 않습니다."

"디아상트 공녀가 별로냐? 우리 쪽 영애들은 많으니 다른 아이를……."

"원하는 사람이 있습니다. 그 사람이 아니라면 결혼할 생각이 없습니다."

"허?"

황태자의 눈이 휘둥그레졌다. 그는 얼이 빠진 낯이 되어 유리엔을 훑어보더니 턱을 긁적였다.

"오늘 정말이지 여러 번 놀라게 되는구나. 누군지는 몰라도 그냥 첩으로 들이거나 애인으로 삼으면 안 되는 거냐? 디아상트 공녀가 그런 것에 신경 쓸 영애는 아닐 텐데."

"제가 싫습니다."

"아니, 거…… 크흠."

황태자는 말하다 말고 헛기침을 했다. 그가 말해 놓고도 저 유리엔이 결혼한 상대에서 다른 애인을 두는 선 노저히 상상이 되질 않아서. 그는 이마를 짚고 신음을 흘렸다.

"어떤 여자냐?"

"사적인 일입니다."

"……뭐, 지금 그게 누구인지가 중요한 건 아니니……. 어쨌든 그렇단 말이지……. 그런데 말이다, 유리엔. 그 조건은 받아들이기가 어려워. 너도 모르진 않겠지?"

"이 약혼이 이루어지지 않으면 제가 전하를 지지하지 않는 것으로 보이기 때문입니까?"

"그래, 잘 알고 있군. 설사 내가 너를 믿는다 해도, 약혼을 거부하고 나면 아무도 네가 나를 지지한다고 생각하지 않을 거다."

"저는 전하의 신하가 되려는 게 아니니 상관없습니다."

"네가 상관이 없어도 나는 상관이 있단 말이다. 내가 왜 네 지지를 원했는지 모르느냐?"

황태자가 인상을 쓰며 말했다. 제국의 군부는 대부분 2황자 측에 서 있다. 군권을 틀어쥔 현 황제가 2황자를 지지하고 있기 때문이었다. 2황자 카르엠이 나름 뛰어난 기사로서 활동하고 있는 탓도 있었다.

황태자는 외가와 처가를 포함해 귀족 다수의 지지를 받고 있지만, 귀족들의 사병은 제국군과 기사단들에 비교하면 부족한 것이 사실이었다.

　제국군은 황제 직속이라 끌어들이기 어려웠다. 그러나 기사단은 달랐다. 요충지의 요새에서 머물며 그 지역의 방위를 전담하는 기사단들은 상당히 자립적인 집단이었으며, 그 지역의 가문과 깊게 연계되어 있었다. 그리고 그들은 대체로 중립을 지키고 있었다.

　유리엔은 제국 기사들의 우상이었다. 제국 내에서 은밀히 유리엔이 다음 대 황제가 되길 원하는 세력들도 대체로 기사단과 기사단에 연계된 가문들이었다. 따라서 황태자가 유리엔의 지지를 얻으면 중립이던 기사단들을 포섭하는 것이 무척이나 쉬워진다. 군부를 틀어쥐고 있는 2황자를 상대할 만해지는 것이다.

　무력이 없는 권력은 위태로울 수밖에 없다. 되도록 이 경쟁이 내전까지는 가지 않길 원하지만, 내전이 발발할 가능성은 언제나 염두에 두고 있어야 했다. 황태자는 그 때문에 유리엔을 제 아래로 끌어들이려 했었다.

　"나는 네 이름이 필요하다. 네가 나를 지지한다는 의사 표명 자체가 필요하다는 뜻이다. 이런 걸 말만 가지고는 신뢰하기 어렵지. 약혼만큼 간단하게 그것을 증명할 방법이 있느냐?"

　황태자의 상황도, 저 요구도, 예상한 일이었다. 유리엔은 깊게 숨을 들이쉬었다. 로잘린 디아상트가 그에게 했던 말을 떠올렸다.

　"참고로 말씀드리면, 전 경께서 약혼하지 않겠다고 하셔도 아무 상관 없어요. 솔직한 심정으론 경이 엎어 주셨으면 좋겠네요."
　"정말 약혼을 거절하실 경우 대가는 확실히 받아 내겠지만요."

대가는 얼마든지 치를 수 있다. 에키네시아와 관련된 것만 아니라면. 유리엔은 결심했던 것을 입 밖에 내었다.

"그렇다면 위장 약혼을 하겠습니다. 전하께서 제위에 오르실 때까지만."

"뭐? 위장? 무슨 그런 말도 안 되는……."

"니아상트 공녀와는 제가 협상할 예정입니다. 공녀와 협상한 후 디아상트 공작과도 논의를 하도록 하지요."

"그렇게까지 힘들여 돌아갈 필요가 있느냐? 그저 결혼하면 간단한 일인 것을. 혹 네가 원한다는 그 여자가 정실이 아니면 싫다고 고집을 부리는 거냐?"

"그녀와는 관계없는 일입니다. 그녀는 저를 거절했으니까요."

황태자는 이제 더 놀랄 기력도 없는 심정이 되어 이마를 싸쥐었다.

"……짝사랑이라고? 네가? 그 짝사랑 때문에 약혼조차 못 하겠다고? 그 여자랑 결혼할 수 있다는 보장조차 없는 상태인데? 너, 미쳤느냐?"

[미쳤지, 아주 제대로. 하여간 내 주인들은 하나같이……. 하긴, 올곧은 자들만 내 주인이 되니 당연한 일인가.]

성검이 자포자기한 듯 중얼거렸다. 유리엔은 그 말을 못 들은 척하며 황태자에게 대답했다.

"제 선택입니다. 상세한 계획은 공녀와 협상한 후 전해 드리겠습니다."

"나 참……. 널 어릴 적부터 보아 왔지만, 네가 사람다워 보이는 건 처음이다. 너도 욕망이 있긴 했구나."

"납득하신 것으로 알겠습니다."

유리엔이 무표정하게 말하고는 서류를 황태자 쪽으로 내밀었다.

"나머지 요구는 후일에 말씀드리겠습니다."

"흠."

황태자는 서류를 받아 들며 아까 서명한 양피지를 건네주었다. 유리엔이 그것을 챙겨 넣는 동안 그는 봉인을 뜯고 그 안의 서류를 확인했다.

그 서류에는 마검 바르데르기오사를 황제가 얻게 된 경위와 그것으로 황제와 2황자가 벌이려 했던 음모의 얼개, 어디를 어떤 식으로 조사하면 증거와 상세한 내용을 찾아낼 수 있는지에 대해서 정리되어 있었다.

시간이 되돌아가기 전, 황태자가 유리엔에게 건네주었던 서류를 바탕으로 조금 더 자세하게 쓴 것이었다. 유리엔은 기억을 되살려 그것을 작성하면서 마검의 희생양으로 선택된 가문이 로아즈 백작가였다는 사실은 쓰지 않았다. 과거에도 황태자는 끝끝내 후보 가문 중에 어디가 선택되었는지는 알아내지 못했으니, 이번에도 유리엔이 입을 다물고 있으면 알아낼 수 없을 것이다.

'내가 그녀를 스콰이어로 삼은 것을 단서로 삼아 로아즈가 연관이 있다는 걸 알아낼 수도 있겠지만……. 설사 그러더라도 건드릴 수는 없다. 내 스콰이어의 가문이니까.'

황태자는 그 서류를 읽으며 입매를 굳혔다가, 창백하게 질려 갔다. 마지막 장을 덮을 때 그의 손끝은 부들부들 떨리고 있었다.

"이게 사실이라면…… 돌았군. 완전히 돌았어."

서류를 팽개치며 그가 머리칼을 쓸어 넘겼다. 신음 같은 목소리가 그에게서 흘러나왔다.

"바르데르기오사라니, 제정신이 아니야. 아바마마께서 멀쩡하다고 생각해 본 적은 없지만, 이건……. 마검으로 일부러 학살을 일으키겠다니. 진정 미친 게 아니고서야……. 이게 알려졌다간…….'

"모든 제국민이 황실로부터 등을 돌리겠지요. 창천 기사단은 황실을 상대로 성전을 선포하고 마검을 회수할 겁니다. 타국에서도 이 일을 명분 삼아 전쟁을 일으킬지도 모릅니다."

황태자가 소름이 돋는지 목덜미를 쓸었다. 유리엔은 나직이 말을 이었다.

"그러니 그전에 전하께서 이것을 내걸고 창천 기사단의 협조를 얻어 황제를 폐하고 제위에 오르십시오."

회귀 이전에는 크루엔 황태자가 유리엔에게 했던 제안을, 지금은 유리엔이 황태자에게 하고 있었다. 황태자는 어둡게 가라앉은 눈으로 서류를 노려보며 길게 침묵했다. 약간 지루해질 정도의 시간이 흐른 끝에 그가 입을 열었다.

"이걸 보니 네가 정말로 제위에 관심이 없다는 걸 알겠구나."

"……?"

"너는 기오사를 수호하는 창천의 단장이고, 기사의 성지 아젠카의 군주이자 제국의 황자다. 이 사건을 내게 들고 오지 않고 네가 직접 내세웠다면 너는 아젠카의 군주인 동시에 제국의 황제가 될 수도 있었겠지."

"……"

"네가 성검 랑기오사를 빼 들고 사악한 마검을 든 황제를 벌하겠다 선언하면, 너는 만인의 지지를 얻으며 황궁에 입성해 새로운 황제가 될 수 있었을 거다. 네 이야기는 마왕을 처단한 용사의 전설처럼 전해지게 되었을지도 모르지."

"저는 그런 것을 바라지 않습니다."

"그래, 내게 이것을 들고 왔으니 그게 너의 진심이겠지. 정말로……."

황태자는 말을 멈추더니 생경한 눈으로 이복동생을 바라보았다. 크루엔 황태자는 황제와 2황자와 3황자 간의 비틀린 관계를 늘 방관해 왔다. 아비에 대한 애정이나 기대는 일찌감치 버렸고, 2황자의 열등감에 눈살을 찌푸렸었다.

막내인 3황자에 대해서는 아무 감정이 없었다. 지독히 억눌려 욕망을 모르는 소년은 안쓰럽긴 해도 그다지 정이 가진 않았다. 다방면으로 너무 뛰어난 탓도 있었다. 황궁에서 지내던 시절의 유리엔은 아름다운 외모에 열기라곤 없는 눈으로 모든 것을 완벽하게 해내는 소년이었으니까. 가까이에서 지켜보다 보면 사람 같지가 않아서 소름이 끼치기도 했다.

'정말 많이 변했어. 다른 사람 같군.'

그가 알던 유리엔이라면 제위에 관심이 없는 건 당연하지만, 대놓고 당신을 황제로 만들겠으니 요구를 들어 달라며 오지 않았을 것이다. 결혼에 연연하여 막무가내로 싫다고 하지도 않았겠지.

'원한다는 그 여자 때문인가? 알아봐야겠어, 이건.'

냉정한 판단과는 별개로 황태자는 지금의 유리엔이 예전의 그보다 마음에 들었다.

"너를 믿겠다, 유리엔."

그는 빙긋 웃으며 말을 이었다.

"나를 황제로 만들어 다오. 그리하면 나 역시 네게 보답하겠다. 신하가 아니라 동맹을 대하는 예우로."

"감사합니다, 전하."

유리엔이 고개를 숙여 보였다. 황태자는 만족스러운 표정으로 턱을 괴었다.

"그럼, 이제 본격적으로 이야기를 해 볼까."

밀실 안에서는 오래도록 대화가 오갔다. 물아래에서 무언가가 움직이기 시작했다.

아젠카에 돌아오자마자 에키네시아는 하루를 푹 쉬었다.

몇 번 고생해서 몸이 익숙해졌는지 전처럼 앓아누울 정도는 아니었으나, 그래도 쉬어 주는 게 나을 것 같아서 휴식을 취했다. 유리엔이 지적했기 때문이었지만 그녀는 그 이유를 모른 척했다.

도착하자마자 그녀는 앨리스로부터 브레드 폰 포움을 위시한 노블레스 클럽의 몇몇 생도가 자퇴했다는 소식을 들었다. 집안 사정이라고 했지만 아젠카 사관학교를 자퇴할 정도로 심각한 사정이 있는지 의혹이 있었다.

에키는 사실 브레드에게 관심이 없었기 때문에 그 소문에도 별로 신경을 쓰지 않았다. 그녀에게는 다른 중요한 관심사가 많았다. 그녀는 잠깐 의아하게 여겼다가 금세 그들의 존재를 잊어버렸다.

쉬고 난 다음부터는 바쁘게 움직였다. 대신전을 찾아가 샤이가 잘 적응하고 있는지 확인하고, 자주 찾아오겠다고 약속을 했다. 그 뒤 기사단 본부에서 머물고 있는 니콜을 방문해 책을 몇 권 구해 달라고 부탁했다. 회귀 이전에 결절에 대해 조사할 때 참고했던 것들과, 구할 방법이 없어서 찾아보지 못했던 책들이었다. 현자의 제자인 니콜이라면 쉽게 구할 수 있을 터였다.

'사실은 결절에 대해 전부 털어놓고 의논하고 싶지만.'

카이로스기오사에 대한 라키아기오사의 반동일지도 모른다는 이야기를, 그녀가 시간을 되돌렸음을 말하기는 어려웠다. 결국 조사 자체는 그녀 혼자 하는 수밖에 없었다.

마지막으로 혹시 모를 일을 대비해 로아즈 백작가에 전보를 보냈다. 당분간 새 고용인이나 새로운 사람을 들이지 말라는 부탁이었다. 쐐기가 로아즈에 접근하는 것을 경계하기 위해서였다. 니콜이 떠나면서 대비해 두고 온 것도 있다고 하니 큰 문제는 없을 듯했다.

그녀의 로드인 유리엔은 아직 제도에서 돌아오지 않았다. 바쁘게 움직이면서 유리엔과 마주치지 않으니 그나마 마음을 가라앉히기에 좋았다. 그녀는 의식적으로 그에 대해 생각하지 않았다. 계속해서 떠오르고 가슴 안쪽을 쑤시는 것들을 외면했다.

그렇게 시간이 흘러, 6월 10일이 되었다. 그날은 위즈덤의 클럽 모임이 있는 날이었다.

에키네시아는 오랜만에 클럽 모임에 참석했다. 첫 모임 이후 장기 임무를 다녀오는 바람에 그녀에게는 두 번째 클럽 모임이었다. 그사이 클럽에는 못 보던 생도가 늘어 있었다.

"반갑습니다, 에키네시아 생도. 1학년 테오 폰 크라이스입니다."

밤색 머리의 생도가 쾌활하게 웃으며 인사를 했다. 에키는 그와 인사를 나눈 후 뒤쪽에 서 있는 소년에게 시선을 주었다. 명화에 그려진 천사처럼 고운 소년은 그녀와 시선을 마주치지 않은 채로 툭 말했다.

"……미하일 폰 프랑 알마리."

"아, 음, 반가워요, 둘 다."

테레사의 남동생과 그의 룸메이트라. 미하일이 신청서를 냈던 건 봤었지만 정말 클럽에 들어올 줄은 몰랐는데. 이왕 이렇게 되었으니 순위전 때 상대하면서 생각했던 대로 그의 검술에 조언을 주어야겠다. 죽였던 순간은 기억하지 못해도 미하일 역시 그녀의 손에 죽었으니까. 조금이나노 모상이 되겠지. 테레사를 위해서이기도 하고.

그런 생각을 하며 에키는 소년을 향해 웃었다. 그녀가 웃자 미하일이 홱 고개를 돌려 버렸다.

[쟤, 너 싫어해? 저번에 너 때문에 1차전에서 떨어져서 저러는 거야? 너한테 지는 건 당연한 일인데 말이야. 건방지다!]

'싫어할 수도 있지. 건방진 일도 아니고.'

비슷한 또래에서 뛰어난 실력이란 시기와 질투를 동반하게 마련이었다. 따라잡을 엄두조차 나지 않게 압도해 버리면 질투하지 못할 텐데, 자신이 사관학교 순위전에서 보여 준 건 그 정도는 아니었다. 다른 차원이 아니라 몇 발짝 앞서 있는 정도였을 테니까.

물론 그건 에키의 생각이었다. 그녀는 사관생도의 기준을 높게 잡는 경향이 있었다. 무의식적으로 생각하는 사관생도의 평균이 앨리스 윈터벨 수준이었으므로.

마나 친화력을 제외하고 신체만 따지면 여성이 남성보다 불리한 게 현실인 상황에서, 기술과 숙련도로 자신보다 나이가 많은 남자 생도들까지 이기고 신입생 2위를 차지한 앨리스는 절대 사관생도의 평균이 아니었다. 그런 앨리스조차 에키를 차원이 다른 수준이라 여겼다. 파티마도 마찬가지였다. 위즈덤의 클럽원 중에 그 점을 인지하지 못하고 있는 생도는 에키네시아 본인뿐이었다.

신입 클럽원과 인사가 오가고 나자 파티마가 에키에게 다가왔다.

"사실 클럽에 새로 가입한 사람이 하나 더 있는데, 바빠서 오늘 모임에는 못 왔어. 너도 아는 사람이야."

"누구예요?"

반문하며 에키는 설마 하는 심정이 되었다. 그녀가 사관학교에서 아는 사람이라 해 봤자 몇 되지 않으니까.

파티마가 생긋 웃었다.

"바라하 이슬라프 선배님. 아마 축제가 끝나야 제대로 참석할 수 있을 것 같다고 하셨어."

"……네."

"바라하 선배님까지 해서 여섯 명. 당분간은 이 정도로 운영할 거야. 자, 오늘 대련 순번은 여기. 그럼 시작하자!"

설마가 맞았다. 에키는 묘한 기분으로 아메시스트를 챙겨 들었다. 사관학교 내에서 그녀가 안면이 있는 몇 안 되는 생도가 전부 같은 클럽원이라니. 어쩌다 이렇게 된 건지.

"에키, 그 검……. 마법검이었습니까?"

첫 대련 상대인 앨리스가 에키의 검을 보더니 눈이 커졌다. 룸메이트인지라 그녀의 검이 바뀌었다는 건 진작 알았지만, 자세히 살펴본 건 오늘이 처음이었다.

"아, 네. 날의 강도와 청결을 유지하는 마법이 걸려 있어요."

"늘 질 나쁜 검을 쓰기에 약간 걱정했는데, 잘된 일입니다. 기사라면 손에 익은 애검이 있는 편이 낫지요. 당신의 상징이 되어도 될 만큼 잘 어울려 보입니다."

[저딴 게 네 상징이 될 만큼 어울린다고? 야, 대련 중에 실수한 척 쟤 죽이

면 안 돼?]

 에키는 말없이 오른손에 마나를 흘렸다. 마검이 따갑다며 징징거리는 소리 너머로 앨리스의 말이 들려왔다.

 "조금 살펴봐도 되겠습니까?"

 "물론이죠."

 앨리스는 건네받은 아메시스트를 쥐고 허공을 베며 가늠해 보더니 조심스럽게 들여다보았다. 곧 그녀의 얼굴에 경악이 퍼져 나갔다.

 "엄청난…… 아니, 훌륭한…… 검이군요. 맞춤 제작인 것 같은데, 이게 완성되길 기다리느라 그동안 아무 검이나 썼던 겁니까?"

 "아뇨, 선물 받은 거예요."

 "선물이요? 이걸 선물로 받았다고요?"

 아메시스트를 돌려주는 앨리스의 안색이 창백했다. 에키는 검을 받아 들며 고개를 기울였다.

 "로드께서 스콰이어가 된 기념으로 주셨어요. 뭔가 이상한가요?"

 "……에키, 저는 검에 관심이 많은 편입니다. 물론 전문가 수준은 아닙니다만. 스콰이어 기념이면 두 달도 안 될 시간인데, 그 시간에 그 정도 검을 마법까지 새겨 넣어 만들었다면……. 제작비가 대략……."

 창백하던 앨리스의 안색이 속으로 무언가 셈하면서 되레 침착해졌다. 경악의 한계를 넘은 모양이었다.

 "제국 수도에서 고급 저택을 여덟 채는 살 수 있겠군요."

 "네?"

 에키는 기겁해서 아메시스트를 내려다보았다. 제작비가 꽤 될 거라고 생각하긴 했다. 그러나 그녀는 검을 잘 몰라서, 기오사도 아니고 고작 칼 하나가 그 정도 가격이라곤 상상도 하지 못했다. 가격을 듣고 나니 쥐고 휘두르는 게 아니라 모셔 놔야 하는 게 아닌가 걱정이 될 지경이었다.
'검 하나에 수도의 고급 저택이 여덟 채? 미쳤어, 이런 걸 아무렇지도 않게 줬다고? 유리엔은 대체 무슨 생각으로 이걸 나한테……'

"그대를 사모하고 있다."

새빨갛게 물든 얼굴에 습기가 어린 푸른 눈으로 그녀를 내려다보며 그가 했던 말이 뇌리에 떠올랐다. 머리가 멍해지며 심장박동이 빨라졌다. 에키는 순간적으로 아메시스트를 떨어뜨릴 뻔했다.
앨리스는 에키가 어떻게 쥐어야 될지 모르겠다는 낯으로 아메시스트를 보다가, 얼굴이 옅게 달아오르는 걸 코앞에서 지켜보았다. 에키는 굉장히 당황한 기색으로 허둥거리더니 급하게 말했다.
"그, 어, 얼른 시작하죠, 앨리스. 다음 대련도 있잖아요."
"알겠습니다."
앨리스는 제국식 기사의 예법대로 인사를 하며 곰곰이 생각했다. 에키와 앨리스는 처음 대련을 했던 전나무 숲속의 제9 연무장에서 대련하곤 했다. 가끔 훈련을 함께하기도 해서 앨리스는 에키가 어떤 식으로 훈련하는지 볼 수 있었다.
에키네시아 로아즈는 검술 훈련을 하지 않는다. 그녀는 주로 체력 단련을 위한 훈련을 했다. 똑같이 검을 들고 휘두르더라도 검로(劍路)를 익히기 위한 것과 근육을 기르기 위한 것은 차이가 나게 마련이다.
따로 검술 서적을 찾아보거나 다른 생도들을 찾아다니며 대련을 하지도 않는다. 스승이 있는 것 같지도 않았다. 지나가는 말로 독학으로 검을 익혔다는 이야기를 했었다. 그럼에도 대련을 할 때마다 한계가 보이지 않았다.

앨리스가 조금 더 발전하면 그것보다 딱 몇 발짝을 더 앞서 나간 상태로 검을 받아 준다. 그 덕분에 앨리스의 검술은 급격히 성장하고 있었다. 에키가 임무를 떠난 동안에도 앨리스는 그녀의 잔상을 그리며 검을 나누었나.

'대륙 전체를 뒤져도, 이 시대에 그녀보다 뛰어난 천재는 없을지도 모른다.'

그래서 앨리스는 에키네시아가 창천 기사단장의 스콰이어가 된 이유를 그 압도적인 재능 때문이리라 짐작했다. 유리엔 단장도 기록을 몇 개나 갈아 치운 천재니, 천재끼리 무언가 알아본 게 있을 거라고.

'하지만 저 정도 검을 아무렇지도 않게 선물로 줄 정도면……. 게다가 형태가 묘하게 단장님의 성검과 닮았다.'

재능도 재능이지만, 다른 감정도 있을 확률이 높았다. 재능이 먼저인지 감정이 먼저일지는 몰라도. 아직도 약간 달아오른 상태로 멍해 보이는 에키의 모습이 그 추측에 확신을 더했다. 앨리스는 슬쩍 웃었다.

"먼저 가겠습니다, 에키."

"네, 앨리스."

검을 쓸 때는 잡념을 지워야 했다. 앨리스는 방금 떠올린 추측을 머리 한구석으로 밀어 넣고 스텝을 밟았다. 깔끔하게 찔러 들어오는 검을 받아치며 에키도 집중하기 시작했다.

오랜만에 하는 앨리스와의 대련이었다. 그녀가 임무를 떠났던 사이 앨리스는 또 실력이 훌쩍 늘어 있었다. 그게 어쩐지 뿌듯하면서 기뻐서, 에키는 기분 좋게 검을 맞대었다.

앨리스의 다음 차례는 파티마였다.

앨리스가 간결하고 빠른 편이라면 파티마는 정교하고 화려한 검술을 썼다. 앨리스를 상대로는 직선적이던 에키의 검술이 파티마를 상대할 때는 변칙적으로 바뀌었다. 교묘하고 작은 변화였지만, 파티마는 알아채고 있었다.

'상대에 맞추어 비슷한 스타일로 좀 더 강하게 검을 구사하다니……. 재능 수준이 아니야, 이건. 에키네시아 로아즈의 진짜 실력은 어느 정도일까.'

파티마는 속으로만 감탄했다. 자신이 눈썰미가 좋은 편이 아니었다면 알아채지 못했을 것이다. 신입생 중에 뛰어난 생도를 한눈에 찾아낸 것처럼, 파티마는 검술을 파악하는 안목이 검술 재능보다 뛰어난 편이었다.

'아마 보통은 에키랑 대련할수록 자신의 실력이 늘어나는 이유도 모르겠지. 에키가 생색을 내는 것도 아니니.'

선배로서 자존심이 상하기에는 너무 차원이 달랐다. 배우는 것도 많았다. 파티마는 자신의 허점을 부드럽게 파고들어 와 목덜미를 겨누는 에키의 검을 내려다보며 웃었다.

'클럽에 스승 따윈 필요 없겠어. 실력이 뛰어나다고 해서 이 정도로 교묘하게 잘 가르친단 보장이 있는 것도 아니고. 보답이라도 하고 싶은데, 티 내는 건 싫어하는 거 같으니까…….'

"수고했어, 에키."

"수고하셨습니다, 선배님."

"늘 고마워."

파티마의 인사에 에키가 의아한 얼굴이 되었다. 뭐가 고마운지 잘 모르겠다는 표정이었다. 파티마는 푸슬푸슬 웃고는 발돋움하여 에키의 머리를 쓰다듬었다.

"……선배님?"

"그냥 고마워서. 참, 오늘 드레스도 잘 어울려! 새로 산 거야?"

"아뇨, 여름용이에요. 오늘은 좀 더워서."

"그러고 보니 슬슬 여름옷을 마련해야겠네. 곧 축제이기도 하니까……. 에키, 나중에 같이 맞추러 갈래? 나 무도회용 드레스 맞추고 싶어! 맨날 훈련복만 입고 다니니 이럴 때라도 기분을 내야지."

임무를 떠나기 전, 에키는 언젠가 파티마나 앨리스와 같이 쇼핑을 가고 싶다고 생각했었다. 먼저 제안을 받을 줄은 몰랐지만. 그녀는 약간 놀란 눈으로 파티마를 내려다보다가 웃었다.

"전 좋아요, 선배님."

"응! 아젠카 의상실은 잘 모르지? 내가 여기사님들이랑 선배님들한테 들은 곳 소개해 줄게. 앨리스한테도 물어볼 테니까 같이 가자!"

발랄하게 손을 흔든 파티마가 다음 대련 상대를 향해 이동했다. 에키는 파티마가 쓰다듬는 바람에 약간 흐트러진 머리를 가다듬었다. 아주 예전이라면 머리가 흐트러진 것에 짜증이 났을 거고, 회귀 전이라면 머리에 손을 대도록 내버려 두질 않았을 터였다. 그러나 지금은 어쩐지 간질간질하고 따뜻한 느낌이었다. 그것은 두근거림이나 설렘이 아니라, 사소한 일에도 소리 내어 웃고 싶어질 정도로 가볍고 포근한 기분이었다.

파티마의 다음으로 상대하게 된 테오에게도 에키는 은근슬쩍 지도 대련을 했다.

앨리스와 검을 맞대고 유리엔에게 아메시스트를 받으면서 검을 쥐는 것에 대한 거부감이 많이 옅어지긴 했지만, 에키는 여전히 검을 쓰는 행위가 그리 내키지 않았다. 이런 상태이다 보니 실력을 감추며 적당히 상대하기만 하는 대련은 그녀에게는 지루하고 불편한 일이었다.

반면 상대의 검술에 맞추어 유도하는 지도 대련은 꽤 흥미로웠다. 은근히 뿌듯하기도 하고.

'클럽 전체가 실력이 늘면 내가 실력이 느는 것도 자연스러워 보일 테니까, 서로 좋은 거지 뭐.'

"수고했습니다, 에키네시아 생도. 역시 강하네요."

"고마워요, 테오 생도."

에키는 테오의 가슴팍에서 멈춘 검을 거두었다. 파티마와 달리 테오는 에키네시아의 교묘한 지도 대련을 전혀 알아채지 못했다. 그는 고개만 갸웃거리며 다음 대련을 위해 이동했다.

마지막 대련 상대는 미하일이었다.

미하일은 한눈에 보기에도 몹시 긴장한 상태였다. 검을 세로로 세워 들고 공격이 들어오길 기다리는 가문 특유의 자세를 취하면서도 아랫입술을 잘근잘근 깨물었다. 에키는 물끄러미 그 방어 자세를 보다가, 불쑥 말을 꺼냈다.

"미하일 생도는 왜 먼저 공격하지 않나요?"

"설마 프랑 알마리의 검술을 몰라? ……요?"

미하일이 기가 찬 듯이 되묻다가 어색하게 존대를 덧붙였다. 에키는 눈썹을 치켜올렸다.

"알아요. 철벽의 프랑 알마리."

원래는 몰랐었다. 기사들 사이에서는 남부 앙투아르 왕국이라고 하면 철벽의 프랑 알마리가 바로 튀어나올 정도로 유명한 검술이었지만, 에키네시아는 기사가 아니었었다. 그녀가 프랑 알마리의 검술을 알게 된 건 마검에서 벗어난 후 기오사에 대해 조사하면서였다. 디몽기오사를 조사하려면 필연적으로 가장 최근까지 디몽기오사의 오너였던 테레사에 대해 알게 될 수밖에 없었다.

"알면서 왜 물어? ……요."

[쟤 머리 나빠? 말투가 이상해.]

미하일이 인상을 찡그리며 한 말에 마검이 신기하다는 듯 중얼거렸다. 에키는 저도 모르게 흘릴 뻔한 실소를 간신히 삼켰다.

"프랑 알마리의 검술이라고 해서 공격을 아예 하지 않는 것도 아니잖아요?"

"잘 알지도 못하면서. 그런 건 상관 말고 빨리 대련이나 시작해…… 요."

미하일이 검을 쥔 손잡이에 꾸욱 힘을 주었다. 이번에는 절대 놓치지 않겠다는 듯 집중한 녹색 눈동자가 불이 붙은 것처럼 타올랐다. 그녀는 가만히 그 자세를 지켜보다가 얕게 한숨을 쉬었다.

'그냥 평범하게 상대하면서 조금씩 지도 대련을 해도 되겠지만……. 느리고, 쉽게 바뀌지도 않겠지.'

고인 피 웅덩이에 주저앉아 미하일의 시체를 끌어안고 오열하던 테레사가 떠올랐다. 에키는 미하일을 죽인 순간조차 기억하지 못했다. 너무 많은 사람을 죽였고 그다지 기억에 남을 만한 죽음이 아니어서, 라는 건 그녀만의 핑계에 불과했다. 원해서 죽인 게 아니라는 변명 역시 살해당한 피해자에게 할 말은 아니었다.

되살린 것으로 최소한의 사죄는 했지만, 그래도 사죄하는 마음으로. 에키는 그렇게 검을 들었다.

 오늘 그녀의 드레스는 연한 하늘색에 흰 프릴과 레이스로 장식한 것이었다. 하늘색 치맛자락이 가볍게 팔랑이고, 그 아래에서 레이스 꽃이 달린 구두가 한 걸음을 내디뎠다. 몸이 반쯤 회전하며 그녀의 검이 크게 휘돌아 미하일의 검에 닿았다.

 미하일의 검은 그의 손에서 벗어나 공중에서 한 바퀴 돌더니 연무장 바닥에 꽂혔다. 신입생 순위전 때의 데자뷔. 미하일은 멍한 얼굴로 날아간 검을 보다가, 천천히 에키 쪽으로 시선을 돌렸다. 그녀는 아메시스트를 허리의 검집에 넣으며 담담하게 말했다.

 "그런 식으로는 평생 테레사 경의 발끝도 쫓아가지 못할 거예요, 미하일 생도."

 에키가 수고했습니다, 하고 인사를 하는 동안에도 미하일은 망연자실하게 서 있기만 했다. 그러다가 그녀가 돌아서자 급하게 목소리를 높였다.

 "자, 잠깐만! ……요!"

 이미 대련을 다 끝낸 클럽원들이 대련의 내용에 대해 토론하고 있었다. 그쪽으로 가려던 에키가 걸음을 멈추고 미하일을 돌아보았다.

 "그러지 말고 그냥 말 놔요. 나이 차이가 나도 같은 1학년이니까."

 "그런 식이라는 게 대체 무슨 뜻이야?"

 [와, 바로 말 놓는 거 봐. 역시 건방져.]

 시끄러우니까 그만 좀 조잘거려, 망할 마검아. 에키는 속으로 투덜거리며 미하일을 향해 완전히 돌아섰다.

 "정말 몰라서 물어? 같은 방식으로 두 번째인데?"

"윽……."

소년의 얼굴이 붉어졌다. 미하일은 이를 악물고 소리치듯 대꾸했다.

"그래, 몰라! 모르니까 묻는 거잖아!"

"어깨가 열려 있잖아."

"……어?"

"방어 자세일 때 어깨가 열려 있어. 그리고 팔이 아니라 손목으로 검을 지지하고 있고. 그러니 바짝 붙어서 가드와 손잡이 사이를 쳐올렸을 때 버티질 못하는 거야."

이렇게 순순히 대답할 줄은 몰랐는지 미하일이 멍청해졌다. 소년은 더듬더듬 되물었다.

"그, 그럼 그 점을 고치면 돼?"

"아니."

"뭐? 지금 장난쳐?"

미하일의 눈매가 사나워졌다.

클럽 모임에 오기 전에 에키는 앨리스로부터 5월 30일에 있었던, 그녀가 참석하지 못한 전체 순위전의 결과를 들었었다. 같은 날 있었던 생도 대표 선거 결과도 들었지만 대표가 된 생도는 잘 모르는 사람이었다.

클럽원들의 순위전 결과는, 전체 생도 수 146명 중 바라하 이슬라프 1위, 앨리스 윈터벨 6위, 파티마 토야 14위, 테오 폰 크라이스 28위였다. 그리고 미하일 폰 프랑 알마리는 13위를 기록했다.

나쁜 결과는 아니었다. 신입생이 첫 전체 순위전에서 13위면 사실 대단한 결과라 볼 수 있었다. 그러나 미하일이 거둔 성적이라기엔 아무래도 아쉬웠다. 에키가 보기에 미하일은 적어도 앨리스와 비숫한 순위를 기록했어야 했다. 그가 가진 잠재력을 보면 그게 정상이었다.

'발전하려면 검술 스타일 자체를 바꿔야 해. 하지만 그건 쉽지 않지. 게다가 누나인 테레사를 롤 모델로 삼고 있을 테니.'

"그 점을 고치면 넌 훨씬 나아질 거야. 하지만 그게 끝이겠지."

"무슨 소리야?"

"테레사 경과 자주 대련해? 테레사 경을 상대로 한 번이라도 공격에 성공해 본 적 있어?"

"누, 누님은……."

미하일은 한참을 머뭇거리다가 울컥하며 소리쳤다.

"누님을 상대로 내가 어떻게 이겨!"

"누가 이겼냐고 물었어? 그런 건 기대도 안 해. 공격을 성공한 적이 있냐고 묻고 있잖아."

"으……."

"옷자락에 닿아 본 적도 없지?"

"애, 애초에 누님은 내게 공격을 막으라고만 하셨거든? 방어가 먼저지, 프랑 알마리는 철벽의 검이니까!"

미하일은 어린 시절에 몸이 약했다. 그래서 테레사는 소년에게 오로지 방어만 가르쳤다. 검술이라기보다는 호신 용도였다. 소년은 자라면서 건강해졌지만, 테레사는 연약하던 동생의 재능을 아직 제대로 인정하지 못한 상태였다.

물론 에키는 그런 자세한 사정은 알지 못했다. 그녀가 아는 건 미하일의 검이 극도로 방어적이라는 것과, 그게 그에게 어울리지 않는다는 점뿐이었다.

"다음에 테레사 경과 대련하게 되면, 선공하겠다고 하고 내가 했던 대로 공격해 봐."

"……네가 했던 대로? 공격을, 하라고? 그게 효과가 있어?"

미하일이 얼떨떨하게 되묻자 에키가 픽 웃었다. 비웃음에 가까운 웃음이었다.

"효과는 부순. 기오사 오너이자 탁월한 마스터인 테레사 경이 너처럼 검을 놓칠 것 같아?"

"망할, 그럼 뭐 하러 내가 그래야 해? 아까부터 자꾸 헛소리를……!"

"왜, 못 하겠어서 그래? 설마 두 번이나 보여 준 공격을 못 따라 하겠다는 건 아니지?"

"너……!"

미하일이 으득 이를 갈더니 그녀를 노려보았다. 소년은 거친 걸음으로 연무장에 꽂혀 버린 제 검으로 다가가 그것을 뽑아 들었다. 그리고 한 발을 크게 내디디며 에키를 향해 그 검을 휘둘렀다.

반원을 그리며 솟구친 검은 그녀의 코앞을 스쳐 지나가 허공에서 멈췄다. 에키는 미동도 하지 않았다. 검이 일으킨 바람에 그녀의 머리카락이 나부꼈다 가라앉았다. 금발의 소년은 의기양양하게 웃었다.

"내가 이 정도도 못 할 것 같아?"

그가 보인 동작은 에키가 했던 것과 거의 똑같았다. 겨우 두 번 본 검의 궤적을 그대로 재현해 냈다. 예상대로 빠르고 움직임이 많은 쪽이 어울린다. 그쪽을 더 쉽고 자연스럽게 익힐 테고. 그리고 아마 테레사 역시, 보자마자 알게 될 거다. 미하일에게는 그녀보다 테레사가 말하는 편이 나을 터였다. 에키는 기분 좋게 웃었다.

"그래, 이렇게 하면 돼. 해 봐. 많은 것이 달라질 거야."

소년의 얼굴이 멍해졌다. 에키는 그를 내버려 두고 돌아서서 다른 클럽원들에게 합류했다. 미하일은 굳은 채로 그 뒷모습을 바라보다가 제 머리를 엉망으로 헤집었다.

"아, 자꾸 왜 이래. 미쳤나."

헝클어진 머리칼 아래에서 소년의 낯에 옅은 홍조가 올랐다.

클럽 모임으로부터 이틀 뒤, 에키는 파티마, 앨리스와 함께 쇼핑을 나갔다. 앨리스가 나오기까지는 약간의 소란이 있었다.

"저도 꼭 가야 합니까?"

"앨리스, 태양 축제 마지막 날 연회에 입고 갈 옷 있어요?"

"생도복을……."

"앨리스는 전에 저한테 사관학교에 어울리는 옷을 입으라고 했었죠. 그럼 연회에 어울리는 옷은 뭐라고 생각해요?"

"하, 하지만 에키가 옷차림 따윈 중요하지 않다는 걸 제게 알려 줬잖습니까!"

"제가 언제요? 전 제 옷차림에 참견하지 말아 달라고 했지, 상황에 맞는 옷차림이 중요하지 않다고 한 적은 없어요."

앨리스는 할 말을 잃고 에키를 내려다보았다. 에키는 연보랏빛 드레스 차림으로 뻔뻔하게 고개를 들었다.

"장례식이나 결혼식 같은 상황 말이에요. 그런 상황에서 마음대로 입으면 다른 사람에게 폐가 되지만, 사관학교에서 제 드레스는 좀 안 어울리기는 해도 폐를 끼치지는 않잖아요?"

"……."

"훈련복이나 생도복은 싫단 말이에요. 안 예쁘잖아요. 규정상 금지된 것도 아니고 전 드레스 안 불편하니까 괜찮다고 생각해요."

처음엔 분명히 위장으로 시작했는데, 익숙해지면서 점차 즐거워졌다. 부드러운 실크, 화려한 레이스, 살랑거리는 프릴과 반짝거리는 장신구들. 그녀는 그런 것들이 좋았고, 그것들을 걸치고 치장하는 건 마검을 쥐기 전 '에키네시아 로아즈'의 취미였다.

워낙 오랜 시간 억누르며 고행하듯 살았더니 즐길 수 있는 지금은 최대한 즐기고 싶었다. 행복해지려고 시간을 되돌리지 않았던가. 그래서 지금 그녀의 말은 거의 진심이었다.

앨리스는 이마를 짚었다.

"연회에 생도복을 입고 가는 것도 타인에게 폐를 끼치는 행위는 아니지 않습니까?"

"앨리스는 드레스를 싫어하나요?"

"싫어하지는 않습니다만."

"그럼 싫어하지도 않으면서 상황에 안 맞는 옷으로 가려는 거예요? 왜요?"

"드레스는 기사답지 못한……."

반사적으로 말하던 앨리스가 입을 다물었다. 그녀의 앞에 드레스를 입은 탁월한 실력의 스콰이어가 서 있었다.

에키네시아의 로드는 기사 중의 기사인 창천 기사단장이었고, 그녀는 최근에 로드와 함께 성녀를 구해 냈다. 기사의 귀감으로 삼을 만한 일이었다. 검술은 말할 필요도 없고, 검소함은……. 앨리스의 시선이 저도 모르게 에키의 허리에 달린 아메시스트를 향했다. 고급 저택 여덟 채짜리 마법검. 기사 중의 기사인 창천 기사단장이 선물한.

어쩐지 모든 게 의미 없이 느껴졌다. 드레스 한 벌쯤 사 입는다고 기사답지 않다면 창천 기사단장부터 기사를 그만둬야 했다. 그래, 소득 수준을 넘어서는 허영만 아니면 되지. 앨리스는 체념했다.

"……아닙니다, 가죠."

"고마워요, 앨리스."

에키가 활짝 웃으며 앨리스의 팔짱을 끼고 잡아당겼다. 앨리스는 그녀에게 이끌려 방을 나서며 물었다.

"이게 고마운 일입니까, 에키?"

"앨리스랑 같이 쇼핑하고 싶었거든요. 같이 가면 재미있을 것 같아서. 사실은 앨리스가 꾸민 모습도 보고 싶어요."

"그런 거면 처음부터 그렇게 말하지 그랬습니까."

에키가 우뚝 멈춰서더니 앨리스를 돌아보았다.

"그렇게만 말해도 함께 갔을 거라고요?"

"네."

"……친구라서요?"

"……아닙니까?"

"아뇨, 아뇨! 마, 맞아요."

에키는 허둥지둥 대답하더니 휙 고개를 돌려 버렸다. 앨리스는 참지 못하고 웃음을 터뜨렸다. 귓불이 붉어진 에키와 쿡쿡 웃고 있는 앨리스가 함께 나오자 기숙사 입구에서 기다리고 있던 파티마가 갸웃거렸다.

"너희 왜 그래?"

"아무것도 아니에요. 가요, 선배님."

에키가 급하게 독촉했다. 파티마는 까만 눈동자를 굴리며 에키와 앨리스를 번갈아 보고는 어깨를 으쓱인 다음 앞서 걸었다.

파티마가 소개한 의상실은 2층 건물을 통째로 쓰고 있는 꽤 큰 곳이었다. 1층은 상대적으로 가격이 적당했고 2층은 좀 더 특별한 손님을 위한 공간인 듯했다.

에키와 앨리스, 파티마는 1층에서 전시된 드레스들을 입어 보며 옷을 고르기 시작했다. 연회까지는 열흘 정도가 남아 있었지만, 열흘은 주문 제작을 하기에는 부족한 시간이었다. 기성품을 골라 몸에 맞추거나 장식을 약간 바꾸는 수선만 가능했다.

"앨리스, 이거, 이거 입어 봐요."

"지금 것과 별로 다를 게 없어 보입니다만."

"무슨 소리예요, 완전히 달라요! 앨리스는 날씬하고 키가 커서 이런 깔끔한 스타일의 드레스가 어울린단 말이에요."

앨리스가 한숨을 쉬고는 드레스를 갈아입었다. 시중을 들어 준 직원이 감탄했다.

"어머, 잘 어울리시네요."

"그렇죠? 음, 하지만 파니에는 없는 쪽이 나을 거 같은데. 저기, 하체 라인을 드러내는 드레스도 있나요?"

"물론이죠. 서부에서 건너온 스타일인데 요즘 유행 중이랍니다. 보시겠어요?"

"네, 가져다줘요. 흰색, 푸른색 쪽의 밝은 계통으로요."

"그리고 심플한 타입으로 말이죠. 손님, 센스가 있으시네요."

직원이 윙크하고는 드레스를 가지러 갔다. 앨리스는 무어라 항변하려다 확연하게 들떠 있는 에키를 보고 재차 한숨만 쉬었다. 에키는 자기 드레스는 뒷전으로 밀어 놓고 앨리스를 입혀 보는 것에 열을 올리는 중이었다. 큰 키에 우아한 분위기의 앨리스는 갈아입히는 보람이 있었다.

에키가 앨리스의 목에 간신히 닿는 짧은 머리를 이리저리 보며 머리를 어떻게 해야 어울릴지 고민하고 있는데, 막 드레스를 갈아입은 파티마가 지나갔다.

"……선배님, 잠깐만요."

"응?"

"그 드레스를 고르시려는 건 아니죠?"

"왜? 별로야?"

파티마가 갸우뚱하더니 한 바퀴 돌아 보였다. 손바닥보다 더 큰 붉은 꽃무늬가 가득 수놓아진 쨍한 파란빛 드레스 자락이 땋아 내린 검은 머리칼과 함께 팔랑팔랑 흔들렸다. 파티마는 귀여웠지만 저건 아니었다. 에키는 차오르는 깊은 한숨을 삼켰다.

그녀는 사교계와 동떨어진 삶을 15년이나 살고 돌아왔다. 그러나 아무리 그래도 갓 성년을 맞이하여 한창 들떴던 스무 살 무렵의 유행은 어느 정도 기억하고 있었다. 사실 기억하지 못한다 해도 상관없었다. 의상실에 걸려 있는 드레스들만 한 바퀴 돌아봐도 최신 유행이 감이 잡혔으니까. 마검과 얽히기 전의 그녀에게는 기본 소양이나 다름없는 일이었다.

"선배님, 그거 말고……. 아, 이거. 이거 한번 입어 보세요."

"난 화려한 게 좋은데! 자수가 많은 게 좋아."

"음, 그럼 이건요? 이것도 수가 놓였지만 지금 것보단 훨씬 어울릴 거예요."

"색이 칙칙하지 않아?"

"입어 보시면 아마 다를걸요."

"흐음……."

피디마가 눈씹을 보으며 에키가 내민 드레스를 들여다보더니 그것을 들고 탈의실로 들어갔다. 직원의 도움을 받아 드레스를 갈아입은 파티마는 곧 활짝 웃으며 튀어나왔다.

"와, 이거 볼 때는 별로였는데 입으니까 예뻐! 진짜 마음에 들어!"

"원래 옷은 입어 보기 전에는 모르는 법이죠."

"근데 에키는 어떻게 알았어?"

"경험과 관심이에요. 검을 알면 다른 사람의 검술이 보이는 것과 크게 다르지 않아요."

"대단하다……. 난 맨날 하녀가 주는 대로 입었거든. 스스로 고르면 혼났어."

파티마가 헤실헤실 웃었다. 에키는 편견이 강화되는 걸 느꼈다.

'확실히 사관생도는 사관생도구나…….'

아젠카의 사관생도는 전 대륙에서 모인 천재 중에서도 걸러진 검의 천재들이었다. 그러다 보니 생도 대부분이 검 말고는 여러모로 어설펐다. 같은 귀족 출신 여성이라 해도 에키가 예전에 어울리던 영애들과는 완전히 달랐다.

어느 쪽이 더 낫다거나 하는 문제는 아니었다. 그저 이 순간에 필요한 건 검사로서의 자신이 아니라 사교계에 관심이 많던 백작 영애인 예전의 자신이라는 판단이 섰을 뿐이었다. 그건 에키에게도 꽤 즐거운 일이었다.

거울을 들여다보며 신기해하던 파티마가 에키를 휙 돌아보았다. 크고 둥근 눈이 초롱초롱했다.

"에키, 나 구두랑 장신구도 맞춰서 살 건데 도와줄 수 있어?"

"물론이에요. 앨리스도 같이 가죠."

"네? 드레스만 사는 게 아니었습니까?"

"앨리스는 구두가 없잖아요. 설마 드레스에 가죽 신발을 신을 생각이었어요?"

"……."

아까 나갔던 직원이 서부풍 드레스가 가득 걸린 옷걸이를 끌고 다가왔다. 그녀가 그들 사이에 끼어들더니 에키의 머리카락을 보고 조심스럽게 물었다.

"저, 에키네시아 로아즈 님 맞으시죠?"

"네, 저예요."

"2층에서 찾으시는 분이 계세요."

"저를요?"

"지나가다가 보시고, 저 분홍 머리카락의 아가씨가 에키네시아 로아즈가 맞느냐고 하셔서. 찾으시는 분은 테레사 폰 프랑 알마리 경이십니다. 따라오시겠습니까?"

"아…… 네."

에키는 얼떨떨하게 대답했다. 테레사가 왜 여기에? 게다가 그녀를 찾는다고? 무슨 일로? 퍼뜩 생각나는 건 미하일에게 조언을 준 일이었다. 미하일이 테레사와 대련을 했나? 그게 아니면 뭘까.

어쨌든 기오사 오너가 부르는데 사관생도가 따르지 않을 수는 없었다. 테레사 경이라는 말에 앨리스가 동경하는 눈이 되어 그녀를 배웅했다. 에키는 파티마와 앨리스를 두고 혼자서 직원을 따라 2층으로 향했다.

특별한 고객을 위해 꾸며서인지 2층은 상당히 분위기가 달랐다. 좀 더 호화로웠고 조용했으며 응접실이 여럿 있어서 고객끼리 마주칠 일이 없어 보였다. 직원은 그중 한 응접실로 에키를 안내했다.

"들어가시면 됩니다."

상냥하게 웃은 직원이 물러났다. 감각을 넓혀 보자 응접실 안에 있는 사람이 테레사 혼자라는 게 느껴졌다. 에키는 문 앞에 서서 옷차림을 가다듬었다. 파티마, 앨리스와 함께 외출한 거라 모자도 쓰지 않았고 망사도 달지 않았다. 보석 핀만 간단하게 꽂은 상태여서 얼굴이 고스란히 노출되어 있었다.

'……괜찮아, 테레사는 기억이 없어.'

기억이 있었다면 흰 까마귀 협곡에서 유리엔이 스펙터를 저지할 때 테레사도 있었을 것이다. 합리적인 판단과 달리 긴장감은 쉽게 가시지 않았다. 그동안 테레사와는 여러 번 마주치거나 스쳐 가거나 했으나, 단둘이 이렇게 가까운 곳에서 독대하게 되는 건 처음이었다.

에키는 복도에 걸린 거울을 통해 다시 한번 겉모습을 점검한 다음 심호흡을 하고 문을 열었다. 응접실 안으로 들어가 문을 닫자마자 여성치고는 낮은 목소리가 들려왔다.

"왔군."

테레사는 길고 구불구불한 금발을 아무렇게나 질끈 묶어 늘어뜨리고 제복을 입은 채 소파에 걸터앉아 있었다. 그녀가 자신의 앞 테이블에 놓여 있는 두꺼운 드레스 샘플 책을 넘겨보며 맞은편의 소파를 향해 손짓했다.

"일단 앉아라."

"안녕하세요, 테레사 폰 프랑 알마리 경. 저는……."

"소개는 됐다, 알고 있으니까."

에키는 조심스럽게 테레사의 맞은편에 앉았다. 그제야 고개를 든 테레사가 초록색 눈동자로 그녀를 바라보았다.

테레사는 앨리스보다도 큰 키에, 철저히 단련하여 만들어진 탄탄한 몸을 가지고 있었다. 남동생인 미하일이 천사처럼 선이 가느다란 미소년인데 비해 그녀는 눈매가 뚜렷하고 강인해 보였다. 그럼에도 여러모로 닮아 있어서 남매라는 티가 났다.

"제대로 만나는 건 처음이지? 스콰이어 에키네시아 로아즈 생도."

에키를 가만히 훑어보던 테레사가 설핏 웃으며 말했다. 에키가 무어라 대답하기도 전에 그녀가 바로 본론을 꺼냈다.

"어제 미하일이 나를 찾아왔다. 그 아이와 오랜만에 대련을 했지."

역시 미하일 관련이었구나. 에키는 내심 안도하면서 동시에 약간 긴장했다. 미하일은 자존심이 강해 보여서 그녀에 대한 이야기는 하지 않을 줄 알았는데, 대련하면서 그녀가 조언했다고 말한 모양이었다.

"로아즈 가문은 한 번도 들어 보지 못했어. 잠깐 찾아봤더니 기사를 배출한 적이 거의 없는 가문이더군. 우리 가문과 교류한 적이 있지도 않고. 애초에 다른 나라이기도 하고."

테레사가 다시 샘플 책에 시선을 두고 페이지를 넘기며 혼잣말처럼 중얼거렸다. 그녀는 깃펜을 들고 샘플 책 옆에 있던 종이에 드레스 번호를 썼다.

"그러니 네가 프랑 알마리의 검술을 접할 기회는 아예 없었거나……

혹 있었어도 제대로 보지 못했을 확률이 높다는 소리지."

몇 개의 번호를 쓴 테레사가 깃펜을 내려놓았다. 그리고 눈을 들어 에키네시아를 똑바로 응시했다.

"그런데 대체 어떻게 너는 프랑 알마리의 비기에 대해 알고 있는 걸까. 대답해 봐, 에키네시아 로아즈."

"……비기라니요?"

"모르는 척하지 마라. 미하일에게 다 들었으니. 너는 처음 그 애를 상대할 때부터 바로 그 기술을 썼다지?"

그녀를 바라보는 테레사의 시선이 몹시 서늘했다. 경계와 탐색의 기색. 그리고 에키는 진심으로 당황했다.

'비기? 가문의 비기라고? 설마 검을 쳐 낸 그게?'

이게 무슨 소린지. 그녀는 그저 본능적으로 프랑 알마리의 방어 자세에서 가장 취약한 부분을 알아채고 어떻게 공격하는 게 가장 효율적일지 판단한 다음 그대로 행했을 뿐이었다.

[어, 비기면 뭔가 대단한 비밀 같은 거 아냐? 그걸 주인이 알아낸 거면 이제 비밀을 지키기 위해 싸우는 거야? 우와, 싸우면 죽여야겠네!]

드레스를 고르고 있을 때는 지루한지 졸다시피 하고 있던 마검이 신이 나서 떠들어댔다. 에키는 속으로 마검에게 욕을 하며 급히 변명했다.

"테레사 경, 혹시 제가 미하일 생도에게 알려 준 공격법을 말씀하시는 거라면, 그건 그저 제가 대련 중에 즉흥적으로 떠올린 것으로……."

"프랑 알마리의 검술은."

테레사가 에키의 말을 끊었다. 그녀는 글씨를 꾹꾹 눌러쓰듯 딱 떨어지는 발음으로 설명했다.

"방어를 기반으로 한 반격에 기초를 두고 있으며, 따라서 방어 위주로 돌아간다. 프랑 알마리의 후예는 가장 먼저 철벽이 되는 법을 배우지. 그리고 철벽을 완성했을 때."

테레사가 깃펜을 검처럼 쥐었다. 후욱 하고 깔끔하게 허공을 가르는 깃펜의 움직임은 에키가 미하일에게 알려 주었던 바로 그 궤적이었다. 그녀는 깃펜을 에키에게 겨눈 채 말했다.

"그 철벽이 단칼에 부수어지는 경험을 한다. 선배들로부터, 네가 미하일에게 알려준 그 기술을 당함으로써."

"……"

"완전히 부서진 다음, 진짜 철벽을 만들어 내게 되지. 이번에는 선조들로부터 물려받은 것을 바탕으로 자신만의 철벽을 만든다. 프랑 알마리의 비기를 받아칠 수 있도록. 같은 토대 위에서 각자 다른 철벽을 세우고, 우리는 그렇게 기사가 된다."

테레사는 천천히 깃펜을 내려놓았다. 깃펜 대신 날카로운 기운이 형체를 이룰 것처럼 짙고 뚜렷하게 에키를 겨누었다. 에키는 반사적으로 반응하려는 마나를 간신히 억눌렀다.

"프랑 알마리의 비기는 가장 강한 기술이 아니라, 각자에게 맞는 검술을 만들어 내도록 유도하는 통과의례다. 프랑 알마리의 방어를 익히기 시작한 자에게 가장 효율적이고, 가장 강한 충격을 줄 수 있도록 가다듬어진 기술이란 말이다. 너는 대체 어떻게 그걸 알았지? 누구에게 배웠어?"

[어떻게 알긴, 보이니까 그냥 한 거지. 내 주인한텐 별거 아닌 일이라고. 흐흥.]

마검이 우쭐해서는 종알거렸다. 에키는 예상치 못한 상황에 조금 억울해졌다. 프랑 알마리의 완성판이라고 할 만한 테레사를 죽여 본 경험이 있기에 좀 더 쉽게 알아채긴 했지만, 어쨌든 그냥 방어 자세를 보고 깨달았을 뿐이다. 무어라 할 말이 없었다.

"테레사 경, 경이 말씀하셨다시피 전 프랑 알마리와 관계가 없어요. 그냥 보였어요. 그래서 공격했을 뿐이에요."

"그냥 보았다, 라고. 프랑 알마리의 방어 자세를 보자마자? 내가 그 말을 믿어야 하나?"

"그게 사실인걸요."

테레사가 기가 찬 듯 헛웃음을 흘렸다. 이어 그녀는 꾹 입술을 다문 채 에키를 노려보았다. 무형의 기운이 짓눌러 왔다. 에키는 담담하게 그 시선을 받아넘겼다.

긴 침묵이 흐른 끝에 테레사가 먼저 시선을 돌렸다. 짓누르던 기운도 흐트러져 사라졌다.

"거짓말을 하는 것 같진 않군. 하긴, 그 기술이 무슨 의미인지 안다면 그걸 미하일에게 가르쳐 주고 내게 써 보라고 조언하지는 않았겠지."

"믿어 주셔서 감사합니다."

"아직 완전히 믿는 건 아니야. 그래도……."

테레사는 어깨를 으쓱이더니 샘플 책의 펼쳐진 페이지 위에 번호를 쓴 종이를 올려놓고는 말을 이었다.

"……네 덕분에 그 애가 어떤 방식으로 자신의 검을 가다듬어야 할지 확실히 알았어. 그 점은 감사한다. 이 일은 언젠가 확실히 보답하지."

"아뇨, 그러실 필요까지는……."

에키는 어색하게 웃으며 아까부터 신경 쓰이던 샘플 책과 번호가 쓰인 종이를 흘긋 보았다. 그리고 그대로 사레가 들릴 뻔했다.

'저, 저, 저게 뭐야. 설마 테레사 경이 입으려고 고른 건 아니겠지?'

"……저, 테레사 경. 그 말씀을 하시려고 저를 찾으신 건가요? 의상실에는 무슨 일로 오신 거죠?"

"널 찾으러 온 건 아니고……. 태양 축제의 연회 때, 내가 성녀의 샤프롱을 맡게 되어서 드레스를 맞추러 왔다. 그러다 마침 네가 보여서 불렀지. 안 그래도 드레스를 주문한 다음 너를 만나 볼 생각이었으니까."

테레사가 골치가 아프다는 듯 눈살을 찌푸렸다. 성녀의 샤프롱? 샤이의 샤프롱이 테레사라고? 에키가 놀란 얼굴로 되물었다.

"샤, 아니, 성녀님의 샤프롱이 되셨다고요?"

"그러고 보니 그 소녀가 너를 잘 따른다지. 대신전은 차라리 네게 샤프롱을 맡길 것이지, 왜 내게……. 아, 하긴 샤프롱을 하기에는 네가 너무 어린가."

테레사가 깊은 한숨을 쉬었다. 에키는 대강 상황이 어떻게 된 것인지 짐작했다.

'성녀'의 샤프롱이다. 아무나 뽑을 순 없고, 그렇다고 여신관에게 샤프롱을 맡길 수도 없으니, 창천 기사단에서 신분이 높은 여성순으로 꼽아 봤겠지. 딱 걸린 것이 기오사 오너이자 남부 앙투아르 왕국 귀족 출신인 테레사 폰 프랑 알마리였을 것이다.

"나이 이전에 저는 성녀님의 샤프롱이 되기에는 신분이 부족하죠. 고작 스콰이어인 걸요."

에키는 대강 대꾸하며 눈을 굴려 다시 펼쳐진 샘플 책 페이지를 확인했다. 종이에 쓰인 번호, 21번. 샘플 책에 보이는 21번 드레스는 프릴이 한가득 달리고 어깨를 한껏 부풀린 귀여운 스타일의 드레스였다.

"저……. 테레사 경."

"응?"

"그…… 고르신다는 드레스가, 경이 입으실 건가요?"

"그렇다만."

테레사가 고개를 기울이더니 심각한 얼굴로 종이를 들여다보았다. 그리고 조심스럽게 물었다.

"……별로일까?"

그걸 몰라서 묻느냐는 말이 목 끝까지 올라왔다. 귀여운 스타일이 안 어울리는 건 둘째치고, 어깨가 넓은 편인 테레사가 부풀린 어깨에 프릴까지 주렁주렁한 저런 드레스를 입었다간 어떤 꼴이 될지 눈에 선했다. 심지어 색도 테레사에게는 절대 안 어울릴 샛노란 개나리색이었다. 이건 아까 파티마가 고른 것보다 더했다.

'아냐. 저건 절대 아냐. 세상에, 진짜 다 검술 바보들이야……'

"예쁜 드레스지만, 테레사 경의 분위기와는 조금 안 어울리는 것 같아서요."

"그럼 이건?"

최대한 부드럽게 돌려 말했던 에키는 테레사가 넘겨서 보여 준 다른 페이지를 보고 기함했다. 목 주위에 프릴을 가득 두르고 커다란 리본이 달린 꽃무늬 드레스. 드레스 자체는 귀엽고 예뻤다. 입을 사람이 테레사인 게 문제일 뿐이지.

"그, 그것도 조금……."

에키가 고개를 젓자 테레사가 다른 것을 보여 주었다. 그것을 본 순간 에키는 더는 참지 못했다.

"그건 절대 안 돼요!"

저절로 목소리가 높아졌다. 테레사가 깜짝 놀란 듯 눈을 치켜떴다. 에키는 헛기침을 하고 목소리를 낮췄다.

"저, 테레사 경. 그간 연회에 참석할 때 치장을 어떻게 하셨어요?"

"제복을 입었는데."

"……개인 하녀는 없으세요? 기사는 얼마든지 개인 하녀를 둘 수 있잖아요?"

"숙소에 사용인들이 있는데, 굳이 개인 하녀를 들일 필요를 못 느꼈다."

"……아젠카에 오기 전에는 드레스를 입어 보셨죠?"

"어릴 때는 입었지만…… 본격적으로 검을 잡게 되면서는 잘 입지 않았지."

"사교장에 나가 본 적은요? 티 파티라든가, 무도회라든가."

"검을 익히기에도 바빠서."

"저, 혹시나 해서 여쭙는데요, 춤은 출 줄 아시죠?"

"남성용 스텝이라면."

앨리스 윈터벨이었다. 아니, 앨리스에게 비교하기도 실례였다. 적어도 앨리스는 아젠카에 오기 전에 티 파티나 무도회는 다녀 봤다고 했었다. 춤도 여성용으로 익혔고.

에키는 두통이 오는 것을 느꼈다. 대신전 일 처리는 대체 왜 이따위인가. 샤이한테 어린애에 대해 잘 모르는 신관을 보내더니 샤프롱으로는 남성용 춤밖에 모르는 여기사라니. 하나같이 직위가 높고 엘리트인 사람들이니 나름 신경 쓴 인사이긴 한데, 아주 일관적으로 센스가 없었다.

테레사는 에키가 목뒤를 잡는 사이 그녀를 찬찬히 훑어보고 있었다. 테레사도 사관학교에서 드레스를 입고 다니는 에키네시아 로아즈에 대해서는 많이 들었다. 마물 토벌 때 직접 봤고 기사단 내에서 지나가다 본 적도 있었다.

에키네시아에 대해서, 사관생도가 드레스 차림이라며 무어라 하는 사람들은 있어도 안 어울린다는 사람은 없었다. 테레사가 보기에도 에키네시아는 볼 때마다 화사하게 예뻤다.

테레사 주위에 있는 여기사들은 하나같이 비슷하게 드레스니 사교계니 하는 쪽에는 약했다. 여성은 남성보다 마나 친화력이 평균적으로 높았지만, 그래도 신체적 불리함을 딛고 창천의 기사가 될 정도면 검술에 모든 것을 바쳐야 하니 어쩌면 자연스러운 결과였다. 물론 은연중에 그런 분위기를 유도하는 풍토 탓도 있었다.

그러니까 결국, 테레사에게는 이런 문제를 상담할 사람이 주위에 딱히 없었다. 그래서 그녀는 에키네시아의 안목을 믿기로 했다.

"에키네시아 생도, 혹시 내게 어울리는 드레스를 추천해 줄 수 있나? 도와준다면 내가⋯⋯."

"할게요. 아니, 하게 해 주세요."

에키가 단박에 대답했다. 그녀는 절대로 테레사가 저런 드레스를 입고 샤이의 샤프롱으로 등장하는 모습을 보고 싶지 않았다. 말해 놓고 보니 샤이의 드레스는 어떻게 되어 가고 있는지 극도로 불안해졌다. 낮에 제례를 올릴 때야 성장(聖裝)을 할 테니 상관없지만, 연회는 곧 무도회니 드레스를 입을 텐데.

'이건 나중에 신관님한테 확인해 보고…….'

"드레스도 드레스지만, 몇 가지 춤들의 여성용 스텝도 알려드릴게요."

"그럴 필요까지는……."

"무도회잖아요. 춤 한번 추지 않으시려고요?"

"남성용 스텝은 알고 있다."

"드레스를 입고 남성용 스텝을 밟으면 안 어울려요. 간단해요, 테레사 경이라면 아마 한 시간도 안 되어서 익힐 수 있을걸요."

에키는 테레사의 앞에 있던 샘플 책을 자신 쪽으로 당겨 오며 말을 덧붙였다.

"드레스를 입고 춤을 춘다고 해서 기사가 아니게 되진 않잖아요. 싫은 걸 억지로 할 필요는 없지만, 싫지 않다면 얼마든지 꾸미고 즐겨도 된다고 생각해요."

테레사는 약간 멍해진 얼굴로 에키를 바라보았다. 에키는 그녀를 보지 않고 샘플 책을 넘기며 테레사에게 어울릴 듯한 드레스 샘플들을 골라 냈다.

"예쁘게 차려입고 음악에 맞춰 춤을 추는 것. 전 좋아하거든요. 테레사 경은 어떠세요?"

"……잘 모르겠군. 굳이 따지자면 싫어하지는 않는다만."

"그럼 즐겨야죠. 드문 기회잖아요. 즐기라고 열리는 게 무도회 아니었나요?"

에키가 살짝 웃고는 번호를 체크한 종이와 샘플 책을 테레사 쪽으로 밀어 주었다. 테레사는 낯선 것을 보듯 에키를 눈에 담고는, 옅게 마주 웃었다.

"그래, 이왕 이리된 일, 한 번쯤 즐겨 보는 것도 좋을지도."

테레사의 드레스 주문을 돕고, 춤을 가르쳐 줄 약속을 잡고, 파티마와 앨리스의 구두와 액세서리 구매에 조언을 준 다음, 에키 자신의 것까지 몇 개 사고 돌아오니 이미 해가 다 진 저녁이었다.

앨리스는 녹초가 되어 먼저 씻겠다며 욕실로 들어갔지만 에키는 그다지 힘들지 않았다. 오랜만에 좋아하는 것을 실컷 보고 즐겼더니 기분 좋은 피로감만 있었다.

[난 하나도 재미없었는데. 그런 게 재밌어?]

"예쁘잖아. 보기만 해도 재밌어. 사기까지 하면 더 재밌고."

에키는 콧노래를 흥얼거리며 사 온 것들을 정리해 넣었다. 오늘 산 드레스도 며칠만 있으면 수선을 거쳐 도착할 거라 생각하니 기분이 더욱 좋아졌다. 기분 좋게 장신구 함을 닫고 넣는데 노크 소리가 들렸다.

"101호 에키네시아 로아즈 생도님, 전보입니다."

"아, 고마워."

기숙사의 하녀가 그녀에게 마나 전보를 전해 주고 물러났다. 집에서 온 전보였다. 며칠 전에 그녀가 보냈던 전보의 답장인 모양이었다. 별생각 없이 봉투를 뜯어 내용을 읽어 보던 에키의 얼굴이 일순 흐트러졌다.

"에키, 욕실 쓰십시오……. 무슨 일입니까?"

젖은 머리를 닦으며 나온 앨리스가 그녀의 낯을 보고 의아하게 물었다. 에키는 약간 창백해진 채 대꾸했다.

"마침 축제 기간이고 하니, 제가 어떻게 지내는지 확인할 겸 남동생이 아젠카로 온다네요."

"아젠카의 태양 축제는 일부러 구경하러 오는 사람도 많으니까요. 대부분 이 무렵에 사관생도의 가족들이 많이 온다더군요."

"앨리스의 가족분들도 오시나요?"

"오라버니와 부친께서는 바빠서 못 오시고, 모친께서 여동생과 함께 오신다고 했습니다."

"어머, 잘됐네요. 앨리스의 여동생이라니 보고 싶어요!"

"저도 에키의 남동생이 궁금합니다. 그런데 혹시 사이가 나쁩니까? 안색이 별로 좋지 않군요."

"아뇨, 사이 좋아요. 오면 소개해 줄게요."

에키는 앨리스로부터 돌아서서 어두운 얼굴로 종이를 내려다보았다. 전보의 마지막에 덧붙여진 부모님의 전언을 다시 읽었다.

―란셀리드 편에 베른스트 백작 영식의 초상화를 보낸다. 네 결혼 상대로 이야기가 오가는 중이니, 너도 고려해 보렴.

거의 잊고 있었다. 그녀 또래의 귀족 영애면 슬슬 결혼을 한다는 것을. 빠른 경우엔 미성년 시절에 약혼을 하고, 성년이 되자마자 결혼을 하기도 했다. 물론 대부분 부모님이 정해 주신 혼처였다.

사관생도들이나 여기사들은 늦게 결혼을 하는 편이지만, 에키는 불과 몇 달 전까지만 해도 그저 보통의 영애였다. 그녀의 부모님 입장에서는 딸이 사관생도가 된 현실 자체에 아직 적응하지 못할 수밖에 없었다.

게다가 로아즈 백작 부부는 딸에게 결혼을 강요할 사람들이 아니었다. 이건 어디까지나 나이가 찬 딸을 위해 혼처를 알아보는, 부모로서 당연한 의무였다. 그녀의 부모는 딸이 이 사람은 싫다고 하면 다른 사람을 찾아 올 거고, 만약 다른 누군가를 좋아한다고 하면 딸을 데려갈 만한 남자인지 가늠해 본 후에 허락할 분들이었다.

그러니까 문제는 백작 부부가 아니었다.

'문제는 나지.'

회귀 이전의 에키네시아라면 자연스러운 일이라 여겼을 것이고 별 거부감도 들지 않았을 터다. 그러나 지금의 그녀는 그 내용을 보자마자 극심한 혼란을 느꼈다. 결혼 전에 잠시 여행을 떠난다는 핑계로 아젠카로 와 놓고서는 말이다.

유리엔을 사랑한다는 걸 깨달아 버렸기 때문에. 그리고 유리엔이 그녀에게 고백했기 때문에.

'없던 일로 하기로 결심했었잖아.'

디아상트 공녀는 여전히 기사단 본부에 머물고 있다. 약혼은 아직 이루어지지 않았지만 언제 약혼이 선포될지 모른다.

'아마도 유리엔은, 내가 그를 받아들인다고 하면······.'

그런 고백을 해 놓고, 그녀가 수락하는데 그가 공녀와 약혼을 할 리는 없었다. 아무리 정치적인 문제가 얽혀 있더라도 말이다. 로아즈가 위험해지는 것도 그가 어떻게든 수습하겠지. 그는 그런 사람이니까.

'하지만 나는······ 받아들일 수가 없는데.'

그러니 결국 유리엔은 디아상트 공녀와 약혼을 하게 되겠지. 가슴 안쪽이 녹아내리는 듯 쓰렸다. 에키는 이를 악물었다.

'……그가 아니라면 누구든 무슨 상관이겠어.'

누구든 상관없다면 부모님을 기쁘게 해 드리는 쪽이 나을지도 모른다. 그런 생각이 들었다. 손에 저절로 힘이 들어가 전보가 구겨졌다. 에키는 그 전보를 아무렇게나 접어 서랍에 처박았다.

유리엔은 6월 14일 새벽에 아젠카로 귀환했다. 중간에 마탑에 들려 결절에 관해 논하고 대가를 받아 내느라 예정보다 귀환이 늦었다.

그는 짧게 휴식을 취하고 나서 산더미처럼 밀려 있는 각종 서류들을 처리했다. 집무실에서 해가 뜨는 것을 본 그에게 아침을 가져다준 하인은 단장 직속 정보원이었다.

유리엔은 식사를 하며 그로부터 그간 에키네시아의 행적을 대강 들었다. 창천 기사단과 아젠카 시내 곳곳에 있는 사용인이나 시민으로 활동하는 정보원들이 목격한 것을 정리한 것이었다.

"……그래서 테레사 경과 오늘 만난다고 합니다. 이상입니다."

"수고했다."

"그리고 이건 전에 명하셨던 '쐐기' 조사의 결과입니다. 첫 장에 긴급하게 들어온 정보가 있습니다. 우선 참고해 주십시오."

"알았다. 돌아가서 쉬도록."

"아르 세밧티엠."

정보원은 책자에 가까울 정도로 두꺼운 서류를 놓고 빈 그릇들을 챙겨 물러났다. 쐐기에 의뢰를 할 때부터 시켰던 조직에 대한 조사가 이제 끝난 모양이었다. 유리엔은 그것을 집어 들기 전에 잠시 차를 마시며 멍하니 생각을 했다.

[무슨 생각을 하는지 대충 짐작되는데, 좀 참아라.]

"내가 무슨 생각을 하는 것 같기에?"

[마겁의 주인이 의상실에 다녀갔다는 보고 때문에, 그 여자에게 드레스를 맞춰 주려는 것 아니냐? 뻔하지.]

"……좋은 생각이다, 랑. 고맙군."

[뭐? ……이런.]

유리엔이 찻잔을 내려놓더니 편지를 쓰기 시작했다. 에키네시아가 다녀갔다는 그 의상실에 보내는 편지였다. 이런 촉박한 기간에 드레스를 맞추는 건 어려운 일이지만, 돈으로 안 되는 건 드문 법이다. 랑기오사는 괜히 말을 꺼냈다는 것을 깨닫고 떨떠름해졌다.

[아니, 잠깐만, 그럼 대체 무슨 생각을 하고 있었던 거냐?]

"……."

유리엔이 침묵했다. 편지를 마무리하고 하인을 불러 배달시키는 동안 성검은 대답을 독촉했고, 그는 하인을 내보낸 후에야 작게 대꾸했다.

"별생각 아니었다."

[대체 뭔데 내게 숨기느냐. 그릇된 생각을 하고 있었던 건 아니겠지?]

"그런 건 아니니 신경 쓰지 마라."

보고 싶다는 생각을 하고 있었다. 열흘 넘게 그녀를 보지 못했다. 당장 찾아가고 싶은 감정과 급한 일부터 처리하라는 이성이 싸웠다. 정확히는 홍수처럼 흘러넘치는 감정을 이성이 간신히 제어하고 있는 꼴이었다.

차마 그렇게 대답할 수는 없어서 유리엔은 입을 다물고 정보원이 두고 간 서류를 펼쳤다. 첫 장에 접혀 있는 쪽지가 있었다. 정보원이 말했던 막 들어온 정보인 듯했다. 무심히 그것을 펼쳐 보던 그의 눈이 커졌다.

[마검의 주인이 움직였군.]

쐐기 주위에 잠복하던 정보원이 후드 차림의 여자가 방문했다 떠나는 것을 목격했으며, 미행은 실패했으나 정황상 바로 귀환하지 않고 올라바트에 들렀던 스콰이어 에키네시아 로아즈임이 거의 확실하다는 소견이었다.

'그녀가 쐐기에 들를 만한 이유는 하나뿐이겠지.'

마검의 출처를 찾고 있는 것일 터다. 왜? 복수하기 위해? 그녀는 어디까지 알아냈을까. 마검이 황실로부터 나왔다는 걸 알고 있을까. 그걸 알게 되면, 황족인 자신을 어떻게 생각하게 될까. 설명하기 어려운 공포가 엄습했다.

'그녀를 나락으로 떨어뜨린 자들의 형제이자 아들이라. 혐오스럽겠군. 게다가 실상은 내가…… 그녀가 선택된 원인이니.'

순간적으로 그녀의 의뢰를 방해하고 싶어졌다. 에키네시아가 그 진실을 알게 되면 그는 절대 그녀를 얻을 수 없을 테니까. 그녀가 견딜 수만 있다면 모든 것을 밝히고 사죄하려던 마음 위에 이기심과 욕망이 침범하려 했다.

'미치다 못해 추해지려는가, 나는.'

유리엔은 마른세수를 하고 그 종이를 구겨 버렸다. 그리고 새 명령서를 썼다. 에키네시아가 쐐기에 뭘 의뢰했는지 알아내라는 명이었다. 우선은 그녀가 어디까지 알고 있는지를 확인해야 했다.

쐐기에 대한 보고서를 검토한 뒤 밀린 서류를 좀 더 처리하고 나니 점심 무렵이었다. 유리엔은 점심 약속을 위해 자리에서 일어났다. 약속의 상대는 로잘린 디아상트였다.

식사는 기사단 본부에 있는 귀빈용 식당에서 이루어졌다. 예전, 에키네시아에게 공녀가 찾아갔을 때 마주친 이후로 근 3주 만에 만나는 것이었다. 전채 요리와 주요리가 나오는 동안 의례적인 인사만이 오갔나. 그러나 공녀가 먼저 말을 꺼냈다.

"본론은 식후에 논하는 게 예의라지만, 궁금해져서 조금 실례할게요. 전, 아니, 유리엔 경, 결정을 내리셨나요?"

"오래 기다리게 해서 미안하군."

유리엔이 나이프를 내려놓았다. 로잘린 디아상트를 향해 그가 물었다.

"그대가 도착하던 날 했던 말은 여전히 유효한가?"

"어떤 것을 말씀하시는 건가요?"

"대가를 준다면 약혼을 하지 않아도 상관없다고 했었지."

"……정말 거절하시려고요?"

'에키네시아 로아즈'가 그에게 어떤 의미인지 조금 엿보았던 그때, 로잘린은 어쩌면 이렇게 될지도 모른다고 예상하긴 했었다. 그래도 그게 정말로 현실이 될 줄은 몰랐다. 그녀는 두근거리는 티를 내지 않으려 애썼다.

"약혼식 날짜가 발표될 거고, 공개적으로 그대는 내 약혼녀가 될 터다. 약혼식 전까지는 예비 약혼녀겠지만. 그러나 실제 약혼은 이루어지지 않는다. 무슨 뜻인지 알겠나?"

"약혼하는 척만 하겠다고요? 그게 가능할 리가……."

"황태자 전하와는 이미 이야기가 끝났다. 그대만 동의하면 된다."

로잘린은 얼이 빠졌다. 대체 무슨 수로 황태자를 설득한 건지. 그녀는 얼떨떨하게 말했다.

"황태자 전하를 설득하셨다고 해도, 제 아버지께선 납득하지 못하실 텐데요. 아시잖아요?"

"그건 내가 알아서 할 일이다. 협조를 대가로 무엇을 원하나, 공녀?"

황태자의 장인이자 로잘린의 아비인 디아샹트 공작은 권력의 유혹에 굴복하지 않는 인간은 없다고 믿는 사람이었다. 그래서 공작은 2황자보다도 유리엔을 더 경계했다. 지독히 경계하고 있기에 그는 유리엔에게 로잘린을 보내기로 결정했다.

공작은 로잘린이 결혼을 하더라도 유리엔의 목줄이자 감시자 역할을 철저히 해 주리라는 걸 잘 알고 있었다. 딸이라서 믿는 게 아니었다. 디아샹트 공작은 로잘린의 약점을 쥐고 있었다.

로잘린은 길게 침묵했다. 정말로 3황자가, 창천 기사단장이 그녀에게 약혼을 거절할 테니 원하는 걸 말하라고 하게 될 날이 올 줄이야. 완전히 포기하고 있었는데. 희망이 고개를 치켜들었다. 그녀는 떨리는 목소리로 물었다.

"아직 제 아버지께는 알리지 않은 건가요?"

"그대와의 협상이 먼저라고 생각했다."

"그럼, 경이 위장 약혼을 하려 한다는 건 황태자 전하께서만 알고 있나요?"

"그렇다. 알려지면 효과가 없는 일이니까. 위장 약혼이라는 건······ 극소수의 사람들만 알고 있게 될 것이다."

말 사이에 있었던 간격은 에키네시아였다. 그녀에게는 말하고 싶었다. 사실은 이 약혼이 가짜임을 가장 알리고 싶은 것이 그녀다. 그러나 진실이 어찌 됐든 겉으로는 약혼녀가 존재하는 상황에서 그런 말은 의미가 없을지도 모른다. 게다가 황제를 갈아 치울 계획이라는 건 말할 수가 없었다. 그 계획의 핵심이 마검 사건이므로.

어디까지 말할지도 문제였고, 그녀가 믿어 줄지도 의문이었다. 그녀가 알지 못하는 사이 빠르게 모든 걸 해결하는 게 나을지도 모른다. 유리엔은 아직 이 문제를 어떻게 할지 결정하지 못했다.

침묵하던 로잘린이 와인잔을 들어 올렸다. 그녀는 가득 차 있던 잔을 한 번에 들이켰다. 도수가 낮은 식사용이라지만, 지금은 약간이라도 술기운이 필요했다. 그녀는 심호흡을 하고 입을 열었다.

"아버지께는 알리지 마세요."

"왜지?"

"유리엔 경. 경의 모든 계획에 협조하겠어요. 위장 약혼이든, 뭐든. 그러니 대가로 저를 도와주세요."

"무슨 도움을 원하나?"

"경은 성검의 주인이죠. 그러니 믿고 말하겠어요."

테이블 아래에서 로잘린의 손에 힘이 들어갔다. 유리엔의 낯은 고요했다. 그녀는 그 담담한 얼굴에 의지하여 하얗게 질린 채 말했다.

"경, 제게는 딸과 남편이 있어요."

[……저게 무슨 소리냐?]

성검이 당황한 듯 중얼거렸다. 유리엔 역시 상당히 놀랐다. 로잘린은 마른침을 삼키고 말을 이었다.

"제 남편은 제 초상화를 그리던 화가예요. 평민이죠. 저는 그와 예전부터 사랑하던 사이였고, 뒤늦게 그것을 알아챈 아버지는 격노하셨어요. 하지만 저는 결국 아버지의 허락을 받아 냈어요."

"디아상트 공작이 그대가 평민과 결혼하는 걸 허락했다고?"

"정확히는 허락이라기보다 포기였죠. 죽었다고 생각할 테니 네 마음대로 하라고 하셨거든요. 그래서 저는 그와 함께 수도를 떠났고, 은밀히 식을 올리고 조용히 살았어요."

말이야 간단하지만 그 과정은 간단하지 않았다. 로잘린은 쓰게 웃었다.

"그때는…… 행복했죠, 정말로. 그와 저 사이에서 딸도 태어났어요. 그 행복은 1년도 가지 못했지만요. 처음부터 아버지는 절 놓아주실 생각이 없었던 거예요. 마음대로 하라고 하면 제가 초라한 생활을 견디지 못하고 돌아오리라고 여기신 거죠."

"하지만 그대는 돌아가지 않았군."

"네, 아버지의 오산이었죠. 저는 제 앞가림 정도는 충분히 할 수 있었거든요."

비록 공작의 딸로서 호화롭게 살던 때의 생활엔 미치지 못해도, 그녀는 충분히 잘살고 있었다. 미래에 대한 계획도 착실하게 세웠었다. 이제 와서는 전부 소용없는 일이 되어 버렸지만.

"결국 전 아버지의 기사들에게 끌려왔고, 제 남편과 돌도 되지 않은 딸은 지금도 어딘가에 감금되어 있어요. 그게 작년의 일이에요. 외부에는 제가 그저 건강상의 이유로 요양을 떠났다 돌아온 걸로 알려졌죠."

로잘린은 가늘게 떨리는 손끝을 움켜쥐었다.

"끌려 온 후에야 왜 아버지가 절 필요로 했는지 알게 되었어요. 유리엔 경, 당신에게 보낼 여자가 필요했던 거예요."

"……내게 보낼 여자가 그대여야만 할 필요가 있었던 건가?"

"제가 최선이었죠. 당신과 결혼하면서도 당신을 사랑하지 않을 여자. 언제든 당신을 배신할 준비가 되어 있고, 아버지를 절대 배신할 수 없는 여자. 그렇잖아요? 제겐 인질이 있으니까."

"설마, 그대와 그대의 남편을 일단 놓아주었던 것도 공작의 안배였나?"

"글쎄요. 그 정도까지 비징하리라고는 생각하고 싶지 않아요. 알 수 없는 일이지만요."

로잘린이 입매를 비틀었다.

"다만 확실한 건, 황태자 전하께선 경을 믿을지라도 아버지는 경을 절대 믿지 못하신다는 사실이에요. 그래서 저를 당신의 목줄로 고른 거죠."

충격적인 이야기였다. 성검이 머릿속에서 기가 찬 신음을 흘리고 있었다. 유리엔의 맞은편에서 로잘린의 얼굴이 울컥 차오르는 것을 삼키듯 일그러졌다.

"저는…… 모든 걸 포기하고 있었어요. 당신과 결혼하고 아버지가 시키는 대로 따르는 한, 딸과 남편은 무사할 거라고 했으니까. 말을 잘 들으면 딸아이나 그이를, 가끔 만날 수 있게 해 준다고……."

그녀는 가볍게 헐떡인 다음 아랫입술을 깨물었다. 눈물이 고인 눈으로 그녀가 유리엔을 바라보았다.

"경, 뭐든 하겠어요. 그러니 제발…… 제게 남편과 딸을 돌려주세요."

유리엔은 신음을 삼켰다. 어째서 약혼녀로서 보내진 로잘린 디아상트가 처음부터 약혼을 깨었으면 좋겠다는 투로 말을 하고, 대가를 요구하겠다고 했었는지 알겠다. 조용히 기다리면서도 에키네시아 로아즈에게 관심을 가지고, 그녀에 대해 알아보며 유리엔을 떠보고, 그러면서도 굳이 에키네시아를 만나려 들지는 않은 이유도.

　공녀는 희망을 찾고 있었던 거다. 유리엔이 약혼을 거부함으로써 그녀의 가족을 되찾을 가능성을.

　유리엔은 확고한 목소리로 공녀에게 답해 주었다.

　"그대의 남편과 딸을 구해 내고, 안전한 곳에서 살 수 있도록 지원하겠다. 창천 기사단장이자 아젠카의 군주로서 맹세하지."

　로잘린의 입술이 떨렸다. 그녀는 깊이 고개를 숙였다. 울음기가 묻어난 목소리가 들려왔다.

　"감사…… 합니다. 정말로, 감사합니다. 유리엔 경."

　아젠카 대신전 내에는 귀빈들을 위한 별저가 몇 채 있었다. 대신전에서는 그중 한 곳을 손보아 성녀를 위한 저택으로 만들었다. 엄선하여 뽑힌 하녀들이 저택을 관리했고 각 분야에 능한 신관들이 성녀를 가르치게 되었다. 그리고 수석 신관 아론이 성녀를 직속으로 보좌했다.

　6월 14일, 에키네시아는 바로 그 저택에 딸린 테라스에서 샤이와 테레사를 함께 만났다. 다행히 샤이의 드레스는 멀쩡하게 예쁜 것으로 만들어지고 있었다. 다행이 않은 점은 신관들이 성녀에게 춤을 가르칠 선생을 구하지 않았다는 사실이었다.

　물론 열두 살밖에 안 된 소녀이자 성녀라는 신분의 샤이가 춤을 많이 출 일은 없다. 하지만 아무리 그래도 무도회에 참석하면서 전혀 춤을 모르는 건 문제가 있었다. 심지어 샤이는 이번 무도회가 데뷔 무도

회지 않은가. 보통 영애들의 사교계 데뷔와는 많이 다른 의미긴 해도, 데뷔탕트면 서두에 한 곡 정도를 추는 건 기본이었다.

에키가 그 점을 묻자 아론은 당연히 샤프롱인 테레사가 샤이에게 춤을 가르칠 줄 알았다고 했다. 그러나 테레사는 남성용 스텝밖에 몰랐고 춤을 가르쳐 줘야 한다는 생각조차 하지 못하고 있었다. 그래서 에키는 샤이와 테레사를 함께 만나기로 했다. 테레사에게 춤을 가르쳐 주는 겸 샤이에게도 같이 알려 주기 위해서였다.

에키는 티 테이블에 앉은 샤이를 바라보았다. 깡마르고 초췌했던 솔족 소녀는 극진한 보살핌을 받으면서 안색이 훨씬 나아졌다. 거미줄 뭉치 같았던 회색 머리카락이 이제는 레이스 리본으로 곱게 땋아 내려져 있었다.

"샤이는 벌써부터 많은 걸 배울 필요는 없어. 가장 대표적인 중부식 왈츠 스텝 하나만 익히자."

"네, 언니."

샤이가 열심히 고개를 끄덕였다. 난생처음으로 공부라는 것을 시작한 소녀는 호기심이 많았고 배움 자체에 열성적이었다. 에키는 눈을 반짝이는 소녀를 향해 웃어 주고 테레사를 향해 시선을 돌렸다.

"그리고 테레사 경은 3대 왈츠와 함께 폭스트롯까지 해 봐요. 시간이 남으면 제국식 미뉴에트도 하고요."

"알겠다."

에키는 꽤 춤을 잘 추는 편이었다. 동체 시력이나 동작을 금방 따라 하는 것, 본능적으로 신체를 잘 다루는 게 곧 검술 재능과 맞닿아 있으니 이제 와서 생각해 보면 당연한 일이었다. 그러므로 테레사 역시 춤을 익히는 건 어렵지 않을 터였다. 리듬감은 약간 다른 문제였지만, 그래도 마스터쯤 되는 기사가 몸치일 리는 없으니 기본 이상을 할 토대는 마련된 셈이다.

테라스에는 하녀들이 준비해 둔 축음기와 음악판 상자가 있었다. 커다란 황동 나팔관에 고어로 신을 찬미하는 문구가 새겨져 있는 것을 보니 신전에서 쓰던 것을 빌려 온 모양이었다.

에키는 상자에 가득한 성가 음악판들 사이에서 무도회에서 가장 자주 쓰이는 왈츠곡을 찾아내 축음기에 올렸다. 바늘이 돌아가며 3박자의 음악이 흘러나왔다. 악단이 직접 연주하는 것에 비하면 작고 잡음도 섞여 있지만, 춤을 연습하기엔 충분했다.

"우선 왈츠를 보여 줄게, 샤이."

오늘 그녀는 연한 분홍색에 짙은 갈색의 레이스와 흰 프릴을 단 드레스에, 초콜릿색 리본으로 머리카락의 일부를 땋아 올린 차림이었다. 에키는 드레스 자락을 쥐고 레이스 장갑을 낀 손을 테레사를 향해 내밀었다.

"한 곡 추실까요, 테레사 경?"

창천 제복 차림의 테레사가 눈을 깜박이더니 피식 웃었다. 그녀는 자리에서 일어나 한 손을 가슴에 대고 가볍게 허리를 숙였다.

"기꺼이."

테레사가 에키의 손을 잡았다. 경쾌하고 부드러운 음악 속에서 그녀는 테레사와 함께 왈츠를 추었다. 샤이가 멍하니 입을 벌리고 그들을 바라보았다. 분홍빛 여자와 긴 금발의 여기사가 손을 잡고 음악에 맞추어 도는 모습은 동화책 속에서 튀어나온 듯이 예뻤다.

음악이 끝났다. 마주 선 에키와 테레사가 인사를 하자 샤이가 박수를 쳤다. 소녀는 상기된 볼로 재잘거렸다.

"이게 왈츠예요? 너무 예뻐요, 멋지고, 노래도 좋고, 또…… 아무튼 정말 정말 예뻐요!"

"이번엔 샤이도 해 보자. 내가 옆에서 가르쳐 줄게. 테레사 경, 부탁해요."

테레사가 고개를 끄덕이고는 샤이를 향해 손을 내밀었다. 하얀 원피스를 입은 소녀는 머뭇거리며 눈치를 보다가, 에키를 한 번 돌아보고는 테레사의 손 위에 자신의 작은 손을 올렸다. 에키가 음악판을 다시 올렸다. 아까와 같은 왈츠곡이 흐르기 시작했다. 어쩌다 무도회에 참석하면 늘 남성의 역할을 했던 테레사는 익숙하게 샤이를 리드했다. 소녀는 수줍게 웃었다.

중간중간 에키가 음악을 멈추고 샤이에게 자세와 스텝을 알려 주었다. 중부식 왈츠는 가장 기본적인 춤인 만큼 간단하고 쉬워서 샤이는 금세 왈츠에 익숙해졌다.

왈츠를 어느 정도 익힌 샤이는 다른 것도 배워 보고 싶어 했지만, 데뷔를 앞둔 성녀의 일정은 빡빡했다. 특히 글을 익히는 게 급했다. 결국 다음에 다른 춤도 배우기로 하고, 샤이는 글자 수업을 위해 떠났다.

테레사는 남아서 에키의 도움으로 중부식 왈츠 외의 왈츠들과 폭스트롯을 익혔다. 역시나 테레사는 빠르게 배웠다. 남성용 스텝을 아는 상태라 더 쉬웠다.

시간이 남아서 제국식 미뉴에트를 가르쳐 주려던 에키는 약간 난감해졌다. 앙투아르 출신인 테레사는 제국식 미뉴에트를 전혀 몰랐던 것이다.

"원래 미뉴에트는 손을 잡는 것 외에는 파트너끼리 접촉이 거의 없지만요, 제국식 미뉴에트는 조금 달라요. 떨어졌다가 맞잡을 때의 자세가 특징이거든요."

"왈츠처럼?"

"아뇨, 왈츠와도 달라요. 음, 한 번 보여드릴 수 있으면 좋겠는데, 상대가 없어서……."

"상대라면 여기 있지. 난 춤을 잘 모르지만 말이야, 우리 단장님은 다르니까."

넉살 좋은 목소리가 들려왔다. 디트리히 사루아가 테라스에 모습을 드러냈다. 유리엔이 당황한 얼굴로 그에게 잡아 끌려 나왔다. 디트리히를 본 테레사가 대놓고 인상을 썼다.

"디트리히, 네놈 또……."

"찌푸리면 고운 얼굴 망가져, 테레사."

"예를 지켜라, 준기사 디트리히 사루아!"

"알겠습니다, 테레사 경. 아르 세밧티엠."

디트리히가 빙글거리며 장난스럽게 아젠카식 경례를 했다. 테레사는 질린 표정이 되었다. 그리고 에키는 유리엔을 보자마자 굳어 버렸다.

제도에서 언제 돌아온 거지? 아직 그를 다시 마주할 마음의 준비가 되지 않았는데. 서랍 구석에 처박아 놓은 전보와 기사단 본부에 머무는 디아상트 공녀, 그리고 붉게 달아오른 채 자신을 내려다보던 유리엔의 얼굴이 빠르게 뇌리를 점령했다. 에키는 그의 시선을 피했다.

유리엔은 바짝 긴장한 에키를 바라보았다. 임무 동안에 꽤 익숙해져서 자연스러운 모습을 보이던 그녀가 다시 그를 피하고 싶어 하는 기색이었다.

그는 공녀와의 식사 이후 남은 일을 처리하다가, 잠시 휴식을 위해 산책을 나왔었다. 그리고 무의식적으로 대신전을 향해 걸었다. 오늘 에키네시아가 테레사와 함께 성녀를 방문한다는 보고를 들었기 때문이었다.

어딜 가느냐는 성검의 잔소리를 한 귀로 흘리며 대신전으로 가던 그는 비슷한 목적의 디트리히와 마주쳤다. 바로 자리를 피하려던 유리엔은 디트리히에게 질질 끌려 여기까지 왔다.

디트리히는 결절 사건 때 유리엔의 마음을 눈치챈 상태였다. 그래서 테라스로 다가가는 와중에 에키네시아의 목소리를 듣자마자 끼어들며 유리엔을 밀어 넣었다. 유리엔이 은근히 노려보자 디트리히가 그의 옆구리를 한 대 치며 속삭였다.

"이렇게까지 판을 깔아 줬는데 피하면 등신이다, 율."

디트리히는 그들 사이에 있는 복잡한 사정을 알지 못했다. 친구의 약혼을 둘러싼 정치적 상황도 안중에 없었다.

'그런 건 어차피 율 저 뻣뻣한 새끼가 알아서 죽어라 고민하고 있겠지.'

그러니 디트리히가 저 신중한 친구를 위해 해 줄 수 있는 건 앞뒤 안 가리고 떠밀어 버리는 일이었다. 그리고 그것은 실제로 도움이 되었다.

유리엔은 잠깐 숨을 멈추고 호흡을 골랐다. 떨리는 속내를 숨기고 그녀를 향해 다가갔다. 그녀는 예전처럼 그를 불편해하는 듯했다. 그래도 예전과 달라진 것은, 그녀가 그를 싫어하지 않는다는 사실을 알게 된 점과······.

"제국식 미뉴에트라면 잘 알고 있다. 상대가 필요한가?"

유리엔 자신의 마음가짐이 바뀌었다는 것.

그가 그녀를 향해 손을 내밀었다. 틀어놓은 축음기에서 나오는 우아한 미뉴에트의 멜로디가 허공을 채우고 있었다.

에키는 멍하니 자신을 향해 내밀어진 그의 손을 응시했다. 언젠가 꿨던 꿈이 언뜻 눈앞을 스쳐 지나갔다. 화려한 색이 가득한 연회장에서 누군가와 춤을 추는 꿈. 흐릿해서 구별이 잘 가지 않았으나 그 상대방은 온통 희었다. 무의식적으로 품었던 소망.

귓가에 파고드는 피아노의 선율, 그 위에 얹어진 현악기의 음, 그 사이를 가로지르는 플루트의 소리, 그리고 테라스의 밖에서 쏟아져 들어오는 오후의 햇살.

그녀는 그의 손 위에 제 손을 올렸다.

"······도움 감사합니다, 로드."

제국식 미뉴에트는 남성의 손 위에 여성의 손을 손가락만 겹칠 정도로 살짝 얹은 채 나란히 걷는 것으로 시작한다. 이어 박자에 맞추어 서서히 서로에게서 멀어지며, 멀어지는 와중에도 파트너를 바라보아야 한다.

음악의 흐름 속에서 보이지 않는 원을 따라 밟듯이 걸음을 옮긴다. 그녀의 드레스 자락이 그 움직임에 의해 천천히 휘돌았다. 그의 흘러내린 은발이 걸음을 따라 흔들렸다.

시선을 떼지 않는 것이 원칙. 보라색 눈동자와 하늘색 눈동자가 서로를 담았다. 서로를 향해 걷는 것처럼 보여도, 원을 그리고 있기에 바로 닿지는 않는다. 그러나 그 원은 사실 나선이므로 스텝을 밟을수록 조금씩 가까워진다.

가까워져도 닿지 않는다. 첫 접촉은 그저 스쳐 지나가기만. 도로 멀어졌다가, 다시 원을 그리며 가까워져서 두 번째 접촉에 서로를 향해 손을 내민다.

꽉 잡아서는 안 된다. 그런 무례를 범했다간 파트너가 달아나 버릴지도 모르므로. 손가락을 살짝 얽고 초대하듯이 잡아당기며 맞잡아서, 그녀는 그의 어깨에, 그는 그녀의 허리에 다른 한 손을 얹었다.

두 번의 원을 그린 후에야 닿은 남녀는 4분의 3박자에 맞추어 함께 원을 그리기 시작했다.

느리고 반복적인 미뉴에트의 음이 머리를 몽롱하게 만들었다. 축음기라 매끄럽지 않은 게 되레 더 혼란스러운 감정을 부추기는 것 같았다. 그의 어깨에 닿은 그녀의 손끝 감각이 비정상적으로 예민해졌다. 옷감의 실이 올올이 느껴질 것처럼. 그가 손을 대고 있는 그녀의 허리가 긴장했다. 드레스 위로 이루어진 접촉인데도 그 아래의 피부가 팽팽해졌다.

입 밖으로 흐트러진 숨과 함께 심장이 튀어나오려 해서 에키는 시선을 돌리고 싶어졌다. 그러나 제국식 미뉴에트에서는 떨어졌다 붙는 것을 반복할지라도 눈을 돌리는 일은 없었다.

똑바로 내려다보는 피할 수 없는 푸른 눈동자. 철문 너머에서 바라보던 것처럼. 그리고 닿아 있는 손.

지금까지는 정석 그대로의 우아한 제국식 미뉴에트였다. 원래라면 다시 조금씩 멀어진 후에 춤이 이어져야 했다. 그러나 에키는 결국 시선을 돌려 버렸다. 제국식 미뉴에트의 기본을 어기고 정원 쪽으로 시선을 아무렇게나 내던졌다.

"자, 잠시만 쉬었다 해요."

그 말을 끝으로 정원으로 향하려는 그녀의 손이 붙잡혔다. 예의 바르게 얽혀 있던 그의 손에 힘이 들어갔다. 멀어지려는 그녀를 붙잡은 채, 유리엔은 무어라 말하려 했다. 하지만 꽉 막힌 것처럼 목소리가 나오지 않았다. 지나치게 긴장한 탓이었다.

고개를 튼 그녀의 목덜미가 시야에 들어왔다. 흘러내린 분홍색 머리카락이 그림자를 드리운 피부가 눈부시게 희었다.

테레사가 이상한 분위기를 느끼고 입을 열려는 걸 디트리히가 얼른 막았다. 그는 눈을 치켜뜨는 테레사를 잡아당기며 속삭였다.

"자, 자, 시범을 봤으니까 테레사 경은 저랑 연습해 보죠."

"네놈, 아까는 춤을 잘 모른다고 했잖아."

"모르니까 같이 연습하자고, 연습."

"은근슬쩍 말 놓지 마라, 준기사 디트리히 사루아."

"제가 언제 말 놨습니까, 테레사 경? 저한테서 공손함 빼면 남는 게 없는데요."

디트리히가 빙글빙글 웃으며 테레사를 끌고 테라스 안쪽으로 향했다. 그들이 나가며 열렸던 테라스의 문이 달칵 하고 닫히는 소리가 들렸다.

그것이 신호라도 된 양 에키가 붙들린 손을 빼내려 했다. 유리엔은 장갑에 감싸인 그 손을 그제야 놓아주었다. 파드득 멀어진 에키가 호흡을 골랐다. 어느 정도 차분해진 낯으로 그녀가 말했다.

"로드, 아젠카에는 언제 도착하신 건가요?"

"……오늘 새벽에 돌아왔다. 스콰이어 업무는 내일부터 시작하도록."

"알겠습니다, 그럼……."

"에키네시아."

돌아서려는 그녀를 이번에는 그의 부름이 붙들었다. 에키는 그에게 잡혔던 오른손을 왼손으로 감싸 쥐고 그를 올려다보았다. 색이 없는 그에게서 그녀를 향한 눈만이 쨍하도록 파랬다.

"분명 나는 그대에게 내 마음에 대답해 줄 필요는 없다고 했었다."

"……."

"그러나…… 한 가지만 답해 줄 수 있겠나?"

"……말씀하세요, 로드."

유리엔이 고개를 기울였다. 담담하던 얼굴에 그늘이 드리우며 눈매가 내려앉았다. 그는 떨리는 목소리로 물었다.

"내가 기다려도 되겠는가?"

"기다린다니, 무엇을……."

"그대가 내게 대답을 주든, 주지 않든, 나는 기다리고 싶다. 그리해도 되겠는가?"

에키는 잠시 말을 잃었다. 그의 언어에서 드러난 마음의 깊이가 그녀의 생각보다 너무 깊어서. 그녀는 얼떨떨하게 되물었다.

"제가 기다려도 된다고 하면, 어떻게 하실 건가요?"

유리엔이 희미하게 웃었다. 테라스에 가득한 햇살 아래에서 웃고 있는 하얀 남자는 부서질 것처럼 투명해 보였다.

"기다리고 있겠지. 그대가 거부하지 않는 한, 계속해서."

다만 그저 얌전히 기다리기만 하진 않을 것이다. 그는 뒷말은 속으로만 삼켰다.

에키는 혼란스러운 상태로 다시 물었다.

"로드께선 디아상트 공녀와 약혼하셔야 하잖아요. 그런데 어떻게 절 기다릴 수 있나요?"

유리엔은 여기로 오기 전에 로잘린 디아상트와 나눴던 대화를 떠올렸다. 그는 이 순간 위장 약혼에 대해 에키네시아에게 알릴지 말지를 결정했다.

"에키네시아, 그대가 아는지 모르겠으나, 나와 디아샹트 공녀 사이의 약혼에는 많은 문제가 얽혀 있다."

"대충은 알아요, 그러니……."

"그래서 나는 위장 약혼을 할 생각이다."

"네?"

"축제 마지막 날의 연회에서 공녀와의 약혼식 날짜를 공표할 예정이다. 하지만 실제 약혼이 이루어지는 일은 없다. 제도에서 그 문제를 논의하고 왔다."

"그게 무슨……."

"그러니 아무것도 고려하지 말고 그저 그대의 마음만 알려다오. 나는 얼마든지 기다릴 수 있다."

위장 약혼이라니, 그게 가능한 일이었나? 약혼을 제안한 황태자가 그것에 동의했다고? 디아샹트 공녀 본인은? 공작가는? 위장이든 뭐든 약혼이긴 하니, 유리엔은 황태자를 지지하는 것이 되나?

'만약, 마검을 가져다 둔 게 황태자라면…….'

퍼뜩 떠오른 소름 끼치는 가정은 일단 한구석에 묻어 두었다. 그건 쐐기의 조사 결과를 본 후에 고민할 문제였다.

에키는 니콜로부터 들었던 유리엔을 둘러싼 상황을 되짚어 보았다. 그 숨 막히는 상황에서 가짜로 약혼한다고? 대체 어떻게? 결코 간단한 일이 아닌 건 확실했다. 그냥 약혼을 하는 쪽이 훨씬 나을 텐데. 아무런 대답도 주지 않은 그녀를 기다리기 위해 그렇게까지? 설마, 다른 이유가 있겠지.

"……왜 위장 약혼을 하기로 하셨죠? 아젠카를 위해서? 창천 기사단과 무슨 관련이 있나요? 아니면 로드의 입지 문제라거나, 디아샹트 공작가 측과 마찰이……."

"하기 싫었다."

아무렇게나 주워섬기는 에키의 말을 그가 짧게 끊어 냈다. 에키는 놀라 그를 올려다보았다.

"디아샹트 공녀가 싫으셨나요?"

"그런 문제가 아니다."

"그럼 어째서……."

"그대가 아니니까."

반사적으로 대답한 유리엔은 자신이 한 말이 무슨 뜻인지를 몰랐다. 그러나 에키는 바로 알아들어 버렸다. 백작 부부가 보낸 전보를 받았을 때 그녀가 한 생각과 비슷했다. 다만 그녀는 그가 아니라면 누구든 상관없다고 여겼고, 그는 지금…….

[쟤 지금 너랑 결혼하고 싶다는 거야? 너 아니면 결혼 안 한다는 건 그 소리잖아?]

눈치를 보며 입을 다물고 있던 마검이 참지 못하고 핵심을 꿰뚫어 버렸다. 에키는 딸꾹질을 할 뻔했다.

[인간들은 청혼 거창하게 한다던데, 쟤 이상하게 하네. 되게 별로다. 그치? 그냥 죽여 버리고, 어, 아니다, 취소, 취소! 나 죽이자고 안 했어! 주인아, 못 들었지? 안 때릴 거지?]

머리가 백지가 되어 버린 에키는 떠들어대는 마검의 말을 제대로 듣지 못했다.

물론 유리엔에게 이미 좋아한다는 고백을 듣긴 했었다. 그래도 그건 결혼하고 싶다는 말과는 좀 다르지 않는가. 자신이 아니라면 약혼도 하기 싫다는 소리를 면전에서 들을 줄은 몰랐다. 어쩐지 굉장히 어지러웠다.

"그, 그건, 그러니까……."

잔뜩 당황하여 이리저리 헤매는 그녀의 눈을 보고서야 유리엔은 자신이 한 말이 의미하는 바를 깨달았다. 돌려 말한 청혼이나 다름없었다. 그녀는 생각도 해 본 적 없을 텐데, 이게 뭐 하는 짓인지. 그는 황급히 말했다.

"에키네시아, 그저 내가 그렇다는 것이다. 그대는 신경 쓸 필요가 없다."

[퍽이나 신경이 안 쓰이겠구나.]

성검이 중얼거렸으나 유리엔은 에키네시아의 반응을 살피느라 들을 겨를이 없었다. 그녀가 더듬더듬 물었다.

"그, 저기, 로드, 로드께선 그러니까, 저와의 겨, 결혼까지 생각하셨던 건가요?"

유리엔의 얼굴이 삽시간에 탈 듯이 붉어졌다. 그는 그 물음을 부정하지 못하고 입을 다물었다.

"위장 약혼을 계획한 게, 정말 저 때문인가요? 저를 기다리기 위해서라고요?"

"……그대에게 부담을 주려는 건 아니다."

그녀는 붉어진 그를 보았다. 표정은 제법 담담했으나 얼굴이 새빨개져서 소용이 없었다.

"그 정도로 절…… 왜 그렇게까지……."

에키는 신음처럼 중얼거렸다. 이해가 되지 않았다. 이해할 수 없기에 그가 적나라하게 내보이는 감정을 믿기가 어려웠다.

　정확하게 짐작하기는 어려워도 위장 약혼으로 인해 분명히 여러 가지 복잡한 일이 생겼을 것이다. 그가 감수해야 할 것도 많을 터다. 차라리 그녀가 그에게 대답을 해 주었다면 이해할 수 있다. 하지만 그녀는 아무 말도 하지 않았다. 그는 확신조차 없이 저 모든 부담을 지는 것이다.

　'거절을, 했어야 했나.'

　지금이라도 거절하자. 받아 줄 생각도 아니면서 유리엔을 힘들게 만들고 싶지는 않았다. 깨끗하게 거절하고, 부모님이 원하는 결혼을 해 버리는 게 나을지도 모르겠다. 그런 쓰린 판단이 섰다.

　막 거절의 말을 꺼내려는 에키를 향해 유리엔이 흐트러진 호흡을 고르며 다가왔다. 한 걸음도 떨어지지 않은 가까운 거리에 멈춘 그가 속삭이듯 말했다.

　"이런 것들을 묻는다는 건, 기다려도 된다는 허락인가? 내가⋯⋯ 그대를 기다려도 되겠는가?"

　내리깐 속눈썹이 떨리고 있는 게 보였다. 달아오른 열기가 남은 얼굴이었다.

　그녀보다 훌쩍 큰 키. 훨씬 넓은 어깨. 이렇게 가까운 거리에서 내려다보면 거의 그녀를 뒤덮을 정도인데, 그녀에겐 그가 어째서 이토록 연약하게 보이는 건지. 거부의 말을 내뱉었다간 이대로 부서져 버리지 않을까 의심스러울 정도로.

　에키는 입을 떼었다가 다물었다. 기다리지 말라고 해야 하는데, 거절의 말이 도저히 나오지 않았다. 그 말이 칼이 되어 그를 벨 것 같아서. 상처 입히고 싶지 않았다. 그가 행복했으면 좋겠다. 어떤 대답이 저 얼굴에 미소를 깃들게 할지 알고 있다. 그 대답이 곧 그녀의 진심인데도, 그것을 꺼낼 수가 없었다. 그 뒤에 따라붙을 것들이 두려워서.

그럼 대체 어떻게 해야 한단 말인가. 어지러워진 속에서 말이 저절로 솟았다.

"로드, 왜 저를 좋아하세요?"

유리엔이 움찔 굳었다. 쉽게 답할 수 없는 질문이었다. 그 질문에 답하려면 그가 무엇을 알고 있고 무엇을 보았는지를 털어놓아야만 했다.

에키는 솟구치는 의문들을 쏟아 냈다.

"언제 저를 좋아하게 되신 건가요? 저와 로드는 만난 지 얼마 되지도 않았잖아요. 탄신 연회 때부터 제 재능을 알아차렸다고 하셨죠. 그럼 로드께서 절 좋아하시는 건 검에 대한 저의 재능 때문인가요?"

"아니, 그것만은 아니다."

"그럼 무엇 때문인가요?"

"……."

"대체 제가 로드께 무슨 의미이기에……. 고작 기다리고 싶다는 이유로 그런, 복잡하고 위태로운 짓까지 감수하면서……."

말끝이 흐트러졌다. 에키는 고개를 숙였다. 조금 울고 싶어졌다. 왜 이런 기분이 드는지 잘 모르겠다. 두근거릴 정도로 기쁘면서 화가 나고 동시에 아릿하게 슬펐다.

"설명하기가 어렵군. 이미 이렇게 되어 버려서."

머리 위에서 나지막한 대답이 돌아왔다. 에키는 고개를 들고 그를 바라보았다. 유리엔은 아득하고 눈부신 것을 보듯 가늘게 뜬 눈으로 그녀를 내려다보고 있었다. 그가 무심결에 손을 들어 손끝으로 그녀의 뺨을 쓸었다. 솜털을 어루만지듯 가벼운 접촉. 에키는 잠깐 숨 쉬는 것을 잊었다.

"그대는 내게……."

뺨을 쓸고 내려간 손끝에 그녀의 입술이 스쳤다. 그 감촉에 정신이 들었나. 유리엔은 흠칫 놀라며 손을 떼었다. 허공에 멈춘 손이 전전히 말리며 멀어졌다. 그는 조용히 눈을 내리깔았다.

에키는 멈췄던 숨을 길게 내쉬었다. 복잡한 현재와 불안한 미래와 알 수 없는 과거가 그 숨에 밀려나 어딘가에 처박혔다. 그녀는 충동적으로 말했다.

"저도 기다릴게요."

"……?"

"당신에게 제가 무슨 의미인지 설명해 주실 때까지, 기다릴게요."

그가 진심이라면. 어쩌면, 어쩌면 만약에, 그녀가 모든 것을 털어놓아도 받아들일 수 있을 만큼 그의 마음이 깊다면.

"저를 납득시켜 주세요. 그럼 저도…… 대답을 드릴 테니까."

유리엔을 응시하는 그녀의 눈이 또렷했다. 에키네시아는 드레스 자락을 쥐고 살짝 무릎을 굽혀 인사를 했다.

"그럼, 내일 아침부터 스콰이어로서 뵙겠습니다, 로드."

그녀가 돌아서서 정원을 가로질러 갔다. 유리엔은 그 자리에 서서 연둣빛 정원수들 사이로 멀어지는 그녀의 뒷모습을 지켜보았다. 그는 그녀의 뺨을 만졌던 손을 홀린 듯이 내려다보다가, 그 손을 입가에 얹었다.

"설명이라……."

그가 얼마나 미쳐 있는지 그녀는 짐작이나 할까. 필사적으로 누르는데도 무심코 손이 움직여 버리고 얼굴이 달아오르는 것을. 그가 무슨 욕망으로 그녀를 보고 있는지 그녀가 알까. 기다리겠다고 말하면서도 그녀를 얻고 싶어서 자꾸만 옳지 않은 생각이 이성을 침범하는 것을, 그가 아비와 친형을 치고 이복형을 황제로 만들려 하는 이유가 그녀라는 것을, 알게 되면 그녀는 그를 어떻게 볼까.

나직한 한숨이 손끝에 닿았다. 유리엔은 손을 떼고 돌아서서 테라스를 벗어났다. 아무도 건드리지 않아 계속 돌아가고 있는 미뉴에트 음만이 빈 테라스에 남았다.

다음 날 이른 아침에 에키는 유리엔의 숙소를 찾았다.

스콰이어는 로드가 일어날 시간쯤에 대기하고 있어야 했다. 기사들마다 스콰이어에게 시키는 일이 천차만별이긴 하지만, 일단 기본은 그러했다.

사실 에키는 제대로 된 스콰이어 업무가 처음이나 다름없었다. 스콰이어가 된 직후엔 몸이 좋지 않아서 유리엔이 휴식을 주었고, 그 뒤에는 장기 임무를 떠났으며, 돌아온 후에는 유리엔이 제도에 있었으므로.

유리엔은 기사단 내에 마련된 숙소의 단장용 방에서 머물렀다. 숙소 건물 3층에 있는 가장 큰 방이었다. 3층은 넓고 호화로운 특실들로 이루어져 있었는데, 전부 기오사 오너들을 위해 준비된 공간이었다. 현재 창천 기사단에서 이 층을 쓰고 있는 건 단장인 유리엔과 테레사 두 명이었다. 바론은 기혼이라 기사단 밖의 저택에서 살며 야근할 때만 부단장용 숙소를 썼다.

테레사의 방 앞에는 처음 보는 생도가 있었다. 테레사는 스콰이어가 없으니 순위에 따라 차례가 된 임시 스콰이어인 모양이었다. 에키는 그를 지나쳐가며 가볍게 인사를 했다. 생도는 비둘기색 드레스 차림인 그녀를 보고 화들짝 놀랐다가, 뒤늦게 그녀가 누구인지 알아챈 낯으로 어정쩡하게 고개를 까닥였다.

유리엔의 방 앞에 서 있자 얼마 지나지 않아 하인과 하녀가 수레를 밀고 나타났다. 수레에는 살짝 데운 세숫물 대야와 세면도구, 물과 커피가 차려진 쟁반이 있었다. 하녀는 테레사의 방에 들어갔고, 하인은 유리엔의 방으로 오다가 문 앞에 있는 에키를 보고 약간 놀라며 인사를 했다.

"처음 뵙겠습니다, 스콰이어 에키네시아 로아즈 님."
"좋은 아침. 내가 할까?"
"아닙니다, 숙소에서는 저희가 기사님들을 모시는 게 원칙이니까요."
하인이 정중하게 말하고는 유리엔의 방 안으로 들어갔다. 에키는 열렸다 닫히는 문을 흘깃 보았다.

솔직히 그녀가 해 보고 싶었다. 편히 자고 있는 유리엔이나 막 일어난 유리엔이 어떤 모습인지 궁금했다. 함께 임무를 하던 때에도 그런 모습은 보지 못했다. 에키는 무의식적으로 흐트러진 유리엔의 모습을 상상해 보다가 이게 무슨 짓인가 싶어서 정신을 차리려고 마구 고개를 저었다.

[뭐 해? 왜 갑자기 머리를 흔들어?]
"아무것도 아냐."

[재미없어. 아무도 안 죽일 거면 죽는 거라도 봤으면 좋겠다. 살인 사건 같은 거 안 일어날까?]

"아침부터 진짜……. 입 다물어, 발."

낮게 쏘아붙이는데 안에서 인기척이 났다. 하인이 수레를 밀고 나오고 곧이어 유리엔이 나타났다. 머리칼 한 올 흐트러지지 않고 단정한 제복 차림이었다. 에키는 묘한 아쉬움을 느끼며 바라하에게 배운 대로 경례를 했다.

"아르 세밧티엠."

"……에키네시아."

유리엔은 멈춰 서서 잠시 그녀를 응시했다. 문 앞에서 이안 펠레트로가 기다리고 있을 때와는 몹시 다른 기분이었다. 그녀를 마주하는 게 기뻤지만, 그녀가 문밖에 서서 그를 기다렸다는 건 그리 마음에 들지 않았다.

일어나자마자 그녀를 마주할 거라면 같은 침대에서 눈을 뜨는 쪽이 좋겠다. 무심코 떠올린 생각에 그는 당황해서 고개를 돌렸다. 랑기오사가 주인의 생각을 읽을 수 없는 게 정말로 다행이었다.

"로드?"

"……식사는 했나?"

"아직입니다."

"함께 들지."

유리엔은 아침을 샌드위치 등으로 대강 때우는 편이었다. 그러나 오늘은 일부러 제대로 요리를 차리도록 했다. 식사를 하는 내내 그는 은근히 그녀가 어떤 음식에 주로 손을 대는지 관찰했다.

식후에는 차가 나왔다. 유리엔은 차를 마시며 말을 꺼냈다.

"에키네시아, 축제 이후에 나는 또다시 임무를 떠날 예정이다. 그대도 동행하겠는가?"

"로드의 스콰이어니 당연히 수행해야지요."

"그대가 동행하겠다고 한다면, 그대는 알려지지 않은 마스터로서 움직여야 할지도 모른다."

에키가 눈을 깜박였다. 창천 기사단엔 마스터가 널려 있었다. 그럼에도 굳이 '알려지지 않은' 마스터로서 그녀가 행동해야 한다는 건.

"어떤 임무인가요?"

"극히 비밀리에 구출해 내야 할 사람들이 있다. 이 임무는 외부로 알려져서는 절대 안 되는 일이다. 그래서 원래 홀로 다녀오려 했지만……."

그는 잠시 머뭇거리다가, 조심스럽게 말을 이었다.

"……그대에게는 비밀로 하고 싶지 않아서."

찻잔을 들던 에키의 손이 멈칫 굳었다. 그녀는 그대로 찻잔을 내려놓고 그를 바라보았다.

"그건 제가 당신의 스콰이어라서인가요?"

"스콰이어를 믿지 않으면 누굴 믿겠나. 하지만 그 외에도, 그대가 오해하지 않았으면 하는 이유도 있다."

그리고 그녀와 되도록 함께 있고 싶어서라는, 말하기 부끄러운 이유도 있었다. 에키가 고개를 갸웃거렸다.

"오해라니요?"

"디아상트 공녀와의 약혼에 관련된 임무니까. 기다리겠다는 내 말이 허언이 아님을, 앞으로 공표될 약혼이 무슨 의미인지를 그대가 알아 주었으면 한다."

에키는 유리엔이 위장 약혼이라고 했을 때부터 그를 의심하지 않았다. 그럼에도 위장 약혼과 관련된 임무에 함께해 주었으면 좋겠다는 그의 말이 기묘하게 마음을 울렸다. 말문이 막힌 그녀를 향해 유리엔이 계속해서 말했다.

"그대가 임무에 동행하지 않겠다고 해도, 나는 이 임무에 대해 그대에게 알려 줄 것이다. 그러니……."

"동행하겠습니다, 로드."

"……고맙다."

에키가 빠르게 답하자 유리엔이 수줍게 웃었다. 기쁜 듯 눈동자가 반짝이고, 입매가 깊게 파이며, 설렘을 담고 눈꺼풀을 내리까는 그 웃음은 수줍다고밖에 표현할 길이 없었다. 저 남자는 어째 갈수록 더 예쁘게 웃는 것 같다. 좋아하기 때문에 점점 더 예뻐 보이는 걸까. 감정이 주체가 되지 않았다. 에키는 떨림을 감추려 찻잔을 비웠다.

"그럼, 이것을 가지고 로잘린 디아샹트 공녀에게 찾아가도록."

유리엔이 편지 봉투를 꺼내 그녀 쪽으로 밀어 주었다.

"공녀가 그대에게 임무의 내용을 알려 줄 것이다. 오늘 그대의 업무는 공녀로부터 임무를 위한 상세한 정보를 듣고 정리해 오는 것이다. 그대가 가져온 정보를 토대로 임무의 계획을 세울 예정이니."

"알겠습니다, 로드."

에키가 봉투를 챙겨 들고 일어났다. 물끄러미 그것을 보던 유리엔이 속삭이듯 말했다.

"그대의 기다림이 길지 않도록 하겠다."

일어나던 에키의 움직임이 우뚝 굳었다.

어제 그를 기다리겠다고 한 말은 충동의 결과물이었다. 그의 고백을 없었던 일로 하자는 결심은 그와 마주함으로써 지나칠 정도로 간단하게 무너져 버렸다. 거절하지도 못했다. 그가 슬퍼 보이는 얼굴을 했다는 이유로.

그럼 이제 어떻게 해야 하나. 그녀는 새벽까지 뒤척거리며 고민했다. 그리고 그 고민의 끝은.

"……저도, 대답을 준비해 놓겠습니다."

감정과 욕심과 희망이 모든 것을 마비시켜 간다. 그 뒤로 떨어지지 않는 공포가 따라붙는다. 에키는 울 것처럼 웃고는 돌아섰다.

로잘린 디아상트가 머무는 방은 엄중한 경비하에 있었다.

기사단 본부 건물의 오른쪽 날개 끝에 있는 탑의 6층에 그녀의 방이 있었다. 방으로 가는 복도는 제도에서부터 따라왔던 근위 기사 두 명과 창천의 준기사 두 명이 교대로 지켰다. 복도 입구의 방들에는 로잘린의 개인 하녀들과 다른 근위 기사들의 숙소가 있었다.

바로 아래층의 방에 머무는 니콜은 공녀의 방 창과 발코니마다 경보마법을 걸어 놓았다. 니콜은 매일 아침마다 마법을 갱신했다.

"특급 범죄자의 감옥 수준이죠. 안 그런가요?"

로잘린은 에키가 방문하자 바로 하녀를 모두 물리고 단둘이 남아 직접 차를 준비하기 시작했다. 에키는 티 테이블에 앉은 채 상아로 만든 자그만 티 캐디들을 뒤적거리는 로잘린의 뒷모습을 지켜보았다. 빨간 머리에 녹색 눈동자는 니콜과 비슷했지만, 같은 색이라 하기엔 미안할 정도로 로잘린 쪽이 강렬했다.

"좀 많이 엄중하긴 하네요."

"그런데 엄중할 만하더라고요. 벌써 잡힌 게 여섯 명이래요."

"암살자가요?"

"암살자도 있고, 첩자도 있었대요. 창천 기사단 내부인데 이 정도니 밖에 나가면 아주 짜릿하겠죠? 굉장한 인기인이 된 기분이네요."

로잘린이 픽 웃더니 안쪽에 있던 티 캐디를 꺼내 들어 올렸다.

"레팡산 홍차, 어떠세요?"

"귀한 차를 가지고 계시네요. 감사합니다."

"특별한 손님을 위해 챙겨 왔거든요. 오늘 처음 여는 거예요."

"어머, 영광이에요."

에키는 차에 대해서는 큰 관심이 없었지만, 레이디의 교양상 유명하고 비싼 차는 어느 정도 알고 있었다. 로잘린이 언급한 홍차도 그중 하나였다.

로잘린은 물을 끓이고 찻잔과 티 포트를 데워 놓고서 자리에 앉았다. 그러곤 에키가 건네 준 봉투를 뜯어 짧은 편지를 읽었다. 그녀는 곧 묘한 얼굴이 되어 에키를 바라보았다.

"유리엔 경이 이걸 주면서 뭐라고 하던가요?"

"공녀님이 제게 임무의 내용을 알려 줄 테니, 공녀님으로부터 임무를 위한 상세 정보를 듣고 정리해 오라고 하셨어요."

"유리엔 경이 당신을 신뢰하는 건, 순수한 신뢰인가요?"

"네?"

"그분은 당신한테 미쳐 있잖아요. 그러니 그분이야 당연히 당신을 믿겠지만……. 제가 로아즈 양을 믿어도 될까요? 이건 저한테 무척 중요한 문제거든요."

로잘린 디아상트, 유리엔과 약혼할 예정인 공녀로부터 이런 말을 들을 줄은 몰랐다. 에키는 허둥지둥 말했다.

"미쳐 있다니요, 그런……."

"설마 몰랐어요? 그렇게 티가 나는데. 그분을 앓는 영애들이 봤다간 질투심으로 돌아 버릴 정도라고요."

"아, 아뇨, 몰랐다는 게 아니라, 그, 그 정도는 아닐 거라는 뜻이에요."

유리엔이 성검을 포기할 수도 있다는 가정을 하는 걸 코앞에서 들었던 로잘린은 에키의 말에 전혀 동의하지 않았다. 그러나 그녀는 그 점을 지적하는 대신 달아오른 얼굴에 손부채질을 하고 있는 에키를 관찰했다. 에키는 허둥거리다가 간신히 말했다.

"어쨌든…… 저는 유리엔 단장님의 스콰이어예요. 로드를 따르기로 서약했으니 믿으셔도 돼요."

로잘린은 스콰이어와 로드가 주고받는 서약이나 관계에 대해 잘 몰랐다. 그녀는 잘 모르는 그것 대신 자신의 눈에 보이는 걸 믿었다.

만약 에키네시아 로아즈가 유리엔에 대해 아무런 마음이 없다면 이런 식으로 반응하진 않았을 것이다. 어떤 식으로든 마음이 있어 보였다. 그리고 마음이 있다면, 위장 약혼에 협조할 수밖에 없겠지.

로아즈 가문은 정계와 별로 관련이 없으니 다른 세력과 연계되어 있는지는 신경 쓰지 않아도 되었다. 제국 최고의 명문가인 디아상트 공작가 입장에서는 좋게 말해 무해한 가문이고 적나라하게 말하자면 별다른 가치도 야망도 없는 흔해 빠진 지방 영주였다. 계산을 끝낸 로잘린은 편지를 내려놓고 입을 열었다.

"로아즈 양, 당신을 믿어 보겠어요."

"감사합니다, 디아상트 공녀."

"우선 유리엔 경이 말한 임무란…… 제 남편과 딸을 구해 내는 거예요."

"……네?"

예상조차 못 했던 이야기에 에키는 얼이 빠진 채 되물었다. 로잘린은 유리엔에게 말했던 그녀의 사정을 담담하게 읊었다. 들을수록 에키의 낯이 점차 서늘해졌다.

어느새 물이 끓었다. 로잘린은 티 포트에 새로 뜯은 찻잎을 넣고 물을 부어 홍차를 우렸다. 그녀가 데운 찻잔을 에키의 앞에 내려놓자 에키가 말을 꺼냈다.

"……디아상트 공작 각하께선, 꽤나…… 비정하신 분이군요."

[나쁜 놈이네! 아주 아주 나쁜 놈! 이제 그놈 죽이러 가는 거지? 신난다!]

에키는 마검의 말을 무시하고 심호흡을 했다. 욕설이 튀어나오려는 걸 간신히 자제했다. 시간을 되돌렸으니 남들보다 훨씬 많은 것을 알게 되었다고 생각했는데, 어쩌면 그녀가 아는 건 정말 적을지도 모르겠다. 로잘린 디아상트에게 이런 사연이 있을 줄은 전혀 몰랐다.

'그러고 보니 시간을 되돌리기 전에 분명히, 황제가 황후의 가문을 숙청했다고 했었지. 제위에 오르는 데에 도움은 다 받아 놓고 이제 쓸모가 없어지니 아내까지 처리한다고 수군거리던 소문을 들었었는데. 공표된 죄목이 뭐였지?'

지워진 과거에 있었던 일이다. 좀 관심을 가지고 알아봤으면 좋았을 텐데, 당시 에키는 기오사를 모으는 일 말고는 아무것도 생각하지 않았던 터라 한 귀로 듣고 흘렸었다. 황후의 가문이라고만 들어서 그게 디아상트라는 것도 이제야 깨달았다.

어쨌든 디아상트 공작은 황제가 된 크루엔 황태자에게 숙청되었었다. 황후의 가문을 그냥 폐할 수는 없었을 테니 무언가 이유가 있었을 것이다. 에키는 그 점만 기억해 두었다.

로잘린은 데운 찻잔에 우려낸 홍차를 따랐다. 진귀한 차에서는 산뜻하면서도 은은하게 달콤한 향이 났다.

"아버지는 아무도 믿지 않거든요."

그렇게 말하는 그녀는 급격히 지쳐 보였다. 남편과 딸을 빼앗기고 암살의 위협에 시달리며, 상대가 반기지 않을 것을 뻔히 아는 약혼을 위해 유부녀임을 숨긴 채, 제대로 아는 사람 하나 없는 아젠카로 온 사람이었다. 거짓을 누구에게도 털어놓지 못하고 티 내지 않으며 지냈으니 속이 말이 아닐 것이다.

그간 알게 모르게 공녀를 향했던 질투가 부끄러워졌다. 무어라 말을 얹고 싶어도 어설픈 위로는 안 하느니만 못할 것 같았다. 그래서 에키는 아무 말도 덧붙이지 않고 공녀가 따라 준 레팡산 홍차를 한 모금 머금었다. 차라리 빠르게 구출 계획에 대해 논하는 게 좋을 듯했다.

"그럼, 지금 따님과 남편…… 분…… 은."

삼킨 찻물이 목을 타고 내려간 직후, 온몸의 감각이 올올이 곤두섰다. 본능이 경종을 울리고 경지에 오른 혼이 반응했다. 말끝이 허물어져 내렸다.

눈앞에서 로잘린이 찻잔을 들어 올려 입에 대고 있었다. 에키는 빙글 도는 시야와 속에서부터 솟구치는 비릿한 것을 무시하고 벌떡 일어나 그 찻잔을 쳐 냈다. 로잘린의 찻잔이 날아가 벽에 부딪히며 요란한 소리를 내며 깨졌다. 에키의 장갑에 불그레한 찻물이 핏방울처럼 점점이 튀었다. 로잘린이 어안이 벙벙한 낯이 되어 그녀를 바라보았다.

"이, 이게 무슨 무례한 짓이죠?"

"마시지, 마세요, 독이……"

말하는 순간 입 밖으로 벌건 피가 한 움큼 흘러나왔다. 에키는 입을 틀어막고 마나 코어를 움직이기 시작했다. 찻물이 튄 장갑이 새빨갛게 젖어 들어갔다.

[야, 미친, 극독 아니야? 주인아, 괜찮아?]

"으, 아, 꺄아아악!"

피를 토하는 그녀를 본 로잘린이 날카롭게 비명을 질렀다. 마검이 기겁해서 묻는 말을 덮어 버릴 정도로 큰 비명이었다. 우당탕 하는 소음과 함께 문밖을 지키던 기사들이 뛰어들어 왔다.

"공녀님?"

"무슨 일입니까!"

달려온 기사들을 보자마자 에키는 아메시스트를 뽑았다. 그리고 입을 막고 있던 손을 떼고 로잘린을 잡아채 자신 쪽으로 당겼다. 그건 직감적인 대응이었다.

코어에서부터 휘몰아치는 마나가 내장을 녹이려 드는 독을 상대로 몸을 보호하며 버티고 있었다. 통증이 상당했지만 참을 만했다. 되레 그 통증이 오직 혼자였던 시절을 되살렸다. 오랜만에 극도로 날카로워진 신경으로 에키는 상황을 판단했다.

그녀가 아니었다면 즉사했을 만한 극독. 어디에? 차. 레팡산 홍차. 공녀가 넣었다기엔 너무 태연히 그녀도 마시려 했다. 차를 타는 와중에 독을 탔을 리는 없다. 에키는 그런 수상한 동작을 놓칠 정도로 허술하지 않았다. 같은 맥락으로 찻잔에 독을 바르는 것도 불가능했다.

범인은 디아상트 공녀가 아니다. 오히려 공녀를 노린 독일 것이다. 특별한 손님이 아니면 공녀로서도 잘 먹지 않을 정도로 진귀한 차이니, 이왕이면 그 손님으로 유리엔까지 걸리면 좋겠다는 심정으로 넣었을지도 모르겠다.

차를 꺼낼 때 뉘앙스를 보니 제국에서부터 가져온 느낌이었다. 그러므로 오래 전부터 준비해 둔 덫. 2황자 측일 확률이 높았다.

어쨌든 그 정도로 준비를 한 작자들이 과연 디아상트 공녀에게 딸려 보낸 근위 기사들을 가만 내버려 뒀을까? 꼭 독을 준비한 자가 아니라도 기사들 중 다른 자에게 매수되어 계속 틈을 노리던 자가 있다면, 지금 이 혼란스러운 상황은 딱 적당한 틈이 아닐까?

과한 의심일 수도 있었다. 그러나 안전과 관련된 문제는 의심을 거듭해도 손해가 아니었다. 에키는 망설임 없이 자신의 직감을 따라 검을 겨누었다. 독의 여파로 흐릿한 시야에 몰려들어 온 네 명의 기사가 비쳤다.

근위 기사 둘과 함께 입구를 지키다 들어온 창천의 준기사들은 순간적으로 당황해서 상황을 판단하지 못했다. 공녀를 잡아당기며 검을 뽑아 든 에키네시아의 모습은 인질을 잡으려는 것처럼 수상했지만, 그녀는 단장의 스콰이어인 데다 입에서 피를 흘리고 있었다.

반면 근위 기사 둘 중 하나의 대응은 신속했다. 그 근위 기사는 방 안의 풍경을 보자마자 검을 쥐고 에키네시아를 향해 돌진했다. 대비하고 있던 에키는 곧바로 잡고 있던 로잘린을 등 뒤로 돌리며 테이블을 걷어찼다. 근위 기사가 날아오는 테이블에 놀라 몸을 틀었다.

그 찰나의 시간이면 충분했다. 그녀는 순식간에 근위 기사에게 접근하여 그가 몸을 바로잡기 전에 검면으로 목을 후려쳤다.

"커억……!"

현기증이 이는 상태였음에도 그녀의 움직임은 빠르고 정확했다. 다만 힘이 약간 부족했다. 불로 속을 지지는 듯한 통증이 솟아서 힘을 제대로 주지 못했다. 목을 얻어맞은 근위 기사는 기절하지 않고 휘청거리더니 품 안에 손을 넣었다. 에키는 황급히 그 손목을 움켜쥐며 소리쳤다.

"제압해!"

소리를 지르는 것과 동시에 울컥 피가 토해졌다. 어정쩡하게 굳어 있던 기사들 중 창천의 준기사들이 강한 명령조에 반사적으로 움직였다. 하나가 옆에 서 있던 근위 기사를 찍어 눌러 제압했고 다른 하나는 에키가 붙든 자를 향해 달려왔다.

피를 토하면서 에키의 손이 느슨해진 틈을 타 근위 기사가 손목을 잡아 뺐다. 그 손에 얇은 유리판 같은 것이 쥐여 있었다. 손바닥 안에 들어갈 크기에 반짝이는 붉은 문양이 빽빽했다. 남자는 그것을 공녀 쪽을 향해 냅다 던졌다.

[어, 저거 마도구……!]

에키는 마검이 말하기 전에 이미 깨달았다. 얇은 수정을 갈아 마법진을 새긴 저 물건은 깨지는 순간 새겨진 마법이 발동하는 마도구였다. 쉽게 깨지도록 가공이 되어 있어 전용 케이스에 보관해야 하는 물건. 어딘가에 닿자마자 부서지며 담고 있는 마법을 토해 낼 터다. 긍정적인 마법은 결코 아닐 것이다.

행동은 허공을 가로지르는 작은 유리판보다 빠르게 이루어졌다. 하얀 칼날이 휘둘러지며 마도구를 밀어냈다. 힘 조절에 조금만 실패하면 그 자리에서 부서져 버릴 것을, 짧은 찰나에 집중력을 발휘해 밀어 치며 방향을 바꾸는 데에 성공했다.

그것을 쳐 내자마자 에키는 핏기가 가신 채 얼어 있는 로잘린을 밀쳐 넘어뜨리고 그 위를 덮어 눌렀다. 로잘린의 붉은 드레스 위를 흐트러진 분홍색 머리칼과 비둘기색 드레스 자락이 뒤덮었다.

마도구가 쳐 내진 방향에 발코니가 있었다. 발코니의 유리창에 닿으며 그것이 깨어졌다. 조각난 마법진에 붉은 마나가 휘몰아쳤다.

콰아앙!

발코니에서 시뻘건 불길이 폭발했다. 엎드린 그들 위로 부서진 유리창과 불티, 파편들이 화살처럼 쏘아져 사방으로 튕겼다. 기겁한 준기사들이 파편들을 피해 소파 뒤로 몸을 날렸다. 로잘린의 위를 누르고 있던 에키는 그 와중에 눈을 돌려 주위를 확인했다. 마도구를 던졌던 근위 기사가 몸을 일으키는 게 보였다.

마도구가 하나일까? 하나가 아닐 수도 있다. 마침 옆에 청동으로 된 발코니 손잡이 파편이 뒹굴고 있었다. 그녀는 그것을 움켜쥐고 그자를 향해 집어 던졌다.

"윽……!"

묵직한 발코니 손잡이는 정확하게 근위 기사의 머리를 가격했다. 비틀거리던 근위 기사가 쓰러졌다.

몇 분 되지 않는 사이에 이 모든 일이 일어났다.

근위 기사가 기절한 것을 확인한 에키는 바닥을 짚은 상태로 참았던 피를 토해 냈다. 왈칵 쏟아지는 피가 새카맣게 죽어 있었다. 마나 코어가 몸을 지탱하고 독을 버티기 위해 미친 듯이 마나를 뿜어 냈다. 근육이 견딜 수 있도록 마나의 양을 조절할 여유가 없어 온몸이 부서지도록 아팠다.

[어, 야, 주인아, 알지? 지금 정신 놓으면 너……]

마검이 웅얼거리는 말이 잘 들리지 않았다. 그래도 죽은 피를 토한다는 건 몸 상태가 최악은 아니라는 뜻이다. 하지만 에키의 아래에 있던 로잘린은 그런 것을 알지 못했다. 그녀는 제 드레스 위로 투두둑 떨어지는 피를 보더니 새파랗게 질려 더듬거렸다.

"로, 로, 로아즈 양, 피, 피, 피가……!"

대꾸할 여력이 없었다. 에키는 입을 다물고 로잘린을 밀어내며 몸을 일으켰다. 발코니에서 일어난 폭발로 방 안은 난장판이 되어 있었다. 그제야 몸을 일으킨 준기사들이 기절한 근위 기사와 넋이 나간 다른 한 명의 근위 기사를 붙들어 제압했다. 밖에서 사람들이 몰려오는 소리가 났다. 요란한 폭발 덕에 무언가 일이 터졌음을 눈치채고 오는 듯했다.

에키는 아메시스트를 검집에 넣으려다 헛손질을 한 번 했다. 시야가 검게 점멸하고 손이 떨렸다. 간신히 집어넣는데 문을 거의 박살 내며 누군가가 들어왔다.

"에키네시아!"

흐린 눈에 백색이 들어찼다.

아, 그다. 유리엔이었다.

그를 보는 순간 그녀 스스로도 놀라울 정도로 안심이 되었다. 그가 왔으니 이제 괜찮겠지. 곤두서서 집중하던 신경에 한 가닥의 안도가 스몄다. 예전보다 단련이 덜 되어 있는 육체는 안도감이 느껴지자 더는 버티지 못했다. 휘청 무너지는 몸을 유리엔이 급히 받아 주었다.

[야, 야, 주인아? 기절하면 안 된다? 어, 뭐, 살의 쏟아 내면 나야 시원하겠지만, 너 화내는 건 무서우니까……]

마검의 말이 귓전에서 웅웅대는 소리로만 들렸다. 눈이 가물거려서 에키는 그의 품에 기댄 채로 볼 안쪽 살을 힘껏 깨물었다.

'이 상태로 정신을 잃어선 안 돼. 살의가……'

에키네시아의 입가와 앞섶을 흠뻑 적신 피를 본 유리엔의 낯이 이지러졌다. 부상이나 병은 아니다. 그럼 피를 토해 낼 만한 일은, 독을 마셨을 경우뿐. 그녀는 중독된 상태인 게 틀림없었다.

"이, 건……."

누가? 어떻게? 왜? 입안에서 말이 조각났다. 그는 피가 날 정도로 혀를 깨물더니 고함을 질렀다.

"지금 당장 성녀를 데려와라! 신관과 의사들도!"

유리엔과 함께 몰려왔던 자들 중 몇이 명령에 반응하여 튀어나갔다. 이어 유리엔은 근위 기사들을 제압한 준기사와 희게 질려 있는 로잘린에게로 시선을 돌렸다.

"너는 그것들을 지하에 처박아 놓고 부단장을 찾아 상황을 보고해라. 그리고 넌, 공녀의 곁에서 떠나지 마라. 공녀는 무슨 일이 있었는지 부단장에게 전부 말해 두도록."

명을 받은 준기사들이 급하게 경례를 붙였다. 로잘린이 덜덜 떨면서 마구 고개를 끄덕였다. 유리엔은 가늘게 신음을 흘리는 에키네시아를 안아 올렸다. 급한 대로 가까운 곳에 있는 공녀의 침실로 향하며 그가 말했다.

"모두 나가라. 그리고 성녀가 도착하면, 그녀만 들여보내라."

소름 끼치도록 낮고 차가운 목소리였다. 어정쩡하게 서 있던 자들이 반사적으로 물러났다. 놀란 탓에 제대로 걷지 못하던 로잘린까지 준기사에게 이끌려 나가고 나자 박살이 난 방에는 아무도 남지 않았다.

유리엔은 공녀의 침실 문을 발로 걷어차 열고는 안으로 들어갔다. 그러곤 안고 있던 그녀를 커다란 침대 위에 내려놓았다. 그녀는 그의 옷깃을 쥔 손을 놓지 않았다. 옷자락을 틀어쥔 그녀의 손마디에 하얗게 힘이 들어가 있는 게 보였다. 고통이 느껴지는 몸짓이었다.

그는 침대 위에서 몸을 웅크리는 그녀를 내려다보다가 신음처럼 이름을 불렀다.

"에키네시아."

그가 그녀의 머리카락을 쓸어 넘겨 주려는 듯 손을 뻗었다. 그러나 손이 닿기도 전에 에키는 그의 옷깃을 놓고 파드득 몸을 일으켰다. 방금 전까지만 해도 신음을 흘리며 웅크려 있었던 여자가 순식간에 정련된 자세로 허리의 검에 손을 가져간다.

유리엔은 공중에 손을 띄운 그대로 움직이지 않았다. 그녀의 눈동자가 그를 담았다. 그는 그 색부터 확인했다.

아직 보랏빛이다.

에키는 아슬아슬하게 정신을 유지하고 있었다. 차라리 사방이 적이면 버티기 쉬운데, 보이는 게 유리엔뿐이니 자꾸만 긴장이 풀리려 했다. 의지하고 싶어져서. 그녀는 속으로 자기 자신에게 욕을 했다.

'절대 들키면 안 될 사람 앞에서 뭐 하는 짓이야. 정신 차려, 제발.'

머리를 흔들었다. 아메시스트를 쥐려던 손을 놓고 어깨에 힘을 빼

다가 덜컥 몸이 요동쳤다. 입 밖으로 또다시 피가 왈칵 쏟아졌다. 죽은 피 외에도 붉은 선혈이 섞여 있었다. 내상을 입었다는 증거다. 독을 버티려고 계속 대량의 마나가 몸을 휘젓고 있는데, 마스터라기엔 단련이 덜 되어 있는 몸이 그것을 버티지 못했다.

그나마도 그녀의 마나 친화력이 정신 나간 수준이라 다치는 정도지, 어지간한 사람이면 몸이 붕괴되기 시작했을 것이다. 마검에게 조종당하며 마검의 마나를 억지로 받아들인 인간들이 얼마간 학살을 벌이다가 버티지 못하고 죽어 버리듯이.

에키가 입을 틀어막는 사이 유리엔은 그녀를 바라보며 아주 천천히 몸을 움직였다. 맹수를 자극하지 않으려는 사람 같은 행동이었다. 그는 침대에 무릎을 대고 앉아 물러선 그녀에게 느릿하게 손을 뻗었다. 피범벅이 된 에키의 입가를 닦아 내며 그가 속삭였다.

"무리하지 마라. 조금만 기다리면 성녀가 올 테니……."

"유리…… 엔."

반쯤 이성이 나간 에키는 자신이 그의 이름을 불렀다는 걸 자각하지 못했다. 유리엔은 잠깐 숨을 멈추었다가 길게 내쉬었다. 눈가의 피부가 파르르 떨리고 있었다.

"……그래, 내가 그대의 곁에 있다."

그의 손이 그녀의 뺨을 감싸듯 지탱했다. 단단하고 따뜻한 감촉이었다. 에키는 그 손길을 느끼며 무심코 생각했다.

아파. 힘들어. 이 손에 기대어도 될까. 기대고 싶어.

[야, 야!]

마검이 경고하듯 부르는 소리가 들리지 않았다. 버티고 있던 둑에 빈틈이 생겼다. 아차 하는 순간 이성이 허물어져 내렸다.

8막. 움직이는 것과 싫지 않은 것 | 381

에키네시아는 정신을 잃었다.

힘없이 감겼던 눈이 다시 떠졌을 때, 그 눈은 검게 물들어 일렁이고 있었다. 제니스의 경지에 이른 혼이 억누르고 있던 살의가 새어 나왔다.

검게 물든 눈동자를 보자마자 유리엔은 반사적으로 그녀로부터 물러났다. 에키네시아는 그를 뒤쫓지 않았다. 표정이 사라진 얼굴 위로 드리운 분홍색 머리카락 끝을 타고 진득한 악의처럼 검은 물이 스멀스멀 기어올랐다.

유리엔은 비교적 정확하게 에키네시아의 현재 상태를 짐작할 수 있었다. 본 적이 있었으니까. 지워진 과거, 그녀가 기오사를 모으던 시절에, 상인의 저택에서 중독되었을 때. 그때와 비슷한 상황이었다. 그녀는 당시 그 몸 상태로 상인의 저택에 있던 용병들 전체를 쓸어 버리고 기오사까지 찾아냈었다. 그리고 안전한 곳으로 도주하자마자 쓰러져 호되게 앓았다.

유리엔은 홀로 사경을 헤매던 그녀에게 일어났던 일을 기억하고 있었다. 고통으로 혼절하며 이성을 완전히 잃자 마검이 그녀를 잠식했다. 하지만 그때의 그녀는 딱히 누군가를 죽이지는 않았다. 죽일 인간을 찾아 돌아다니지도 않고, 살의로 검게 물든 채 멍하니 앉아 있기만 했었다. 이성을 잃은 이유가 치솟은 분노나 살의 때문이 아니라서 다른 태도를 보이는 게 아닌가 싶었다.

[그래도 조심해라. 그 당시 마검의 주인은 혼자 있었던 탓에 물들었을 때 주위에 인간이 없었잖느냐. 인간인 너를 향해 어떻게 반응할지 모른다.]

성검이 긴장한 어조로 말했다. 거리를 벌린 유리엔은 주의 깊게 그녀의 상태를 살폈다. 에키네시아는 여전히 가만 앉아 있었다. 머리카락이 완전히 검어졌다. 이제 마검의 악마이던 시절과 비슷했다. 다른 점이라면 피부까지 물들지는 않았고, 마검을 들고 있지도 않다는 점.

그는 정안을 떠 보았다. 끓어오른 악의가 혼을 뒤덮고 있긴 한데, 예전처럼 늪에 가깝지는 않았다. 악의들 사이로 태양처럼 타오르는 빛이 선명했다. 뒤덮은 검은 것들의 움직임은 그 탓인지 부글거리지 못하고 경직되어 있었다.

유리엔은 다시 정안을 감고, 조심스럽게 품에 손을 넣었다. 마탑에서 받아 온 결절 정보에 대한 대가 중의 하나가 그 손에 잡혔다. 혹시 모를 일을 대비해 계속 지니고 다녔던 게 다행이었다.

그것은 손가락 두께 정도의 금속 사슬이었다. 사슬 사이사이에 투명한 보석이 얽혀 있었고, 빽빽한 마법진이 보석과 사슬 전체에 가득했다. 과거, 마검의 악마였던 그녀를 지하 감옥에 가둘 때 썼던 봉인구와 비슷한 물건이었다.

마스터급 기사, 혹은 마법사를 벌할 때 쓰는 봉인구는 대상의 마나 코어를 억눌러 마나를 쓰지 못하게 만든다. 유리엔이 마탑에서 받아 낸 봉인구는 보통 봉인구와 다른 기능이 하나 더 추가되어 있었다. 마나를 흡수하는 것. 사슬에 얽혀 있는 투명한 보석들이 마나를 빨아들여 저장하는 기능을 가지고 있었다.

침대에서 멀어졌던 그가 도로 침대가로 다가오는데도 에키네시아는 미동도 않고 허공에만 시선을 두고 있었다. 그는 그녀에게서 시선을 떼지 않은 채 봉인구를 쥐고 침대에 올라섰다. 침대가 움푹 파이자 그녀가 고개를 돌렸다.

짐승처럼 소리 없는 움직임. 불길하게 넘실거리는 검은 눈이 자신에게 다가오고 있는 남자에게 꽂혔다. 피에 젖은 드레스에 감싸인 몸이 가늘게 떨었다. 그리고 그 몸이 튀어 오르려 했다.

"……!"

유리엔은 빠른 속도로 반응했다. 그녀의 어깨를 잡아채 침대에 메다꽂았다. 한 손으로 그녀의 양 손목을 그러쥐어 억눌렀다. 바로 그 목에 사슬을 채우려던 그는 일순 굳었다.

지금 그녀는 마나로 독을 억누르고 있다. 이 상태에서 마나를 봉인해 버리면, 그녀는 어떻게 되는 거지? 언뜻 상상한 결과에 공포가 차오르며 피가 식었다.

[뭐 하는 거냐!]

성검이 소리를 질렀다. 그에게 억눌린 채로 버둥거리던 그녀가 손에서 마검을 뽑아냈다. 유리엔은 자신의 머리를 향해 휘둘러지는 마검을 피해 그녀의 위에서 비켜섰다. 물러난 그는 봉인구를 도로 집어넣고 랑기오사를 뽑아 들었다.

[왜 봉인구를 채우지 않……]

"마나로 독을 누르고 있는 상황에서 그녀의 마나를 봉인할 순 없다."

유리엔은 거칠게 말하고는 성검을 그녀를 향해 겨누었다. 새카만 마검의 마나가 눈에 보일 정도로 구체화되어 일렁였다. 저 검은 마나만 따로 봉인할 수 있다면 좋을 텐데, 봉인구는 일괄적으로 마나의 움직임을 억제할 뿐 그럴 수는 없었다.

곧, 마검을 쥔 검은 머리의 여자가 천천히 침대에서 일어섰다. 그녀는 사람 같지 않은 검은 눈으로 그를 바라보았다. 끔찍한 데자뷔. 악몽 같은 기억이 뇌리에 떠올랐다.

동시에 초조한 걱정이 가슴을 두드렸다. 그녀의 입가와 목덜미에 아직 남은 핏자국이 보였다. 중독된 몸 상태가 어떨지, 지금 얼마나 고통스러울지. 걱정이 되어 숨이 막힌다.

[그렇다고 네가 그녀를 막을 수 있는 것도 아니잖느냐!]

"생각해 둔 것이 있으니 일단 해 보겠다."

[뭐, 전에 마탑에서 내게 말했던 그것? 그건 그냥 추측일 뿐이다. 실패하면 어쩌려고? 저 여자를 살리려다 네가 죽을 수도 있다. 그냥 봉인구를 써라, 제발!]

랑기오사의 제지는 소용이 없었다. 가만히 유리엔을 바라보던 에키네시아가 돌연 움직였다. 그는 새카만 마나를 휘감고 찔러오는 마검을 검기를 덧씌운 성검으로 막았다. 그 순간 성검은 마검에게 대화를 시도했다. 원래 각성한 기오사끼리 닿으면 대화를 나눌 수 있었다.

[망할, 이럴 줄 알았다. 자아가 없어. 살의덩어리 껍데기군.]

성검이 짜증스럽게 말했다. 에키네시아가 이성을 잃었으니 그녀와 혼이 연결되어 있는 마검의 자아도 가라앉은 상태일 게 뻔했다. 마검은 늘 각성 상태인 성검과 달리 주인에게 의존하니까. 예상했던 결과라 유리엔은 말없이 검을 받아치는 데에만 집중했다.

난폭한 검격이 몇 차례 오갔다. 여파로 테이블과 화장대가 박살이 나고 벽과 바닥에 금이 갔다. 찢어진 천 조각과 쿠션에서 터진 깃털이 허공에 눈처럼 날렸다. 그 와중에 유리엔은 그녀의 검이 각오한 것보다 훨씬 약하다는 걸 알아차렸다. 물론 어지간한 마스터를 압도할 실력인 건 여전했지만 제니스다운 실력은 아니었다.

이유는 금방 알 수 있었다. 어깨를 베어 오는 바르데르기오사를 막는 순간, 에키네시아가 움찔 몸을 떨더니 컥, 하고 또 피를 토해 냈다.

주르륵 떨어지는 피가 대부분 선홍색이었다. 독을 무시하고 마나를 줄줄이 뽑아내며 싸워 댄 결과였다.

이대로 그녀가 제풀에 지쳐 쓰러질 때까지 격리해 두는 것도 하나의 방법이었다. 마검에 물든 상태인 그녀를 성녀에게 맡길 수는 없으니 에키네시아가 정신을 차릴 때까지는 치료할 수가 없었다. 최후의 수단으로 그것을 생각하고 있던 유리엔은 새빨간 피를 보는 순간 그럴 수 없다는 것을 깨달았다.

'예전에는 그녀의 체력이 버텨 냈지만, 지금 이대로 두었다간 그녀의 몸이 버티지 못할지도 모른다. 게다가 이 상태라면…… 치료하는 것도 불가능하다.'

숙주의 몸 상태가 심상치 않다는 것을 알아차린 건지 그녀가 멈칫했다. 역시 그녀의 피를 보고 얼어붙었던 유리엔이 조금 더 빠르게 정신을 차렸다. 그는 굳어 있는 그녀의 다리를 걸어 넘어뜨리고 올라타 마검을 성검으로 짓눌렀다. 에키네시아가 아래에서 발버둥 치더니 자유로운 손으로 그의 목을 움켜쥐었다.

"큭……."

마스터는 손아귀 힘으로 인간의 목을 으스러뜨릴 수도 있다. 제니스는 맨손으로 검기를 만들어 아예 베어 버릴 수도 있었다.

유리엔은 목을 죄는 손을 쳐 내는 대신 마나로 목을 감싸고 버티며 빈손을 품에 넣었다. 아까 집어넣었던 봉인구를 도로 꺼내 보석이 있는 부분을 마검에 가져다 댔다.

[그래, 다시 네 추측을 정리해 보자. 바르데르기오사의 살의는 마나로 변환되어 누적된다. 그 마나를 이용해 마검이 주인을 조종하는 거고.]

성검이 초조한 듯 중얼거렸다. 투명하던 보석은 금세 마검의 마나를 흡수하며 새카맣게 물들기 시작했다.

[그러니 그 누적된 마나를 뽑아내면, 살의가 누적되어 영향을 미치는 일을 완화하는 게 가능하지 않겠냐는 네 의견도 일리가 있기 하다.]

봉인구의 보석들이 급속도로 검게 물들어갔다. 얼마 지나지 않아 빼곡하던 보석들의 반 이상이 불길하게 일렁이는 빛깔이 되었다.

[하지만 마검에 누적된 마나라는 게 고작 그 몇 개의 마석(魔石)으로 흡수가 다 될 리가 없잖느냐. 그것으로 마검의 주인이 정신을 차린다는 보장도 없다! 거기다 살의 어린 마나를 받아들인 그 마석은 어떻게 처리할 작정이냐?]

목을 조르는 힘이 점점 강해지고 있었다. 유리엔은 그녀의 손을 쳐내는 대신 숨을 멈추고 더 힘주어 마검을 짓눌렀다.

[인간이 그 마나를 받아들였다간 살의에 물든다. 그것을 제어하는 게 쉬웠다면 마검의 주인이 몸을 되찾기 위해 그토록 고생할 필요가 없었겠지! 마검의 마나를 담은 마석이라니, 저주덩어리나 다름없는 것을 어떻게 하려고!]

에키네시아가 몸부림쳤다. 유리엔의 목을 움켜쥔 그녀의 손이 손톱을 세워 피부를 긁어 내렸다.

[마검의 주인이 살의에서 벗어나지 못하면 네 손엔 살인마를 만들어 내는 마석들만 남는 셈이란 말이다! 그냥 봉인구를 달아라, 독에 안 죽을 수도 있잖나! 듣고 있느냐? 젠장!]

봉인구의 보석들이 거의 다 검게 물들었다. 마지막 보석이 차오를 무렵 에키네시아의 머리카락에서 검은빛이 조금씩 물러나기 시작했다. 유리엔은 그것을 뚫어져라 바라보았다. 가능성이 보였다.

[주인, 마석을 봐라!]

잔소리를 쏘아 대던 성검이 급하게 소리쳤다. 점차 분홍색이 드러나는 그녀의 머리카락을 주시하고 있던 유리엔이 눈을 돌려 봉인구를 확인했다. 새카맣게 차오른 보석들이 요동치고 있었다. 마나를 저장할 공간은 꽉 찼는데, 봉인구에 새겨진 마나를 흡수하는 마법진은 계속해서 돌아가는 탓이었다.

쩌적, 소리가 나며 보석 하나에 금이 갔다. 유리엔은 호흡을 멈춘 채 금이 간 보석과, 분홍색이 약간 드러난 에키네시아의 머리칼과, 검은 마나를 여전히 줄줄 뿜아내고 있는 마검과, 마검을 짓누른 성검을 번갈아 보았다.

떠돌던 푸른 눈이 에키네시아의 얼굴에 멎었다. 그의 목을 조르고 있는 여자의 얼굴에는 표정이 없었다. 그는 문득 그녀가 웃던 순간을 상기했다.

[너, 너, 지금 뭐 하는……!]

봉인구를 쥐고 있던 유리엔의 손이 마검에서 떨어져 자신의 명치께로 향했다. 대부분의 인간은 마나 코어를 명치 근처에 형성한다.

"랑. 너는 증폭과 파마(破魔)의 검이지."

[뭐?]

"내가 너에게 마나를 불어넣으면, 너는 그 마나를 증폭하고, 증폭된 마나는 악을 처단하는 정의를 받아들여 파마의 성질을 띠게 되잖나."

[이 판국에 갑자기 무슨 소리냐?]

"너를 믿겠다."

마스터는 마석에 저장된 마나를 흡수하는 게 가능하다. 마법검 같은 물건에 마나를 충전하는 것의 반대로 코어를 운용하면 된다. 유리엔은 그대로 새카맣게 물든 봉인구의 마나를 흡수하기 시작했다.

[이, 정신 나간 주인이……!]

그는 마나 코어로 흡수한 마나를 그대로 오른손으로 흘려보냈다. 그의 눈가와 목덜미, 어깨, 손을 따라 검은 얼룩이 전염병처럼 돋아났다. 성검 위에 검은 빛이 물감처럼 쏟아져 내렸다. 랑기오사의 황금빛 문양이 눈부시게 빛을 뿜어냈다.

도박이었다.

유리엔의 팔이 부들부들 떨렸다. 성검의 기능을 유도하느라 그의 관자놀이에 핏줄이 불거졌다. 랑기오사는 입을 다물고 노도처럼 몰려드는 새카만 마나를 그의 유도에 따라 소화했다. 주인의 마나에 파마의 성질을 담는 성검 랑기오사의 힘이 극한까지 발휘되었다. 황금빛이 맹렬하게 흘렀다.

억겁처럼 느껴지는 몇 분이 흐르고, 성검을 뒤덮었던 검은 빛이 점차 하얗게 변화했다. 그의 몸에 돋아났던 검은 얼룩들도 흐려졌다.

[넘친다!]

랑기오사가 짧은 경고를 날렸다. 그 경고 전에 본능적으로 상황을 파악한 유리엔은 에키네시아를 밀쳐 내고 일어나 백색 마나가 가득 맺힌 성검을 벽을 향해 뿌렸다. 벽이 터져 나가며 폭발이 일었다. 먼지구름이 자욱하게 실내를 채웠다.

밀쳐진 에키네시아가 쿨럭거리며 몸을 일으켰다. 기침을 따라 선혈이 뚝뚝 떨어졌다. 먼지 속에서 제복을 입은 팔이 불쑥 튀어나와 그녀를 붙잡았다.

유리엔은 버둥거리는 에키네시아의 오른팔을 움켜쥐고 봉인구를 마검 위에 짓눌렀다. 그가 흡수한 덕에 도로 투명해진 보석들이 차오르면서 그녀의 머리카락과 눈에서 일렁이던 검은빛이 함께 빠져나갔다.

그녀가 자유로운 한쪽 손과 양발로 자신을 얽어맨 그를 마구잡이로 후려쳤다. 이성이 없는 데다 한계인지 마나도 거의 싣지 못해 그저 짐승 같은 발악이었다. 유리엔은 자잘한 상처를 무시하고 봉인구로 마검의 마나를 흡수하는 데에 집중했다.

투명해졌던 마석들 전부가 다시 검게 물들 때쯤, 에키네시아의 움직임이 멎었다. 마검이 안개처럼 흩어지며 그녀의 손안으로 사라졌다. 늘어진 머리칼은 엷은 분홍빛이었다. 그는 봉인구를 품에 쑤셔 넣고 그녀의 몸을 돌려세웠다. 흐릿한 보라색 눈망울이 허공을 헤집더니 창백한 눈꺼풀에 덮였다.

돌아왔다.

유리엔은 무너지는 그녀를 받쳐 안으며 주저앉았다. 성검이 녹아들 듯 그의 손바닥에 있는 문양 안으로 스며들었다.

[이런 게 가능할 줄은 나도 몰랐는데……. 하, 살다 보니 정말 별짓을 다 하게 되는군.]

"고생했다, 랑. 고맙군."

[인사는 됐으니 좀 쉬어야겠다, 나는.]

랑기오사가 투덜거리더니 조용해졌다. 유리엔은 벌건 생채기가 여기저기 남은 손으로 품 안에 늘어진 에키네시아의 입가를 다시 닦았다. 손에 묻어나는 붉은 피가 졸렸던 목과 곳곳의 상처들보다 아팠다.

그는 멍하니 그것을 들여다보다가 긴 숨을 내쉬었다. 그리고 간헐적으로 떨리고 있는 그녀의 몸을 그러안았다. 그녀가 흘리는 신음을 고통과 함께 삼켜 버릴 수 있으면 좋겠다.

"단장님!"

"무슨 일이십니까, 폭발이 또……!"

"들어가도 되겠습니까?"

바깥이 소란해졌다. 유리엔은 한 차례 받은 기침을 토하고 나서야 목소리를 높일 수 있었다.

"성녀는 도착했나? 부단장은?"

"네, 두 분 다 막 도착하셨습니다!"

"우선 둘만 들어와라."

에키네시아를 안고 몸을 일으키던 그는 금이 간 거울에 비친 제 목덜미를 보았다. 목을 졸린 손자국이 뚜렷했다. 유리엔은 옷깃을 올려 그것을 가리고 침실 밖으로 나갔다.

에키네시아 로아즈는 꼬박 하루 하고도 반나절이 흐른 후에 정신을 차렸다.

눈을 뜨자 낯선 천장이 보였다. 익숙한 기숙사의 방이 아니었다. 넋을 놓고 천장의 무늬를 보던 그녀는 옆으로 시선을 돌렸다. 창에서 비스듬히 들어온 노을빛이 흰 시트 위에 주홍빛 사각형을 만들고 있었다. 그리고 그 사각형의 끝에, 반짝이는 은빛 실이 흐트러져 있다.

잠시 동안 에키는 그게 무엇인지 파악하지 못했다. 몇 번 눈을 깜박인 후에야 그녀는 그게 사람의 머리카락이라는 것과, 그 머리카락의 주인이 그녀가 아주 잘 아는 사람이라는 것을 연달아 깨달았다.

"유……."

반사적으로 튀어 나가려던 이름을 삼켰다. 에키는 침대를 짚고 천천히 몸을 일으켰다. 어디 아픈 곳은 없는데 한계까지 몸을 몰아붙였던 것처럼 전신에 힘이 없었다. 그녀는 한쪽 팔을 침대에 짚고 그를 향해 몸을 기울였다.

유리엔은 낮은 의자에 걸터앉은 채 침대에 엎드려 잠들어 있었다. 얇은 셔츠에 바지 차림이었다. 제복이 아닌 그는 처음 보는 듯한 기분이 들었다. 몽롱한 머리로 그를 빤히 보다가 손을 뻗었다. 흐트러진 머리카락에 가려서 그의 얼굴이 보이지 않았다.

늘어진 은실에 손이 닿기 직전에, 커다란 손이 그녀의 손목을 잡았다. 긴 속눈썹이 올라가며 그가 눈을 떴다. 하늘색 눈동자에 주홍빛 노을이 스며 창밖의 하늘과 비슷한 색깔을 띠었다.

상체를 일으킨 유리엔은 제 손아귀에 잡힌 가느다란 손목과, 멍하니 자신을 보고 있는 에키네시아를 번갈아 확인했다. 그러다 화들짝 놀라며 그녀의 손목을 놓아주고 제 얼굴을 문질렀다.

"……로드."

에키는 그를 불러 놓고 헛기침을 했다. 목이 잔뜩 잠겨 있었다. 그것을 본 유리엔이 침대 옆의 협탁에 있던 물잔을 집어 내밀었다. 그녀는 사양하지 않고 그것을 받아 마셨다. 미지근한 액체가 목을 타고 내려가는 감각이 생생했다. 어지럽던 머리가 비로소 조금쯤 선명해졌다.

"몸은, 괜찮은가?"

유리엔이 낮은 음성으로 물었다. 그 물음에 정신을 잃기 직전에 무슨 일이 있었는지 떠올랐다. 에키는 저도 모르게 오른손에 시선을 두었다. 하얀 비단 장갑이 얌전히 끼워져 있었다. 옷은 가벼운 흰색 원피스로 갈아입혀진 상태였다.

누가 갈아입힌 거지. 장갑까지 바뀌었다. 그럼 손바닥의 문양은? 한순간에 혈관이 얼어붙는 것처럼 느껴졌다.

"그대의 옷은 니콜 시즈튼이 갈아입혔다. 그 마법사는 지금 공녀의 물건 전체를 점검 중이다."

그녀의 시선을 따라간 유리엔이 빠르게 말했다. 그녀가 뭘 신경 쓰는지 아는 것처럼. 에키는 당황하여 그를 돌아보았다.

"니콜, 언니가요?"

"그녀가 자신이 갈아입히겠다고 해서 맡겼다."

니콜이라면 그녀에게 마검이 있는 것을 알고 있으니, 들켰으리란 걱정은 하지 않아도 된다. 아마 기절한 그녀를 보고 마검을 들킬까 봐 일부러 나섰을지도 모른다. 유리엔이 저리 태연하게 있는 걸 보면 마검의 문양은 니콜 외에는 아무도 보지 못한 듯했다.

안도감의 한편에 이질감이 돋았다. 납득 가능한 상황이지만, 너무나 적당해서 묘했다. 그녀가 유리엔을 떠볼 때마다 그가 내어놓는 대답들과 비슷했다. 에키는 장갑을 낀 손으로 이마를 매만졌다.

"로드, 제가, 그러니까, 음……."

"찻잎에 푸누스라 불리는 독이 섞여 있었다. 그대는 그것을 마신 거다. 성녀가 엘기오사로 치료했으니 후유증은 없겠지만, 한동안 정양하는 게 좋겠다."

유리엔이 조용조용하게 말했다. 음성은 담담했으나 내리깐 눈에는 서늘한 불길이 어렸다. 푸누스는 먹으면 걸음을 떼기도 전에 숨이 끊어진다고 해서 발자국 없는 독이라는 별명이 있는 희귀한 맹독이었다.

다른 사람들은 에키네시아가 운이 좋았다고 생각하고 있지만, 유리엔은 알고 있다. 그녀가 제니스의 경지가 아니었다면 지금 그의 앞에는 시체가 있었을 거다.

그녀의, 주검이.

그는 등줄기를 타고 기어오르는 공포를 얼음 밑에서 익어 가는 분노로 바꾸었다. 독과 마도구의 출처를 알아내고 근위 기사들 사이에 숨어 있는 끄나풀을 끌어내기 위해 창천 전체에 비상사태가 걸렸다. 디아상트 공녀에 대한 경호는 두 배로 엄중해졌다.

물론 굳이 출처를 조사하지 않아도, 유리엔은 그 뿌리가 어디에 닿아 있을지 짐작하고 있었다. 약혼으로 이루어지는 황태자와 그의 결탁을 두고 볼 수 없는 자들. 2황자 아니면 황제겠지.

다만 독을 준비한 건 의외로 디아상트 공작일 수도 있었다. 그자가 제 딸을 유리엔의 목줄로 예비한 과정을 짚어 보면 가능성이 있는 일이었다.

아무리 잘 숨겼다 해도 한 번 결혼한 전적이 있는 여자를 유리엔과 결혼하게 두기는 불안할 터다. 길게 끌었다가 들키면 모든 게 어그러질지도 모를 일이었다. 전해 들은 디아상트 공작의 성향을 생각해 보면 소용이 다했을 때 로잘린을 치울 방안을 마련해 놨을 게 틀림없었다. 독 역시 그 중 한 방안일 것이다.

운이 좋다면 귀한 홍차를 같이 마신 유리엔도 치울 수도 있고, 유리엔이 죽지 않아도 로잘린이 죽는다면 그녀를 제대로 보호하지 못했다는 이유로 유리엔을 추궁할 수 있게 될 테니까. 로잘린이 죽지 않으면 목줄로 이용하다가 다른 수단으로 치우면 그만이고, 독이 들켜 봤자 다들 2황자 측을 의심할 테니 공작 입장에선 밑져야 본전인 미끼였다.

혹 공녀가 독을 넣었다는 의심을 사도 공작에게는 인질이 있으니 입을 다문 공녀 혼자 모든 죄를 뒤집어쓰게 되겠지. 로잘린의 아비이자 황태자의 장인인 디아샹트 공작이 이런 짓을 꾸며서 얻는 이득이 겉으로는 없어 보이니 공작을 의심할 사람도 없을 터였다. 유리엔 역시 로잘린 디아샹트의 사연을 듣지 않았다면 공작을 의심하지 않았을 것이다.

반면 독과 달리 확실하게 공녀를 죽일 작정으로 달려든 근위 기사의 경우 2황자 측일 확률이 높았다. 근위 기사단 자체가 황제 직속이나 다름없는 집단이므로.

어쨌든 아직까지는 전부 가정이다. 어느 쪽이든 뿌리가 명백히 드러나면, 그는 움직일 것이다. 이미 움직일 작정이었으나 이유가 더 늘었다. 유리엔은 형형한 눈으로 아래를 내려다보다가 고개를 들었다. 에키네시아를 보는 순간 그의 눈빛이 물처럼 풀어졌다.

"그대 덕분에 암살 시도를 막았다. 디아샹트 공녀가 감사를 표하더군. 창천에서도 공식적인 포상이 있을 거다."

"아, 가, 감사합니다."

"감사는 내가 할 일이다. 그리고…… 그대의 잘못은 아니지만."

부드럽게 이어지던 유리엔의 말끝이 늘어졌다. 그가 그녀에게로 몸을 기울였다. 에키가 움찔 굳었다.

"다치거나, 아프거나, 괴로운 모습은."

그의 손이 그녀의 흘러내린 그녀의 머리칼을 쓸어 넘기고, 그의 눈이 똑바로 그녀와 시선을 맞추었다. 에키는 홀린 듯이 그를 바라보았다. 물기가 어린 눈동자였다. 거리가 가까워져서 느리게 말을 뱉는 그의 입술이 미미하게 떨리는 것까지 보였다.

"보고 싶지 않다. 정말로. 지금까지도……."

나는 이미 그대의 고통을 너무 많이 보았다. 그런데도 내게 얼마나 더 그대의 고통을 보여 주려는 건가. 유리엔은 말할 수 없는 뒷말을 숨기고 다른 말을 했다.

"그러니, 조금만 더…… 조심해 주었으면 한다."

잦아드는 목소리가 서글프게 들렸다. 노을을 반쯤 걸친 그가 애원하는 것 같은 얼굴로 그녀를 응시했다.

"그래, 내가 그대의 곁에 있다."

불현듯 통증 속에서 와 닿았던 그의 말이 떠올랐다. 그녀를 감싸고 지탱하던 손의 감촉도. 뭔가, 물을 것이 많았는데. 지금 무언가 잊고 있는 기분인데. 하지만 다른 모든 것보다 지금 그녀 앞에서 젖은 눈으로 말하는 그에게 답해 주는 게 더 중요하게 느껴졌다. 혼란스럽던 머릿속을 노을이 물감처럼 번져 덮어 버렸다.

"네, 조, 조심할게요, 로……."

더듬더듬 답하던 에키가 말을 뚝 멈췄다. 그녀의 시선이 그의 목덜미에 가 닿았다. 느슨하고 얇은 셔츠 사이로 보이는 목에 붕대가 감겨 있었다. 흘러내린 머리카락에 가려서, 그의 얼굴에 정신이 팔려 이제야 발견했다.

붕대라니. 목을 다쳤나? 창천 기사단장의 목을 다치게 할 만한 사람이 있다고? 삐걱거리는 뇌리에 정신을 잃던 순간이 선명하게 떠올랐다. 마검이 뭐라고 했더라. 지금 기절하면 살의를 쏟아 내게 될 거라고 했던 것 같다. 그녀 역시 그렇게 판단했었다.

그리고 자신은 분명히 기절했다. 유리엔에게 의지하고 싶어져서, 일순 그런 나약한 마음이 들어서, 통제를 잃어버렸다. 그럼, 그 뒤는?

에키는 소스라치게 놀라 그를 밀쳐 내며 뒤로 물러났다. 덮여 있던 얄팍한 이불을 생명줄처럼 움켜쥐고 턱턱 막히는 숨을 간신히 삼켰다.

없다, 기억이 없다. 머릿속이 새카맣다. 설마, 정말로, 살의가 넘쳐서, 또, 그런, 누군가를 죽였다거나, 그를, 공격했다거나, 저 목의 부상이. 어떻게, 된. 나는. 새빨갛고 검고 더러운 것들이 뒤죽박죽으로 속을 헤집었다.

"에키네시아? 왜 그러지?"

유리엔이 당황한 듯 그녀를 불렀다. 에키는 요동치는 감정을 숨기지도 못하고 토해 내듯 물었다.

"로드. 그 목은 어떻게 된 건가요?"

"아."

그는 잊고 있었다는 듯 짧게 탄식하더니 옷깃을 잡아당겼다.

그녀를 제압하며 입은 대부분의 상처는 신관의 치료를 받았다. 성녀라면 전신의 상처를 한 번에 낫게 할 수 있지만 에키네시아의 부상을 치료하느라 탈진해 버려서 부탁할 수가 없었다. 중상도 아니고 자잘한 상처라 부탁할 정도도 아니었다.

신관들은 대체로 뛰어난 약초사이거나 치료 마법을 중점적으로 익힌 마법사다. 그들도 생채기쯤은 금방 치료할 수 있었다. 상처를 보이는 것도 문제가 없었다. 폭발로 인해 날아든 파편에 입은 부상이라고 변명할 수 있었으니까.

성검에 넘치는 마나를 내던지는 바람에 일어난 두 번째 폭발은 근위 기사가 숨겨 둔 마도구에 의한 것이라고 꾸며 냈다. 침실에 남았던 검기의 여파도 폭발로 인해 거의 사라져서 전투가 있었다는 건 아무도 몰랐다. 유리엔은 그 정도는 얼마든지 무마할 수 있었다.

다만 누가 보아도 목이 졸린 게 확실한, 손자국 형태로 남은 시커먼 멍은 변명할 길이 없었다. 대체 누가 무슨 수로 창천 기사단장의 목을 졸랐느냐는 물음이 쏟아질 게 뻔했다. 그래서 제복 아래에 감추고 아예 보이질 않았다.

사태가 대강 정리된 뒤, 그는 일부러 기사단 밖에 있는 한동안 쓰지 않던 사택으로 에키네시아를 데려왔다. 봉인구와 성검을 이용해 어떻게 가라앉혔다지만, 혹시나 또 살의에 물들기라도 하면 큰일이니 그녀를 격리하고 지켜봐야만 했다.

명목은 중상자인 에키네시아의 안정을 위해서였다. 사실 성녀가 엘기오사를 사용했기에 부상은 완전히 나았고, 안정을 위해서라면 병동에 개인실도 있고 본부나 기숙사에 빈방이 많았으니 말도 안 되는 핑계였다.

그럼에도 독이 든 차와 두 번의 폭발, 근위 기사의 암살 시도로 난장판인 와중에 스콰이어를 로드가 데려가는 일을, 그것도 그 로드가 성검의 주인인 기사단장인 상황에서 굳이 따지고 드는 사람은 없었다. 쌓인 신뢰와 존경은 이럴 때 유용했다.

오자마자 씻고 옷을 갈아입은 후에 내내 에키네시아를 지켜보고 있었다. 성녀의 치료를 받았으니 괜찮다는 건 알면서도 걱정이 되어서, 그리고 혹여 살의가 샐까 긴장하느라 하루를 꼬박 새었다. 마검에 물든 그녀를 되돌리기 위해 마나 코어를 있는 대로 혹사한 상태로 그렇게 계속 버텼더니 그로서도 한계가 와서 깜박 졸았다.

그 정도로 정신이 없었던 터라 임시로 멍을 가려 둔 붕대가 눈에 띌 거라는 건 미처 생각하지 못했다. 그녀에게 사실대로 말할 순 없었다. 유리엔은 옷깃으로 붕대를 가리며 태연히 거짓말을 했다.

"두 번째 폭발 때 파편이 튀었다."

"두 번째라니요?"

"그 근위 기사가 남겨 둔 마도구가 있었다. 그게 공녀의 침실에서 폭발하는 바람에. 별것 아니다. 신관의 치료도 받을 필요가 없을 정도니."

거칠어졌던 에키의 호흡이 약간 가라앉았다. 그녀는 여전히 이불을 움켜쥔 채, 나직이 그를 불렀다.

"로드."

유리엔이 대답 대신 그녀에게 시선을 주었다. 부드럽고, 젖어 있는 시선. 원망이나 증오, 의혹이나 경계, 그런 부정적인 건 그 어디에도 보이지 않는, 상냥하고 여리고 애틋한, 그런 눈이다.

마검의 주인을 향할 리가 없는 시선.

"제가…… 기절했던 것 같은데, 혹시, 그 뒤에……."

"그대는 사경을 넘겼다."

그가 더듬거리는 그녀의 말을 끊었다. 단호하게, 아무것도 의심하거나 걱정하지 말라는 듯 말을 잇는다.

"위중한 상태였지. 성녀가 오기까지 나는, 혹 잘못될까 봐 내내 그대를 지켜보고 있었다."

"저를 계속 보고 계셨다고요?"

"그래. 그대는 정신을 차리지 못했다. 성녀가 그대를 치료한 후에도. 그대는 하루하고도 반나절을 기절해 있었다. 에키네시아, 오늘은 6월 16일이다."

말을 하던 그가 문득 고개를 기울였다.

"그러고 보니 배가 고프겠군. 잠시만 기다려라."

유리엔이 자리에서 일어나 문 쪽으로 향했다. 에키는 하얀 뒷모습이 밖으로 사라지는 걸 지켜보았다. 그러곤 무릎에 머리를 파묻었다.

"……발. 깨어 있어?"

[어어, 좀 전에 일어났어.]

바르데르기오사가 눈치를 보며 답했다. 그녀는 한동안 망설이다가, 외면하고 싶은 것을 억지로 끄집어내듯이 물었다.

"살의, 넘쳤지?"

[그게, 어, 야, 잘 모르겠다?]

"똑바로 말해."

[아니, 진짜 애매하단 말이야! 분명히 넘칠 거 같았는데, 야, 네가 정신을 잃으면 나도 잠들잖아. 그래서 확신을 못 하겠어.]

"확신할 방법이 있잖아."

그녀는 아랫입술을 깨물고 신음 비슷한 소리를 흘리며 말했다.

"누적된 살의의 양."

[……솔직히 그게 너무 이상해.]

"뭐가 이상한데."

[분명히 살의가 줄었거든? 대충, 한 열 명쯤 죽인 것처럼. 근데 있잖아, 별로 기분이 안 좋아. 인간을 그 정도 죽였으면 잠들어 있었어도 여파가 남아

서 상쾌해야 하는데, 피 맛을 본 느낌이 안 들어. 되게 이상해.]

마검이 하소연을 하듯 투덜거렸다. 열 명쯤 죽인 것 같다는 말에 얼어붙었던 에키는 뒷말을 들으며 간신히 숨을 쉬었다.

"그러니까, 아무도 안 죽인 것 같단 소리지?"

[응. 치이, 왠지 손해 본 느낌이야. 억울해! 이게 얼마만의 기회였는데! 어, 음, 물론 넌 싫었겠지만······.]

"알면 좀 닥쳐, 망할 마검아."

마검이 살인과 관련된 문제로 오판을 할 일은 없다고 봐야 했다. 굳었던 어깨에서 힘이 빠져나갔다. 하긴, 정말로 그녀가 열 명쯤 죽여버렸다면 이렇게 평화롭게 깨어났을 리가 없었다.

'죽인 것 같지 않은데 누적된 살의가 줄었다고?'

그런 게 가능한 일인가? 물들었던 건가? 물들지 않았던 건가? 대체 무슨 일이 있었던 걸까. 에키는 세운 무릎에 턱을 괴고 허공을 노려보았다.

유리엔은 그녀에게 아무 일도 없었다고 강조했다. 그래, '강조'했다. 그녀는 유리엔이 지금까지 그녀에게 주었던 대답들을 하나하나 되새겨 보았다. 마스터임을 들켰을 때 그의 대응도 떠올려 보았다.

납득할 만한 대답. 아니, '납득하고 싶은' 대답. 그녀가 믿고 싶은 쪽의 대답. 들킬 만한 상황들에서도 절묘하게 들키지 않은 것 같은 설명들. 그대로 믿으면 마음이 편해지고 안심이 되는 말들. 마치, 그녀가 무엇을 두려워하는지 알고 있는 것처럼.

손아귀에 잡힌 시트가 엉망으로 구겨졌다. 에키는 시트 위로 흐트러져 쏟아지는 머리카락을 거칠게 쓸어 넘겼다.

믿고 싶은 쪽으로 주어지는 대답들을 그대로 믿은 가장 큰 이유는,

유리엔이 그녀를 증오하지 않았기 때문이다. 그녀가 마검의 주인임을 알고 있다면 당연히 그 점을 밝히고 그녀를 증오할 거라고 생각했으니까. 그러지 않으니까 모르고 있는 거라고 생각했다.

전제를 수정해 본다. 만약, 만약에, 그 모든 것을 알고도, 그녀가 마검의 주인임을 알면서도, 그녀를 증오하지 않는다면. 심지어 다 알면서도 그녀를 사모한다고 고백까지 한 거라면.

'말도 안 돼.'

이쪽이 더 말이 안 되는 것 같다. 이쪽이야말로 그녀에게 너무 좋은, '믿고 싶은' 설명이 아닌가. 유리엔이 정말로 그녀가 악마였다는 걸 알고도 그녀를 증오하지 않는다고? 좋아하기까지 한다고? 그게 가능해?

불가능하다고 여겨서 제외했던 가정이다. 최초로, 에키는 그 가정을 전제로 두고 지금까지 유리엔의 행동과 말들을 돌아보았다.

"으…….."

가슴 안쪽으로 무겁고 뜨거운 것이 쑤욱 들어오는 기분. 뺨과 귀에 열이 오르는 게 느껴졌다. 처음 그를 좋아한다는 것을 깨달았을 때의 두근거리던 감정보다 더 깊은 것. 묵직한 무언가가 마음 깊은 곳을 요란하게 두드렸다. 에키는 새빨갛게 달아오른 얼굴로 무릎에 이마를 박았다.

그럴 리가 없는데. 나는, 당신을 죽였잖아. 당신이 사랑하는 것들을 모조리 파괴했잖아. 그런데도? 웅웅 울리는 머릿속에서 의문들을 되뇌었다. 몇 번이나 자기 자신에게 던졌던 물음들. 지금까지 항상 같은 대답이 돌아왔었던 물음들.

그런 짓을 저질렀으니 나를 증오하겠지. 그 변할 수 없던 판단이 바뀐다.

그런 짓을 저지른 나를, 그는 싫어하지 않는다. 어쩌면 그 모든 것을 알고도 좋아할 수도 있다.

어지럽다. 미칠 것 같다. 무어라 설명할 수 없는 기분이 머리와 가슴을 헤집고 돌아다녔다. 어떻게 해야 할지 알 수가 없어서 그냥 울고만 싶었다.

문이 열리고, 유리엔이 돌아왔다.

에키는 고개를 들지 않았다. 다가오는 걸음 소리가 들리지 않는다. 그는 소리 없이 우아하게 걷는다. 대신 그릇과 스푼이 쟁반 위에서 달그락거리는 소리가 들렸다. 그가 침대 옆의 낮은 의자에 앉았다. 그릇의 뚜껑을 여는 소리. 고소한 냄새가 코끝에 스며들었다.

"에키네시아."

그리고 나직하고 딱딱한, 그럼에도 다정한 부름. 그 발음이 너무 다정해서 눈물이 한 방울 솟았다. 고개를 파묻고 있어서 그 눈물은 흘러 떨어지는 대신 무릎을 덮은 시트 위에 스며들며 번졌다. 에키는 천천히 고개를 들었다. 쟁반을 들고 있던 유리엔이 움찔 놀랐다. 담담하던 얼굴에 당황과 걱정이 퍼져 나간다. 그가 급히 물었다.

"아픈 곳이 있나? 어딘가 안 좋으면 참지 말고 말해라."

"……아뇨, 아무것도 아니에요."

그녀 자신이 듣기에도 괜찮은 목소리가 아니었다. 안 그래도 잠겨 있던 음성에 흠뻑 물기가 묻었다. 유리엔이 쟁반을 협탁에 내려놓더니 허둥지둥 손을 뻗는다. 이마에 차가운 손이 와 닿았다. 열을 재고, 조심스럽게 살피고, 언뜻 시선이 그녀의 오른 손바닥에 닿았다가 떨어진다. 마검의 문양을 얄팍한 장갑으로 덮어 가려 둔 곳을 그가 확인했다.

아. 정말로.

정말 당신은 알고 있나? 그러면서 아무런 티를 내지 않고 있나?

왜? 내가 숨기고 싶어 해서?

결절 안에서 마스터인 것을 들켰을 때 그가 달아나려던 그녀를 붙잡고 했던 말이 이 순간 떠올랐다.

"숨기고 싶다면, 숨겨 주겠다. 원한다면 나 역시 잊어버리도록 노력하마."

정말 그 이유로? 그 정도로? 왜 증오하지 않아? 왜 당신은 나를 좋아해? 내가 당신에게 무엇이기에.

에키는 그의 목을 가린 붕대를 보았다. 그것을 풀어헤치고 안에 뭐가 있는지 확인하고 싶어서 손끝이 움찔거렸다. 파편에 긁힌 상처가 아니라 다른 것이 있을 거라는 확신이 들었다. 그러나 손을 움직이는 대신 그녀는 시트를 움켜쥐었다.

"로드."

유리엔이 걱정스러운 낯으로 그녀를 바라보았다. 그사이에 노을이 저물고 어스름이 주위를 점령했다. 어둑한 방 안에서도 그는 은은히 희었다. 그녀의 눈에는 그가 빛나는 것처럼 선명했다.

"절 정말로 좋아하세요?"

뜬금없는 물음이었다. 그 물음이 주문이라도 되는 것처럼 유리엔의 얼굴이 붉어졌다. 당황한 듯 손으로 달아오른 얼굴을 문지르고, 눈을 내리깔았다가, 다시 그녀를 바라보며 그가 느리게 대답했다.

"그래, 진심으로."

"제가 로드께서 생각하는 것과 다른 사람이라도?"

"내가 그대를 어떻게 생각하는 것 같기에?"

유리엔이 조금 웃으며 되물었다. 예상치 못한 반문에 에키는 멍하니 눈을 깜박였다. 입이 저절로 움직여서 아무 말이나 뱉어 냈다.

"……탐나는 천재?"

그가 소리 내어 웃음을 터뜨렸다. 그제야 제가 무슨 대답을 한 건지 깨달은 에키의 얼굴이 새빨개졌다. 그녀는 고개를 무릎에 도로 처박았다. 유리엔이 겨우겨우 웃음을 삼키는 소리가 들렸다. 그는 웃음기가 남은 음성으로 말했다.

"나는 이렇게 웃어 본 적이 드물다, 에키네시아."

그 말에 더 부끄러워졌다. 고개를 들지 못하는 그녀를 바라보며 유리엔은 천천히 말을 이었다.

"확실히 그대의 재능은 탐이 난다. 신이 검의 경지가 무엇인지 인간들에게 보여 주려고 그대를 만든 게 아닌가 싶을 정도로."

"……."

"나는 솔직히, 그대가 얼마나 대단한 존재인지 다른 이들도 알았으면 좋겠다. 그대로 인해 검의 역사가 다시 쓰일 테니까."

이런 직접적인 찬사를 코앞에서 듣는 건 처음이었다. 그것도 숭배에 가까운 말들을, 기사의 정점에 오른 남자로부터 들을 줄은 몰랐다.

회귀 이전에 그녀의 재능은 저주였고, 악몽이었다. 회귀 이후에는 숨기느라 급급했다. 그래서 이런 경험을 한 적이 없었다.

자신의 재능을 인정하는 말을 스스로 대놓고 하곤 했어도, 다른 사람으로부터 이렇게 노골적으로 검의 재능을 인정받는 건 굉장히 다른 느낌이었다. 검도, 그녀가 타고난 재능도 마냥 좋아할 수는 없는 에키로서도 그건 결코 나쁜 기분이 아니었다. 아니, 오히려…….

그녀는 더 이상 붉어질 수 없을 정도로 달아오른 얼굴을 더 깊게 처박았다. 그의 말이 담담하게 이어졌다.

"그 재능으로 인해 나는 그대를 알게 되었으며, 그 재능이 그대와 나를 만나게 해 주었다. 그러나…… 내가 그대를 사랑하게 된 것은 그대의 재능 때문이 아니다."

유리엔은 그녀의 재능에 감사했다. 에키네시아가 불세출의 천재가 아니었다면 그녀는 수많은 마검의 희생자 중 하나에 불과했을 것이다. 제국에 의해 토벌되어 그와 그녀는 만나지도 못했을 터다. 그녀가 음모에 말려들고 희생된 이유가 그 자신이었음을 영원히 몰랐을 수도 있다. 그녀를 살린 건 그녀의 재능이다.

하지만 만약 그녀가 재능밖에 없는 사람이었다면, 파국으로 치달은 결말에서 모든 것이 끝났을 것이다. 누구도 막지 못할 재앙이 되어 죽음만을 낳았을지도 모른다. 새로운 기회도 두 번째 삶도 없었으리라. 그 압도적인 재능을 가진 게 다른 누구도 아닌 그녀였기에, 이 모든 순간이 있다.

"그대로 인해 겪게 된 감정들이 내게는 모두 낯설어서, 제대로 설명하기는 어려우나……. 하나 확실한 것은."

그 늪 속에서 홀로 발버둥 치는 빛을 보았을 때부터, 그 빛이 눈부신 태양이 된 지금까지. 성검 앞에서 울부짖고 그의 이름을 부른 순간부터, 시간을 되돌려 모든 것이 끝났던 장소에서 다시 만나서, 지금에 이르기까지.

"그대가 나를 움직인다. 내 감정도, 내 욕망도, 내 목표도, 그 외에도 많은 것이 그대로 인해 움직였다."

그의 모든 것이 그녀로 인해 움직이기 시작했기 때문에. 그녀가 이유가 되어 버렸기 때문에.

"에키네시아. 그것이 내게 그대의 의미이다."

에키는 느리게 고개를 들어 그를 바라보았다. 제 삶을 그녀에게 쥐여 주는 듯한 말을 태연히 읊은 남자가 그녀와 눈이 마주치자 웃는다. 반사적으로, 자연스럽게, 당연하다는 듯이, 흐무러지는 웃음을. 녹아 떨어질 듯 반짝이는 눈을 하고.

조금 전에 가슴 안쪽에 파고들었던 묵직한 것이 목으로 치받아 올랐다. 말문이 막혔다. 목을 막은 열기는 머리로 전이되어 홧홧하게 타올랐다.

모든 것을 털어놓고 싶어진다. 누구에게도 말한 적 없고, 한 번도 입 밖에 내어놓은 적 없던 그녀의 죄악감을. 그것을 꺼내 놓아도 저 눈동자는 금이 가지 않을 것만 같아서. 그를 보고 있는 지금, 아무것도 두려워할 필요가 없을 것 같아서.

그녀가 직접 지워 버린 시간 속에, 오직 유리엔만이 그녀의 승리를 기다려 주던 그 시절에, 그녀는 그에게 하고 싶은 말들을 속에 쌓으며 버렸었다.

비극을 맞으며 결국 하지 못한 말들이었다. 기오사를 모으던 시절 쥘 수 없는 성검을 바라볼 때마다 그 위로 새로운 말들이 쌓였다. 그리고 시간을 되돌리며 또 새로운 말들이 쌓였다. 죄책감에 짓눌려 있던 그 말들이 허물어진 공포를 뚫고 솟구쳐 올랐다.

"로드, 저는……."

그녀가 홀린 듯이 입을 떼려는 순간, 노크 소리가 공간을 부수듯 들려왔다.

"스콰이어 바라하 이슬라프입니다. 로드의 전언을 가져왔습니다."

허물어졌던 것들이 그 소리에 되돌아왔다. 정신이 들었다. 에키는 당황한 낯으로 고개를 돌렸다. 유리엔은 잠깐 침묵하다가, 나지막한 음성으로 답했다.

"잠시 기다려라, 바라하."

그는 협탁에 놓았던 쟁반을 들어 에키에게 건넸다. 엉겁결에 그녀가 그것을 받아 들었다. 아직 따뜻한 수프와 폭신한 빵, 약간의 과일이 차려져 있었다.

"식사를 하고 나면 다시 쉬도록. 여기가 불편하다면 기숙사로 돌아가도 된다. 아무리 치료를 받았다지만 몸이 많이 지쳐 있을 테니, 적어도 며칠 동안은 무리하지 마라."

딱딱한 말투임에도 한없이 다정하게 들렸다. 그가 자리에서 일어나 문 쪽으로 향했다. 그의 움직임을 따라 그녀의 시선이 저절로 움직였다. 유리엔이 문밖으로 나간 후에야 에키는 삐걱거리며 시선을 쟁반으로 돌렸다.

"……어떡하지."

[왜?]

"믿고 싶어져."

방금 자신은 그에게 전부 털어놓을 뻔했다. 그래도 될 것 같아서. 이미 알고 있는지도 모르겠다는 생각이 들어서. 그러고 나서 내게 당신의 의미가 무엇인지도 답하고 싶어져서.

정말 그래도 될까. 결코 쥘 수 없으리라 여겼던 것들이 손안에 놓인 기분이었다. 움켜쥐기만 하면 될 것처럼. 늘 따라붙던 공포가 희미해져 간다. 복잡한 상황들과 남은 의문들마저 아무것도 아닌 듯이 느껴졌다.

에키는 어지러운 눈으로 수프를 내려다보다가 스푼을 들었다. 수프는 놀라울 정도로 맛있었고, 눈물이 날 정도로 따뜻했다.

여름 태양 축제가 다가왔다.

아젠카는 6월 20일부터 22일까지 사흘간 이어지는 축제를 기다리며 한껏 달아올랐다. 여관들이 미어터지고 거리에 사람들이 확연히 늘었다. 싱싱한 여름 꽃을 엮은 화환이 태양을 수놓은 색색의 천과 함께 가게마다 내걸렸다.

디아상트 공녀 암살 미수 사건으로 인해 기사단 내부는 뒤집어졌지만, 외부에까지 이 일이 알려지지는 않았다. 축제와 성녀 데뷔는 순조롭게 준비되었다. 각국의 귀빈들이 연회에 참가하기 위해 속속들이 창천 기사단에 도착했다.

앨리스와 파티마의 드레스는 일찍이 배달되었다. 같은 의상실에서 같이 주문을 했는데 에키네시아의 드레스만 빠져 있었다. 그녀의 드레스가 도착한 건 6월 19일 오후의 일이었다.

"에키, 의상실에서 드레스가 도착했습니다. 그런데 상자가 두 개로군요."

앨리스는 훈련을 나갔다가 돌아오는 길에 배달 중이던 하인과 마주쳐 상자를 받아 왔다. 그녀가 방으로 들어오며 하는 말에 결절에 대한 책을 쌓아 놓고 보고 있던 에키가 자리에서 일어났다.

"하나는 잘못 온 거 아니에요?"

"둘 다 확실히 에키 겁니다."

앨리스는 고개를 저으면서 커다란 상자들을 들고 테이블로 향했다. 에키가 그녀를 향해 손을 뻗었다.

"이리 주세요, 제가 들게요."

"아뇨. 당신은 무리하면 안 됩니다."

그녀는 에키가 상자를 빼앗지 못하도록 높이 들어 올렸다. 에키는 기가 막혀서 눈살을 찌푸렸다.

"정말이지, 진작 다 나았다고요. 몇 번을 말해요?"

앨리스는 스콰이어 업무를 하러 나가선 돌아오지 않는 룸메이트를 기다리다가 니콜 시즈튼의 방문을 받았었다.

기숙사를 찾아온 니콜은 에키의 옷장에서 장갑과 옷을 챙기고 에키가 입고 나갔었던 드레스를 두고 갔다. 마음이 급했던 그녀는 에키는 무사하니 걱정하지 말라는 말만 덧붙이고 사라졌다.

아침에 보았던 친구의 비둘기색 드레스가 주인 없이 피범벅으로 돌아왔다. 무사하다는 말을 듣고도 앨리스는 피가 식는 경험을 했다.

그녀는 다음 날 낮에서야 기사단 본부에서 있었던 일에 대한 소문을 들었다. 암살 미수 사건에서 에키네시아가 어떻게 행동했는지, 그 자리에 있던 준기사들에 의해 기사단 내부에 은근히 소문이 퍼졌다. 독을 먹고 피를 토하면서도 근위 기사를 제압한 다음에야 쓰러졌다는 이야기까지.

뒤늦게 기숙사로 돌아온 에키는 창백한 얼굴로 괜찮다고 말하고는 하루 종일 잤다. 그렇게 이틀을 푹 쉰 후엔 멀쩡해졌지만, 그 뒤부터 앨리스는 에키를 유리 조각상 대하듯 하고 있었다.

"당신은 자기 몸을 너무 험하게 다루는 경향이 있습니다. 죽을 뻔한 지 며칠이나 되었다고요. 몸을 아끼는 것도 기사의 기본입니다."

"샤, 아니, 성녀님이 다 치료해 주셨다니까요. 그 뒤로 푹 쉬었으니 이젠 괜찮아요."

앨리스는 들은 척도 하지 않고 상자들을 테이블에 내려놓았다. 에키는 옅게 한숨을 쉬었다.

'걱정을 끼친 건 사실이니 어쩔 수 없지…….'

피투성이 드레스만 돌아왔던 게 꽤 충격이었던 모양이었다. 아무래도 한동안은 환자 취급을 벗어나지 못할 듯했다. 그래도 자신을 걱정해 주는 사람이 있다는 걸 자각하는 건 싫은 기분은 아니었다.

에키는 앨리스와 함께 상자의 포장을 벗겼다. 상대적으로 작은 크기의 상자에는 그녀가 수선을 요청했던 드레스가 곱게 포장되어 있었다. 그리고 그것보다 큰 상자에는 처음 보는 드레스가 있었다.

"이건……."

은실과 새끼손톱보다 작은 투명한 보석으로 수를 놓은 연한 보라색의 천 위로 나비 날개처럼 얇은 레이스가 겹겹이 덮여 있었다. 보랏빛은 내려갈수록 짙어져 검푸른색이 되었다. 그 덕에 반투명한 재질로 풍성하게 주름이 잡힌 드레스의 끝단이 밤바다의 물결처럼 보였다. 은은하고 화려했다.

처음 그 아름다움에 놀라 멍해졌던 에키는 곧 다른 것에 경악했다. 그녀는 검의 가격보다 드레스의 가격을 더 잘 안다. 천의 재질을 빼놓고도, 수를 놓는 데 다이아몬드를 사용하고 장인의 작품임이 틀림없는 수제 레이스를 아낌없이 드리운 드레스라니.

[야, 되게 비싸 보인다.]

뭘 모르는 마검도 알아볼 정도였다. 에키는 이 드레스 하나로 로아즈 가문 소속 기사 네 명 정도는 연봉을 챙겨 줄 수 있을 거라 예상했다. 옆에서 상자를 들여다본 앨리스는 순수하게 감탄했다. 그녀는 에키와 반대로 검은 알아도 드레스의 가격은 잘 몰랐다.

"굉장하군요……."

"그, 그러게요……. 여러모로……."

"에키, 아래에 무언가 더 있는 것 같습니다."

드레스 아래에 드레스에 맞춘 듯한 검푸른 구두와 레이스 장갑이 있었다. 에키가 그것을 확인하려 드레스를 들어 올리는데 진주색 봉투가 하나 툭 떨어졌다. 앨리스가 봉투를 주워 주었다. 봉투의 겉에는 아무것도 없었고, 열어 보니 카드 한 장이 나왔다. 반듯한 필체로 쓰인 짧은 편지였다.

―에키네시아. 그대가 의상실에 들렀다는 걸 알게 되어, 내 욕심에 주문을 했다. 부디 받아 주었으면 한다.

아래에 유리엔의 서명이 있었다. 드레스를 보자마자 어쩐지 그를 떠올리긴 했지만, 정말로 그가 보낸 것일 줄이야. 다른 누군가가 보냈다면 부담스러워서 거절했을 텐데 유리엔이 보낸 것이라고 생각하니 거절하고 싶지가 않았다. 그가 보낸 것은, 갖고 싶었다.

자신이 보낸 드레스를 입은 것을 보면 그는 그녀를 예쁘다고 생각할까. 저절로 떠오른 상상에 뺨이 옅게 달아올랐다.

[뭐야, 네가 의상실에 들린 걸 걔가 어떻게 알아? 수상하다. 너 감시하고 있는 거 아냐? 기분 나쁘니까 가서, 아야! 아!]

"테레사가 나랑 만났다고 말했겠지. 그에 대해 함부로 말하지 마."

[너무해! 아직 죽이자고 하지도 않았는데! 어, 물론 죽이라고 하려던 게 맞긴 하지만…….]

마검이 궁시렁거리며 입을 다물었다. 옆에서 앨리스가 의아하게 그녀를 돌아보았다.

"방금 뭐라고 했습니까, 에키?"

"아무것도 아니에요. 이거…… 로드께서 보낸 거네요."

"그럴 것 같았습니다."

"네? 어떻게 알았어요?"

앨리스는 그녀의 허리에 걸린 아메시스트에 시선을 주었다가, 설핏 웃었다.

"그냥요. 에키, 한 번 입어 보세요. 돕겠습니다."

"아, 고마워요!"

그녀는 앨리스의 도움을 받아 드레스를 입어 보았다. 사이즈를 재었던 의상실에서 온 덕인지 딱 맞았고, 그녀에게 잘 어울렸다. 풍성한 외양과 달리 구름처럼 가볍고 부드러운 드레스였다. 살랑이는 옷자락을 따라 속에 쌓여 있던, 유리엔에게 하지 못한 말들이 자꾸만 덜걱거렸다.

란셀리드 로아즈는 축제 첫날인 6월 20일 아침에 아젠카 역에 도착했다. 로아즈 가문의 기사 두 명과 하인 한 명이 그와 동행했다.

마나 열차가 덜컹거리며 역으로 들어섰다. 연한 갈색 머리칼의 소년은 열차에서 내리자마자 설레는 표정을 지었다.

아젠카 역은 제국 수도의 역보다 화려하진 않았다. 대신 오랜 세월과 웅장함이 느껴졌다. 예전부터 아젠카를 찾던 수많은 순례자와 기사들이 모여 신과 검에 대해 논하던 거대한 홀을 개축하여 역으로 만든 덕이었다.

까마득한 천장에 신과 대장장이와 기오사 시리즈의 전설이 그려져 있었다. 아치형 대리석 기둥에는 신을 찬미하거나 검에 대해 말하는 문구들이 고어로 새겨져 있었다. 그 아래에 가득한 사람들 사이로 검을 찬 사람들이나 흰 제복이 언뜻언뜻 보였다.

기사의 성지, 아젠카. 전설이 살아 숨 쉬며 최강이라 불리는 기사들과 검의 천재들이 모여드는 땅. 한때 기사에 대한 로망이 있었던 소년에게는 제국의 수도보다 더 두근거리는 도시였다.

"란셀!"

꿈꾸는 듯한 눈으로 사방을 둘러보던 소년은 익숙한 목소리에 고개를 돌렸다. 어디서 봐도 한눈에 띄는 엷은 분홍색 머리카락이 눈에 들어왔다. 에키네시아 로아즈가 사람들을 헤치며 그를 향해 다가오고 있었다. 소년은 활짝 웃었다.

"누님!"

"어서 와. 닉도 왔구나."

"오랜만입니다, 아가씨."

란셀리드의 전속 하인이 공손히 허리를 굽혔다. 호위 기사 둘과도 인사를 나눈 에키가 란셀리드를 살펴보았다. 지워 버린 과거에는 그녀의 손에 죽어 1629년의 태양 축제를 보지 못했던 동생이 건강한 얼굴로 그녀를 보고 있었다. 에키는 일순 일렁이는 감정이 치솟는 것을 삼키고 미소 지었다.

"잘 지냈어?"

"저야 잘 지냈죠. 그런데 누님은······."

누나를 빼닮은 보라색 눈동자가 에키를 아래위로 훑더니 표정이 확 찌푸려졌다.

"······잘 못 지낸 것 같네요. 왜 이렇게 말랐어요? 한창 몸매 관리할 때보다 더 마른 것 같은데. 손목 봐, 잡으면 뚝 부러지겠네."

소년이 대놓고 혀를 차더니 에키의 손목을 잡고 흔들었다. 그녀보다 세 살 어리다지만 란셀리드는 에키보다 키도 손도 컸다.

[잡으면 뚝 부러지는 건 주인 손목이 아니라 쟤 손목일 텐데. 그치?]

마검이 종알거렸다. 에키는 자신보다 큰 동생의 손아귀에서 손목을 쉽사리 빼냈다.

"숙녀의 손목을 함부로 잡으면 안 되지, 란셀."

"저한테 누님은 숙녀 아닌데요. 헛소리 말고 솔직히 말해 봐요, 사관학교에 적응 못 했죠?"

"적응 잘했거든?"

"잘한 얼굴이 아니잖아요. 살이 쏙 빠져서는. 부모님이 보셨다간 당장 집으로 끌고 갈 걸요."

"며칠 전에 좀 고생을 해서 그래. 부모님한텐 말하지 마."

"무슨 고생을 했······ 우와."

란셀리드의 입이 헤 벌어졌다. 인파 사이에서 나타난 앨리스 윈터벨 때문이었다. 검푸른 생도복을 단정하게 차려입은 그녀는 사관생도의 이상적인 모습에 가까웠다. 큰 키와 우아한 분위기가 그런 인상을 더했다.

란셀리드와 에키를 발견한 앨리스가 반갑게 그들 쪽으로 다가왔다.

"남동생을 찾은 모양이군요."

"네, 란셀리드 로아즈예요. 인사해, 내 룸메이트인 앨리스 윈터벨 생도야."

"어, 아, 안녕하세요! 로아즈의 란셀리드입니다."

란셀리드가 꾸벅 허리를 굽히며 인사했다. 앨리스는 가볍게 아젠카식 경례를 했다.

"아르 세밧티엠. 앨리스 윈터벨입니다, 란셀리드 로아즈 군."

"와, 와. 우와."

소년은 절도 있는 경례를 넋이 나간 눈으로 보더니 옆에 있던 에키를 돌아보았다. 레이스가 장식된 드레스 차림의 누나는 제가 봐도 꽤나 미인이었지만, 아무리 봐도 사관생도로는 보이지 않았다. 눈앞의 앨리스와 비교하니 특히나 더. 란셀리드는 한숨을 쉬었다.

"누님이 신세를 지고 있군요. 여러모로 부족하겠지만 잘 부탁드립니다."

"신세를 지고 있는 건 제 쪽입니다, 로아즈 군."

앨리스가 웃음기 어린 목소리로 답했다. 란셀리드는 전혀 믿지 않는 눈치였다. 그녀는 말을 덧붙이는 대신 에키를 향해 말했다.

"에키, 제 가족들은 다음 열차로 올 듯하니 먼저 돌아가세요."

"다음 열차라 해 봤자 한 시간 남짓인데, 기다렸다가 같이 돌아가면 되잖아요."

"막 도착한 로아즈 군을 그렇게 기다리게 할 순 없잖습니까. 먼저 가서 그에게 창천을 소개해 주세요."

"으음…… 알겠어요. 그럼 나중에 봐요, 앨리스!"

에키는 앨리스에게 인사를 한 뒤 란셀리드를 데리고 역을 빠져나왔다. 그들은 마차를 잡아타고 미리 예약해 둔 여관으로 향했다.

"숙소에 짐을 풀고 나서 창천 기사단 내부를 안내해 줄게. 축제 기간엔 일반인들에게도 공개되는 곳이 많으니까."

에키의 말에 란셀리드뿐만 아니라 호위로 따라온 로아즈의 기사 두 명도 확연히 기대하는 낯이 되었다. 기사들에게 창천 기사단 본부란 죽기 전에 한 번쯤 구경이라도 해 보고 싶은 장소였다. 란셀리드가 멍하니 중얼거렸다.

"진짜 안 믿겨요. 누님이 그 창천의 사관생도라니……."

"사실 저희도 아직 믿기지가 않습니다. 아가씨께선 검을 쥐어 본 적도 없지 않습니까?"

에키가 어릴 때부터 죽 가문의 기사였던 한슨이 조심스럽게 물었다. 란셀리드도 그의 전속 하인인 닉도 호기심 어린 눈으로 그녀를 보고 있었다. 에키는 뻔뻔한 낯으로 답했다.

"란셀이 검술 훈련받을 때 옆에서 많이 지켜봤잖아. 기억해 놨다가 혼자서 몰래 따라 했었어."

"겨우 그걸로 될 리가……."

"해 보니까 되더라고."

"허……."

가만히 듣고 있던 란셀리드가 불쑥 끼어들었다.

"누님, 근데 누님은 기사 같은 덴 관심 없었잖아요. 누님이 검을 몰래 연습했다는 헛소리는 그렇다 쳐도, 난데없이 사관생도 선발 시험에 지원한 이유는 뭐예요?"

"헛소리라니, 누님한테 말버릇하곤. 전보 못 봤어? 말했잖아. 사실

검이건 기사건 관심 많았어. 없는 척한 거지."

"누님을 평생 봤는데 제가 그걸 믿을 것 같아요? 부모님도 안 믿으시는데."

"……안 믿으셔?"

"누님 같으면 믿겠어요? 덜컥 아젠카에 눌러앉아 버렸으니 어쩔 수 없다 체념하신 거죠. 솔직히 말해 봐요. 진짜 왜 기사가 되겠다고 하는 거예요?"

"그냥…… 멋져 보여서."

"에이, 거짓말. 뭐 다른 목적이 있는 거죠?"

[목적 있지. 날 버리려는 목적! 야, 꼬맹아, 너네 누나 되게 무정한 주인이다? 맨날 닥치라고 하고, 나 들키면 안 된다고 허여멀건 검이나 쓰고……. 난 그냥 가끔 인간 좀 죽이고 싶어 할 뿐인 착한 검인데!]

에키는 마검이 푸념하는 말을 한 귀로 흘리며 입을 다물었다. 확실히 가족은 날카롭다. 변명하기가 어려웠다. 그녀가 의심스럽게 쳐다보는 란셀리드를 피해 눈을 돌리는데 마침 예약해 둔 여관이 보였다.

"아, 다 왔네. 올라가서 짐 풀고 내려와. 아래에서 기다리고 있을게."

"흐으음…… 뭐, 알겠어요. 참, 누님, 이거 받아요."

가느스름한 눈으로 에키를 바라보던 란셀이 문득 생각났다는 듯 리본으로 묶인 두루마리를 꺼냈다.

"이게 뭐야?"

"전보로 미리 듣지 않았어요? 베른스트 백작 영식 초상화랑 소개 편지예요."

가볍게 말한 란셀리드가 마차에서 뛰어내렸다. 짐을 든 하인과 기사들이 여관 안으로 향했다. 그 뒤를 따르던 소년이 씨익 웃는 얼굴로 에키를 돌아보았다.

"사실 그거 전하라면서, 어머니께서 저한테 따로 내린 지령이 있어요, 누님."

"……무슨 지령?"

"감이 수상하다고, 누님이 혹시 맘에 둔 사람이 있는 게 아닌지 잘 살펴보고 오라고 하셨거든요. 어떤 사람인지, 놈팡인지 사윗감인지도 꼭 알아내라고."

"뭐?"

두루마리를 들고 굳어 있던 에키의 얼굴이 황당함으로 물들었다. 란셀리드는 어깨를 으쓱이더니 짓궂게 말했다.

"초상화 받는 누님 표정을 보니 역시 어머니 감이 맞나 봐요. 몰래 연애하고 있었죠? 상대 신사분은 그럼 놈팡이예요, 사윗감이에요?"

"뭐라는 거야, 새파랗게 어린 게!"

능청을 떠는 꼴이 어릴 때와 똑같았다. 아주 익숙한 느낌. 에키는 반사적으로 쥐고 있던 두루마리를 집어 던졌다. 그녀가 그럴 줄 알았다는 듯이 란셀리드는 이미 여관 안으로 도망친 후였다.

에키는 닫힌 문에 부딪혀 떨어지는 두루마리를 보고서야 자신이 한 행동을 자각했다. 예전에 장난치는 란셀리드에게 손에 잡히던 것을 쥐어 던지던 시절과 똑같았다. 마검이고 뭐고 아무것도 모르던 시절에.

스무 살 때로 돌아왔다는 게 새삼 실감이 났다. 두 번째 삶. 악몽 같은 과거는 이제 존재하지 않는다. 그녀는 멍하니 바닥에서 구르는 두루마리를 보다가 피식 웃고는 그것을 주워 들었다.

그날, 사택에서 기숙사로 돌아온 이후부터 유리엔을 만나지 못했다. 그녀는 휴식이 필요했고 그는 정신없이 바빴다.

만나지 못하는 동안에도 문득문득 유리엔이 떠오른다. 전혀 관계 없는 것들에서도 그를 연상한다. 그럴 때마다 속에 쌓여 있는 말들이 금방이라도 넘칠 듯이 차올랐다. 그녀의 안에 도사리고 있는 두려움과 죄책감이 세워 둔 장벽이 그로 인해 자꾸 무너지려 했다.

믿고 싶어져서. 믿어도 될 것 같아서.

테라스에서 그녀는 그에게 대답을 주겠다고 했었다. 그러니 지금 이 초상화 두루마리는 그녀에게 의미가 없었다. 펼쳐 볼 생각도 들지 않았다. 에키는 봉해진 그대로 그것을 찢어 버리려다 멈칫했다. 아무리 그래도 남의 초상화를 찢는 건 예의가 아니었다.

얼마 지나지 않아 여관에서 나온 란셀리드가 빈손인 그녀를 보고 눈을 굴렸다.

"초상화는 어쨌어요, 누님?"

"저기에. 볼 생각 없으니 도로 가져가."

에키가 마차 안쪽을 향해 턱짓했다. 구석에 처박힌 두루마리를 발견한 란셀리드가 눈썹을 치켜올렸다.

"하여간 누님은……. 부모님한텐 뭐라고 말해요?"

"아직 결혼할 생각 없다고 전해드려."

"놈팡이 때문이에요?"

"놈팡이 아니거든?"

"와, 있긴 있다는 소리네요? 누구예요? 어떤 사람인데요?"

순간적으로 울컥한 에키의 말에 란셀리드가 초롱초롱한 눈이 되어 캐물었다. 에키는 아차 싶어 급하게 시선을 피했다.

"그런 사람 없어. 가자."

그녀는 란셀리드가 더 떠들기 전에 마차를 출발시켰다. 마차가 달리는 내내 은근히 에키를 찔러보던 란셀리드는 아젠카 내성으로 접어드는 순간 입을 다물었다. 정확히는 물리적으로는 입을 벌렸고 말은 멈췄나.

아젠카는 신력의 시작보다도 오래된 도시였다. 창천 기사단의 역사 또한 신검 카이로스기오사가 박힌 땅 주위에 모여든 사도들로부터 셈하면 신력 이전의 시대까지 거슬러 올라간다. 물론 지금과 같은 '기오사를 수호하는 대륙 최강의 기사단'이라는 형태가 자리 잡은 건 그 정도까지 오래되진 않았으나, 그래도 제국의 역사보다는 길었다.

그 긴 역사와 현재의 위상이 뒤섞인 아젠카 내성 안의 풍경은 독특했다. 수백 년은 묵었을 것 같은 건물과 천 년쯤 되지 않았을까 싶은 돌길 사이로 지은 지 얼마 되지 않은 새하얀 대리석 건물과 잘 닦인 도로가 뒤섞여 있었다.

땀에 젖은 허술한 차림의 기사들과 발끝까지 내려오는 신관복을 단정히 걸친 대신전의 신관들이 그 속에서 함께 오갔다. 스쳐 지나가는 연무장에서는 아무렇지도 않게 검기를 쓰는 기사가 보였다.

"누가 검술 대련 와중에 마나를 쓰라고 했나? 경은 마나에 의지하지 않으면 아무것도 못 하나?"

"시정하겠습니다!"

그리고 방금 그 검기를 쓴 마스터는 금발의 기사 앞에서 빠르게 고개를 처박았다. 검기에 놀라 마차의 창에 달라붙다시피 했던 로아즈의 기사들이 마스터가 머리를 박는 것을 보고 아연해졌다. 검기 자체를 난생처음 본 란셀리드는 아예 넋이 나갔다.

금발의 기사는 마스터를 일으켜 세우더니 검으로 두들겼다. 분명 대련인데 검으로 두들긴다고밖에 표현할 말이 없는 광경이었다. 소년은 마차가 연무장을 완전히 지나쳐 간 후에야 에키를 돌아보았다.

"누, 누님, 아까 그, 그, 그분은 설마……."

"기오사 오너, 테레사 폰 프랑 알마리 경이셔."

"지, 진짜 기오사 오너라고요? 우와, 맙소사, 진짜 기오사 오너를 봤어……."

란셀리드가 몽롱한 눈으로 호들갑을 떨었다. 로아즈의 기사들도 반응이 비슷했다.

'그러고 보니 기오사 오너가 보통 사람들한테는 저런 느낌이었지. 전설에서 튀어나온 영웅 같은 느낌.'

에키는 새삼 그것을 자각하며 고개를 끄덕였다.

"축제 둘째 날, 그러니까 내일 오전에 사열식이 있어. 거기서 기오사도 직접 볼 수 있을 거야."

"저도 들었어요, 그거! 창천 기사단 사열식! 마스터가 수십에, 기, 기, 기오사까지! 제대로 보려면 두 달 전에 광장 근처 여관을 예약해야 한다던데!"

"사관생도 가족은 손님들을 위한 자리에서 볼 수 있어."

"누님, 사랑해요!"

[쟤 네가 내 주인인 거 알면 기절하겠네.]

좋아서가 아니라 다른 의미로 기절할지도 모르지. 기오사는 기오사인데 하필 마검 바르데르기오사라니. 에키는 내심 쓴웃음을 지었다.

마차는 일반인들에게 공개된 구역을 차례로 돌았다. 마지막으로 향한 곳은 창천 기사단 본부였다. 내부는 들어가 볼 수 없어도 어지간한 왕성 크기의 본부 건물은 볼 수 있었다. 목을 빼고 본부 건물을 구경하는 남동생 옆에서 에키는 꽤 높은 곳에 있는 커다란 원형의 창문을 올려다보았다. 창천 기사단장 집무실의 창문이었다.

유리엔은 그녀에게 축제가 끝난 후에 스콰이어 업무로 복귀하라고 명했다. 아마 거의 곧바로 디아상트 공녀의 가족을 구출하기 위해 떠나게 될 터였다.

독을 마신 날 이후 유리엔이 그녀에게 휴식을 강제해서 에키는 그 사건에 관한 일이 어떻게 돌아가고 있는지 알 수가 없었다. 다만 그 사건 때문에 안 그래도 바쁘던 그가 더 정신없이 바빠졌다는 건 알았다.

'지금 집무실에 있을까?'

창 너머에 혹시 하얀 뒷모습이라도 비치지 않을까 싶어 무의식적으로 발돋움을 했다. 상당한 높이여도 그녀의 시력에는 어렴풋이 창 너머의 풍경이 보였다. 그러나 찾던 사람은 보이지 않았다. 그녀는 저도 모르게 아쉬운 표정을 지었다.

"어, 어어, 어어어!"

옆에 있던 란셀리드가 괴상한 소리를 내더니 그녀의 풍성한 소맷자락을 마구 잡아당겼다.

"누, 누님, 저, 저기 저분……! 헉, 설마 이쪽으로 오는 거예요?"

"호들갑 떨지 마, 란셀."

눈살을 찌푸리며 란셀리드가 가리키는 방향을 본 에키의 눈이 커졌다. 본부 건물에서 나온 유리엔이 그들을 향해 걸어오고 있었다. 황제 탄신 연회 때 유리엔을 본 적이 있는 란셀리드는 그를 한눈에 알아보았다.

"서, 서, 성검의 주인……."

란셀리드의 중얼거림에 유리엔이 누구인지 알아차린 호위 기사들이 혼절할 것 같은 낯이 되었다. 그들의 반응이 어떻건 유리엔은 정확하게 에키네시아를 응시하며 다가왔다.

눈이 마주쳤다. 가슴 안쪽이 술렁여서 에키는 그의 목 쪽으로 시선을 옮겼다. 창천 기사단의 제복이 단정히 가리고 있어 붕대는 전혀 보이지 않았다. 보이지 않는 붕대가 자꾸만 신경이 쓰였다.

"에키네시아."

"로드."

그녀는 드레스 자락을 쥐고 살짝 무릎을 굽혔다 폈다. 그녀를 보는 유리엔의 시선이 풀어지더니 옆에 서 있는 란셀리드에게 닿았다.

"가족인가?"

"남동생이에요. 인사해, 란셀."

"어, 어? 라, 란셀리드 로아즈입니다! 뵙게 되어 영광입니다!"

유리엔은 로아즈 가문에 대해 조사했던 터라 소년이 누군지 잘 알고 있었다. 그래도 직접 보는 건 처음이었다. 머리색도 다르고 분위기도 달랐지만 눈은 에키네시아와 거의 똑같았다. 맑은 보랏빛. 그녀와 닮은 점이 보이자 절로 호감이 갔다.

"창천 기사단장 유리엔 드 하르덴 키리에다. 에키네시아로부터 그대에 대해 많이 들었지. 반갑군."

"네? 누님으로부터요? 누님이 어떻게 단장님과……?"

란셀리드가 얼이 빠진 표정이 되어 에키네시아를 돌아보았다. 에키가 속삭였다.

"내가 단장님의 스콰이어잖아. 몰랐어? 전보에 분명히 썼는데."

"아, 아버지께 한 번 듣긴 했는데……. 그거 농담 아니었어요?"

소년의 눈동자가 요란하게 떨렸다. 표정에서 불신이 읽혔다. 에키가 무어라 하기도 전에 유리엔이 밀했다.

"그녀는 내 스콰이어가 맞다, 로아즈 소백작."

"마, 마, 말도 안 돼……."

란셀리드는 혼이 빠져나간 듯한 얼굴이 되었다. 살아 있는 전설이나 다름없는 인물이 누나를 스콰이어로 삼았다니. 란셀리드가 알고 있는 에키네시아와는 도무지 연결이 되지 않았다. 유리엔은 소년의 반응에 신경 쓰지 않고 에키를 살폈다.

"에키네시아, 몸은 좀 괜찮나?"

"괜찮습니다. 걱정하지 않으셔도 돼요."

"다행이군."

그의 눈매가 부드럽게 접혔다. 란셀리드는 누나를 향해 웃고 있는 창천 기사단장을 묘한 기분으로 보았다. 분명히 작년 탄신 연회 때 보았던 창천 기사단장은 서늘한 칼 같은 분위기였는데, 어쩐지 지금은 녹을 듯이 부드러워 보였다. 아무리 봐도 심상찮은 느낌이다.

'설마 누님의 상대가…… 에이, 아니겠지. 그럴 리가 없어. 성검의 주인이자 제국의 황족이며 창천 기사단장인 사람이 뭐가 아쉬워서.'

란셀리드는 저도 모르게 고개를 저었다. 소년이 자신이 떠올린 망상을 열심히 지우는 동안, 유리엔은 열심히 에키에게 말을 걸고 있었다. 담담한 척하고 있는 그가 얼마나 들뜬 상태인지는 성검 랑기오사만이 알았다.

유리엔은 일을 하던 와중에 정보원으로부터 에키네시아가 동생과 함께 마차를 타고 아젠카 내성으로 들어왔다는 보고를 들었다. 창천을 돌아보는 거라면 반드시 본부에도 들르게 되겠지. 그 생각을 하자마자 그는 하던 일을 팽개치고 아래층으로 뛰어내려 온 참이었다. 그녀를 보지 못한 지도 사흘째였다. 더는 참을 수가 없었다.

[그래, 사흘이면 많이 참았지……]

주인의 행태를 보며 성검은 다 포기하고 한숨만 쉬었다. 유리엔은 에키의 말에 집중하느라 성검의 말을 듣지 못했다.

"동생이 늘 아젠카를 보고 싶어 했거든요."

"그래서 창천 기사단을 안내해 주고 있는 건가?"

"네, 로드. 여기가 마지막이었어요."

"그럼…….."

"단장님."

무어라 말하려던 유리엔이 등 뒤에서 들리는 부름에 입을 다물었다. 바라하가 서류 뭉치를 들고 나타났다.

"제국 측 귀빈들이 도착했습니다. 그 때문에 로드께서 단장님을 찾고 계십니다."

그의 미간이 미세하게 일그러졌다가 펴졌다. 워낙 금세 말끔해져서 그것을 알아본 사람은 없었다.

"……알았다."

느릿느릿 대답한 유리엔이 에키를 돌아보았다. 그는 다시금 무언가 말하려다가, 입을 다물고 다른 말을 했다.

"내일 사열식 때 보게 되겠군. 아젠카의 태양 축제는 볼거리가 많으니 충분히 즐기도록."

"감사합니다, 로드."

그는 내키지 않는 걸음으로 본부 쪽으로 향했다. 바라하는 그가 떠나고 나서야 에키에게 인사를 했다.

"오랜만이다, 에키."

멀어지는 유리엔 쪽을 넝하니 보고 있던 에키가 바라하를 돌아보며 웃었다. 바라하의 말대로 정말 오랜만이었다.

"오랜만이에요, 선배님. 많이 바쁘시다고 들었는데."

"일에 치여 죽는 줄 알았지. 옆은 누구지?"

"남동생이에요. 창천을 안내해 주고 있었어요. 란셀, 이쪽은 부단장 바론 틸리어스 경의 스콰이어인 바라하 이슬라프 선배님이셔."

"라, 란셀리드 로아즈입니다."

"안녕. 누나랑 눈이 많이 닮았구나."

쾌활하게 인사한 바라하가 다시 에키를 향해 말했다.

"에키, 오늘은 그럼 계속 남동생을 안내해 주는 거야?"

"아뇨, 창천 내부만 안내해 주기로 했어요. 축제는 혼자 돌아다니고 싶다고 해서."

미리 정했던 일이었다. 혼자라 해 봤자 기사들과 하인이 따라붙겠지만, 그래도 17세쯤 되면 누나와 다니는 것보다는 따로 놀러 다니고 싶어 하는 법이다. 영지에서 후계자 수업을 받느라 바빠서 이런 기회가 드무니 더욱.

에키의 말에 바라하가 슬쩍 미소를 띠었다.

"그럼, 내게 시간을 내줄 수 있을까? 전에 약속했잖아."

그녀는 샤이를 구출하러 떠나기 전에, 축제 때 식사를 함께하기로 약속했던 기억을 떠올렸다. 스콰이어 서약 때부터 미뤄진 일이라 거절하기가 미안했다. 에키가 란셀리드를 흘깃 돌아보았다. 의미심장한 눈으로 바라하를 살피고 있던 란셀리드가 고개를 끄덕였다.

"창천은 여기가 마지막이라면서요. 아젠카는 안내해 주지 않아도 되니까, 가세요, 누님."

"그래. 한슨 경, 필립 경, 란셀리드를 잘 부탁해."

"걱정 마십시오, 아가씨."

"아, 누님, 잠시만요."

란셀리드가 바짝 다가오더니 그녀의 귓가에 속삭였다.

"타국 사람이긴 해도 저 정도면 전 찬성이에요. 창천 부단장님의 스콰이어라니 부모님도 엄청 기뻐하실 것 같고."

"……뭐?"

"누님의 놈팡, 아니, 하여간, 그거 저분이잖아요."

"무슨 말도 안 되는 소릴……. 스콰이어 선배님일 뿐이야. 신세 진 게 있어서 식사를 사기로 약속했던 거고."

에키가 황당하다는 듯 말했다. 란셀리드는 떨떠름한 표정으로 그녀를 보더니 고개를 저었다.

"누님 참……. 뭐, 알겠어요. 그럼 내일 사열식 때 봐요."

란셀리드 일행을 마차에 태워 보낸 후, 에키네시아는 바라하와 함께 내성 밖으로 걸었다. 그녀는 그가 손에 쥐고 있는 서류 뭉치를 흘깃 보았다.

"선배님, 지금도 바쁘신 거 아니에요?"

"아, 이거? 가는 길에 전해 주기만 하면 되는 거라서. 축제가 본격적으로 시작되어서 오히려 한시름 놨어. 준비는 다 끝났거든."

바라하가 약하게 한숨을 쉬었다.

"요 한 달은 정말 눈코 뜰 새 없이 바빴다. 클럽에 가입해 두고 가 보지도 못하고. 네가 쓰러졌을 때도…… 일부러 전령을 맡아서 간 거였는데, 얼굴을 보지도 못했지."

그의 말에 에키는 유리엔과 대화하던 와중 바라하가 부단장의 명을 가지고 방문했던 섯을 떠올렸다. 감정에 휩쓸려 전부 털어놓으려던 순간에 노크 소리를 듣고 정신을 차렸었다. 덕분에 마구잡이로 말해 버리는 걸 면했으니 고마운 일이었는데, 한편으로는 이상하게 조금 원망스럽기도 했다.

바라하는 다른 것을 떠올리고 있었다. 에키네시아가 있던 침실에서 약간 떨어진 복도에서, 부단장의 전언을 유리엔에게 전달한 후에 있었던 일을.

"로드께서 이것을 전하라 하셨습니다. 근위 기사들 전체를 심문한 결과와 독의 경로에 대한 추측입니다."

그가 내민 밀랍으로 봉한 봉투를 유리엔은 받지 않았다. 넋이 나간 것처럼 시선이 봉투가 아니라 허공에 있었다.

"단장님?"

바라하가 의아하게 그를 부르자 비로소 유리엔의 눈에 초점이 돌아왔다. 바라하는 말없이 봉투를 받아 든 유리엔이 내용물을 읽는 동안 침실 쪽을 흘깃거렸다.

에키네시아가 독에 중독되어 쓰러졌다는 말에 심장이 떨어지는 줄 알았다. 성녀의 치료를 받았다는 이야기는 들었지만, 무사한지 확인하고 싶어 견딜 수가 없었다. 바라하는 망설이다가 조심스럽게 말을 꺼냈다.

"단장님, 에키는 깨어났습니까? 괜찮다면 그녀를 만—"
"에키네시아는 방금 깨어났다. 지쳐 있는 상태니 그녀를 방해하지 마라."

그의 요청이 이어지기도 전에 유리엔이 날카롭게 말을 끊었다. 서류 너머로 보이는 하늘색 눈동자가 얼음 조각 같았다. 어쩐지 등줄기를 타고 소름이 일어서 바라하는 더 말을 꺼내지 못했다.
그 일과 그 전에 있었던 일들, 갑자기 늘어난 자신의 업무량까지. 바라하는 이러고도 눈치를 못 챌 정도로 둔하지는 않았다.
'연적이라고 생각하면 꽤, 아니, 심하게 강력하지.'
그래도 바라하는 자신이 더 유리하다고 생각했다. 그는 에키네시아의 비밀을 알고 있었으니까. 창천 기사단장이 그녀가 마검의 주인이라는 사실을 알 리는 없을 것이다.
바라하가 무슨 생각을 하고 있는지 모르는 에키는 고개를 기울이며 물었다.
"그러고 보니 위즈덤에 가입하셨던데, 전에는 클럽이 없으셨어요?"
"별로 성격에 맞지 않아서. 맘에 드는 클럽이 없기도 했고."
"앨리스도 비슷한 이야기를 하더라고요. 선배님도 검에만 집중하는 클럽이 생기길 바라셨군요."
"그 점이 마음에 들어서 가입한 거긴 하지만……. 솔직히 위즈덤에 가입한 가장 큰 이유는 너지."

"네? 저요?"

"네가 있는 클럽이니까. 여기서 잠시만 기다려, 서류를 전해 주고 올 테니."

아무렇지도 않게 말한 그가 서류를 들고 행정부 건물로 들어갔다. 에키는 가만 선 채 바라하의 말을 곱씹었다. 내기 있는 클럽이라서 가입했다는 게 무슨 뜻이지.

[쟤도 너랑 대련하고 싶어 하는 거 아니야?]

"아…… 하긴, 선배는 알고 있으니까."

그녀가 마스터이며, 기오사 오너이고, 마검의 주인임을 알고 있으니 기사 지망인 바라하로서는 대련을 하고 싶을 만도 했다.

'다음에 제대로 한번 대련을 해야겠다. 바라하 선배라면 마스터는 당연하고, 기오사 오너도 가능성이 있지.'

결절 안에서 그가 보인 모습도 마음에 들었지만, 무엇보다 그는 마검이라는 커다란 비밀을 안고도 한마디도 흘리지 않은 사람이었다. 보답해 주고 싶었다. 자신이 그의 검을 제대로 살펴보고 다듬어 주면 마스터가 되는 속도가 좀 더 빨라질 것이다. 에키는 시간이 날 때 바라하를 따로 불러내 제대로 도와주기로 결심했다.

얼마 지나지 않아 바라하가 나왔다. 에키는 그와 함께 내성을 벗어나 축제를 맞이한 아젠카 시내를 가로질렀다.

날씨가 좋았다. 거리에는 여름 꽃의 향기와 들뜬 사람들이 가득했고, 가로등마다 걸린 태양이 수놓아진 휘장이 새파란 하늘 아래에서 펄럭였다.

바라하에게 점심을 대접할 작정이었기에 에키가 앞장서서 걸었다. 파티마에게 들었던 유명한 레스토랑에 갈 생각이었다. 바라하는 에키가 식사를 사겠다는 말에 말없이 웃기만 했다. 그가 그녀를 뒤따르며 물었다.

"스콰이어 업무는 할 만해?"

"선배님 덕에요. 사실 로드께서 별로 일을 시키시질 않아서, 많이 해 보진 못했어요."

"같이 장기 임무를 갔었잖아. 그런데 별로 안 해 봤다고?"

"바라하 선배님도 부단장님께 지명받기 전에 단장님의 임시 스콰이어를 해 보셨다면서요? 알다시피 로드께서 워낙 철저하셔서……. 실피드를 데려간 것도 아니다 보니 제가 뭘 챙길 틈이 없더라고요."

바라하의 표정이 의뭉스러워졌다. 단장은 모시기 편한 기사이긴 하지만, 그렇다고 해서 스콰이어가 할 일을 빼앗을 정도는 절대 아니었다. 오히려 스콰이어가 해야 할 일을 명확하게 구분해 주는 편이었다.

'상대가 그녀라서 그런 건가. 이거…… 에키가 스콰이어 지명된 직후에 돌던 소문이 마냥 헛소문은 아닐지도.'

단장이 사관학교 선발시험에서 응시생에게 한눈에 반해서 입학하자마자 스콰이어 지명을 했다는 소문. 에키네시아의 괴물 같은 실력이 알려지면서 '재능에 반했다'라는 쪽으로 바뀌었던 소문이었다.

아무래도 재능에 반한 게 아닌 것 같아 바라하는 내심 혀를 찼다. 에키는 레스토랑을 찾느라 그의 표정을 보지 못했다. 찾던 곳을 발견한 그녀가 그를 돌아보았다.

"여기예요. 혹시 와 보신 적 있으세요?"

"아, 여기. 로드와 함께 한 번 와 봤지."

"어땠어요? 괜찮던가요?"

"맛있었다. 아젠카에서 상어 요리라면 여기가 제일이라던데, 명성대로였어."

"다행이네요. 들어가죠."

축제 기간이라 사람이 많았지만, 가격대가 귀족에게도 살짝 부담스러울 정도로 높은 곳이라 자리가 있었나. 에키는 바라하에게 뭘 좋아하는지 물어본 다음 풀코스로 시켰다. 신세 진 게 많은 터라 제대로 보답하고 싶었다. 창천에서 암살 시도를 막은 포상으로 상당한 상금을 준 덕에 이 정도는 아무렇지도 않았다.

곧 차례대로 요리가 나오기 시작했다. 확실히 나오는 것마다 고급스럽고 맛이 좋았다. 식사를 하며 소소하게 대화하던 와중에 바라하가 말을 꺼냈다.

"에키, 마지막 날 연회 때 함께 갈 파트너는 정했어?"

문득 떠오른 듯 던진 물음이었으나 실상은 말을 꺼낼 타이밍을 주의 깊게 잰 결과물이었다. 에키는 그의 의도를 알아차리지 못하고 간단하게 대답했다.

"아뇨. 연회라서 그냥 참석하려고요."

순수한 무도회라면 파트너와 함께 입장하는 게 예법이었지만, 춤보다 사교와 각종 공표, 축하 행사, 기념식 등이 중심인 연회의 경우 파트너를 대동하지 않아도 괜찮았다. 물론 모든 연회는 무도회를 겸하고 있으므로 파트너를 정하는 경우가 많긴 했다. 그래도 함께 갈 사람이 딱히 없는 상황에서까지 일부러 구할 필요는 없었다.

그녀의 대답에 바라하가 싱긋 웃었다. 그는 바닷가재의 껍질을 벗겨서 에키의 접시에 놓아 주며 말했다.

"그럼, 나하고 가겠어?"

"아, 감사합니…… 네?"

"연회 파트너 말이야. 딱히 같이 갈 사람이 없다면, 함께 가고 싶은데."

그 제안에 에키는 조금 전 란셀리드가 떠든 헛소리를 떠올렸다. 말도 안 된다고 생각했는데, 설마? 바라하는 미묘하게 변하는 에키네시아의 표정을 확인하고 아무렇지도 않게 말을 이었다.

"난 파트너와 함께 연회에 가 본 적이 없거든. 내 고향에서는 연회의 형식이 여기랑 좀 달랐고, 아젠카에 와서는, 음, 이런 걸 부탁할 만큼 친한 여생도가 없었지."

"아……."

"너와는 이 정도 부탁은 할 수 있는 사이라고 생각하는데. 안 될까? 아, 부담스러우면 얼마든지 거절해도 괜찮아. 그냥 한 번쯤 파트너와 함께 연회에 참석해 보고 싶었을 뿐이니까."

그가 어깨를 으쓱였다. 어조가 가벼워서 에키는 막 떠오르려던 가정을 버렸다. 란셀리드의 헛소리 때문에 엉뚱한 착각을 할 뻔했다 싶었다.

실제로 귀족들 사이에서 무도회나 연회의 파트너라는 건 그렇게까지 무거운 의미가 아니었다. 파트너라 해도 부부가 아닌 이상 연회에서 내내 같이 다니지도 않는다. 에스코트를 받고 함께 입장해서 선곡을 추는 정도.

연회의 주인공급이라거나 공식적인 행사에 가까운 자리라면 이야기가 다르겠지만, 이번 연회는 성녀 데뷔라는 큰 의미가 있긴 해도 어디까지나 축제의 마지막 날을 장식하는 이벤트에 가까웠다.

'게다가…… 유리엔은 디아상트 공녀와 파트너일 테니.'

연회 때 약혼식 날짜를 공표한다고 했으니 그는 공녀와 함께 입장할 것이다. 속사정을 잘 알고 있으면서도 그 모습을 상상하니 약간 기분이 가라앉았다. 감정이라는 건 논리적으로 움직이는 게 아닌 탓에.
 '위장 약혼인 걸 들켜선 안 되니까, 그와 마주치는 건 피해야겠지. 전에도 이상한 소문이 났었잖아. 그럼 파트너가 있는 편이 나을지도.'
 에키는 눈을 내리깔았다가 맞은편의 바라하를 보았다. 상황이나 필요성을 다 제해도, 인간적인 호감에, 스콰이어 교육을 해 준 호의에, 그녀의 비밀을 지켜 주고 있는 것까지. 어려운 부탁도 아닌데 거절할 수가 없었다.
 "바라하 선배님의 부탁인데 들어드려야죠. 함께 가요, 연회."
 "고맙다, 에키."
 목적을 달성한 바라하는 기분 좋게 웃었다.
 식사를 마친 후, 에키는 계산서를 향해 손을 뻗었다. 그러나 그녀보다 먼저 바라하가 그것을 집어 들더니 자리에서 일어났다.
 "선배님? 제가 사기로……."
 "아니, 당연히 내가 사야지."
 "여러모로 신세를 졌으니 제가 사야죠."
 "빚진 건 나야. 그것도 목숨 빚."
 그가 성큼성큼 계산대로 향했다. 고작 계산서를 뺏자고 마나를 쓸 수는 없어서 에키는 당황한 채 뒤따르며 항의했다.
 "그래도, 들어올 때부터 제가 사기로 한 거였잖아요?"
 "네가 사면 안 돼."
 "네? 왜요?"

데이트가 아니게 되니까.

마음이 있는 쪽이 사야 데이트가 된다. 바라하는 이 기회를 후배가 선배에게 신세를 갚는 자리로 끝낼 생각이 없었다.

그는 그 말은 굳이 하지 않고 웃기만 했다. 부담을 줄 때가 아니었다. 지금 의식하게 했다간 확실하게 거절당할 거라는 직감이 들었다.

"이건 내가 살 테니, 넌 대신 다른 걸 사 주면 돼."

"선배님!"

바라하가 빠르게 계산을 하고는 나가 버렸다. 에키는 별수 없이 그를 뒤쫓았다. 레스토랑 앞에서 기다리고 있던 그가 뒤늦게 나오는 그녀를 향해 싱글싱글 웃어 보였다.

"에키, 아젠카의 태양 축제는 처음이라고 했었지?"

"네. 그런데 선배님, 다른 걸 사 달라는 건 무슨 말이에요?"

"우선 따라와, 축제 명소들만 골라서 안내해 줄 테니까."

에키는 얼결에 그에게 이끌려 태양 축제가 시작된 아젠카를 돌아다녔다. 여름 꽃들로 각종 형상을 만들어 세워 둔 중앙도로, 악단과 서커스들이 모여 공연 중인 거리, 한 해 중 가장 긴 태양을 기다리며 밤새 불을 피우는 행사가 준비되고 있는 광장까지.

축제를 경험해 본 3학년 생도인 데다 부단장의 스콰이어로서 축제 준비에 직접 참가했던 바라하는 좋은 가이드였고, 사방은 취할 정도로 떠들썩하고 활기찬 분위기였다. 처음에는 당황한 상태였던 에키도 곧 꽤 즐거워지기 시작했다.

바라하는 식사 대신으로 그녀에게 각종 간식거리를 사 달라고 요구했다. 구운 새고기나 꿀에 절인 과자까지는 그러려니 했던 에키는 큼직한 막대 사탕과 초콜릿을 바른 과일에 이르러서는 웃음을 터뜨리고 말았다.

"바라하 선배님, 단 거 좋아하세요?"

"왜, 의외야?"

바라하는 초콜릿이 듬뿍 발린 사과를 든 채 씩 웃으며 되물었다. 커다란 덩치의 바라하가 들고 있으니 그녀의 주먹만 한 사과가 막대사탕처럼 작아 보였다.

"솔직히 의외이긴 해요. 선배님 분위기만 봐선 연상이 안 돼서."

"이제부터 연상해 봐. 이런 거 맛있잖아, 안 그래?"

그가 에키에게 사과 꽂이를 내밀었다. 초콜릿의 달달한 향과 살짝 새콤한 사과의 향이 훅 끼쳐 왔다. 기분 좋은 향이었다. 에키는 미소 지으며 그것을 받아 들었다.

바라하가 마지막으로 안내한 곳은 모루 거리였다.

아젠카는 기오사 전설과 기사들이 몰려드는 도시라는 특성 탓에 대장장이들의 성지이기도 했다. 그렇게 아젠카에 정착한 대장장이들이 모여 있는 곳이 모루 거리였다. 대장장이들은 이날을 위해 만든 작품들을 모루 거리에 잔뜩 전시해 놓았다. 대륙 각지에서 방문한 기사와 용병들이 보물을 찾듯 모루 거리를 헤집고 다녔다.

바라하와 에키가 모루 거리에 들어서자 나와 있던 대장장이들이 그녀의 허리에 걸려 있는 아메시스트를 보고 넋이 나갔다. 그중 몇은 끈질기게 달라붙기까지 했다. 결국 그들은 제대로 구경하지 못하고 급히 그 거리에서 달아날 수밖에 없었다.

"눈에 광기가 돌더군. 하여간 장인이란 작자들은."

바라하가 진땀을 닦더니 아메시스트 쪽을 흘깃 보았다. 에키네시아의 눈동자 색과 같은 자수정이 박혀 있는 하얀 마법검. 형태가 어쩐지 랑기오사를 연상시키는 검이었다.

"에키, 그거, 단장님께서 준 검이라고 했지?"

"네. 스콰이어가 된 기념이라고 주셨어요."

"넌 손질하기 귀찮아서 싸구려 검을 들고 다니는 거 아니었어? 그건 괜찮아?"

"이건 마법검이라서요. 날의 청결과 강도가 유지되는 마법이 걸려 있어서 손질할 필요가 없거든요. 들고 다니기에 편하기도 하고요."

에키가 검집에 연결된 허리끈을 가리켜 보였다. 단순하면서도 예뻐서 드레스에도 잘 어울리는 끈이었다. 하얀색이라 색감이 튀지도 않았다. 지나칠 정도로 그녀에게 딱 맞는 검이 아닌가. 바라하의 눈이 가늘어졌다.

물을까, 묻지 말까. 어느 쪽이 나을까. 괜히 의식하게 만드는 게 아닐까. 그는 슬며시 그녀를 떠보았다.

"그야말로 너를 위한 검이군. 마음에 들어?"

그 질문에 에키는 아메시스트를 내밀던 유리엔을 떠올렸다. 바짝 긴장해서 귓불이 불그스름해진 채, 마음에 드냐고 묻던 남자를. 그녀가 감사하다고 답하는 순간 생기를 얻은 꽃처럼 화사하게 퍼지던 미소를.

그때도 그는 그녀가 마검의 악마라는 걸 알고 있었을까. 알면서도 자신을 죽였던 여자를 위해 검을 만들고, 감사하다는 말 한마디에 그렇게 뭐든 내줄 듯이 웃었다는 건가. 어떻게 그럴 수 있는 건지.

"……네."

유리엔을 떠올리느라 대답까지 간격이 있었다. 바라하는 그 사이에 에키네시아의 눈동자가 흔들리는 것을 놓치지 않고 보았다. 그녀에게

서 언뜻 스쳐 지나간 표정이 심상치 않았다. 끝내 그는 망설이던 질문을 던졌다.

"에키, 단장님을 어떻게 생각해?"

"존경할 만한 분이죠. 그분을 로드로 모시게 되어 영광이라고 생각해요."

"그런 거 말고."

바라하는 짧게 호흡을 고른 후에, 되도록 가볍게 들리도록 노력하며 다시 물었다.

"남자로서 말이야."

에키는 멍하니 입을 벌렸다. 순간적으로 머리가 하얘지는 기분이었다.

"그, 저, 선배님, 방금 뭐라고요?"

"단장님을 남자로서 어떻게 생각하냐고 물었는데."

남자로서. 이성이라는 것을 강조하는 그 말이 굉장히 생소하게 들렸다. 유리엔을 좋아한다는 걸 깨닫고 나서도 생각해 보지 못했던 지점. 그에게 예쁘다고 한 적도 있고, 그를 보고 떨렸던 적도 있으면서도 깊게 생각해 보지 않았다.

그녀에게 그는 너무나 특별하고 고결하게 빛나는 사람이었다. 쥐고 싶어도 결코 쥘 수 없는 성검 같은 사람. 설렘 뒤로 항상 죄책감과 공포가 따라붙었다. 그래서 그를 마음에 품고, 그를 의식하여 긴장하면서도 한 번도 상상해 보지 못했다. 남자로서의 유리엔은.

그러니까 예를 들면, 그와 입을 맞춘다든가, 그를 만져 본다든가, 안는다든가, 그런 것은 지금까지 정말로 상상해 본 적이 없었다.

"저, 저는……."

지금이 처음이란 소리다.

반짝이는 은발, 시인처럼 우아한 얼굴, 섬세한 외모와 다르게 거칠고 큰 손, 단단하던 팔, 넓은 어깨. 내리깐 긴 속눈썹 아래에서 습기 어린 하늘색 눈동자가 그녀를 향하던 모습. 미미하게 떨리던 입술.

그 입술이 닿는다면.

상상과 동시에 가슴께부터 머리끝까지 화끈하게 열이 올랐다. 바라하는 그녀가 새빨갛게 달아올라서 말을 더듬는 것을 보았다.

"그, 그런 건 왜 물으세요?"

"······아니, 아무것도 아니야."

언어로 된 대답을 들을 필요가 없었다. 에키네시아의 달아오른 얼굴이 대답을 대신했다. 바라하는 그녀가 유리엔에게 마음이 있다는 것을 본능적으로 깨달았다.

'서로 마음이 있는 상황인가. 이건······. 젠장.'

거기다 그의 질문이 괜히 무언가 의식하게 만든 느낌이었다. 묻지 말았어야 했다. 그는 내심 후회하며 급하게 화제를 돌렸다.

"에키, 슬슬 시간이 되었으니 중앙 광장에 다시 가 보자."

"시간이 되었다니요?"

"밤새도록 태양을 기다리기 위한 불이 이제 곧 점화될 테니까. 볼 만할 거야. 가자."

어느새 해가 저물 때가 되었다. 중앙 광장의 분수대 앞에 마련된 거대한 장작더미 근처에 사람들이 몰려들었다. 각자 다른 생각에 빠진 에키와 바라하도 그리로 향했다.

하루 종일 아젠카를 돌아다닌 란셀리드와, 앨리스의 가족들, 거기에 파티마의 가족들까지도 점화를 보기 위해 광장에 온 터라 만날 수 있었다. 그들은 서로 가볍게 인사를 나눴다. 여덟 살인 앨리스의 늦둥이 여동생이 커다란 맹수 같은 바라하를 보고 겁에 질려 숨어 버려서 소소한 웃음이 터졌다.

황혼이 지기 시작하자 마법사가 만든 태양 같은 불꽃 덩어리가 색종이, 꽃송이들과 함께 하늘에서 떨어서 내렸다. 해가 저무는 하늘을 가로지르며 내려온 불꽃이 장작더미에 닿았다. 하늘에서 태양이 완전히 지는 것과 동시에 장작더미에 불이 붙었다.

기름을 잔뜩 먹인 마른 나뭇가지들 위로 순식간에 불이 퍼져 나갔다. 주홍색 불꽃이 눈부시게 타올랐다. 하늘에 있던 태양이 밤을 맞이하여 쉬기 위해 이 광장에 내려온 듯한 광경이었다. 폭죽이 터지고 악단들이 음악을 연주했다. 요리와 술이 나왔다. 어둠이 내린 광장은 곧 밤을 불태우는 축제의 장이 되었다.

왁자지껄한 분위기 속에서 모두 함께 저녁을 먹고 헤어졌다. 바라하는 늦게 도착한다는 가족을 마중하러 역으로 떠났고, 파티마와 앨리스는 오늘 가족과 함께 여관에서 묵는다고 했다. 에키는 더 놀고 싶다는 란셀리드를 전속 하인 닉에게 맡겨 여관으로 돌려보낸 후 기숙사로 향했다. 그리고 기숙사 입구에서 어느 하녀로부터 발신인 불명의 두꺼운 편지봉투를 받았다.

기숙사를 관리하는 하녀를 전부 알고 있는 건 아니지만, 그 하녀는 유달리 낯선 얼굴이었다. 그럼에도 에키는 잠자코 봉투를 받아 들고 방으로 돌아왔다.

[뭐야, 수상한 하녀 아니었어?]
"방식이 익숙해서."
전달하는 방식이 회귀 이전 쐐기와 비슷했다. 봉투를 열자 붉은 쐐기의 마크가 보였다. 내용물은 짐작했던 대로 쐐기가 보낸 의뢰 결과였다. 황태자와 2황자의 세력 구도와 최근 행적을 정리한 목록.

에키는 책상에 쌓여 있던 결절 관련 책들을 밀어 놓고 그 목록을 펼친 다음 꼼꼼히 읽었다. 황태자와 2황자의 개인 신상이나 세력 구도를 살피다 보니 점점 생각이 한쪽으로 기울었다.

'창천이, 그러니까 유리엔이 처리하지 못한 마검을 처리했다, 라는 쇼로 확실하게 이득을 볼 수 있는 건…… 역시 2황자야.'

2황자 카르엠은 마스터급 기사였다. 그는 작년에 마스터가 되었다. 유리엔이 스물세 살이라는 최연소 마스터 기록을 세워 버리는 바람에 부각되지 못했지만 스물아홉 살에 마스터가 되었다는 건 꽤 뛰어나다는 뜻이었다. 마스터가 될 수 있는 기사 자체가 극소수인 데다가, 보통은 30대 이후에 마스터가 되니까.

반면 황태자 크루엔은 검과는 거리가 멀었다. 크루엔의 지지 세력이 크루엔을 지지하는 건 냉정하면서도 비정하지는 않은 성품과 유능함 때문이었다. 고갈되어 망해 가던 광산촌을 몇 가지 아이디어와 교섭으로 관광도시로 만든 업적이 꽤 유명했다.

그러나 그 역시 스물네 살에 창천 기사단장이 되자마자 토벌단을 조성해 죽음의 숲을 토벌하고 도시 두 개 규모의 땅을 인간의 터전으로 되돌린 유리엔의 업적에 묻혔다.

2황자건 황태자건 유리엔을 탐탁지 않게 여길 만도 했다. 너무 뛰어난 것도 문제다.

[와, 엄청 짜증 나겠다. 뭘 해도 묻히네.]

"그래도 황태자는 괜찮아. 분야가 다르잖아."

실제로 황태자는 나름 자신의 입지를 잘 다지고 있었다. 2황자가 문제였다. 심지어 에키는 2황자가 작년에 마스터가 되었다는 것도 지금 처음 알았다. 별로 화젯거리가 되지 않았다는 소리였다.

'정황상 2황자. 그럼 황제도 연루되어 있을 확률이 높아.'

행적 쪽에서는 증거가 될 만한 게 보이지 않았다. 당연한 일이긴 했다. 마검이라는 극도로 위험한 수단을 이용하는 음모를 허술히게 다루지는 않았을 테니까. 뒷골목의 조직이 2주간 조사한 정도로는 어림도 없을 것이다.

한숨을 쉬며 종이를 넘기던 에키의 눈에 문득 이상한 부분이 보였다.

2황자 측, 정확히는 황제의 최측근인 근위 기사단장이 사냥을 위해 가끔 방문하는 별장이 있는 지명. 2황자의 행적을 기록하다가 함께 적힌 모양이었다. 그 지명을 목록의 다른 곳에서 본 듯한 느낌에 그녀는 다시 종이를 뒤적거렸다. 한참을 뒤진 끝에 겹치는 지명을 찾아낼 수 있었다.

"디아상트 공작이 종종 찾는다는 온천이 있는 곳이잖아?"

근위 기사단장과 마찬가지로, 황태자의 행적을 조사하다 보니 측근인 디아상트 공작의 행적도 약간 첨부되어 있었다. 그중에 지나가듯 적힌 내용이었다.

콜본. 온천과 사냥터 양쪽으로 유명한 제국 북부의 관광지였다. 그곳에 들르는 고위 귀족은 꽤 많았다. 따라서 그렇게까지 이상한 공통점은 아니었다. 하지만 에키는 그 점이 신경 쓰였다.

'회귀 이전에 황태자는 황제가 된 후에 디아상트를 숙청했었지. 이유가 있었을 거야. 그 이유가 2황자와 관련이 있을지도 몰라.'

에키는 공작의 행적과 근위 기사단장의 행적을 나란히 놓고 내려다

보았다. 고민하던 그녀는 종이를 당겨 쐐기에 보낼 새 의뢰 내용을 쓰기 시작했다.

　―근위 기사단장과 디아상트 공작이 최근 콜본에 방문한 날짜와 동선을 조사해서 보낼 것. 최대한 상세하게.

〈검을 든 꽃〉 3권에서 계속